폭군의 행방

유한려 지음

ROMANCE STORY

fioret

폭군의 행방 4

초판 1쇄 인쇄 2020년 7월 20일
초판 1쇄 발행 2020년 8월 7일

지은이 유한려
발행인 오영배
편집 편집부
디자인 무이
본문 디자인 오정인
제작 조하늬

펴낸 곳 (주)삼양출판사 · 피오렛
주소 서울시 강북구 도봉로 173
대표 전화 02-980-2112 / **팩스** 02-983-0660
편집부 전화 02-987-9393 / **팩스** 02-980-2115
블로그 blog.naver.com/dan_gul
출판등록 1999년 3월 11일 제9-00046호

ISBN 979-11-283-9959-6 (04810) / 979-11-283-9955-8 (세트)

+ 이 도서의 국립중앙도서관 출판시도서목록(CIP)은 서지정보유통지원시스템홈페이지(http://seoji.nl.go.kr)와 국가자료종합목록 구축시스템(http://kolis-net.nl.go.kr)에서 이용하실 수 있습니다. (CIP제어번호 : CIP2020028761)

폭군의 행방

유한려 지음

ROMANCE STORY

fioret

목차

메인 챕터 1.
환생의 목적

1. 귀환

헤아릴 수 없을 듯이 아득한 침묵이 흘렀다. 나세르는 즐거운 듯 웃고 있는 남자의 얼굴을 한참이나 바라보았다.

눈앞의 이 자가 마왕이라고?

선뜻 믿기지 않았다. 이 세상이 태어나기도 전부터 존재했다고 믿기에는 모든 것이 평범했다. 범상치 않은 부분이 존재하긴 할지언정, 결코 인간이 아닌 다른 존재라 믿을 정도는 아니었다.

영겁에 가까운 세월의 무게를 짊어진 듯한 엄숙함도, 사람들이 그토록 성토한 사악함도 그에게선 전혀 느껴지지 않았다. 아니, 오히려 위협적인 걸로 따지자면 제라드 쪽이 몇 배는 더했다.

그렇게 생각하며 검 손잡이에 슬쩍 손을 얹는 나세르의 모습에 마왕의 눈이 가늘어졌다.

그가 여전히 웃으며 말했다.

"내가 불편함을 무릅쓰고 그대들의 이름으로 나를 소개했는데도, 그대는 아직도 소개를 하지 않는군."

"……."

"설마 요즘엔 집에 다짜고짜 들이닥친 자에게 집주인이 먼저 자기를 소개하는 것이 인간들의 법도인가?"

그제야 검 손잡이에서 손을 뗀 나세르는 등 뒤를 불안하게 흘깃거리며 말했다.

"제 이름은 나세르 폰 브리지트. 브리지트 백작가의 삼남으로, 현재 마물들의 이상 행동의 원인을 규명하기 위해 릭서만 제국에서 창설한 북부 원정대에 속해 이곳까지 오게 되었습니다."

"마물들의 이상 행동이라."

자신과는 전혀 상관없는 일이라는 듯 천연덕스레 중얼거리는 마왕을 향해 나세르가 직설적으로 물었다.

"당신이 정말로 스스로 말했던 것처럼 마왕이라면, 당신은 어둠에서 태어난 모든 것들의 주인. 마물들의 이상 행동의 원인에 관해서도 설명하실 수 있으실 테지요. 아닙니까?"

"흐음."

"더불어 네 차례 있었던 마물들의 침공에 대해서도."

나세르가 타는 듯한 눈으로 마왕을 똑바로 노려보며 말했다.

"그 일 역시 당신과 관련이 있습니까? 만약 그렇다면, 지금의 마물들의 이상 행동 역시 다섯 번째 침공의 전조로 봐도 되는 것입니까."

나세르는 생각했다.

어차피 마왕이 정말로 인간들에게 적대적이고, 지난 네 차례의 침공이 마왕이 인류를 대륙에서 지워 버리기 위해 행했던 거라면 이 성에 발을 들인 일행들의 목숨은 이미 없는 거나 다름없었다. 그렇다면 괜히 말을 돌리는 것보다 확실하게 해 두는 편이 나았다.

그러자 마왕은 뜻 모를 미소를 지은 채 한동안 서 있기만 했다. 나세르가 불신 어린 눈으로 계속 응시하자, 마침내 그가 입을 열었다.

"아, 미안하네. 네 차례의 침공이라…… 그래, 그것은 확실히 나와 관련이 없지는 않군."

그가 웃는 얼굴로 선뜻 꺼낸 말에 나세르의 얼굴이 급격히 굳어졌다. 그것을 본 마왕이 손을 내저으며 덧붙였다.

"아, 그렇다고 내가 직접적으로 관여했다고 오해하진 말게. 그저 나의 측근 중에 인간에게 적대적인 이가 있었고, 나는 그가 마수들을 움직이도록 허락한 것뿐이니. 애초에 그는 내 바로 다음 차례에 태어난 두 번째 마족. 그 정도 권능은 원래부터 있었으니까."

그 대답에 나세르는 신전에서 배운 마족에 대한 사실들을 머릿속으로 떠올렸다.

마족이란 마수보다도 훨씬 상위의 존재로, 잔혹한 본성은 같으나 이성과 지능은 인간과 비슷하거나 조금 더 우위였다. 뿐만 아니라 마족은 주변 마수들에게 어느 정도의 지배력을 행사할 수 있었다. 이때 부릴 수 있는 마수의 수는 타고난 힘과 권능에 따라 정해진다. 더군다나 '항마력(抗魔力)' 또한 마족만이 하사할 수 있다 하였으니 그들의 권능은 알 만했다.

그렇다면 이번 마물들의 이상 행동도 그와 연관이 있는 걸까? 하지만…… 나세르가 다시 입을 열었다.

"하지만, 앞선 네 차례의 침공이 그의 짓이었다고 해도 지금 여기에는 이 성 외에 아무것도 없군요. 최근 바깥에 나가 보신 일이 있으신지 모르겠습니다만, 이 인근에는 마족은커녕 마물도 없습니다. 그렇다면 최근 마물들의 불온한 기류는 누가……."

말을 잇다 말고, 나세르는 문득 떠오른 가정에 입술을 깨물었다. 그것은 다름 아닌 마족들이 이 성안에 은밀히 모습을 숨기고 있을 가능성.

그러나 그보다도 더 최악의 가정은 따로 있었다.

다시 고개를 든 나세르가 굳어진 목소리로 물었다.

"아니면, 마족들은 설마…… 정체를 감추고, 인간들 사이에 숨어 살고 있는 겁니까?"

그로서는 지금 이 성에 마물은커녕, 마족들도 코빼기도 안 보이는 것에 대해 그렇게 해석할 수밖에 없었다. 그들이 섬기는 마왕만이 이 성에 홀로 있다는 것은, 나머지는 모두 이 터전을 버렸다는 의미가 되니까.

그리고 침공을 준비하는 마족들이 숨어들 곳이라면 역시 인간들의 세상뿐…… 그때 마왕이 돌연 웃음을 터트렸다.

나세르가 차가운 눈으로 그를 노려보자, 그는 유쾌한 듯 큭큭거리며 말했다.

"아, 미안. 진지한데 웃어서 미안하네. 하지만 걱정하지 않아도 좋다네."

그가 눈물이 고인 눈가를 닦아내며 말했다.

"내가 아는 한, 마족은 인간들과 섞여 살 만큼 성격이 좋지 않아. 그들은 전부 마계로 떠났을 거라네."

"마계라고요?"

"그래. 대변동 때, 새로운 삶의 터전을 찾아 떠난 것은 천족만이 아니야. 인간들의 눈에는 커다란 날개를 펼치고 하늘을 날아 이동하는 천족만이 보였겠지만, 사실 마족도 그때 이주를 준비하고 있었네."

마왕은 미려한 손을 뻗어 허공의 공기를 어루만질 듯 쓰다듬었다.

"보통 인간이라면 10일도 버티지 못할 환경이 우리에겐 천국 그 자체일세."

거기까지 말한 마왕이 팔을 내리며 빙긋 웃었다.

"이곳보다도 훨씬 하늘은 붉고, 대지는 척박하며, 마기와 늪의 독은 어느 곳보다도 짙은 곳. 빛에서 태어난 너희에겐 독이 될 뿐인 마기가 우리에겐 그 무엇보다도 감미로운 향기이자 힘의 근원이니…… 그리 생각하면 너희가 우리를 지나치게 경계하는 것도 이해 못 할 것은 아니구나. 너희에게 우리는 전혀 이해 못 할 족속들이겠지."

마왕은 눈을 내리깔며 말을 이었다.

"하지만…… 그러니 우리는 인간의 땅을 탐낼 이유가 전혀 없고, 인간들에게 신경 쓸 이유도 없지. 물론 내 동생처럼 다른 지성체가 지척에 살고 있다는 것 자체를 거슬려 하는 자들도 있긴 하나, 그건 어디까지나 별종이지."

"그렇다면 지난 4차 침공의 원인은 모두 그 마족 하나 때문이며,

최근 마물들의 이상 행동의 원인 역시 그라고 봐도 되겠습니까?"

마왕은 대답하지 않고 다만 눈을 내리감았다. 그 모습을 보고 더욱 답답해진 나세르가 다그쳤다.

"그렇다면 그 또한 당신과 마찬가지로 마계로 떠나지 않았다는 뜻이 될 터. 그런데 어째서 이곳 어디에도 모습이 보이지 않는 겁니까? 그가 여전히 당신을 섬긴다면 응당 그토록 싫어하는 인간들이 당신의 성을 침범하는 것쯤은 막아야 하는 것이 아닙니까?"

그러다 그는 퍼뜩 떠오른 가능성에 다시 말했다.

"아니면…… 그가 당신을 배신이라도."

나세르가 그렇게 말했을 때 감겨 있던 마왕의 눈이 별안간 번쩍 뜨였다. 그의 눈에서 이제까지의 느긋함이 씻은 듯 사라진 것을 본 나세르의 등에 소름이 돋았다.

'내가 방금 역린을 건드린 건가?'

그러나 마왕의 얘기를 모두 들은 나세르가 떠올릴 수 있는 가정은 그것 하나뿐이었다. 다른 마족들은 모두 보다 좋은 환경을 찾아 떠났는데, 동생과 단둘이 이곳을 지키고 있는 마왕이라니. 그의 동생에게는 인간들을 없애고자 하는 이유라도 있었지만 마왕에게는 그조차 없었다.

그렇다면 남은 가능성은 역시.

'단둘이 이 땅에 남은 뒤 동생과 반목했거나. 그게 아니라면, 어쩌면 마족 전체와…….'

그때, 초점 없는 눈으로 한참 동안 나세르를 바라보던 마왕이 다시 웃었다. 이제껏 한 번도 보여 준 적 없는 공허한, 그리고 불멸자에 몹시도 잘 어울리는 미소였다.

눈을 크게 뜨는 나세르에게 마왕이 말했다.

“그들이 나를 버리지 않았다.”

속이 텅 빈 것 같은 목소리가 방 안을 울렸다.

“내가 먼저 그들을 버리고 떠난 것이지.”

“먼저 떠나다니? 그게 무슨…….”

그때 나세르의 말을 끊고, 쾅 소리와 함께 뒤에서 문이 열렸다. 뒤를 휙 돌아본 나세르는 문을 연 이들의 정체가 지엔을 선두로 한 다른 원정대원들인 것을 보고 얼굴을 굳혔다.

아직 의문이 제대로 해소되지도 않은 마당에, 저런 정체불명의 존재 앞에 지엔을 노출시키다니? 그건 안 될 일이었다. 그것은 곧 지엔이 미지의 위험에 노출된다는 것과 같은 의미였으니까.

마왕이 어떤 반응을 보일지 몰라, 일단 검 손잡이에 손을 가져다 댄 나세르는 오랜만에 고용주다운 태도로 외쳤다.

“지엔, 다시 나가서 문을 닫아라!”

그러나 지엔은 모처럼 위엄 있는 그의 명령에도 불구하고 꼼짝도 하지 않았다. 그도 그럴 게 지엔은 온종일 지하를 뛰어다녀 드디어 헤카테가 말했던 ‘서고 같은 방’을 간신히 찾아낸 참이었다.

그런데 이 방에 나세르가 먼저 와 있었다고? 그것도 모자라 자신에게 다시 나가라고 한다고? 한시라도 빨리 헤카테가 말한 비밀 통로를 찾아야 하는 입장에서 그럴 수는 없었다.

지엔이 허리춤에 손을 얹으며 당당하게 외친 말에 나세르가 이마를 짚었다.

"네? 왜요? 싫어요! 저 여기에서 꼭 해야 할 일이 있단 말이에요. 나세르 님이야말로 여기를 수색하실 마음이 없으시다면 잠시 나가 계세요."

"지엔, 제발……."

나세르가 한 손으로 거듭 마른세수를 하는 가운데, 다른 원정대원들은 망연자실한 얼굴로 둘의 모습을 번갈아 보았다. 그들 중 하나가 중얼거렸다.

"이봐, 너 이제 브리지트 백작가의 하녀라는 설정조차 집어치우기로 한 거냐."

그들은 아직도 지엔이 벨하르트가 원정대에 잠입시킨 첩자라고 의심하고 있었다. 검은 구에 들어오는 데 지엔이 결정적 역할을 한 지금, 그런 의심은 더욱 굳어졌다.

'죽을 때가 다 되니 드디어 본색을 드러내는군.'

'이판사판이라 이거지.'

원정대원들이 생각하거나 말거나, 지엔은 자못 당당한 걸음으로 안으로 나아갔다.

빠르게 걷던 그녀가 갑자기 우뚝 걸음을 멈추었다. 마침내 그녀에게도 서가 사이에 서 있는 마왕의 모습이 눈에 들어온 것이다.

지엔을 발견한 마왕의 눈 또한 가늘어졌다. 그가 무슨 반응을 보이기 전에 나세르는 재빨리 지엔을 낚아채어 등 뒤로 숨겼다.

몹시 위험한 이를 대하는 듯한 그 반응에도 마왕은 전혀 신경 쓰지 않았다. 다만, 그는 왜인지 가라앉은 눈으로 지엔을 한참 동안 보다가 입을 열었다.

"……손님이 많은 날이로군."

그가 감상에 잠긴 듯한 목소리로 말을 이었다.

"아득히 오래전의 어떤 날을 떠올리게 하는 날이야."

영문 모를 말에 나세르가 얼굴을 찡그렸다. 마왕은 아랑곳하지 않고 얘기를 시작했다.

"아주 오래전…… 한 인간이 이 성에 찾아온 적이 있다. 나같이 지고한 존재에게 인간 따위의 불결한 것이 닿질 않기 원했던 마족들이 설치한 번개의 결계. 당시에는 여러 마족이 설치하여 훨씬 강력했던 그것을 뚫고, 그는 홀연히 내 앞에 나타났었지."

그렇게 말한 마왕이 고개를 돌려 원정대원들이 서 있는 쪽을, 특히 지엔을 보았다. 이야기에서 느껴지는 아득한 세월의 무게에 원정대원들은 감히 한 마디도 꺼내지 못했다.

그 모습을 보며 눈을 가늘게 뜬 마왕이 다시 말을 이었다.

"마침 성에는 다른 마족들이 모두 자리를 비운 참이었지. 하지만 몇쯤 남아 있어도 문제는 없었을 거야. 그만큼 강한 자였다."

그의 말을 들으며, 지엔은 그가 말하는 강한 인간의 정체가 누구인지 짐작할 수 있었다. 지금 눈앞에 대면한 이의 정체는 짐작조차 하지 못하면서.

수행인을 모두 마다하고, 위험천만한 마물의 숲과 마법 번개가 치는 땅을 혈혈단신으로 지나 마침내 이곳까지 당도했던 존재.

'내 전생.'

역시 그 꿈 또한 그저 단순한 환상이 아닌, 전생 속 기억의 일부였던 것이다. 얼굴을 굳힌 지엔에게 말소리가 이어졌다.

“나는 그에게 이곳까지 온 이유를 물었지. 그는 대륙에서 누구보다도 지고한 위치에 오른 자였다. 하지만 그러다 보니 모든 것에 질렸다더군. 그 말을 듣고, 나는 그와 친구가 될 수 있을 것 같았어. 과연 그렇게 되더군.”

그는 말을 잇는 내내 지엔만을 바라보았다.

“세계가 태어난 이후 헤아릴 수도 없이 오랜 세월을 홀로 견딘 나는, 감정 이전에 권태를 먼저 배웠다.”

그렇게 말한 그가 고개를 모로 기울였다. 수북한 검은 머리칼이 그의 발치에서 커튼처럼 흔들렸다.

“꽃이 수만 번 피고 진들, 달이 수만 번 차고 기운들, 계절이 수만 번을 바뀐들 권태에 빠진 내겐 찰나이고 일부였으니. 기억할 가치도 없는 먼지 같은 조각들…….”

그의 목소리가 끝에 이르러 더욱 낮아졌다.

“그가 나를 그로부터 구했어.”

지엔은 몹시 긴장하며 입을 열었다. 다른 원정대원들이 흠칫 놀라 그녀를 돌아보았다.

“그가 당신에게 감정을 가르쳤나요?”

남자는 눈을 휘며 웃었다. 그 아름다운 미소에 지엔은 속으로 조금이나마 안도했다.

‘어떻게 한 건진 모르겠지만, 그는 분명 전생의 친우가 나란 걸 알아봤어. 그렇다면 경우에 따라 그가 우리를 이 성에서 나가도록 도와줄 수도 있겠지…….’

비밀 통로가 이 안에 있다는 것을 아는 이상 찾는 데 그리 오랜 시간이 걸리진 않겠지만.

그때, 여전한 미소와 함께 남자가 고했다.

"아니, 그가 나에게 준 건 죽음이었어."

사랑을 고백하듯 달콤하고 감미롭기까지 한 어조라서, 한동안은 아무도 그의 말뜻을 이해하지 못했다.

다음 순간 나세르는 빠르게 뽑아낸 검을 들고 그를 노려보았고, 지엔과 원정대원들은 겁먹은 얼굴로 그로부터 한 걸음 물러났다.

'친우라 여겼던 인간의 손에 죽었으면서, 인간에게 아무런 원한이 없다고? 그 말을 믿을 수는 없어.'

그렇게 생각하며 입술을 으득 깨무는 나세르에게, 그는 황홀하기 그지없다는 표정으로 읊조렸다.

"영원으로부터의 해방, 자유. 그건 내가 살면서 받아 본 것 중에 최고의 것이었어."

그제야 나세르는 북부로 오던 도중, 리어 성에서 보았던 연극을 떠올렸다.

〈흰 아이와 검은 아이〉. 모든 것을 갖고 있던 흰 아이가 그것에 질려 아무것도 없는 땅으로 떠나간 뒤, 죽음조차 없어 죽지 못하고 있던 검은 아이에게 마침내 '만들어 낸' 죽음을 선사한다는 내용.

아무런 개연성도 없는 그 내용을 그가 아직도 기억하고 있는 것은, 어디까지나 그 연극을 보고 헤카테가 보여 주었던 예상 밖의 반응 때문이었다.

그런데 그게 설마하니……

'마왕과 어느 인간의 얘기를 빗댄 것일 줄이야.'

그는 입술을 깨물었다. 그리고 그가 다시 앞을 노려보며 꺼낸 말에 모두가 화들짝 놀랐다.

"당신이 이미 죽었다면, 지금 내 눈앞에 있는 당신은 뭡니까? 마왕."

"네? 방금 뭐라고 하셨어요, 나세르 님?"

마왕? 눈을 동그랗게 뜨고 중얼거리는 지엔의 옆에서 세 명 남짓한 원정대원들은 눈 뜨고 기절한 것 같은 표정을 지었다.

'좋은 인생이었다. 대륙을 지키려다 죽었으니 호상이겠지.'

'역사서에 내 이름 정도는 남겨 줬으면.'

그 가운데, 나세르를 지그시 응시하던 마왕은 손을 뻗어 그의 옆 서가에 꽂혀 있던 책들을 손끝으로 쓸어내렸다.

그가 중얼거리듯이 말했다.

"모든 사물에는 기억이 깃들지. 혹은 사용자의 사념 같은 것."

"……."

"그렇다면, 이 성은 나와 함께 얼마나 오랜 세월을 존재했을 것 같나?"

대답하지 않는 이들을 보며 그가 다시 말했다.

"이 성을 지을 당시 나는 인간들에게 맹수들로부터 몸을 지킬 벽과 지붕이 필요하다는 건 알았어도, 공기가 들어올 틈 또한 필요하다는 것은 알지 못했다. 이 성에 창문조차 없는 것은 그 때문이지."

마왕이 묘한 미소와 함께 고개를 기울였다.

"즉, 이 성은 너희가 이 땅에 나타난 지 얼마 되지 않아 내가 너희에 대해 잘 모를 때 지어졌다는 얘기다. 그러니만큼 당연히 이곳은 나와 거의 모든 순간을 함께 했지. 그러니……."

마왕이 다시 서가로 손을 뻗었다. 방금까지는 분명 어루만지고 있다 여겼던 책을 팔이 불쑥 통과했다.

마왕이 말을 맺었다.

"……이 훌륭한 재현 앞에서, 그대들이 내가 죽었다고 믿지 못하는 것도 이해가 돼. 이 성은 생전의 나를 충실하게, 혹은 그 이상으로 재현하고 있으니 말일세."

그러자 얼굴을 심각하게 찌푸리고 있던 나세르가 다시 입을 열었다.

"하지만, 기억이 목소리조차 낼 수 있는 것은 무슨 연유……."

"북부에서도 중심인 이 땅에 가장 충만한 것이 무엇이지?"

그 말에 나세르는 다시 입을 다물었다. 검은 구에 들어온 순간 원정대원들을 일순 숨 막히게 했던 것은 상상해 본 적 없을 정도로 짙은 마기(魔氣). 그리고 마기는 마족들에게 있어 인간들의 마력과 같은 이치.

생각에 잠긴 얼굴을 하는 나세르에게 마왕이 다시 말했다. 이전보다 부드럽고 너그러워진 목소리였다.

"그래. 지금 네가 지닌 것과 같은 검. 이 성의 다른 누군가가 지닌 지팡이…… 그리고 펜던트."

마왕의 시선이 힐끗 지엔의 앞주머니를 향했다. 지엔은 잠깐 뒷짐 진 채 딴청을 피웠다.

그 모습을 보던 마왕이 말을 이었다.

"……나에게 죽음을 '만들어' 주겠다던 나의 친우는 과연 인간의 땅으로 돌아갔다가 얼마 안 가 그것들을 지니고 다시 찾아왔어. 나와는 반대되는 빛의 신의 힘이 담긴 세 성물. 그것들을 이용하여 그는 마침내 내게 '죽음'을 안겨 주는 데 성공했지."

"다른 마족들은……."

머뭇거리며 말을 꺼내는 나세르에게 마왕이 빙긋 웃어 보였다.

"마족들은 그를 말리지 않았네. 오히려 그가 나를 죽여 주기만을 고대했지. 날 배신해서가 아니라, 그들 또한 나의 숙원이 이뤄지기를 바라서였어. 그래서 그들은 이주할 땅을 찾고서도 그를 기다리는 나와 함께 인간계에 남아 있었다. 나의 최후를 함께 하기 위해."

"……."

"단, 내가 다른 누구도 아니고 인간과 빛의 신의 힘에 의해 죽는 것에 유일하게 반발한 자가 있었다. 그게 누구인지는 말하지 않아도 알겠지."

나세르가 담담하게 중얼거렸다.

"인간들을 싫어해 네 차례나 침공을 일으켰다던 바로 그 마족…… 모든 마족 중에 두 번째로 태어난 자."

"그래."

담담한 목소리에도 불구하고, 그것을 들은 지엔과 세 원정대원들은 눈이 빠질 듯 놀랐다. 그들이 저마다 더듬거리며 물었다.

"뭐, 뭐라고요? 그게 사실입니까? 두 번째로 태어난 마족이라니."

"마물 침공의 원인이 수백 년 만에 드디어 밝혀지다니."

놀라거나 망연자실한 원정대원들의 옆에서 나세르는 여전히 굳어진 얼굴로 정면을 보았다. 팔짱을 낀 마왕이 대수롭잖게 물었다.

"그대들이 지닌 성물의 기능을 제대로 알고 있나? 그러니까, 인간들의 관점이 아닌 측면에서 말일세."

"인간들의 관점이 아니라면 모르겠군요. 어둠 속에서 태어난 것들에게 치명적인 작용을 한다는 것 외에는."

마왕이 고개를 끄덕이고 말했다.

"그건 맞네. 특히 그대가 지닌 빛의 검은 그 능력을 극대화한 것이지. 내 친우는 빛의 검을 이용하여 내 몸에 치명적인 상처를 냈어."

그의 손가락 끝이 지금쯤 칼리스가 헤매고 있을 위쪽을 향했다.

"빛의 지팡이는 신성한 낙뢰를 계속 내리쳐 상처가 회복되는 것을 막고, 나를 서서히 쇠약해지도록 했다. 마지막으로 빛의 펜던트는 인간 아닌 것들의 영혼도 인간들의 윤회의 궤도로 들여보내 준다."

그 말에 나세르가 눈을 더욱 크게 떴다. 그가 중얼거렸다.

"방금, 뭐라고……."

"그 말대로다. 빛의 펜던트를 너희 인간에게 썼을 때 소생 작용을 하는 건, 너희가 이미 인간이므로 새로운 몸을 찾을 필요가 없기 때문이지. 그리하여 신성력으로 회복된 몸에 떠났던 영혼을 다시 불러들이는 것이다."

나세르가 딱딱하게 굳은 얼굴로 대답했다.

"하지만, 당신이 빛의 펜던트로 인해 죽었다는 건……."

"그래. 너희에게는 '소생'이었지만, 나에게는 '환생'이었지."

"그럼…… 당신의 영혼을 가진 자가 대륙 어딘가에서 인간으로 태어나 살아가고 있단 말입니까."

무려 마왕의 영혼을 가진 인간이라니. 그 인간이 제국에서 다른 인간들과 섞여 살아가고 있을지도 모른다니……

비록 눈앞에서 대화하고 있는 남자의 모습은 성서나 인간들이 성토한 모습과는 거리가 멀었으나, 그럼에도 원정대원들은 반사적으로 찝찝함과 두려움을 느낄 수밖에 없었다.

그런 기색을 눈치챘을 법도 하건만 마왕은 태연하게 말을 이었다.

"허나…… 앞서 말했듯, 인간을 끔찍이도 싫어하던 나의 형제이자 '어둠 속에서 두 번째로 태어난 자'가 그 일을 달가워했겠느냐. 하여 그는 나를 부활시킬 구상을 하는 것 같더군."

"부활, 말입니까?"

망연자실하게 되묻는 나세르에게 남자가 고개를 끄덕였다. 한편 원정대원들은 더욱 사색이 되었다. 북부 원정의 끝에서 찾게 된 진실이 마물 침공의 전조도 아니고 마왕의 부활이라니, 스케일이 커도 너무 컸다.

"어떻게 말입니까? 그게 가능은 합니까?"

다급히 묻는 나세르에게 마왕은 고개를 끄덕였다.

"물론. 내가 죽은 뒤로 그는 사념에 불과한 나를 마치 본인처럼 여기고 종종 말을 걸더군. 하여 나는 그의 계획을 소상히 알 수 있었네."

그가 턱을 조금 치켜들며 말을 이었다.

"내가 죽었다는 것을 알고 난 후, 그는 당연히 지상의 인간들을 모두 쓸어 버리고 싶은 심정이었어."

마왕의 입에서 태연히 나온 그 발언에 모두가 움찔했다.

"하지만 그럴 수는 없었지. 그는 내가 인간들의 윤회의 궤도에 들어갔다는 것을 알고 있었어. 그렇게 된 이상, 만약 인간으로 태어난 내가 그에 휩쓸려 죽으면 나는 다시 인간으로 태어나고, 태어날 육체가 없으면 지상으로 내려오지 못하겠지. 그럼 그는 내 영혼을 영영 찾지 못하게 돼."

거기까지 말한 그가 턱을 쓰다듬었다.

"하여 그는 일단 빛의 신전으로 갔지. 강한 마족으로서도 그건 꽤 위험한 일이었으나, 어쨌건 그는 빛의 성물의 설계도를 훔쳐 내고 원리를 파악하는 데 성공했어. 그리고 빛의 성물을 역이용하면 내 몸을 원래에 가깝게 재구성할 수 있다는 것을 발견했다."

'빛의 성물의 설계도가 소실된 건 그 때문이었군.'

그렇게 생각한 나세르가 입을 열었다.

"그럼 그의 계획은 당연한 수순이로군요."

무슨 말을 하냐는 듯 바라보는 원정대원들 앞에서 그는 말을 이었다.

"빛의 검, 빛의 지팡이, 빛의 펜던트. 세 성물을 모두 모으면, 그때 비로소 아직 살려 뒀던 인간들 중 마왕의 영혼을 찾아낸다."

"정확하다."

마왕이 빙긋 웃었다. 그것도 잠시, 그가 곧 얼굴을 굳혔다.

"허나, 한 가지 문제가 있었지."

"무엇입니까?"

"나를 찾아 인간들 사이를 자유롭게 돌아다니려면 그가 마족임을 숨겨야 했다. 뿐만 아니라 혹시 나일지 모르는 인간들에게 해를 끼쳐서도 안 됐지."

마왕이 말을 이었다.

"그러나 나 다음으로 가장 근원적인 어둠에 가까운 그에게는 그 일이 불가능했다. 그러긴커녕, 그가 아무리 억눌러도 계속해서 새어 나오는 마기는 어른들을 병들게 하고, 아이들을 죽게 하였지. 그 중에 내가 있었을지도 모른다고 생각한 그는, 이대로는 안 되겠다고 깨달은 거야."

"그래서 그가 어떻게 했습니까?"

"빛의 펜던트의 원리를 이용해 자기도 인간으로 태어나자고 다짐했어. 단, 문제가 있었지. 평범한 인간의 몸으로는 살아 있는 그의 마기는커녕, 그의 영혼이 품은 마기마저 누를 수 없었으니까. 그때 그의 눈에 띈 게 아직 천계로 이주하지 않고 남아 있던 천족들이었다."

"설마……."

딱딱하게 얼굴이 굳어진 나세르에게 마왕이 말했다.

"그래, 그는 지상에 남아 있는 얼마 안 되는 천족들을 모조리 찾아내어 그의 자손을 잉태하게 했지. 생전만큼은 아니겠지만 마족의 마기를 그대로 쓸 수 있으면서도, 필요에 따라 마기를 누를 수 있으며, 신성력까지 쓸 수 있는 그전까지는 없었던 종족을 만들기 위해."

"그래서 그 시도가 성공했습니까?"

"그대는 이미 그 결과를 바깥에서 보았다."

잠시 무거운 침묵이 흘렀다. 이윽고 한 남자가 탄식하듯 중얼거렸다.

"제라드……."

마왕이 고개를 끄덕이고 말했다.

"대부분은 상반되는 두 힘이 몸에서 반발해 끔찍하게 죽고, 단 하나만이 성공했다더군. 그것이 바로 지금 그대들을 죽이고자 이 성 밖에서 기다리고 있는 제라드일세."

마왕, 아니, 마왕의 사념체는 이 성안은 물론이고 성 밖의 일까지 훤히 파악하고 있었던 모양이었다.

나세르는 입술을 깨물었다. 드디어 그는 이 북방 원정의 목적에 도달할 수 있었다.

'최근 마물들의 수상한 움직임은 다름 아닌 제라드의 소행이었다. 두 번째로 태어난 마족인 그는 환생을 거치고 나서도 그만큼의 지배력을 갖고 있는 거겠지…… 그리고 그가 침공을 준비하기 시작했다는 것은.'

나세르가 고개를 퍼뜩 들었다.

'마왕의 환생을 찾아내는 데 성공했다는 것.'

그리고 그가 입을 열었다.

"저희가 이 성에서 무사히, 제라드가 모르게 빠져나가도록 도와주실 수 있으십니까?"

마왕은 주저 없이 고개를 끄덕였다.

"물론. 그의 의도가 성공하는 건 내게도 유쾌하지 않은 일이다. 지금쯤 환생했을 내가 그토록 염원하던 인간의 삶을 무사히 누리길 바라니까."

그리고 그가 고개를 기울였다.

"단 하나, 조건이 있다."

나세르가 다시 긴장하며 물었다.

"그게 뭡니까?"

"그대가 든 빛의 검으로 나를 찔러 주게."

일순 할 말을 잃은 나세르에게 그가 다시 말했다.

"아까도 말했지만, 사념체에 불과한 내가 이토록 생전 그대로의 모습인 것은 물론, 약간의 물리력마저 행사할 수 있는 것은 이 땅의 근간인 짙은 마기 때문이다. 그렇다면, 마기를 몰아내는 빛의 검은 분명 나를 없앨 수 있을 테지."

"하지만……."

마왕인 것을 떠나, 자신에게 도움을 준 데다가 인간 모습을 하고 있는 그를 죽인다는 것이 나세르는 몹시 꺼려졌다. 그는 비록 이 북부 원정에서 수많은 마물들을 도륙했을지언정, 사람의 생명을 빼어 본 적은 아직까지 한 번도 없었다.

그에 빙긋이 웃은 마왕이 다시 말했다.

"이 성에서의 영원한 삶에 질린 것은, 그가 남긴 사념체인 나도 마찬가지라네."

"……."

그를 물끄러미 쳐다보던 나세르가 할 수 없다는 듯 말했다.

"제가 당신을 없앤다면, 그 대가로 저희 원정대 모두를 무사히 제국으로 돌려보내 주겠다고 약조하실 수 있으십니까."

마왕은 어려울 것 없다는 듯 고개를 끄덕였다.

"물론. 그대들에게 험했던 길을 다시 거슬러 갈 필요 없이, 바로 제국의 수도로 갈 수 있도록 해 주지. 내 권능은 그대의 생각보다 훨씬 뛰어나."

그렇게까지 말하는데 부탁을 들어주지 않고는 달리 도리가 없었다. 찝찝한 얼굴로 다시 빛의 검을 뽑아 든 나세르는 먼저 원정대원들을 향해 말했다.

"지금 당장 나가서 이 성의 모두를 이곳으로 불러 주십시오. 헤카테 사제가 약조한 시간만큼 버틸 수 있을지 알 수 없으니, 이 성을 나가는 것은 빠르면 빠를수록 좋습니다."

"아, 알겠소."

"더불어 황태자 전하께서 이 일에 대한 진상을 요구하실 때, 증언을 부탁합니다."

"물론이오."

단호하게 말한 원정대원들이 빠른 걸음으로 방 밖으로 사라졌다. 그러자 나세르는 이번에는 지엔을 향해 말했다.

"지엔, 너는 고개를 돌리고 있어라."

그 말을 들은 지엔은 잠시 떨떠름한 표정을 지었다. 나세르가 왜 저런 말을 하는지 짐작 안 가는 건 아니었으나, 혹시나 싶어 물어보았다.

"왜요, 나세르 님?"

"그대에게 내가 누군가를 죽이는 모습을 보여 주고 싶진 않으니까. 아무리 그 대상이 살아 있지 않다고 하더라도."

'아니요, 공자님. 사실 그 존재의 생명을 뺏었던 것은 다른 누구도 아닌.'

돌아서서 검을 치켜드는 나세르의 모습을 보며 지엔은 입속으로 뇌까렸다. 그 어느 때보다도 찬란한 빛을 뿌리는 빛의 검 때문에, 그는 마치 어떤 숭고한 사명을 갖고 지상에 내려온 빛의 신의 사도 같았다. 평범한 인간으로서는 감히 범접조차 못 할듯한.

그 모습을 바라보며 지엔은 입속으로 말을 맺었다.

'저였어요.'

마침내 나세르의 검이 마왕 사념체의 가슴 한복판을 꿰뚫었다.

빛의 검의 검날에서 흰빛이 가득 퍼져 나가며 마왕의 형체가 천천히 부서져 내렸다.

시든 꽃잎처럼 떨어져 내리는 자줏빛 속에서, 마왕은 마지막으로 지엔을 향해 미소를 보냈다. 어째서 저토록 인간적인지 의문스러울 만큼 친근한 미소였다.

그에 지엔 또한 어색하게나마 미소를 보냈다. 전생의 유일한 친우를 향한 미소를.

"……."

침묵 속에서 나세르가 지엔에게로 고개를 돌렸다. 지엔이 웃고 있는 것을 보고 나세르는 의아해진 것 같았지만, 일단은 아무 말도 하지 않았다. 지엔은 변명할 말도 없고 해서 그저 가만히 서 있기만 했다.

얼마 안 가 복도 쪽에서 어지러운 발소리가 들려오기 시작하더니, 이윽고 닫혀 있던 문이 벌컥 열리며 원정대원들이 우르르 안으로 쏟아져 들어왔다.

그중 무시무시한 표정을 지으며 앞장선 사람은 다름 아닌 로아나였다.

"정말로 비밀 통로를 찾았습니까? 도대체 어디입니까?"

"그건……."

나세르가 말을 꺼내려는 찰나, 갑자기 마왕이 서 있던 바로 뒤의 서가가 양옆으로 스르르 열렸다. 그 안에 나타난 자줏빛이 물결치는 범상치 않은 벽에 로아나는 얼굴을 굳혔다.

단숨에 검을 뽑은 그녀는 신중하게 벽으로 접근했다. 그것도 잠시, 이윽고 벽 안에 펼쳐진 형상을 보고 그녀는 눈을 휘둥그레 뜨며 검을 든 손을 내리고 말았다.

"저건……."

그녀가 황망하게 중얼거렸다.

그녀의 뒤에서 발리아도 눈을 크게 뜬 채 말했다.

"저 너머로 보이는 곳은, 제가 알기로는 제국의 수도가 아닌가요?"

수도에 온 지 얼마 되지 않은 발리아마저 알아볼 정도였으니 답은 명백했다. 모두는 자줏빛 벽 앞으로 다가가며 꿈에도 그리던 수도가 눈앞에 있다는 사실에 놀라워했다.

그러던 와중, 아직도 경계심을 지우지 않고 있던 로아나가 말했다.

"저희가 기대한 것은 이 성에서 제라드가 지키는 문이 아니라 다른 곳으로 나갈 수 있는 비밀 통로였지, 원하는 장소로 단숨에 보내주는 마법 통로 같은 게 아니었습니다."

그리고 그녀는 고개를 돌리며 중얼거렸다.

"게다가 제국 수도가 여기에서 얼마나 먼데, 허무맹랑한……."

그때, 나세르가 로아나의 말을 끊었다.

"저 통로는 마왕이 만들어 둔 통로입니다. 이 성 역시 마왕의 것입니다."

그에 로아나의 눈이 휘둥그레졌다. 다른 사람들의 경악 또한 만만치 않았다. 그들이 방금까지 제멋대로 헤집고 다녔던 이 성이 다름 아닌 마왕의 것이었다니.

"마왕? 마왕이라고?"

"그건 전설 속의 존재가 아니었단 말인가?"

"제국 사상 아무도 실제로 모습을 본 이가 없는데."

그들의 경악 어린 말을 자르고 나세르가 다시 말했다.

"그에게서 북부 마물들의 이상 행동의 원인에 대한 해답 또한 얻었습니다. 단, 그건 여기에서 말씀드릴 일이 아닙니다. 일단 안전한 곳에 돌아간 뒤에 다시……."

모두의 안색이 새파래진 가운데, 혼자만 이 사태를 모두 예견했다고 해도 믿을 정도로 담담한 벨하르트가 뒤를 힐끗 보았다. 그곳에선 탈진한 헤카테가 다른 원정대원에게 부축받아 걸어오고 있었다.

벨하르트가 나세르의 말을 끊었다.

"어차피 헤카테 사제에게 제라드의 성장세가 예상보다도 대단하여 더는 버티기 힘들다는 말을 들은 참이다. 문에 남겨 둔 결계가 곧 깨질 테니 어서 돌아가도록 하지."

그리고 걸음을 옮기는 그를 향해 로아나가 다급하게 외쳤다.

"전하, 잠시 기다려 주십시오! 아직 그 마법의 안전성이 검증되지도 않았습니다. 하다못해 제가 간 뒤에……."

그렇게 외친 로아나가 벨하르트보다 앞장서서 벽 안으로 뛰어들었다. 아직 결과가 나타나기 전인데도 벨하르트도 망설임 없이 성큼 발을 내디뎠다.

어차피 마법이 제대로 작동하지 않으면 성에서 제라드에게 개죽음당할 뿐이라는 것은 사실이나, 저토록 망설임 없이 행할 일인지…… 얼떨떨한 표정을 짓고 있던 원정대원들의 눈앞에 곧 그 결과가 드러났다.

이쪽에서는 벽 너머가 보이지만 벽 너머에서는 이쪽이 보이지 않는 모양인지, 수도의 길을 거닐던 행인들이 허공에서 갑자기 튀어나온 사람들을 보며 깜짝깜짝 놀랐다.

그 모습을 직접 눈으로 확인한 원정대원들도 두려움을 떨치고 하나둘 벽을 넘어갔다.

마침내 나세르의 차례가 오자, 지엔이 걱정스레 물었다.

"공자님, 빛의 검을 갖고 이 통로를 넘어도 괜찮을까요? 왜냐하면 이건 마왕의 마법이잖아요. 빛의 검이 가진 힘과는 완전히 반대되는 힘으로 작동되는 마법."

"그러네, 그게 문제네."

뒤에서 불쑥 끼어들어 그렇게 말하는 칼리스에게 지엔이 고개를 끄덕였다. 다른 성물인 빛의 지팡이를 가진 그 또한 이 일과 결코 무관하진 않았다.

그에 잠시 고민하던 나세르는 고개를 내저었다.

"그 또한 이 검의 존재를 이미 알고 있었으니, 아마도 괜찮을 거라고 생각한다. 이 검을 지니고 저 벽을 넘어선 안 되었다면 미리 말을 해 주었겠지."

"그건 그래요."

지엔은 그렇게 대답했지만, 마음속 불안이 완전히 사라지진 않았다. 애초에 텔레포트 마법이 고위 마법인 이유는 소모되는 마나 양이 많기도 하지만, 실수했을 경우 그 대가가 엄청나기 때문이었다.

못내 불안감을 숨기지 못하는 지엔을 물끄러미 보던 나세르가 대뜸 손을 내밀었다. 의아한 표정을 짓는 지엔에게 그가 말했다.

"그렇다면 우리, 손을 잡고 갈까."

"네?"

나세르가 옅은 미소를 띠며 대꾸했다.

"혹시 모르지 않나. 운이 좋다면 푸리에나 솔리덴, 말락타 같은 곳에 떨어질지도."

지엔은 그렇게 말하는 나세르를 아연하게 바라보았다.

어느 밤중에 그를 안심시키기 위해 마구잡이로 내뱉었을 뿐인 지명들을 하나도 빠짐없이 기억하고 있었다니. 심지어는 누구에게나 생소할 터인 마리의 고향의 이름, 말락타조차.

지엔이 자신을 빤히 보는 시선이 길어지자, 나세르는 방금 말한 게 언제였냐는 듯 손을 내렸다.

"물론, 그런 짓은 하지 않을 거다. 지엔, 너마저 위험에 처하게 하고 싶진 않아."

그때 지엔이 불쑥 대답했다.

"아니요, 공자님."

그러면서 그녀는 이번에는 제 쪽에서 먼저 손을 내밀어 나세르의 손을 잡았다. 나세르가 의아한 듯 눈을 깜빡거리고, 칼리스조차 믿을 수 없다는 표정을 지었다.

그 가운데 지엔이 태연하게 말했다.

"괜찮네요. 솔리덴, 말락타, 그리고…… 음……."

"푸리에."

제 입으로 가고 싶다고 말했던 곳의 이름을 기억 못 하는 모습에도 나세르는 웃지도 않았다. 그에 지엔이 얼른 고개를 끄덕였다.

"네, 맞아요. 푸리에. 하여튼 그 세 곳 중 하나에 떨어질 수도 있는 거잖아요."

"하지만……."

손안에서 꼼지락대는 나세르의 손을 단단히 움켜잡은 지엔이 벽을 향해 단호하게 걸어갔다. 그러면서 그녀는 생각했다.

'뭐, 어차피 나도 빛의 펜던트를 지니고 있으니 여차하면 위험한 곳에 떨어질 수도 있는 건 똑같은데 뭐.'

지엔은 벽이 가까워질수록 달아나려 하는 나세르의 손을 더욱 세게 움켜쥐었다.

'그때는 공자님만 믿어야지.'

지엔의 머릿속은 꿈에도 모르는 나세르는 그저 붉어진 얼굴로 지엔에게 끌려가며, 손에 얼마만큼의 힘을 담아야 지엔이 다치지 않게 빠져나올 수 있을지 고민했다.

바로 그때, 그의 시야가 일순 자줏빛으로 물들더니 갑자기 휙 바뀌며 단정한 돌길과 높게 솟은 색색의 건물들이 나타났다.

"아."

나세르는 망연자실하게 내뱉었다.

방금까지 대륙의 끝, 황폐한 북부에서도 최북단에 있었기에 변화는 극적으로 느껴졌다.

꿀을 머금은 듯 진한 금빛 햇살과 초겨울임에도 아직까지 새파란 하늘, 여행자가 아닌 잘 차려입은 사람들……

그러나 나세르는 오랜만에 보는 그 모든 것보다도 단 한 사람에게 시선이 사로잡혔다. 심지어 여행 중에 매일같이 보아 온 사람임에도 불구하고.

나세르를 돌아본 지엔이 나부끼는 갈색 머리칼 사이로 환히 웃었다. 다른 모든 것 중에 그녀만이 이 세상에서 유일하게 색채를 가진 것처럼 빛났다.

"공자님. 아무래도 여행은 따로 가야 하려나 봐요."

태연히 미래를 약속하는 그녀의 말에, 나세르는 애써 기쁨을 내색하지 않으려 노력하며 말했다.

"그렇군."

그리고 다시 돌아서는 그녀의 등을 보며, 나세르는 뇌까렸다.

'역시.'

그는 느리게 눈을 감았다.

'내게는 그녀가 마지막일 수밖에 없겠구나.'

*　　*　　*

나세르와 마주 보며 웃던 것도 잠시, 정신을 차린 지엔은 괜히 민망해져서 시선을 내렸다. 그녀가 중얼거렸다.

'내가 왜 방금 나세르 님을 보고 웃었지?'

딱히 웃을 만한 순간은 아니었는데. 오히려 안도의 한숨을 내쉰다면 모를까. 그것도 잠시, 고개를 내저은 지엔은 애써 생각했다.

'아니지. 고용주가 무사하니 아랫사람의 입장으로서 당연히 기뻐질 만도 하지. 암, 나는 엄연히 브리지트 백작가 소속 하녀라고. 그것도 벌써 5년째.'

그렇게 지엔이 취직하고 처음으로 자기 안의 소속감을 확인하던 그때, 그녀의 뒤에서 나타난 칼리스가 말했다.

"휴, 정말 다행이로군. 여기까지 기껏 잘 와 놓고 마지막에 다른 데로 떨어져 버린다면 정말이지, 억울하기 이전에 너무 황당해서 귀신도 못 된다고."

그러자 금세 지엔을 향한 미소를 거둔 나세르가 칼리스를 향해 한심하다는 눈빛을 보냈다. 언제나의 일이었기에 지엔은 그저 하하 웃었다.

그런 두 사람의 모습에 칼리스가 투덜거렸다.

"목석, 못난이랑만 손잡고 너무해. 내 손도 잡아 줬어야지. 못난이 너도. 마법사인 나는 너희와 달리 힘이 약하단 말이야."

"내 힘은 그러기 위해 기른 게 아니야."

"저도 그러려고 있는 힘이 아닌데요."

까칠하게 대꾸한 지엔과 나세르는 다시 서로를 돌아보며 빙그레 웃었다. 그때, 지엔의 머릿속에 새롭게 스치고 지나가는 생각이 있었다.

'나는 나세르 님과 마주 보고 웃을 자격이 있나?'

지금 자신이 뭔가 중대한 착각을 하고 있는 게 아닌가?

'나세르 님이 계속 손을 잡고 사랑을 말하니까. 목숨을 바쳐서라도 지켜 줄 거라고 말하고, 그걸 정말로 행하기까지 하니까. 지금은 물론 앞으로도, 어쩌면 영원히라도 곁을 떠나지 않을 것처럼 말하니까.'

지엔은 얼굴을 굳혔다.

'그러니까 나세르 님의 마음이 온전히 나세르 님에게서 비롯되었다고, 내가 착각이라도 하고 있는 게 아닐까?'

그렇지 않고서야 이렇게 거리낌 없이 그를 보고 기쁜 듯 웃을 수 있을 리 없다.

그러지 않고서야 이렇게…… 이렇게 그의 웃는 모습을 보며 자신까지 기뻐질 리가.

돌연 얼굴을 굳힌 지엔이 갑작스레 돌아서는 것을 보고 나세르가 의아하게 물었다.

"지엔?"

그때 지엔은 새롭게 다가갈 곳을 찾아 눈을 바쁘게 굴리고 있었다. 마침내 원하던 것을 발견한 그녀가 두 팔을 번쩍 들며 외쳤다.

"와아, 헤카테!"

그리고 자신을 향해 우르르 달려오는 그녀를 보며 헤카테가 잔뜩 창백해진 얼굴로 외쳤다.

"잠깐만요, 지엔! 뛰지 마십시오. 저 지금 당신과 부딪치면 제 목숨을 보장할 수가 없……."

"헤카테! 무사해서 정말 다행이야!"

제 말은 듣지도 않고 냉큼 코앞까지 달려와 활짝 웃는 지엔을 보며 헤카테가 이마를 짚었다. 그녀의 포옹을 굳이 거절하지 않으면서도 그는 계속 한숨을 쉬었다.

"대형견이라도 한 마리 키우는 기분이군요……."

"날 키우기에는 네 체력이 너무 안 좋지, 헤카테."

"……."

지엔의 주저 없는 말에 헤카테의 표정이 오묘하게 변했다. 그것도 잠시였다. 갑자기 크게 휘청거린 헤카테는 그만 그대로 쓰러져 버렸다. 지엔과 근처에 있던 원정대원들이 황급히 그를 받아 부축했다.

"헤, 헤카테."

당황해서 말하는 지엔의 앞에서 원정대원들이 벨하르트를 찾아 두리번거렸다. 마침내 벨하르트를 발견한 그들이 외쳤다.

"화, 황태자 전하! 헤카테 대사제님이, 심히 무리를 하셨는지……."

"걱정하지 마라. 치료와 사후 처리를 위해 원정대는 지금부터 전원 황궁으로 이동할 테니."

벨하르트의 말에 이 원정에서 다친 사람들, 심지어 목숨을 잃은 사람들을 떠올린 원정대의 분위기가 크게 가라앉았다.

이윽고 황궁에서 보낸 마차들이 그들의 앞에 일제히 멈추자, 부상 부위를 손으로 누른 원정대원들은 힘겹게 마차에 올라탔다.

떠날 때와는 달리 꽃잎도, 환호성도 없는 적막한 귀환이었다.

* * *

가장 먼저 부상자와 사망자들의 사후 처리가 있었다. 시체를 회수하기 위한 인력이 대륙 북부에 파견되었고, 빛의 신전에서는 비상시를 대비한 최소한의 인원만을 빼고 사제들을 파견하여 부상자들의 치료를 도왔다.

원정의 경과를 보고하는 것도 빼놓을 수 없었다. 보고를 듣기 위해 모인 사람은 원정대의 주축이라 할 수 있는 벨하르트와 로아나, 발리아와 칼리스였다. 병상에서 아직 일어나지 못한 헤카테만이 참석하지 못했다.

마왕, 아니, 마왕의 사념체를 직접 목격한 나세르와 지엔, 나머지 세 원정대원이 증인이 되었다. 그와 가장 많은 대화를 나눈 것은 나세르였기에 주로 나세르가 얘기했다.

나세르의 말이 이어질수록 로아나의 얼굴은 창백하게 물들었다.

"마왕의 환생이라니……."

어둡게 중얼거리는 로아나의 옆에서 칼리스가 선뜻 물었다. 그는 뜻밖에도 아무렇지도 않은 얼굴이었다.

"하지만, 지금까지의 얘기로 미루어 생각해 보건대 마왕이란 자는 그렇게 사악한 존재까진 아닌 것 같군. 일단 우리가 그 성을 무사히 벗어나 수도로 돌아오게 된 것도 그의 덕이고 말이야. 그렇지?"

과연 마법사답게 선악의 경계가 옅고 자유분방한 사고방식이었다.

고개를 끄덕인 나세르가 벨하르트를 돌아보며 말을 이었다.

"망…… 칼리스 님의 말대로입니다. 지금 가장 문제가 되는 것은 마왕의 환생이 아니라, 마족 시절부터 인간을 싫어했고 지금도 여전한 제라드입니다. 그는 마왕을 부활시키는 즉시 인간계를 침공하려 할 테지만, 반대로 생각해 보면 그는 세 성물과 마왕의 환생 모두를 얻지 못하는 한 인간계를 공격할 수 없습니다. 스스로 싫어하는 인간의 몸으로까지 환생해가며 마왕의 환생을 찾으려던 노력이 모두 수포로 돌아가 버릴 테니까요."

"……그러고 보니."

얘기를 들으며 느릿하게 턱을 매만지던 벨하르트의 시선이 갑자기 지엔을 향했다. 지엔은 얼떨결에 고개를 들며 물었다.

"네?"

"제라드라는 자의 너에 대한 태도가 남달랐던 것으로 아는데."

갑작스러운 벨하르트의 말에 응접실 안에는 싸늘한 침묵이 찾아왔다. 이윽고, 로아나가 사정없이 흔들리는 눈으로 지엔을 보았다.

"설마, 그럼…… 그 환생한 마왕이라는 자의 정체가."

"아, 아니요. 아닙니다…… 뭘 생각하시는지 알겠지만, 그거 아니에요."

위기를 감지한 지엔은 다급하게 말했지만, 로아나가 그것을 믿어 줄지는 확신할 수 없었다. 무엇보다도 자신의 전생에 대한 수식어가 가장 큰 문제였다.

'사악하고 위대하다니, 완전히 마왕으로 몰리기 딱 좋은 수식어잖아! 이게 밝혀지기라도 하면 누가 아니라고 믿어 주기나 하겠냐고!'

이것만큼은 죽어도 숨겨야 해. 빛의 신이시여, 믿습니다!

지엔이 속으로 없는 신앙심마저 끌어모아 부르짖는 그때, 갑자기 쾅 소리와 함께 굳게 닫혀 있던 응접실 문이 열렸다. 지엔에게 말하던 것을 멈춘 로아나가 고개를 돌렸다.

문이 열리며 나타난 사람은 다름 아닌 헤카테였다.

"지엔은 마왕의 환생이 아닙니다."

그렇게 말하는 그는 아직 상처 치료를 마치지도 않아 벌어진 법복 사이로 동여맨 붕대가 다 드러나 보였다. 과연 바로 뒤에서 붕대를 든 사제가 이러지도 저러지도 못하고 난감한 얼굴로 서 있었다.

지엔이 자리에서 벌떡 일어나며 외쳤다.

"헤카테!"

구세주라도 본 듯한 모습에 벨하르트는 슬쩍 미간을 찌푸렸다. 그가 문간에 서 있는 병사를 돌아보며 말했다.

"극비인 얘기를 할 터이니 방비를 철저히 하라 일렀을 텐데."

"예, 하지만 저, 그것이, 사제님께서 신성력을 쓰시면서까지 멋대로 뚫고 들어오셔서—"

"—지엔은 마왕의 환생이 아닙니다."

곤란한 듯한 근위병의 말을 뚫고 다시 헤카테의 말이 날아왔다. 벨하르트는 잔뜩 찌푸린 눈으로 그를 올려다보았다.

"근거는?"

"아주 오래전, 이미 빛의 신전에서는 마왕의 환생에 대한 신탁이 있었습니다."

"뭐라고?"

화들짝 놀라며 그렇게 물은 사람은 칼리스였다. 그가 이해 안 된다는 표정으로 물었다.

"정말로 오래전에 그런 신탁이 있었다면, 왜 진작 제국 측에 알리지 않았어?"

"그건 신탁 중에 어떤 것은 너무 오랜 시간이 지난 후에야 그것이 실제로 이루어지기 때문에, 신탁을 받은 신전 측에서도 그 의미를 전혀 알 수 없기 때문입니다. 적어도 그 일이 목전에 닥쳐 정체가 뚜렷해지기 전에는."

"아하."

곧바로 수긍한 듯한 칼리스의 말을 자르고 벨하르트가 물었다.

"그대가 마왕과 관련된 것이라고 믿는 신탁의 내용은 무엇이지?"

헤카테는 미리 준비하기라도 한 것처럼 주저 없이 읊었다.

"'가장 오래된 존재가 마침내 껍데기를 새것으로 바꾸고 만족한다. 새로운 껍데기의 절반은 과거의 껍데기에게서 나왔으므로 몹시 편안하리라.'"

신탁이 주는 특유의 엄숙함 때문에, 더군다나 그것을 읊은 이가 사제란 것 때문에 방 안에는 잠시 무거운 침묵이 흘렀다.

가장 먼저 그 침묵을 깬 것은 칼리스였다.

그가 턱을 매만지며 중얼거렸다.

"과연…… 창세기에 빗대어 생각하면 '가장 오래된 존재'는 다름 아닌 마왕. 태고의 어둠 속에서 심지어 빛보다도 먼저 태어났다고 했으니……."

다시 고개를 든 칼리스가 말했다.

"껍데기를 새것으로 바꾼다는 게 환생을 의미한다는 건 알겠어. 하지만 그 뒤의 문장이 뜻하는 건 뭐지? 짐작 가는 바는 있지만……."

"아마 제라드와 비슷한 경우일 거라 생각합니다. 마왕 또한 제라드만큼이나 영혼 자체가 품은 마기가 만만치 않았을 테니, 필시 마왕의 환생 또한 완전한 인간은 아닐 테지요. 마족의 피가 섞인 몸만이 터지거나 오염되지 않고 감당할 수 있었을 겁니다."

"과연 그럴듯해. 그렇다면…… 이제 남은 문제는 지엔이 순수한 인간인가 아닌가 하는 것뿐인가."

그리고 다시 지엔을 돌아본 칼리스는 얼굴을 찌푸렸다. 그 모습을 본 지엔이 생각했다.

'안 돼요, 칼리스 님. 제발 제가 순혈 인간인지 아닌지 따위를 의심하지 마세요.'

그녀가 지금까지 칼리스에게 보였던 모습을 생각하면 충분히 그러고도 남을 거란 게 문제였다.

그때 헤카테가 다시 입을 열었다. 그는 팔짱을 끼고 칼리스를 흘겨보며 말했다.

"칼리스 님, 의심스럽다는 것은 이해하지만 그만두십시오. 지엔은 마왕이 아닌 다른 자의 환생입니다."

"뭐?"

"빛의 교단에서 받은 주요한 신탁 중 하나가 바로 지엔의 환생에 대한 것입니다. 그러니 그녀가 마왕의 환생과 같은 인물일 리는 없지요."

그러자 칼리스가 믿을 수 없다는 듯한 얼굴로 물었다.

"뭐? 그게 무슨 소리야? 설마, 지엔이 전생에 신탁을 받을 만큼 중요한 인물이었다고?"

'아니, 칼리스 님. 너무 놀라시잖아요.'

지엔은 속으로만 못마땅하게 생각했다. 그러나 칼리스뿐만 아니라 로아나, 발리아 등 이번 원정을 통해 가까워진 이라면 한 명도 빠짐없이 지엔을 향해 믿을 수 없다는 시선을 보내고 있었다.

그 사실을 깨달은 지엔은 다시금 억울해졌다.

'아니, 정말 너무하십니다.'

회한에 빠져드는 지엔의 앞에서 헤카테가 단호하게 말을 맺었다.

"그러니 지엔은 절대로, 절대로 마왕의 환생이 될 수 없습니다."

그러나 벨하르트는 여전히 그 말을 믿지 못하는 눈치였다.

"흐음."

못마땅한 듯한 눈초리로 지엔을 보던 벨하르트는 뭔가를 고심하다가 결국 포기한 듯 고개를 돌렸다.

그가 단조로운 목소리로 말했다.

"……신탁에 대한 그대의 경이로운 기억력에 경의를 표한다, 헤카테 사제. 우리에게 마침 꼭 필요한 조언이었어."

그리고 금빛 눈을 날카롭게 치뜬 그가 덧붙였다.

"그러나 신탁에 대해 추후 빛의 신전에서 확인한 내용이 사실과 다르다면, 그대의 처우는 말 안 해도 알겠지. 헤카테 사제."

헤카테는 아직 부상이 낫지도 않은 몸으로 상체를 숙였다.

"물론입니다. 제가 전하의 앞에서 한 점의 거짓이라도 고했거든 뜻대로 하십시오."

당연한 듯 말하는 헤카테 때문에 도리어 안색이 창백해진 것은 지엔이었다. 헤카테 덕분에 마왕의 환생으로 오해받는 위기를 넘긴 것은 물론 다행이었지만, 헤카테가 죽는 것은 결코 바라지 않았다.

'헤카테, 한 글자 정도 틀린 건 봐 달라고 해. 여길 봐! 내 눈 봐, 헤카테.'

당연한 말이지만 헤카테는 지엔이 보내는 눈빛에 대해 신경도 쓰지 않았다. 아니, 눈치 정도는 채고 있었지만 분명히 쓸데없는 용건일 것이기에 그냥 무시했다.

그때, 그런 둘의 모습을 번갈아 보던 벨하르트가 불쑥 말했다.

"그대들은 참으로, 사이가 좋군?"

여태껏 공적인 자리는 물론, 사석인 자리에서도 감정을 드러낸 일이 거의 없는 벨하르트였다.

그런데 그가 처음으로, 심지어 북부 원정의 성과를 논하는 중요한 자리에서 감정을 드러냈다는 것에 로아나는 충격을 받았다.

그녀는 어려서부터 함께 자란 칼리스보다 훨씬 늦게 벨하르트의 변화를 눈치챘다.

'전하께 도대체 무슨 일이 일어나고 있는 거지?'

한편 표정이 착잡해진 것은 칼리스도 마찬가지였다. 그가 어두운 눈으로 벨하르트를 보며 생각했다.

'벨, 너는 어째서 지엔에게만 생전 존재하는 줄도 몰랐던 감정을 드러내는 거냐. 왜 그 상대가 하필 지엔이지?'

칼리스는 물론 지엔에 대한 자신의 감정을 아직까지 정의 내리지 못하고 있었다. 그는 결국 치료 시기를 놓쳐 옅은 흉터가 남아버린 자신의 한쪽 뺨을 쓰다듬었다.

다만 지엔이 도망자들의 마을에서 패트릭이란 자에게 목숨을 잃을 뻔했을 때, 자기도 모르게 그 앞을 가로막은 것에 대해서는 꽤 놀랐다. 또, 흉까지 얻었음에도 여태껏 그 행동에 대해 조금도 후회되지 않는다는 것도. 정작 당사자는 아직도 미안한 얼굴로 이곳을 힐끗거리곤 하지만.

'아니, 오히려 후회되지 않는 건 그 때문인가?'

지엔이 자신을 신경 쓸 이유가 하나라도 더 늘어났다는 사실 때문에. 정작 그녀의 마음은 점점 다른 곳으로 향하는 게 빤히 보일지라도……

그러나 지엔이 이대로 나세르를 좋아하게 된다고 할지라도, 벨하르트가 지엔에게 관심을 보이는 것은 여전히 염려되었다.

'백작가 삼남과 황태자의 싸움이라니, 자칫하면 브리지트 백작가가 와해되고 말걸.'

칼리스가 사람 대 사람으로도 나세르를 마음에 들어 한 지도 꽤 오래였다.

그러던 그는 문득 눈을 굴려 발리아를 바라보았다.

발리아는 벨하르트의 바로 옆에서 허리를 꼿꼿하게 펴고 의연하게 앉아 있었다. 그녀의 몸가짐은 물론, 표정에도 한 점의 흐트러짐도 없는 것을 본 칼리스의 눈이 커졌다.

'설마, 발리아 영애는 아직까지도 눈치채지 못한 건가? 벨하르트가 지엔과 엮일 때만 이상한 행동을 보인다는 것을.'

그는 떠오른 생각을 곧바로 부인했다.

그럴 리 없다. 이런 쪽에 눈치가 상당히 둔한 로아나조차 방금 그 사실을 간신히 깨달았는데.

그런데 세상에 나온 지 얼마 되지 않았을지언정 몹시 영특한 데다가, 벨하르트를 사랑하기까지 하는 발리아가 그 사실을 모를 리가.

'그렇다면, 그녀의 얼굴에서 미소가 사라지지 않은 것은 어째서지?'

칼리스는 다시금 이해할 수 없다는 눈으로 발리아를 바라보았다.

그때, 침묵을 가르고 벨하르트의 목소리가 울렸다.

"……부황 폐하께 보고드릴 때 저 하녀에 대한 언급은 빼도록 하지. 어떤 형태로든 그것이 언급되는 것은 신탁의 내용을 확인하고 나서다. 누군가가 빛의 세 성물을 이용해 마왕의 부활을 획책하고 있다고 말씀드리고, 그에 대한 대책을 세우도록 하겠다."

"감사드립니다."

고개를 깊게 숙였다가 다시 든 헤카테가 말을 꺼냈다.

"황제 폐하께 지엔에 대한 보고드리지 말아야 할 이유는 한 가지 더 있습니다."

벨하르트가 소파에 등을 기대며 물었다.

"그게 무엇이지?"

"저희 형, 아니, 제라드가 사냥 대회에서 했던 일을 기억하십니까? 그때 그는 만티코어를 되살려 로아나 경과 칼리스 공자님을 공격하고, 성물을 뺏으려 함으로써 저희의 적임을 만천하에 드러냈습니다. 그럼에도 지엔과 친분을 드러내길 주저하지 않았지요."

짧은 침묵 뒤에 벨하르트가 답했다.

"즉, 그는 우리가 저 하녀의 정체를 알거나 오해하길 바라고 일부러 그랬는지도 모른다…… 그렇게 말하고 싶은 건가."

'아니, 그런 거였어? 나는 그냥 제라드가 눈치를 밥 말아 먹은 줄 알았는데.'

지엔이 옆에서 새로운 깨달음을 얻는 사이, 헤카테가 고개를 끄덕였다.

그는 신중한 어조로 말을 이었다.

"그렇습니다. 그뿐만 아니라 그 사건이 끝난 뒤에 지엔이 저희에게 추궁당할 것을 짐작하지 못한 것처럼 홀로 사라졌지요. 저는 이 또한 그가 의도한 바였다고 봅니다."

그의 말을 듣고 있던 칼리스가 이해 안 된다는 표정으로 끼어들었다.

"하지만, 만에 하나 벨이 지엔을 북방 원정에 데려가는 대신 사…… 흠흠, 보다 뒤탈 없는 방법을 사용하기로 했더라면, 닭 쫓는 개 꼴이 되는 건 제라드가 되었을 텐데."

'사형'이란 단어를 내뱉다 말고 지엔과 눈이 마주친 칼리스가 헛기침하며 눈을 피했다. 물론 지엔은 이미 그의 입에서 튀어나올 말을 짐작한 뒤였다.

'거 공자님, 대귀족이라고 남의 사형 함부로 입에 올리는 거 아닙니다.'

지엔이 속으로 투덜대는 사이, 벨하르트가 조용히 입을 열었다.

"……마왕은 인간으로 다시 태어나는 것 대신 완전한 소멸을 택할 수도 있었다. 그러지 않았다는 건 결국, 그가 태어남과 죽음이 있는 인간들의 삶을 얼마간 동경했다는 거겠지."

헤카테는 담담히 수긍했다.

"그렇습니다."

"그런데 마왕이 정작 그 동경했던 인간들에게 배척당해 목숨을 잃을 위기에 처한다…… 제라드에겐 그것만큼 인간들을 침공하는 것을 정당화하기에 좋은 핑계도 없겠지."

"제라드가 정말로 지엔을 마왕의 환생으로 믿고 있다면 그렇겠지요."

담담히 대답한 헤카테가 말을 이었다.

"아니면 항마력이라는 희귀한 힘을 가져, 장차 인간들을 침공하는 데 방해가 될지 모르는 지엔을 힘 안 들이고 제거하고 싶은 걸지도요."

그의 말에 모두가 고개를 돌려 지엔을 빤히 보았다. 이쯤 되면 지엔은 이들의 자신에 대한 취급이 환멸이 날 지경이었다.

'내가 전생에 신탁을 받을 만큼 중요한 인물이었다는 것도 그렇고, 이번에도 그렇고 왜 믿질 못하는 건데.'

내친김에 가슴에 손을 얹은 지엔은 당당하게 말했다.

"헤카테의 말이 전부 사실일지도 몰라요! 왜냐하면 저는 빛의……."

'빛의 성물 모두와 대화를 나눌 수 있는 능력이 있으니까!'

빛의 지팡이와는 아직 대화해 보지 않았지만, 빛의 검과 빛의 펜던트와도 그랬으니 틀림없이 가능하리란 확신이 있었다.

그러다가 헤카테의 날카로운 눈초리에 지엔은 말하던 것을 멈추었다.

아차. 흠칫하며 굳어진 지엔의 머릿속에 며칠 전, 마왕성에서 헤카테에게 들었던 말이 스쳤다.

'평생 수도에 있는 빛의 교단 본단에서 성녀로 추앙받고 싶으신 거라면 말리지 않겠습니다.'

"말해 보라."

그때 벨하르트의 건조한 목소리가 지엔에게 푹 꽂혔다. 이런 중요한 자리에서 헛소리를 한다면 당장 목이라도 자를 것 같은 태도였다.

그제야 정신을 차린 지엔은 비실비실 웃으며 말했다.

"비, 빛의…… 신전에서 저를 직접 브리지트 백작가에 하녀로 들여보냈으니까요. 제가 정말 제라드가 섬길만한 그런 존재였다면 굳이 그렇게 신심 깊은 가문에 들여보냈을까요? 얼마 안 가 제 본성이 탄로 났을 텐데!"

사실 지엔도 자신이 브리지트 백작가에 들어간 데 빛의 신전이 관련되어 있을 수도 있다는 생각은 얼마 전 처음 해 보았다.

어렸을 적에는 고아가 된 자신을 브리지트 백작가에서 책임지고 고용해 주는 것을 당연히 여겼는데, 모든 고아들이 그렇게 팔자가 좋지 않다는 사실을 뒤늦게 알았다.

그러나 빛의 신전에서 지엔을 정기적으로 사제와 만나게 하듯, 이것 역시 감시의 일환이었다고 한다면 쉽게 설명된다.

과연, 눈을 슬쩍 굴린 지엔은 헤카테가 미미하게 고개를 끄덕이는 것을 보고 깨달았다.

'정답이구나.'

내친김에 지엔은 말을 보탰다.

"하, 하하! 빛의 신전에서 저를 배려해 주신 덕에 저는 제 근면함과 신실함을 브리지트 백작가에 증명할 수 있었지요!"

"글쎄, 내가 보기에는 그 증명 실패한 것 같은데."

옆에서 작게 중얼거리는 칼리스의 발을 로아나가 콱 밟았다.

"오라버니. 공석에서 흰소리 좀 얹지 마십시오."

"아니, 흰소리는 지엔이 먼저……."

억울해하는 칼리스의 목소리를 뒤로하고 벨하르트가 자리에서 일어났다. 그는 제국의 미래를 논하는 자리의 인선이 이렇다는 것에 상당한 환멸감을 느끼는 눈치였다.

"나는 부황 폐하께 올릴 보고서를 작성하러 가겠다. 회의는 여기에서 마치지. 다들 원정에서 쌓인 피로를 풀러 가도록."

나가기 전 여전히 고개 숙이고 있는 헤카테를 돌아본 그가 다시 말했다.

"이번 원정에는 헤카테 대사제의 공 또한 크므로, 그의 무례 또한 따지지 않을 것이다."

헤카테가 눈을 내리깔며 차분히 말했다.

"감사합니다, 전하."

"이만 가 보도록."

마지막으로 고한 벨하르트가 빠른 걸음으로 자리를 떠났다.

벨하르트가 일어날 적부터 진작 일어나 있던 로아나와 발리아 역시 그의 뒤를 따랐다. 나가기 전, 로아나는 걱정 섞인 눈으로 지엔을 보다가 다시 돌아섰다.

밖에서 발소리 여러 개가 겹쳐 울리는가 싶더니 곧 잠잠해졌다. 복도 쪽을 물끄러미 보던 칼리스가 다시 지엔을 돌아보고는 어깨를 으쓱했다.

그가 씩 웃으며 말했다.

"자, 그럼…… 브리지트 공자와 못난, 아니, 지엔은 아직도 수도에 머물 집 한 채 없을 테니 괜찮다면 예전처럼 우리 집에서 지내겠어?"

"신세 지도록 하겠다."

두 번 고민도 않고 대답하는 나세르의 모습에 칼리스가 웃음을 터트렸다.

"목석, 이럴 때는 한 번쯤은 거절하는 게 예의야. 빈말이란 것도 몰라?"

"빈말이 아닌 줄을 아는데 왜 거절을 해야 하지?"

나세르의 어리둥절한 대답에 칼리스가 자신보다도 뻔뻔한 사람은 처음 보았다며 낄낄댔다.

그때 두 사람을 보던 지엔이 돌연 말했다.

"아, 저, 칼리스 님."

"갑자기 왜 그래?"

칼리스가 의아하게 묻자, 그녀는 두 손을 등 뒤로 숨기고 불안하게 눈을 굴리더니 말을 이었다.

"제안은 감사하지만, 저는 가야 할 곳이 있어요. 그래서 죄송하게도, 칼리스 님의 저택에는 머무를 수 없어요."

"어? 수도에 우리 집 말고도 머무를 곳이 있어?"

칼리스가 그렇게 물으며 나세르를 돌아보자 나세르 또한 금시초문이란 표정을 해 보였다.

그런 두 사람에게 지엔은 애써 태연한 얼굴로 말했다.

"저, 헤카테의 곁에 있어야 할 것 같아서."

그렇게 말하며 그녀는 그때까지도 옆구리를 부여잡고 비스듬히 서 있던 헤카테를 가리켰다.

헤카테는 그 말을 듣자마자 단연 질색했다.

그가 가차 없이 대답했다.

"지엔, 당신을 보는 게 제 회복에 방해가 되면 됐지 도움은 되지 않을 겁니다."

"잠깐, 헤카테. 그건 좀 너무한 거 아니냐."

울상을 지은 것도 잠시, 다시 고개를 내저은 지엔이 헤카테의 옆에 철썩 달라붙으며 힘차게 외쳤다.

"헤카테, 너 지금 걷지도 못할 만큼 아프잖아! 걱정하지 마, 내가 어디든 업고 데리고 다녀 줄게."

"당신의 그런 행동들이 제 몸은 물론이고 멀쩡하던 정신까지 아프게 할 거란 생각은 안 하십니까?"

"왜, 헤카테! 말 탄 개선장군 같은 느낌으로……."

"도대체 저의 사회적 위신을 얼마만큼 추락시키실 작정입니까."

점점 길어지는 공방에 칼리스가 끼어들어 둘을 말렸다.

"자, 잠깐. 알았으니까 잠깐 멈춰 봐, 두 사람."

칼리스에 의해 어느 정도 거리를 두고 떨어지게 된 두 사람은 일제히 칼리스를 바라보았다.

지엔의 불만 어린 눈빛과 헤카테의 애원 섞인 눈빛 사이에서 갈등하던 칼리스는 결국 결론 내리지 못하고 다시 물러났다.

그가 구석에 방치되어 있던 나세르를 재빨리 낚아채며 말했다.

"그럼, 우린 나갈 테니 마저 싸우도록 해. 헤카테 네가 못난이를 타고 다니던지, 못난이가 헤카테를 타고 다니던지, 음, 아니, 후자는 좀 그렇군. 어쨌든 그럼 안녕!"

"칼 공자!"

황태자 앞에서의 차분함을 모조리 내다 버린 듯, 대경실색하며 외치는 헤카테를 내버려 두고 칼리스는 빠르게 도주했다.

한편 나세르는 칼리스에게 이끌려가면서도 마치 부모님의 반대에 의해 만날 수 없게 된 연인을 보듯 지엔을 보았다. 그가 필사적으로 외쳤다.

"지엔! 저택에 돌아오면 너에게 꼭 할 얘기가……."

이윽고 쾅 소리와 함께 문마저 닫혀 버렸다. 이미 나머지 원정대원들은 말싸움을 보다 못해 나가 버린 방 안, 단둘이 남겨진 헤카테와 지엔은 마치 폐허 속에 남은 것처럼 서로를 보았다.

이윽고 불쑥 한숨을 내쉰 헤카테는 머리칼을 쓸어 넘겼다. 눈을 치켜뜬 그가 불만스럽게 말했다.

"지엔. 무슨 일이 있을 때마다 제 핑계 대는 버릇은 꼭 고치도록 하세요. 언제나 가운데에 끼게 되는 입장으로서 상당히 괴롭습니다. 그것도 그렇지만, 정말 제가 사라지기라도 하면 그때에는 무슨 핑계로 피하려고 그러십니까?"

지엔은 뒷머리를 긁으며 멋쩍게 웃었다.

"하하, 티 났어? 헤카테, 미안."

그것도 잠시, 그녀는 곧 뒷머리를 긁던 팔을 내리며 어두운 얼굴을 했다. 눈을 내리깐 그녀가 중얼거렸다.

"내가 북부 원정에서 살아 돌아올 줄은 몰랐는데."

"당신을 살려 보려고 발에 불이 나게 뛰어다닌 모든 사람들의 노력이 무색해지는 말씀, 참으로 고맙군요."

그가 덧붙였다.

"여기에 칼리스 님과 나세르 님도 남아 계셨더라면 두 분 다 표정이 볼 만 했을 겁니다."

"그건 알아. 하지만…… 애초에 살아서 돌아올 거란 기대도 안 했으니까, 당연히 나세르 님의 고백에 대답할 일도 없을 줄 알았는데."

거기까지 말한 지엔이 인상을 쓰며 머리를 쥐어짰다.

"그런데 이렇게 돼 버리고 나니까…… 윽. 으으윽……."

머리를 쥐어짜며 죽을상을 짓는 지엔의 모습을 골똘히 바라보던 헤카테가 물었다.

"저도 당신이 두 사람에게서 도망친 이유가 그것 때문일 거라고는 짐작했습니다. 하지만, 글쎄요…… 저는 그게 그렇게 큰 문제가 될지는 잘 모르겠군요. 피할 것까지야 없지 않습니까? 나세르 공자가 마음의 준비 안 됐다는 사람을 붙잡고 답을 강요할 만큼 무도한 성품도 아닌데."

"그건 그렇지."

그렇게 대답한 지엔은 한숨을 내쉬었다.

'그런 성품을 가진 건 나세르 님이 아니라 전생의 나였지.'

무언가를 원한 순간 그것은 자신의 것이 되어야 한다고, 아주 당연한 듯 생각했기 때문에 상대방의 대답 따위는 필요로 하지 않았다. 그랬더라면 지금 자신과 나세르가 전생의 악연으로 묶여 여기까지 올 일도 없었겠지.

하지만 어찌 되었건 이미 사건은 벌어졌다.

전생의 제약으로 인해 나세르는 결국 지엔을 사랑하게 되었고, 지엔은 그에 대해 대답을 해야 하는 입장이었다.

거절하면 현생의 그에게 미안해지고, 받아들이면 전생의 그에게 미안해지는 상황. 진퇴양난이란 이런 상황을 두고 말하는 것일 것이다.

막막한 표정이 된 지엔을 물끄러미 내려다보던 헤카테가 한숨과 함께 말했다.

"당신이 지금 당장 대답을 할 만한 심정이 아니란 것은 잘 알겠습니다. 그렇다고 시종일관 절 따라다니면서 귀찮게 하시면, 정말로 치료실에서 쫓아낼 겁니다."

그제야 고개를 든 지엔은 부쩍 밝아진 얼굴로 외쳤다.

"그래, 헤카테! 내가 업어 줄게."

"필요 없습니다. 제발……."

두 사람은 투닥투닥하며 나란히 방을 나섰다.

* * *

이튿날이었다.

북부 원정의 사망 · 실종자들과 그 유족들의 처리로 분주하던 황제는 북부 마물들의 이상 행동의 배후에 대한 벨하르트의 보고서를 읽고 경악했다.

"맙소사."

그의 입에서 깊은 한숨이 터졌다.

한동안 가만히 이마를 짚고 있던 그가 바깥을 향해 외쳤다.

"황태자를 불러오라! 글로 보아서는 믿을 수 없는 이야기가 있어, 내 직접 들을 것이다."

그리하여 불려 온 벨하르트는 황제의 앞에서 나세르와 지엔, 세 원정대원이 보고 들은 것을 거의 토씨 하나 안 틀리고 그대로 읊었다. 그 얘기를 듣던 황제의 표정은 점점 더 침통해졌다.

마침내 벨하르트의 말이 끝나자, 황제는 이마를 짚으며 고개를 숙였다.

"내가 치국하는 동안 큰 전쟁도, 환난도 없어 신의 축복으로 여겼거늘 말년에 이런 화를 당하게 되는구나. 마왕이라니…… 마왕의 부활이라니."

그리고 다시 고개를 든 황제가 물었다.

"벨하르트, 네 생각에는 이를 어찌하면 좋겠느냐. 이 일을 제국민들에게 공표하는 것이 옳다고 보느냐? 아니면 제국민들에게는 공표하지 않고 우리끼리 마물들과의 싸움을 준비하는 것이 좋겠느냐."

그에 눈을 내리깐 벨하르트는 담담하게 대답했다.

"제 생각에는 제국민들에게 공표함이 옳다고 봅니다. 저희 원정대가 일반적인 방법으로 수도에 돌아오지 않은 데다가 부상자는 물론, 사망자까지 생겼다는 것에 대해 제국민들도 지금쯤 의문을 품었을 겁니다."

황제의 입에서 다시금 한숨이 터졌다.

"그런가."

"예. 바깥에 제대로 공표하는 것이 사망자들의 수훈을 위해서라도 좋을 겁니다."

'사망자'가 나오는 대목에서 황제는 흘낏 눈을 들어 벨하르트의 안색을 살폈다. 그의 안색에는 아무런 변화가 없었다.

전과같이 담담한 목소리가 이어졌다.

"단, 모든 것을 공표하자는 뜻은 아닙니다. 죽은 이들의 희생으로 저희는 북부에서 마왕의 부활을 저지하는 데 성공하였고, 그 세력의 잔당들을 소탕하는 것만 남았다고 알리십시오. 제라드가 설사 수도에서 사건을 일으킨다 해도 몇 번은 그 핑계로 무마할 수 있을 것입니다. 어차피 빛의 성물만 제대로 봉인한다면 마왕의 부활이 실제로 일어날 일은 결코 없습니다."

"으음. 그건 그렇지."

신음을 삼키는 황제에게 벨하르트가 말했다.

"그 대가로 원정에서 사망한 자들은 대륙을 구하고 명예롭게 죽은 영웅으로 포장되니 그들의 가문에도 남는 거래입니다. 국장을 성대하게 치르시고, 원정대의 최고 공훈자들의 수훈 또한 그리하십시오. 그 후 그들 모두를 초대하여 무도회를 삼 일 밤낮으로 열면 어수선한 분위기는 거의 가라앉을 것입니다."

벨하르트의 거침없는 대답에 잠시 생각에 잠겼던 황제는 고개를 끄덕였다. 그가 다시 벨하르트를 향해 손짓했다.

"벨하르트, 네 말대로 하마. 이만 나가 보거라."

"빛의 인도가 함께하시길."

그 즉시 인사를 남긴 벨하르트는 망설임 없는 걸음으로 돌아섰다. 그때, 단호한 그의 뒷모습을 보던 황제가 불쑥 말했다.

"여봐라, 벨."

벨하르트는 금속처럼 탁한 빛을 띠는 금빛 눈을 움직여 황제를 물끄러미 바라보았다.

황제가 공연히 푸근한 미소를 지었다.

"……네가 이번 원정대에 크레센트 영애를 직접 참가하게 시켰다고 들었다."

벨하르트는 일말의 망설임도 없이 대답했다.

"쓸모 있는 자들을 거르기 위한 사냥 대회에서 크레센트 영애는 물의 상급 정령사로서의 실력을 입증했습니다. 데려가지 않을 이유가 없었습니다."

"허허, 원. 알았다, 녀석도 참. 넘겨짚지 않도록 하마. 내가 묻고 싶었던 것은, 원정이 끝난 지금은 그 애에 대한 네 마음이 조금이라도 달라졌는지에 대한 것이다."

그에 황제를 물끄러미 바라보던 벨하르트가 마침내 대답했다.

"무엇을 염려하시는지는 알겠으나, 크레센트 영애와 결혼하는 데 제 감정은 필요치 않습니다. 필요하다면 하고, 아니라면 말 것입니다."

"네가 원치 않는다면 굳이 크레센트 영애와 결혼할 필요는 없다."

그렇게 말하며 의자에 팔꿈치를 대고 느른히 기대어 앉는 황제의 눈에 비로소 지배자 다운 광채가 스쳤다. 그가 오만한 목소리로 말했다.

"이 대륙에서 가장 큰 나라인 릭서만 제국, 그 제국의 후계자가 바로 너다, 벨하르트. 네가 원한다면 전설 속의 크레센트가의 일원뿐만 아니라 누구든 네 곁에 못 두겠느냐?."

"그녀로 충분합니다."

"충분하다? 네게 충분한 것이 아니라 네가 원하는 것을 말해 보아라."

눈을 든 벨하르트가 단호하게 말했다.

"그런 것은 없습니다."

그리고 가슴에 손을 올리며 가볍게 절을 한 벨하르트는 그 즉시 집무실을 나섰다. 그 모습에도 황제는 불쾌하게 여기기는커녕 아쉬운 표정을 지었다. 다시 보고서로 손을 내리며 그는 혀를 찼다.

"딱하도다, 벨하르트야. 너는 여전히 따뜻해지지 않았구나, 아주 조금도……."

그가 안타까운 표정을 지으며 읊조렸다.

"크레센트가의 여식이 네게 사람의 마음을 가르치길 기대했거늘. 이번 원정에 죽은 자들에게 대해서도, 또 그 여식에 대해서도 너는 여전히 아무것도 느끼지 못하는구나……."

집무실에 울리던 그의 한숨 섞인 목소리가 점차 잦아들었다.

* * *

그로부터 약 일주일 뒤, 헤카테와 함께 치료실에서 지내다 느닷없이 불려 나온 지엔은 애써 바닥만 보며 생각했다.

'대체 내가 왜 여기에?'

사흘 전, 마침내 북부에서 실종자들의 유해 회수가 끝나 국장이 열렸다. 북부 마물들의 이상 행동의 원인을 밝혀내고, 마왕의 부활을 저지하기 위해 사투한 그들의 장례는 단연 성대하게 치러졌다.

유족들은 슬픔에 몸을 가누지 못했지만, 광장에 모여 다 함께 슬퍼하는 제국민들의 모습과 예우를 갖추어 죽은 자를 전송하는 황가 일원들의 모습, 추기경급 대사제가 추도문을 암송하는 것을 보고 간신히 마음을 추슬렀다. 늘 치료실에 틀어박혀 있던 지엔도 그때만큼은 광장으로 나가 한때 동료였던 사람들이 떠나는 모습을 헤카테와 함께 지켜보았다.

그리고 지금, 지엔은 살아남은 다른 원정대원들과 함께 황성에서 가장 크고 넓은 곳에 와 있었다. 황제가 국빈들을 모시고 해외 사절들을 접견하는 바로 그곳이었다.

이 홀에 들어올 때부터 강렬한 기시감이 계속 지엔의 머릿속을 쑤셔댔다. 이 화려하고 웅장한 곳이 마치 처음이 아닌 듯한 감각.

그러나 지엔이 지금 사색이 되어 바닥만 보는 것은 그 때문만이 아니었다.

'왜 내가 맨 앞인 거냐고!'

원정대들에게 공훈에 대한 포상을 제대로 하겠다는 것은 수도에 돌아오고부터 황태자가 누누이 말하던 것이었다. 지엔도 그의 의도는 짐작할 수 있었다. 애도 다음에는 축하. 기쁨으로 슬픔을 덮으려는 의도이겠지.

하지만, 자신이 나세르와 함께 맨 앞이라는 것은 자신의 공훈이 원정대원 중 가장 높다는 의미임에도 불구하고 지엔은 결코 기뻐할 수 없었다. 애초에 수도에 올라오며 원했던 것은 은퇴자금 정도가 다였던 그녀였다.

'이대로라면 뭔가 바라지도 않았던 엄청난 걸 받아 버릴 것만 같은데.'

그녀의 예상은 빗나가지 않았다.

갑자기 넓은 대전을 울리는 황제의 목소리에 지엔은 몸을 움찔했다.

"모두 고개를 들라. 그대들은 제국의 영웅, 그토록 오래 고개 숙이고 있을 필요가 없다."

원정대원들이 모두 고개를 든 다음에도 지엔은 한동안 우물쭈물했다.

비단 황제와 눈을 마주치는 것이 두려워서 때문만은 아니었다.

고개 들어 황제를 바라보는 그 순간 어떤 바라지 않은 진실 같은 것을 마주하게 될 것만 같았다.

지엔이 고개 숙이고 있는 시간이 길어지자, 나세르가 옆에서 손을 뻗어 그녀의 손을 잡았다. 맞닿은 손이 괜찮다는 말을 전하는 것만 같아서, 지엔은 그제야 고개를 들었다.

과연 예상대로였다.

자신이 서 있는 곳으로부터 고작 몇 계단 위에 있는 금빛 권좌.

황제가 앉아 있는 그 자리를 본 순간, 지엔은 다시금 이루 말할 수 없이 강한 기시감을 느꼈다.

'익숙해.'

권좌뿐만 아니었다. 좌우로 사열한 대신들과 등 뒤에 서 있는 원정대원들, 심지어 금박으로 장식된 열주들조차 모두 지엔을 내려다보며 외치고 있었다.

'저곳이 바로 너의 자리다! 너는 이곳에서 고개를 조아리고 있을 사람이 아니야.'

머릿속에서 자신을 충동질하는 목소리에 지엔은 애써 고개를 내저었다. 지엔은 결코 전생에 자신이 지은 죄의 대가를 외면할 생각이 없었다.

'그랬다간 나도 세 여인에 대한 탐욕을 마지막 순간까지 놓지 못해 그들을 계약으로 묶어 버린 전생의 나와 같은 사람이 돼.'

그렇게 머릿속의 목소리를 억누른 지엔은 마침내 이 제국의 황제를 눈에 담았다.

머리털 나고 처음으로 보게 된 황제는 선명한 보랏빛 머리칼과 붉은 눈을 가진 중후한 미남이었다.

그를 보며 지엔은 새삼 칼리스가 어째서 생김새만으로 모두에게서 주목받았는지 알 수 있었다.

평민이나 하층민들은 단순히 잘 세공된 보석 같은 그의 외모에 감탄하던 것에 반해, 귀족들은 유독 다른 의미가 담긴 눈으로 칼리스를 보았다.

'이 제국 황가의 핏줄을 누구보다도 짙게 타고난 생김새라 이거지.'

지엔은 힐끗 뒤를 돌아보았다.

'만약 칼리스 님의 행실이 저토록 가볍지 않았더라면, 지금쯤 제국은 황위 계승을 두고 양분화되어 있었을지도.'

나세르가 한때 했던 생각을 지엔 또한 했다.

그때 황제의 목소리가 다시 울렸다. 지엔은 흠칫 놀라 앞을 보았다.

다행히 그가 말을 건 상대는 지엔이 아니었다.

"브리지트 영식, 그대가 이번 원정에서 특히 큰 공을 세웠다지. 빛의 검의 주인으로서 앞장서서 마물들을 토벌하고, 마왕의 죽음과 그를 부활시키려는 자의 음모를 알아내는 것은 물론 제국으로 돌아올 수 있는 비밀 통로를 찾아내기까지. 가장 큰 포상은 그대의 몫이어야 마땅하다."

고개 숙인 나세르가 예의 바르게 대답했다.

"송구합니다. 전하."

"짐이 알아보니 그대에겐 아직 아무런 작위도 없더구나. 성직에서 물러난 지도 얼마 되지 않은 데다가, 무투 대회에서 내린 준남작에 해당하는 작위마저 스스로 거절했다지."

"작위는 제게는 너무 과분합니다, 폐하. 또, 속세로 돌아온 지 얼마 되지 않아 아직은 세상을 둘러보며 제 부족함을 깨우치고자 합니다."

옆에서 듣던 지엔은 심드렁히 생각했다.

'나세르 님, 구구절절 말씀하셨지만 결국은 한 군데 머무르기 싫다는 말을 돌려 하고 계시잖아.'

그리고 그녀는 그 이유를 고민하기 시작했다. 도대체 왜일까? 무투 대회 때는 엘레노어가 있는 브리지트 백작령으로 돌아오기 위해 그랬다지만, 지금은 그럴 필요도 없을 텐데.

그런 생각을 하던 그녀에게 황제의 목소리가 계속 들려왔다.

"작위도, 영지도 필요치 않다는 게냐. 허나 최고 공훈자인 그대가 포상을 마다한다면 다른 이들이 받게 될 포상 또한 격이 낮아질 것이다."

"송구합니다."

나세르는 다만 그렇게 말하며 더욱 깊이 고개를 숙였다. 이쯤 되면 포상을 받으러 온 것인지 죗값을 치르러 온 것인지 알 수 없는 태도에 황제의 표정이 난처해졌다. 그때, 마침내 지엔은 진실에 근접한 답을 얻었다.

'나세르 님이 작위도 영지도 받지 않으려는 이유, 설마.'

지엔은 얼굴을 굳히며 결론 내렸다.

'설마, 나와 같이 여행을 다니려고.'

지금으로서는 그것 외에는 생각할 수 없었다.

불안한 듯한 눈으로 황제와 자신을 계속 번갈아 보는 나세르의 행동이 지엔의 생각에 확신을 더했다.

'아악! 나세르 님! 저 때문에 출셋길 막지 마시고 그냥 받으세요! 그냥 받으시라고요!'

도대체 자신 때문에 얼마나 더 신세를 망쳐야 만족할 것인지. 영지 따위야 다른 중앙 귀족들이 그러는 것처럼 관리인을 남겨 두어도 될 텐데. 하긴, 그러기에는 나세르의 성실한 성격이 그것을 허락지 않을 것이다.

'그래도 그렇지.'

지엔의 안색이 푸르죽죽해지던 그때, 갑자기 얼굴에서 난처한 기색을 지운 황제가 빙긋 웃었다. 의아해하는 모두의 시선 속에서 몸을 일으킨 그가 말했다.

"사실은 그대가 이미 무투 대회 때 이러한 전적이 있다는 것을 염두에 두고, 그대가 한때 몸담았던 빛의 신전과 미리 상의해 둔 바가 있다. 이보게, 추기경."

"예, 전하."

대신들 사이로 갑자기 법복을 휘날리며 나타난 추기경의 모습에 모두의 눈이 휘둥그레졌다. 수습 사제로 보이는 어린 소년들이 붉은 천으로 싸인 뭔가를 들고 그의 뒤를 따르고 있었다.

그들이 앞으로 다가오기를 기다려 황제가 말을 이었다.

"그대는 대륙의 안정을 위해 목숨 걸고 나서서 누구보다 큰 공을 세웠고, 그럼에도 아무것도 바라지 않았다. 이러한 욕심 없는 태도는 제국민에게도, 빛의 신도들에게도 귀감이 될 터."

추기경과 소년들을 손짓해 더욱 가까이 오게 한 황제가 말을 이었다.

"이에 나는 4차 마물 침공 때 최후의 순간까지 수도와 제국민들을 지키다가 궤멸하여 자연히 소멸한 '성기사'의 직위를 되살리기로 하였다. 그리고 제국 최초 성기사의 직위는 바로 그대에게 부여하도록 하겠다. 5차 마물 침공이 실제로 일어나지 않도록 막은 그대에게 무엇보다도 잘 어울리는 직위이니."

황제의 말에 나세르는 눈을 크게 뜬 채 아무 말도 하지 못했다. 한편 다른 원정대원들은 대충 사태의 추이를 짐작했다. 가만히 있다간 제라드가 무슨 일을 벌일지 모르니 아무런 대응도 하지 않는 것도 좀 그렇고, 성기사단을 되살려 혹시 모를 마물들의 공격에 대응하겠다는 말이었다.

황제가 여전히 인자하게 웃는 얼굴로 말을 이었다.

"아무런 의무도 세습도 없는 명예를 위한 상징적인 직위일 뿐이니, 그대는 너무 괘념치 말라."

그 자리의 모든 원정대원들은 생각했다.

'하지만 마물들이 쳐들어오면 누구보다도 가장 먼저 나세르 공자가 불려올 것이다.'

"그대는 이미 북부에서 충분히 싸워 주었다."

'하지만 마물들이 쳐들어오면 나세르 공자는 또 싸우게 될 것이다.'

대전 가득 울리는 마음의 소리를 듣지 못한 황제가 드디어 추기경에게 손짓하여 붉은 천에 감싸고 있는 물건들을 꺼내도록 하였다.

붉은 천이 흘러내리며 스스로 빛을 내는 듯한 티끌 한 점 없는 순백의 검과 갑옷이 모습을 드러냈다.

"빛의 검은 성물이자 제국의 보물이기도 하기에 그대에게 내릴 수 없지만, 대신 빛의 신전에서 오랫동안 보관하고 있던 갑옷과 검을 내린다. 이것을 만든 대장장이의 실력에 감동하여 신께서 축복을 내리셨다고 전해지지."

과연 그 전설을 기꺼이 믿을 수 있을 만큼 예사롭지 않은 광채였다.

그럼에도 나세르는 여전히 망설이는 표정이었으나, 코앞까지 다가온 추기경의 모습에 할 수 없이 무릎을 꿇었다. 신전에서 지낸 세월이 길었기에 불가항력이었다.

앙크를 나세르의 양쪽 어깨에 한 번씩 가져다 댄 추기경이 말했다.

"나세르 공자, 그대는 이제부터 본교의 성기사로서 빛의 신의 검이 되어 자비와 정의를 행해야 할 것입니다. 그러나 이미 마물의 침공을 막아낸 그대는 존재 자체로 사람들의 희망이 될 터. 이에 본교의 귀물인 '순백의 가호'와 '순백의 영광'을 내립니다."

"영광입니다."

마지못한 듯 대답하는 나세르의 앞에 어린 사제들이 갑옷과 검을 내밀었다. 과연 새하얀 갑옷과 새하얀 검은 그냥 보기에도 천사 같은 나세르와 몹시 잘 어울렸다.

분위기가 어느 정도 가라앉자 황제는 손을 들어 대주교와 수습 사제들을 물렸다.

"갑옷과 검의 전달은 그가 대전에서 나간 다음 하도록 하라."

그리고 그가 마침내 고개를 돌려 지엔을 바라보았다.

"그럼 다음으로, 지엔. 주인을 위해 죽음도 불사하고 북부로 떠난 용감한 평민이여."

"아, 예."

지엔은 허둥지둥 고개를 숙였다. 황제의 입에서 나온 거창한 수식언에 그녀는 조금쯤 울고 싶어졌다.

'그래도 술 먹고 황실의 숲에 들어간 대역죄인이 되는 것보다는 이편이 낫나.'

그렇게 생각하며 지엔은 뒤를 힐끗 보았다.

나세르와 지엔 바로 다음 가는 공로를 인정받아 발리아, 칼리스와 함께 서 있던 로아나가 질투심 하나 담기지 않은, 도리어 뿌듯해 보이기까지 하는 눈으로 지엔을 보고 있었다.

전생에 이미 죽고 없던 양심이 따끔거리는 느낌이었지만, 애써 내색하지 않은 지엔은 다시 앞을 돌아보았다.

황제가 말을 이었다.

"그대는 포상으로 무엇을 바라는가? 그대도 엄연히 브리지트 백작가 소속, 주인만큼이나 욕심 없는 성품일까 걱정이 되는구나."

그때, 달빛처럼 은은한 미소를 지으며 그 모습을 보고 있던 황후가 입을 열어 부드러운 목소리로 말했다.

"폐하, 은퇴한 기사나 귀족들과 같이 종신 연금과 함께 세습 불가능한 작위, 수도의 저택을 내리는 것은 어떨까요? 보아하니 곧 혼기가 찰 나이인 듯합니다."

수도에 저택을 따로 내리라는 것을 들어보면 황후의 발언 의도는 명확했다.

'혼수 장만.'

"작위가 있다면 귀족과의 혼례를 추진하기 쉬워지지."

그렇게 말하는 황후의 시선이 어디에 향해 있는지를 확인한 지엔은 얼굴이 화끈해졌다.

'완전히 오해하고 계시구나. 나와 나세르 님 사이를.'

지엔이 황제를 마주하고 고개를 들기 전, 나세르가 그녀의 손을 잡았던 것을 눈여겨본 것이 분명했다. 대단한 눈썰미였다.

힐끗 눈을 굴려 바라보자, 황후의 시선을 받은 나세르 또한 얼굴이 타는 감자처럼 달아올라 있었다.

오늘이 지나면 칼리스와 나세르가 머무르고 있는 루디나토 대공저로 돌아가려던 지엔은 울상을 했다.

'망했어…… 이대로는 대공 저에 돌아가도 나세르 님과 눈도 못 마주칠 거야.'

그때였다. 벨하르트의 목소리가 후끈하던 지엔과 나세르 사이의 공기를 갈랐다.

그가 차가운 눈으로 지엔을 내려다 보며 말했다.

"어마마마의 배려에도 불구하고 아무런 대답도 없으니, 원하는 것을 직접 들어 봄이 좋을 듯합니다."

감히 제국의 황후 앞에서 오랫동안 침묵한 지엔의 무례를 꼬집은 것이었으나, 황후는 전혀 개의치 않는 태도로 말했다.

"그렇지, 원하는 것은 역시 당사자의 입으로 직접 듣는 것이 좋겠지. 원하는 게 무엇이냐? 편히 말해 보아라."

그러는 한편 황후는 의아한 듯 벨하르트를 흘깃거렸다. 목소리에 묻어난 희미한 불쾌함을 읽은 것이 분명했다.

그 가운데, 지엔은 가시방석에 앉은 심정으로 천천히 입을 뗐다.

"저는……."

이어진 그녀의 말에 주변 모두는 눈을 휘둥그레 떴다.

"돈, 아니…… 금전이면 족합니다."

잠시 홀 안에 침묵이 찾아왔다. 기묘한 침묵 속에서 황제가 처음으로 입을 열었다.

"그래…… 금전, 말이냐."

"그렇습니다, 폐하."

황제는 심려에 찬 얼굴로 대답했다.

"그대는 그대의 공에 대해 자세히 알지 못하는 듯하구나. 내가 듣기로, 원정대가 번개의 땅을 아무런 손실 없이 뚫을 수 있었던 것은 온전히 그대의 공이라 하더군. 비록 그대에게 '항마력'이라는 특별한 힘이 있었다고는 하나, 기꺼이 위험한 선봉을 자처한 그 기개. 주인을 안전히 돌려보내고자 하는 충정은 찬탄 받아야 마땅하다."

자신의 살기 위한 발버둥이 거창하게 포장된 모습에 지엔은 잠시 얼빠진 표정을 지었다.

황제의 말이 계속되었다.

"또한, '번개의 땅'은 실종이 발생하기 가장 쉬운 곳. 그대가 아니었더라면 번개의 땅에서 우리가 잃은 영웅들은 결코 우리 땅으로 돌아올 수 없었겠지. 그러니 그대, 어려워 말고 원하는 것을 말하라."

그에 지엔은 마침내 결심한 듯 비장하게 입을 열었다. 원정대 모두의 시선이 그녀에게 쏠렸다.

"저는……."

"그래."

"저는, 지금 바로 은퇴할 수 있을 만한 금전을 원합니다."

"……."

여전히 변함없는 그녀의 대답에 황제는 황망한 표정을 지었다. 그 앞에서 지엔이 허둥지둥 말을 이었다.

"왜냐하면 저는 아주 어렸을 적부터 놀고먹는 것이, 아니, 고된 노동에서 벗어나 자유롭게 유람하는 것이 꿈이었기에……."

황제가 이해 안 된다는 듯 대답했다.

"하지만 자유롭게 유람하려면 작위 정도는 필요할 텐데."

"그것이……."

지엔은 입을 달싹였다. 작위가 없어 곤란할 때는 오직 귀족들과 엮일 때뿐이니, 벨하르트를 비롯한 다른 귀족들과 앞으로 절대 엮이지 않겠다는 결심이 그 이유라고는 차마 말할 수 없었다.

그런 지엔에게 한숨을 푹 내쉰 황제가 고개를 내저었다.

"됐다, 됐다. 그대의 마음은 알았다."

그런 황제의 모습에 헤카테는 손을 들어 부끄럽다는 듯 얼굴을 가렸다. 다시 정적이 찾아온 가운데 칼리스만이 푸핫 하며 소리 내어 웃었다가 로아나에게 꼬집히고 다시 조용해졌다.

그 가운데 황제가 중얼대듯 말했다.

"유람이라…… 실속이 있는지는 모르겠으나 낭만적이구나. 그래, 그렇다면 적당한 양의 금전과 함께 통행 패를 발급해 제국의 어떤 곳이든 자유로이 드나들고 머무를 수 있도록 하마."

그가 다시 말을 이었다.

"호위 또한 붙여 주도록 하겠다. 물론 북부 원정에서도 무사히 돌아온 그대의 무력을 의심하는 것은 아니나……."

내내 가만히 있던 나세르가 나선 것은 그때였다. 망설이듯 입을 달싹이던 나세르가 한 걸음 앞으로 나서며 조용히 말했다.

"전하. 송구하오나, 지엔에게 호위는 필요 없을 듯합니다."

"응? 어째서 그리 생각하느냐?"

나세르가 신중한 목소리로 꺼낸 말에, 지엔은 그만 그의 입을 막고 싶어졌다.

"지엔이 허락하기만 한다면 제가…… 자청해서 그녀의 호위가 되고자 합니다."

기대를 저버리지 않는 나세르의 발언에 황후의 입가에 미소가 떠올랐다. 한편, 황제 또한 흥미롭다는 눈으로 나세르를 보며 물었다.

"호오, 그대는 명예도, 직위도 남부럽지 않게 얻었을 텐데. 그럼에도 굳이 호위를 자처하는 이유가 뭐지?"

그냥 청혼을 하지 그러냐고 놀리는 의도가 다분히 담긴 말에도 나세르는 의젓하게 대답했다.

"저는 북부 원정에서, 또 그 이전부터 그녀에게 수도 없이 목숨의 구함을 받았습니다. 그의 기사가 은혜를 갚지 않는 것을 빛의 신께서는 결코 바라지 않으실 겁니다."

"그런가. 주인이 시종에게, 또 시종이 주인에게 은혜를 갚는다……. 역사에 길이 남을 만한 미담이로군."

한편 그 모습을 지켜보던 원정대원들의 눈빛 또한 반짝반짝해졌다.

자고로 구경 중에 가장 재밌는 것이 불구경, 싸움 구경 다음으로 연애 구경이었다. 하고 많은 이야기 중에서도 도련님과 하녀의 신분을 뛰어넘는 사랑 얘기는 왕과 충성스러운 기사의 무용담만큼이나 인기가 높았다.

더군다나 나세르의 지엔을 향한 때와 장소를 가리지 않는 애정 공세에 다들 많이 시달려 온 터였다.

'차라리 그냥 청혼을 해!'

'잘 됐으면 좋겠다! 이미 잘 된 것 같다!'

쏟아지는 반짝반짝한 시선들 속에서 지엔은 금방이라도 토할 것 같은 표정을 지었다. 그녀가 나세르를 흘낏거렸다.

'공자님이 도저히 거절할 수 없을 것을 계산하고 이런 상황을 만든 것은 아닐 테고…….'

지엔의 눈빛이 어두워졌다.

'단지 단둘의 여행에 황제 폐하께서 내려 주신 호위가 끼어들까 봐 조급해졌던 것뿐이겠지. 실제로 황제 폐하께서 내려 주신 호위를 나중에 가서 핑계 좋게 거절할 수 있을 리도 없고.'

그리고 그녀는 눈을 질끈 감았다. 하지만 이런 도망칠 곳도 없는 상황이라니! 전생에 지고한 신분을 마음껏 휘두르고 다닌 벌을 이제야 받는구나!

그때 다시 끼어든 차가운 목소리가 뜨겁던 분위기를 식혔다. 원정대원들은 물론이고, 황제와 황후마저 김샌 얼굴로 목소리가 들려온 곳을 보았다.

"폐하, 호위에 관한 문제는 저들끼리 상의하도록 두심이 옳겠습니다."

원정대원들은 속으로 탄식했다.

'전하…… 저희만의 축제를 전하께서 방금 망치셨습니다…….'

'아니야, 이해해드려야 해. 제국 최고의 돌심장으로 불리는 분께서 이런 재미를 헤아릴 리 없어.'

그때 벨하르트가 다시 말했다.

"나세르 공자가 무투 대회에서 우승했다는 것은 알고 있었으나 누군가를 호위하는 실력마저 남다른 줄은 몰랐군."

네가 아무리 잘 지켜봐야 황제 폐하께서 내려 주신 호위 병력만이야 하겠느냐는 날카로운 비꼬기에 다들 이해 안 된다는 눈으로 그를 보았다. 한편, 황후 역시 좀 전과는 달라진 눈으로 벨하르트를 응시했다.

그 가운데 황제가 사태를 수습하기 위해 말했다.

"그래, 벨하르트 네 말이 맞다. 아직 공적을 치하해야 하는 용사들이 수도 없이 남아 있는 마당에, 이대로는 오늘 안에 끝나지 않겠구나."

그가 다시 지엔을 돌아보며 말했다.

"지엔, 그대의 보상에 대한 것은 황성 재무관과 상의 후 다시 언질을 줄 것이다. 수도에 머무르며 대답을 기다리거라."

"네, 그리하겠습니다. 폐하."

지엔은 기다렸다는 듯 재빨리 대답하고 물러났다. 그 뒤를 이어 보다 공이 적은 이들의 수훈 또한 이어졌다. 칼리스는 워낙 이미 가진 게 많은 데다 세외라고 할 수 있는 마탑 소속이기에, 치하의 말 외에 마땅한 보상이 주어지지 않았지만 발리아는 작위와 영지를 수여 받고, 제국에서 두 번째로 고귀한 자리에 한 걸음 가까워졌다. 이날이 지나면 그녀가 황태자비가 될 것을 의심하는 사람은 아무도 없을 터였다.

마침내 모든 포상이 끝나고, 원정대원들은 황가 일족들에게 감사의 절을 깊이 올린 뒤 일제히 대전을 빠져나왔다.

괜스레 걸음을 빨리하던 지엔은 아니나 다를까, 뒤에서 날아온 나세르의 부름에 잠시 멈췄다.

"지엔. 잠시, 얘기를 하고 싶다."

지엔은 미간을 좁혔다. 마음만 같아선 그냥 달아나고 싶었지만, 고용인 된 도리에 주인의 부름을 아예 무시할 수도 없는 노릇이었다.

마침내 뒤를 돌아본 지엔은 나세르의 애절한 눈빛에 그만 머리를 쥐어뜯고 싶어졌다.

'으악, 내가 이래서 도망치고 싶었던 건데.'

나세르의 연한 회청색 눈동자에 애수에 가까운 어떤 감정이 서려 있는 것을 보면 누구라도…… 그래, 자신이 아닌 누구라도 그가 바라는 것은 뭐든 이루어 주고 싶어 견딜 수 없어질 것이다.

그렇게 생각하는 지엔에게 나세르가 한 걸음 다가오며 말했다.

"지엔, 황제 폐하의 앞에서 함부로 나선 것은 미안하다. 또, 너와 상의 되지 않은 일을 말한 것도. 다만 나는 마음이 급했어. 황제 폐하께서 호위를 내려 주신다면 그들을 쉽게 뿌리칠 수는 없을 테니까."

예상했던 것 그대로인 나세르의 말에 지엔은 가만히 이마를 짚었다.

"공자님……."

"나는 네가 가는 곳이면 어디든 함께 가고 싶고, 네가 하는 일이라면 무엇이든 함께 하고 싶고, 너와 함께 여생을 보내고 싶다. 그 마음은 아직도 변하지 않았어."

간절한 목소리로 그렇게 말한 그가 지엔의 손을 낚아채어 입 맞추었다. 다시 고개를 든 그는 타다 못해 꿰뚫을 것 같은 시선으로 지엔을 바라보았다.

"지엔, 너는 어떻지? 북부 원정이 끝난 뒤에도 네 마음에는 아직 조금의 변화도 없나?"

나세르의 눈 끝이 안타까운 듯 일그러졌다.

"나를…… 조금도, 원하지 않나? 내가 너의 곁에 있어 주기를, 아주 조금이라도."

지엔은 다만 난처한 얼굴로 우물거렸다.

"공자님, 저는……."

할 말이야 많았다.

그 대부분이 담요 괴물의 정체가 지엔이란 것을 깨닫고서부터 미치광이 마도사처럼 폭주하는 나세르를 어떻게든 달래고 제정신으로 만들려는 말들에 불과했지만.

문제는 이곳이 황궁의 한복판, 대신들은 물론이고 수도 없이 많은 사람들이 드나드는 복도란 것이다. 원정대원들은 대전에서의 연장전이 여기서 시작되려나 하는 기대감에 반짝반짝 빛나는 눈빛으로 두 사람을 쳐다보고 있었다.

그렇기에 지엔은 쉽게 입을 떼지 못하고 다만 미간을 구겼다.

'미치겠네, 진짜.'

그때였다. 헛기침과 함께 불쑥 끼어드는 점잖은 목소리에 지엔과 나세르는 일제히 눈이 휘둥그레져 고개를 돌렸다.

노년에 막 접어들기 시작한 듯 희끗한 머리를 가진 귀족으로, 체격이 좋지 않은 데다 안경을 쓴 것을 보면 문관인 것 같았다. 입은 옷은 장식도 전혀 없고 수수해서 신분의 고하를 전혀 종잡을 수 없었다.

"흠흠, 대전에서 나오자마자 이런 일이 있을 줄이야. 젊은이들의 혈기는 예상할 수가 없군."

눈을 크게 떴던 것도 잠시, 나세르가 이윽고 고개를 숙여 가볍게 절했다.

"그랜트 후작님을 뵙습니다."

하도 수수한 인상이라 설마 후작 정도의 대귀족일 줄은 몰랐던 지엔은 조금 놀랐다.

그랜트 후작이라 불린 남자는 순순히 웃으며 말했다.

"이런, 환속한 지 얼마 안 된 브리지트 백작가의 영식이 나를 기억하고 있을 줄이야."

"그랜트 후작님의 학식은 그만큼 널리 알려져 있으니까요."

공손히 대답하는 나세르를 보며 그랜트 후작이 흐뭇하게 웃었다.

"이 늙은이를 그렇게 띄워 주지 않아도 괜찮네. 그대는 백여 년 만에 부활한 '성기사'의 작위를 받은 자, 그대야말로 명실상부 오늘의 주인공이 아닌가."

그랜트 후작의 말에 나세르는 적잖이 부담스러워하는 눈치였다. 아직 제게 주어진 '성기사'라는 직위가 얼마만큼의 명예를 갖고 있는지 모르는 것이 분명했다. 그런 나세르를 흐뭇한 눈으로 바라보던 후작이 다시 지엔을 보았다.

호기심을 담고 영민하게 빛나는 눈과 마주친 순간, 지엔은 왠지 거북해져서 그 자리에서 도망치고 싶어졌다.

그런 심정을 감추고 몸을 숙이는 그녀를 향해 그랜트 후작이 말했다.

"인사는 되었네. 그보다, 지엔이라 하였는가?"

후작은 피식 웃고 말을 이었다.

"황제 폐하의 앞에서 그토록 당당히 금전을 요구하다니. 이 늙은이를 오랜만에 웃게 하더구나."

"아, 저, 그것이……."

그가 자신을 책하는 줄로만 알고, 눈만 굴리던 지엔은 다음 말에 깜짝 놀랐다.

"벨하르트 전하께 진작부터 들어 이름은 알고 있었다."

"네? 벨하르트 전하가……?"

믿을 수 없다는 듯 중얼거리긴 나세르도 마찬가지였다. 그랜트 후작은 용기를 북돋워 줄 의도였겠지만, 그의 말은 도리어 두 남녀를 깊은 혼란 속에 빠트리고 말았다.

잠시 의아해하던 그랜트 후작이 다시 빙긋 웃고는 말했다.

"자네가 평민이지만 체스에 제법 조예가 깊다고 들었네. 나도 체스를 좋아하는데, 이 좁은 궁에서 둘만 한 사람과는 이미 다 두어 봐서 질리던 참이었지."

'아, 체스 얘기였구나.'

그제야 지엔은 안도했다. 설마하니 벨하르트가 자신을 죽일지 말지 따위의 문제로 후작과 상의하진 않았을 거라 짐작은 했지만, 생각보다도 온건한 화제였다. 과연 체스를 둘 줄 아는 하녀는 소문의 대상이 될 만도 했다.

눈에 띄게 안도한 표정을 짓는 지엔에게 그랜트 후작이 물었다.

"경기를 청해도 괜찮겠나."

"네, 네? 물론 영광……."

단순히 다음을 기약하는 줄 알고 애써 대답했던 지엔은 그랜트 후작의 말에 다시 놀랐다.

"그럼 지금 가지."

"지, 지금이요?"

눈을 크게 뜨고 어쩔 줄 몰라 하던 지엔은 나세르를 돌아보았다. 나세르 또한 전혀 짐작하지 못한 듯 그 자리에 굳어 있었다.

그런 나세르에게 그랜트 후작이 선수 쳐서 말했다.

"내가 영식의 하녀를 잠깐 빌려도 괜찮겠나. 잠시 얘기만 나누어 보고 돌려보내겠네."

그에 머뭇거리던 나세르는 못내 마음에 들지 않는 것을 숨기지 못한 표정으로 대답했다.

"……끝낼 때쯤 사람을 보내 부르시면, 마중 나가도록 하겠습니다."

대귀족 앞의 무례한 태도에도 불구하고 후작은 다만 재미있다는 듯 웃었다. 그가 가늘어진 눈으로 지엔과 나세르를 번갈아 보며 말했다.

"이런, 그대들은 내 생각보다도 더 가까운 사이인 모양이군."

그러더니 그는 문득 씁쓸한 눈빛을 하며 눈을 내리깔았다.

"걱정하지 말게나. 나는 그저…… 이 애가 내가 아는 사람을 닮았는지 좀 확인해 보고 싶은 것뿐이니."

나세르가 마지못해 수긍하자, 지엔은 그랜트 후작을 따라 걸음을 옮겼다. 그러면서 그녀는 복도에 우두커니 선 나세르를 힐끔힐끔 돌아보았다.

그가 어쩐지 버림받은 강아지 같은 모습을 하고 있어서, 지엔은 마음이 적잖이 무거워졌다.

* * *

그랜트 후작과 지엔이 향한 곳은 발리아와도 이미 한 번 와본 적이 있던 일종의 휴게실 같은 공간이었다.

누군가 정리하지 않고 그냥 나간 체스 말을 손수 정리하며 그랜트 후작이 말했다.

"체스는 누구에게서 배웠나?"

두 손을 앞으로 모은 채 서 있던 지엔이 그 말에 대답했다.

"아, 그, 발리아 님께 배웠습니다."

"크레센트 영애? 그녀는 아직 체스를 배운 지 불과 한 달도 안 되었을 터인데."

그렇게 말하며 그랜트 후작이 다시 지엔을 돌아보았다. 그의 눈이 전보다 더한 흥미로 반짝였다.

그가 말을 이었다.

"물론 크레센트 영애의 체스 실력이 예사롭지 않기는 하지. 하지만 그 스승을 뛰어넘는 제자라니, 황궁에는 인재가 많군. 꽤 기대가 되는데. 정리가 되었으니 이만 앉게."

그랜트 후작의 말에 지엔은 쭈뼛쭈뼛 그의 맞은편 의자에 앉았다. 앉자마자 목소리가 들려왔다.

"선공을 양보하겠네."

그에 지엔은 애써 긴장한 티를 내지 않으려 하며 말을 집어 들었다. 그래도 집중할 대상이 생기니 손 놓고 멀뚱멀뚱 서 있던 때보다는 훨씬 나았다.

'갑자기 '이제부터는 네 목숨을 걸고 해 보자꾸나.'라거나, '나를 이기다니, 용서할 수 없다.' 같은 말씀은 하지 않으시겠지.'

지엔은 발리아와 두던 때와 같이 담담히 체스를 두었다.

한동안 휴게실 안은 체스 말이 체스판에 닿을 때마다 울리는 건조한 소리 외에는 조용했다. 창으로 흘러들어 오는 오후의 햇살은 나른했다.

점차 시간 감각이 사라진 지엔이 이른 아침부터 대전에 불려 나가 황제에게 직접 포상을 받은 것을 꿈이라고 치부할 즈음, 그랜트 후작이 갑자기 말을 꺼냈다.

"……잘 두는구나."

마치 할아버지가 어린 손녀에게 칭찬하듯 다정한 목소리였다. 물론 후작은 지엔이 보았던 여느 귀족들보다도 가장 권위 의식이 없고 겸손한 것처럼 보였지만, 결코 처음 보는 하녀 따위에게 감정을 쉽게 드러낼 만큼 허술한 사람 또한 아닌 것 같았기에 지엔은 당황했다.

그녀가 당황해서 말을 움직이던 손을 멈추자, 그녀를 바라본 후작이 다시 말했다.

"직위도, 봉토도 다 필요 없이 유람에 필요한 약간의 금전만을 원한다던 아이가, 이토록 탐욕스러운 수를 두다니…… 예상치 못한 일이지만, 예상치 못해서 훨씬 더 재밌구나. 너도 나이를 먹어 보면 알겠지만, 이 나이쯤 되면 예상치 못한 일은 거의 아무것도 일어나지 않지."

말을 마친 그랜트 후작은 잠시 눈을 감았다 떴다. 여전히 당혹스러워하는 지엔 앞에서 후작이 다시 말했다.

"네가 벨하르트 전하께 얘기로 전해 들었을 때 생각한 것보다 훨씬 더 닮은 것도…… 예상치 못한 일이구나."

지엔이 어리둥절하게 물었다.

"닮다니, 누구와……?"

"내 손녀와 말이다."

후작의 그 말에 지엔은 이제까지 보다도 훨씬 더 당황했다. 그도 그럴 게, 지엔은 태어나서 한 번도 멀쩡한 대상과 비교되어 본 적이 없었다.

심지어 자신을 사랑한다는 나세르조차 자신을 불쑥불쑥 '담요 괴물'로 부르는 것을 보았을 때 사태의 심각성은 알 만했다.

당황을 추스른 지엔은 일단 대답했다.

"그, 그렇군요…… 하하하."

그러면서도 그녀는 머리를 바쁘게 굴렸다.

'어쩌지? 손녀분이 사람이시긴 한 거냐고 물어볼까? 아니야, 그랬다가 포상금을 받기도 전에 목이 잘리면 어떡해?'

그런 고민에 빠진 지엔을 보며 그랜트 후작이 말을 이었다.

"내 손녀도 너처럼 엉뚱하고, 언제 어디서나 당당하고, 명랑했다."

"……."

"체스를 잘 둔다는 것도 비슷했지."

"그, 그렇군요."

'난 또, 이 후작님이 자기 손녀를 싫어하시는 줄 알았네.'

아무렇지 않게 무례한 생각을 하는 지엔에게, 그랜트 후작이 웃음을 머금으며 말을 이었다.

"사실, 그 애가 체스를 잘 둔다는 건 참 이상한 일이었어. 왜냐하면, 그 애는 그 외의 모든 학문적인 것에는 진저리를 치며 밖으로 뛰쳐나가곤 했거든."

"그, 그렇군요……."

"어찌나 말을 타고 산과 들을 쏘다니는 걸 좋아하는지, 또 발은 왜 그렇게 빠른지, 해가 져서 제 발로 집에 들어오기 전까진 누구도 감히 그 애를 찾을 엄두를 내지 못했어."

거기까지 들은 지엔은 다시 의심을 가져볼 수밖에 없었다.

'이건 내가 학문적인 것과는 아무런 상관도 없어 보인다는 고도의 돌려 까기인가?'

그랬던 지엔은 후작의 이어진 말을 듣고 그대로 굳어졌다.

"그랬기에 그 애가 어느 계곡에서 굴러떨어져 죽어서 발견되기 전날에도, 우리 가족은 계속 그 애를 믿고 기다리고 있었다. 돌아오겠지, 곧 아무렇지 않은 얼굴로 돌아오겠지 하며."

"아……."

지엔은 짧은 탄식과 함께 입을 다물었다. 방금까지 휴게실 안으로 흘러들던 햇살마저 싸늘하게 굳은 듯했다. 무거운 정적이 찾아오자, 후작은 손사래를 쳤다.

"그런 표정 지을 것 없네. 조의의 말도 되었네. 이미 십 년 전에 충분히 들었으니."

'십 년이나 된 일이었구나.'

후작의 눈에 스친 생생한 고통은 어제의 일인 양 생생해서 헤아리지 못했다. 여전히 마음이 불편한 듯 치마 위의 두 손을 꼼지락거리는 지엔을 향해 그랜트 후작이 말했다.

"하나 궁금한 게 있다."

"아, 네. 말씀하십시오."

후작이 체스 말을 옮기며 대수롭지 않게 물었다.

"네가 유람을 하기로 한 것은, 혹 네가 지금 사는 영지가 마음에 들지 않아서냐?"

"네? 아, 음……."

지엔의 난감해하는 표정을 본 그랜트 후작이 너털웃음을 터트렸다.

"브리지트 백작에게 이르지 않을 테니 솔직하게 말해 보아라."

그제야 조금 밝은 얼굴이 된 지엔이 대답했다.

"음, 그런 건 아니에요. 제가 다른 곳을 다녀 본 적이 얼마 없어 잘 알진 못하겠지만, 저는 브리지트 백작령 정도면 살기에 충분히 좋은 곳이라고 생각해요."

지엔은 주저하며 말을 이었다.

"하지만, 태어나서부터 지금까지 일생을 보낸 곳이다 보니 조금 질리기도 하고…… 기회가 된다면 한 번쯤 떠나 보고 싶었거든요. 어딘가에 있을지도 모르는 제가 살기에 더 좋은 곳을 찾아서."

"가족들은 어찌하고?"

"아, 형제자매는 원래 없었고 부모님 모두 돌아가셨습니다."

지엔의 아무렇지 않은 대답에 후작의 표정이 어두워졌다. 그가 체스 말을 놓고 고개를 들며 말했다.

"내가 무심했네. 사과하지."

"아, 아니요. 아닙니다."

지엔은 화들짝 놀라 말했다. 그 뒤로 후작은 체스는 아예 둘 생각은 하지 않고, 뭔가를 고민하는 눈빛으로 턱을 매만지며 말이 없었다.

"저, 후작님?"

이러다가는 해질 때까지도 체스 한 판도 다 못 두겠다는 생각에 지엔이 조심스럽게 부르자, 그제야 후작은 다시 고개를 들었다. 갑자기 흘러나온 그의 말에 지엔은 깜짝 놀랐다.

"내 딸은 결혼하고 얼마 안 있어 남편을 잃고, 그것도 모자라 딸마저 잃어 지금은 남편의 영지에서 홀로 지내고 있네."

"네? 네."

"혼자 살기 적적하여 영지의 어려운 아이들에게 도움을 주고, 더러는 후견인으로 직업을 얻는 것을 도와주기도 하는 모양이지만, 그것만으로는 마음의 외로움이 차지 않는 모양이야."

"네……."

떨떠름하게 대답하는 지엔에게 후작이 물었다.

"너만 괜찮다면, 여행의 첫 행선지를 그곳으로 하지 않겠느냐? 내 딸에게 말해서 너를 영주 성에서 대접하고 함께 지내도록 해 주마. 그리고 네가 그곳과 그 생활이 마음에 든다면."

후작이 마침내 말을 맺었다.

"내 양녀가 되는 건 어떻겠느냐."

"네?"

너무 놀라운 소리라 그만 질문이 입 밖으로 튀어 나가고 말았다. 대귀족 앞에서 실례를 저질렀다는 것을 깨닫고, 황급히 입을 틀어막는 지엔을 보며 후작이 껄껄 웃었다.

"고작 목소리를 좀 키운 것 가지고 화를 낼 거였으면 네게 이런 제안을 하지도 않았다."

그는 여전히 유쾌한 듯한 웃음을 지우지 않고 말을 이었다.

"우리 가문엔 후계도 없고, 또 내가 평민을 자식으로 들이는 것을 반대할 깐깐한 가신들도 없지. 그랜트 후작가는 대대로 학자 집안이었고, 정쟁에 휩쓸릴 염려도 없으니 아주 조용한 생활이 될 거다."

후작이 덧붙였다.

"단 하나, 내 나이가 나이이고 네가 여자아이이니 혹여 추문이 있을 수 있겠지만, 내 딸 헬렌이 너와 함께 수도와 지방을 오간다면 해결될 문제다. 그렇지 않으냐?"

그의 말에 눈을 굴리던 지엔은 조심스레 물음을 꺼냈다.

"저, 하지만…… 만약 따님분의 말벗이 필요하신 거라면, 제가 따님분의 양녀로 들어감이 맞지 않을지."

그 말에 후작은 간단히 대답했다.

"기왕 양녀가 될 거라면 남작가보다는 후작가가 더 낫겠지."

"아."

"브리지트 백작가의 입장에서도 네 가문이 남작가보다는 후작가라야 혼례에 차질이……."

"으아아, 후, 후작님. 저와 공자님은 결코 그런 사이가 아닙니다. 제발 그런 말씀은 삼가해 주세요. 누가 들을까 겁납니다."

그 말에 후작은 복도에서 지엔이 나세르와 단둘이 있을 때 지었던 표정을 떠올리고 잠시 눈을 크게 떴으나, 곧 빙그레 웃으며 고개를 끄덕였다.

"알겠네. 자네가 그렇다면 언급은 최소한으로 하도록 하겠네."

지엔의 얼굴이 간신히 풀리는 것을 보며 그는 속으로만 생각했다.

'표정이 어쩌면 이리도 다채로운지. 앨리스와 정말 닮았어. 헬렌도 틀림없이 이 아이를 마음에 들어 하겠지.'

그렇다고 해서 그랜트 후작은 산 사람과 죽은 사람을 착각할 생각은 결코 없었다. 지엔이 자신들의 새로운 가족이 된다면, 앨리스가 아니라 지엔이란 사람을 제대로 이해하고 그녀가 최대한 편안한 생활을 누리도록 맞춰 줄 작정이었다.

그리고 그랜트 후작은 속으로 한숨을 내쉬었다.

'그나저나…… 내가 보기에는 이미 명백한 것을 아니라고 우기는 이 아이의 완강함도 완강함이지만. 더욱 걱정인 것은 벨하르트 전하의 마음이로구나.'

아까, 대전에서 황후가 가벼운 어조로 지엔의 혼례 얘기를 꺼내었을 때, 그랜트 후작은 똑똑히 보았다.

평소와 다름없이 무표정하게 앉아 있던 벨하르트의 미간이 일순 구겨졌다가 바로 펴지는 것을. 스승으로서 벨하르트를 오래 지켜봐 온 후작만이 알아볼 수 있을 만큼 미세한 변화였다.

'승리든 다른 무엇이든, 자신이 황태자로서의 역할을 수행하는 데 필요하면 수단 가리지 않고 손에 넣는 분이셨지.'

그 사실을 떠올린 그랜트 후작의 얼굴이 어두워졌다.

'부디 사랑에 대해서만은 그러지 않으시길 바라지만. 모르겠군, 벨하르트 전하가 사랑에 눈을 떴다면 그건 아마…….'

그랜트 후작은 여전히 충격에 잠긴 채 말이 없는 지엔의 얼굴을 흘깃 보았다.

'그가 마음으로 원해 본 최초의 것일 테니.'

그때 지엔이 드디어 내내 다물고 있던 입을 열었다. 그랜트 후작은 반색하며 고개를 들었다.

"저기……."

"왜 그러느냐? 뭔가 궁금한 것이라도 생겼느냐?"

그랜트 후작의 상냥한 물음에 지엔은 조금 민망한 표정으로 대답했다.

"실례가 안 된다면, 후작님의 따님께서 거주하고 계신 영지의 이름을 물어도 될까요?"

그 말에 그랜트 후작은 자신이 너무도 당연한 것을 말하지 않았다는 것을 깨달았다. 그런 것을 보면 자신도 앨리스와 닮은 이를 만난 충격에 생각 이상으로 몹시 당황해 있던 모양이었다.

"물론이다, 내가 당연한 것을 말하지 않았구나. 허나 워낙 작은 곳이라 영지의 이름을 들어도 네가 알지 모르겠구나."

후작은 큰 기대 없이 말했다.

"영지의 이름은 '말락타'다."

바로 그때, 돌연 고개를 든 지엔이 그랜트 후작을 보며 눈을 동그랗게 떴다. 후작 또한 그 모습을 보고 놀랐다.

'저건 틀림없이 말락타에 대해 아는 듯한 반응인데…… 도대체 어떻게 알고 있는 거지?'

그렇게 생각하는 후작에게 지엔이 다시 물었다. 좀 전까지와는 달리, 갑자기 당황은 모두 사라지고 진지해진 목소리였다.

"후작님의 제안, 제가 정말로 받아들여도 될까요?"

*　*　*

그날, 후작과의 만남을 마치고 루디나토 대공가로 돌아온 지엔은 침대에 누운 채 천장을 보며 생각했다.

'운명이란 건 정말로 있었는지도 몰라. 아니, 전생을 생각하면 있는 게 당연하지만, 현생에서도 현생 나름의 운명이 만들어지고 있었던 건지도.'

그리고 지엔은 문득 입을 열어 생소한 지명을 입에 담았다.

"'말락타'."

그곳은 지엔의 브리지트 백작가 하녀 동료인 마리의 고향이었다. 또한, 지엔이 은퇴하면 어디에서 살 거냐고 묻는 나세르의 말에 되는 대로 내뱉은 장소 중 하나이기도 했다.

지엔은 이제 마리가 밥 먹듯이 자랑했던 '마음씨 좋은 귀부인 후견인'이 누구인지 잘 알 수 있었다. 먼 친척이라서 도와줬다고 말은 했지만, 아마 이유는 그뿐만이 아니었겠지.

십 년 전이면 마리가 저택에 들어오기 불과 일이 년 전이다.

지엔은 다시 베개를 끌어안으며 중얼거렸다.

"은퇴하여 그곳으로 가는 게 내게 정해진 운명일까?"

최근 눈앞에 나타나는 모든 화살표가 다 그곳을 가리키는 것 같으니, 이제 지엔은 조금 겁이 날 지경이었다.

그러나 지엔을 무엇보다 두렵게 하는 것은 따로 있었다.

'나세르 님은 정말로 내 유람을 따라오실 계획인가?'

기왕 성기사 작위까지 얻었다면 그 힘과 몸 좋은 데 쓰시지, 자기 집안 하녀를 졸졸 쫓아다니는 데 쓰시지 말고.

일부러 스스로 비하하듯 말해 보았지만, 지엔은 사실 잘 알고 있었다. 그는 자기가 꺼낸 말을 쉽게 물리는 사람이 아니다. 아마 한다고 했으니 정말로 할 것이다.

그리고 그가 자신을 따라오길 원한다면, 자신은 그를 결코 진심으로 내팽개칠 순 없다.

'전생에 나는 공자님이 가고 싶은 곳 하나 마음대로 못 가게 했는데, 내가 가고 싶은 곳을 얌전히 따라오게만 해 달라는 공자님은 양반이지 뭐.'

게다가 결과적으로 그 일이 자신에게 해되는 것도 아니다. 대륙에서 유일한 성기사의 대가 없는 호위라니. 다른 상황이기만 했어도 넙죽 받아들였을 것이다.

문제는…….

'내 마음이지…….'

지엔은 하도 뒹굴어서 헝클어진 머리를 베개에 파묻으며 생각했다.

'만약 나세르 님이 내가 가는 곳 어디든 함께 온다면. 나와 함께 여생을 보내고 싶다고 한다면. 그 시간 동안 내내 그의 마음이 변하지 않고, 내게 사랑한다고 한다면.'

그녀는 베개를 쥔 손을 꽉 움켜쥐었다.

'내가 정말 공자님을 영영 뿌리칠 수 있을까?'

"으아악."

이윽고 지엔이 토해 낸 단말마가 적막하던 방 안에 메아리쳤다.

2. 운명의 갈림길

그로부터 며칠 뒤, 모두가 일찍이 예상했던 대로 북부 원정의 성공을 축하하는 연회가 성대하게 열렸다.

북부 원정대는 반수 정도는 평민으로 이루어져 있었기에, 또한 몇 달 만에 수도의 문물을 다시 만난 원정대의 기쁨은 이루 말할 수 없었기에 연회는 황궁에서 열리는 것치고는 상당히 경박한 분위기였다.

그에 보수적인 귀족들은 내심 불만을 품었으나 대놓고 그를 표하진 못했다. 그도 그럴 게, 이번 연회의 주인공은 엄연히 원정대였으니까.

지엔 또한 원정대의 일원으로 연회에 참석하긴 했으나, 솔직히 말해 별로 기쁘거나 설레거나 하진 않았다. 연회에 고용인이 아니라 손님으로서 참여하는 것은 생애 처음임에도 불구하고.

'주방이 이곳보다 훨씬 박진감 넘쳤던 것 같군.'

그런 생각이나 하며 심드렁히 잔을 홀짝이고 있던 지엔에게 칼리스가 다가왔다.

"우리 못, 아니, 지엔. 우리 대공가 시녀들이 하루 종일 붙잡고 예쁘게 꾸며 줬는데 그렇게 시큰둥한 표정이어서야 되겠어? 시녀들의 노고가 헛것이 되지 않게 하기 위해서라도 설레는 표정이라도 지어 봐. 저택으로 돌아가면 모험담을 얘기해 줘야지."

입에서 잔을 뗀 지엔은 잔뜩 늘어진 어조로 대답했다.

"꾸미는데 기력을 너무 써서 그런지 벌써 졸려요."

"네 체력에 그렇게 말할 정도라면 그 과정이 몹시 혹독했던 모양인데."

혀를 차던 것도 잠시, 문득 턱을 짚으며 지엔을 위아래로 훑어본 칼리스가 빙긋 웃었다.

"뭐, 그래도 그만큼 보람은 있으니 만족하라고. 자, 그럼."

눈앞으로 불쑥 장갑 낀 손이 내밀어지자 지엔은 의아하게 고개를 들었다.

칼리스가 쾌활하게 말했다.

"기껏 단장하고 연회에 왔으니, 춤출까?"

"네에?"

"아니, 지엔. 지금 내가 첫 춤 상대로 자격이 부족하다는 거야? 대공가 자제인 건 고사하고, 이렇게 잘생겼는데?"

아니, 그러니까 제 전생의 얼굴을 저에게 들이밀어 봤자 아무런 의미 없다니까요…… 속으로 중얼거린 지엔은 칼리스를 향해 태연하게 말했다.

"저 춤 못 추는데요?"

"뭐?"

"그랬다면 제가 여기에서 이러고 있지도 않았지요. 그래도 첫 연회라 그런지 예의상 몇몇 정도는 춤을 청해 주셨는데, 제가 춤을 못 춘다고 했더니 무안해 하시며 가 버리시더라고요."

뜻밖에도 칼리스는 '사람이 어떻게 춤을 못 춰?'라거나 '거짓말이지?' 같은 반응은 보이지 않았다. 대신 그가 눈을 동그랗게 뜨고 꺼낸 말에 지엔은 의아해졌다.

"와, 지엔아. 너 어떡하냐."

"네?"

"보통 귀족가에 들어가도 배워야 하는 예의범절이 만만치 않을 텐데, 그랜트 후작가라니. 어쩌면 몇 년 동안은 계속 배워야 할지도 몰라."

"카, 칼리스 님이 그걸 어떻게……."

눈이 휘둥그레진 채 내뱉던 것도 잠시, 지엔은 황급히 칼리스를 데리고 구석으로 향했다.

지엔이 다시 그를 돌아보며 물었다.

"그걸 어떻게 아셨어요? 벌써 소문이 났나요?"

"아니. 알잖아, 내가 좀 소문에 빠른 편인 거."

"아. 그러고 보니……."

자신이 제3궁에 모습을 보이지 않게 되었을 때도 칼리스가 제일 먼저 알게 되었던 것을 떠올리며 지엔이 눈을 가늘게 뜨자, 제풀에

찔린 칼리스는 화제를 돌렸다.

"그랜트 후작이 벨의 어린 시절 스승이었다는 건 알아?"

"네? 아니요. 처음 들었어요."

"이제라도 알아 둬. '철혈의 황태자'로 불리는 지금의 벨하르트를 길러 낸 사람이 바로 그랜트 후작이란 말이야. 그러니 얼마나 엄격하겠어? 나도 어렸을 때 단 한 번 수업을 같이 들은 적이 있었거든. 손이 귀한 황실에서 흔치 않은 동갑내기였으니까. 그런데 정말이지……."

고개를 절레절레 내저은 칼리스가 슬픈 듯한 표정을 짓고 말했다.

"알았지, 지엔? 다른 귀족가라면 몰라도 그랜트 후작가는 한 번쯤 숙고해 보는 게 좋아. 나 같으면 그런 무서운 할아버지의 양녀로는……."

"제 양녀의 가정 교육은 칼리스 대공자께서 신경 쓰실 일이 아닐 듯하군요."

갑자기 뒤에서 날아온 목소리에 칼리스가 펄쩍 뛰듯이 놀랐다. 그가 귀신이라도 본 듯 새파랗게 질린 얼굴로 말했다.

"그, 그랜트 후작……."

"저는 지엔의 자유분방한 성품을 최대한 존중할 예정입니다. 그러니 제 양녀에게 괜한 겁 주지 마시지요."

칼리스에게 날카롭게 쏘아붙이던 후작은 지엔과 눈이 마주치자 봄날 눈 녹듯 부드럽게 미소 지었다. 그가 인자하게 웃으며 말했다.

"지엔, 파티를 제대로 즐기지 못하고 있는 것 같더구나."

"아, 후작님. 제가 춤을 출 줄 몰라서……."

"어차피 이곳은 보통의 연회와는 달리 그런 딱딱한 자리가 아니다. 격식에 좀 어긋나는 춤을 춘다고 해서 책잡힐 일은 없을게야. 저길 보거라."

후작이 하는 말에 지엔은 고개를 돌렸다. 과연 홍에 겨운 듯한 용병패가 셋이서 손을 잡고 춤을 추고 있었다. 황궁에서 저런 짓을 하는 데도 아무도 말리지 않는 것을 보면 과연 이 원정대가 그들을 위해 열린 것이긴 한 모양이었다.

후작이 웃으며 다시 말했다.

"무엇보다 여기에 그럭저럭 괜찮은 춤 상대도 있는 듯하니."

"네?"

"칼리스 대공자는 사교계에서 춤 실력으로 위명도 악명도 높으니. 그렇지요, 칼리스 대공자?"

"악명은 좀 빼고 말해 주시면 어디가 덧납니까, 후작."

입을 삐죽대며 말한 칼리스는 지엔에게 다시 손을 내밀더니 활짝 웃었다.

"뭐, 아무튼 나와 춤을 한 번 추고 나면 사랑에 빠지게 된다는 소문이 은밀히 돌긴 하더군."

"바로 그 점이 악명이란 것입니다."

가차 없이 말한 그랜트 후작이 다시 지엔을 향해 빙그레 웃었다.

"첫 춤 상대로 실력 있는 파트너를 만나는 것은 중요하단다. 그러지 않으면 자신이 춤을 못 춘다고 평생 믿고 살게 될지도 모르니까 말이야."

"아, 아니. 그래도……."

그랜트 후작은 지엔이 이 연회에서 특별한 추억 하나라도 더 가져가기를 바라는 모양이었다. 그러나 지엔이 생각하기에는 전생의 자신과 같은 얼굴을 한 남자를 잡고 춤추는 것이 별로 특별한 경험이 되진 않을 것 같았다.

당황한 지엔의 손을 붙잡고 칼리스가 부드럽게 이끌어 홀로 나갔다.

눈에 띄기 좋아하는 그의 성정을 생각하면 홀의 중앙으로 가진 않아서 다행이었지만, 문제는 칼리스 자체에 있었다. 홀의 가장자리에 서건 중앙에 서건 그가 누구보다도 주목받는 것은 같았다.

"어머, 저기 봐요."

"대공자님이……."

수군대는 소리를 들으며 지엔은 미간을 좁혔다. 결국 칼리스의 어깨에 손을 올린 지엔은 나머지 손을 그와 맞잡으며 속삭였다.

"칼리스 님, 이 일은 절대 잊지 않을 거예요."

칼리스는 여전히 웃는 얼굴 그대로 대답했다.

"응? 뭐라고? 아, 그래, 뭐! 물론 나와 생애 첫 춤을 추는 데 잊을 수야 없겠지."

"아니, 그게 아니라……."

지엔은 말하려다 말고 다시 한숨을 내쉬었다. 칼리스의 능청스러운 표정과 눈치를 생각해 보면 그가 자신이 하는 말을 못 이해했을 리는 없었다. 그럼에도 불구하고 그토록 춤추고 싶다는 거겠지.

칼리스의 뺨에 희미하게 남은 흉터를 보자 지엔의 없는 양심이 다시금 따끔거리기 시작했다. 결국 지엔은 한숨을 내쉬며 흘러나오는 음악에 맞추어 발을 움직였다.

칼리스의 어깨너머로 다른 여자들의 춤 동작을 보며 최대한 따라 하려고 애쓰다 보니, 다행히 썩 나쁘지 않은 그림이 나왔다.

'역시 겁만 안 들면 내 몸도 쓸만하단 말이야.'

뿌듯한 표정을 짓는 지엔을 보며 칼리스가 놀란 듯 물었다.

"지엔, 춤이 처음이란 건 거짓말이지?"

"아니요, 사실이에요…… 마을 광장에서 축제 때 다 함께 팔짱 끼고 도는 춤이라면 춰 봤지만."

"그래? 브리지트 백작령의 축제는 언제 열리는데?"

"5월이요."

"흐음, 그럼 한 번 가 볼까. 가면 나랑도 그 춤, 같이 춰 줘?"

그런 말을 나누는 사이 두 사람은 벌써 연회장 반 바퀴를 돌고 있었다.

칼리스가 다시 말했다.

"지엔, 아직 채 한 곡도 끝나지 않았는데 춤에 점점 익숙해져 가는 느낌인걸."

"그러게요."

지엔은 다른 말을 얹지 않고 담담히 수긍했다. 몹시 이상한 느낌이었다. 마치 황실의 숲에서 궁지에 몰려 처음 활을 들었을 때처럼, 몸이 다른 사람의 것이 된 듯한 느낌이 관류하고 있었다. 화려한 샹들리에, 빙글빙글 도는 남녀들, 부풀었다 사그라지는 색색의 드레스들 속에서 지엔은 생각했다.

'나는 틀림없이 이 광경을 알아.'

점점 능숙하게 호흡을 맞추어 가는 두 사람의 모습에 지켜보던 사람들도 수군거렸다.

"저길 봐. 칼리스 님과 춤추고 있는……."

"저 아이는 분명 평민이라 하지 않았나?"

"춤을 배울 기회가 있었겠지."

"백작령에서 올라온 지 얼마 안 됐다고 들었는데? 그전에는 하녀였고."

이 연회를 유일하게 못마땅해하던 보수적인 귀족들조차 흠잡을 수도 없을 만큼 둘의 춤은 완벽했다.

마침내 춤이 끝나자, 지엔과 칼리스는 당연한 듯 서로에게 절을 했다. 그조차 수백 번은 그랬던 것처럼 완벽했다.

칼리스는 웃음을 터트리며 다만 한 가지 사실을 지적했다.

"지엔아, 춤이 끝났을 때 가슴에 손을 얹고 고개를 숙이는 건 남자의 절이야. 너는 드레스 자락을 양손으로 들어 올리고 무릎을 굽히면 돼. 한 발을 뒤로 빼면서."

"아."

그제야 무아지경의 상태에서 벗어난 지엔은 깨달았다.

'방금 내 몸을 움직인 건 내가 아닌 전생의 나였겠지.'

그러지 않고서야 배우지도 않은 남자의 절이 자연스레 나올 리는 없으니. 그런 생각에 심란해지던 지엔에게 칼리스가 대뜸 고개 숙이며 얼굴을 가까이했다.

지엔은 아무렇지 않게 눈만 들어 올렸다. 물론 칼리스는 개개인의 취향조차 파괴해 버릴 만큼 대단한 미남이었지만, 역시 지엔에게는 전생의 자신의 모습일 뿐이었다.

그런 그녀에게 칼리스가 매력적인 미소를 지으며 속삭였다.

"학구적인 풍의 그랜트 후작가는 대대로 문관을 배출한 우리 루디나토 대공가와도 상성이 잘 맞지. 그래서 말인데 지엔, 이참에……."

'그래도 그렇지, 같은 생김새인데 짓는 표정은 이토록 다르다니 정말 신기하군.'

나세르가 꿈에 나온 이가 칼리스가 아님을 어렵지 않게 알아본 것이 이해가 되었다. 그리고 지엔은 웃으며 그의 말을 잘랐다.

"백한 번째 애인이 되라는 제안은 사양할게요, 칼리스 님."

칼리스가 이맘때 하는 말이야 늘 뻔했다. 요즘은 그것이 농담과 진담의 경계를 드나드는 것 같아 아슬아슬하다는 느낌은 있었지만. 그때 칼리스가 유쾌하게 웃음을 터트렸다.

그 모습을 보며 지엔은 적잖이 안도했다.

'웃으시는 걸 보면 역시 진심은 아니었던 거지?'

도망자들의 마을에서 전생의 제약이 풀린 칼리스가 자신에게 구애할 리는 없는 것이다. 그렇게 생각하며 느긋한 표정을 짓고 있던 지엔에게 칼리스가 다시 말했다.

"그럼, 약혼자가 되라는 제안은 어때? 이건 나한테도 처음인데."

잠시 멍해졌던 지엔은 한 박자 늦게 고개를 들었다.

"네?"

그녀의 눈에 평소와는 달리 잔잔하게 웃고 있는 칼리스의 얼굴이 들어왔다.

이내 잔잔한 웃음마저 지운 그가 웃음기 한 점 없는 목소리로 말했다.

"농담 아니야."

"……."

침묵에 빠진 지엔 앞에서 머리카락을 휙 쓸어 넘긴 칼리스가 말을 이었다. 어딘지 초조해 보이는 모습이었다.

"음, 혹시나 오해할까 봐 얘기하는 건데, 네가 그랜트 후작가의 양녀로 신분 상승했다고 이런 얘기를 꺼내는 건 결코 아니야."

"네……."

"너도 알다시피, 우리가 북방 원정을 떠나고부터 많은 일이, 어, 그래, 정말 많은 일이 있었지. 그동안 마법을 익히면서 수많은 위험에 직면한 나조차 처음 겪는 일들뿐이었어. 아무튼, 그래서 내가 느낀 게 뭐냐 하면……."

지엔은 목숨의 위기 앞에서조차 잘만 돌아가던 칼리스의 혀가 제 기능을 못 하는 것을 처음 보았다. 아까 춤추다가 실수로 혀를 깨물기라도 한 걸까? 그런 생각마저 하던 그녀의 귀에 칼리스의 마지막 말이 꽂혔다.

"정말로 죽을 거라는 생각이 든 순간, 수많은 사람에게 한때 스쳐 지나갔을 뿐인 존재로 남을 거라는 게 싫었어. 지나간 곳에 아무런 발자국도 남기지 않는 게 자유롭게 느껴져서 좋았는데, 처음으로 그게 허무하게 느껴져서."

지엔은 의아한 눈으로 그런 칼리스를 바라보았다. 목숨의 위기 앞에서도 그가 자신 있게 계책을 얘기했기 때문에, 지엔은 그가 자기의 타고난 운을 믿고 승부수를 던진 줄만 알았다. 그런데 사실은 정말 죽을 각오까지 하고 있었단 말인가?

칼리스가 난처한 듯 머리를 헝클며 말을 이었다.

"그때…… 비로소 이런 생각을 했어. 어차피 언젠가 죽을 수밖에 없는 운명이라면, 단 한 사람을 위해 살고, 단 한 사람에게 그 누구보다 특별하게 기억되고 싶다고."

"……."

"그리고 그게 굳이 너일 필요는 없지만, 난 너였으면 좋겠어. 지엔."

이 와중에도 굳이 '너일 필요는 없다'고 첨언한 것이 참으로 칼리스다웠다. 멍해진 지엔의 어깨에 손을 얹은 그가 말을 맺었다.

"그러니까 지금 내 말은 온전한 진심이야. 결코 이전처럼 가볍지 않아."

뭐, 그냥 알아만 두라는 거야. 마지막으로 덧붙이고 빙긋 웃는 칼리스를 지엔은 믿을 수 없다는 눈빛으로 쳐다보았다. 그녀가 입속으로 중얼거렸다.

'전생의 제약은 이미 풀린 거 아니었나? 그런데 왜지? 어째서?'

고백을 받았다기보다는 그저 일생일대의 의문을 마주한 것 같은 지엔의 표정에 칼리스의 얼굴이 조금 흐려졌다. 그때 누군가 그들에게 다가왔다.

칼리스가 한 손을 들며 능청스레 웃었다. 그제야 인기척을 알아챈 지엔은 뒤를 돌아보았다.

"지엔. 좀 늦었다."

눈을 내리깔고 그렇게 말하는 나세르는 과연 지엔과 마찬가지로 대공가 시녀들에 의해 눈부실 만큼 번쩍번쩍하게 꾸며진 상태였다. 보석 같은 미남이 둘씩이나 모여 있으니 사람들의 시선이 쏠리는 것은 당연지사였다.

방금 꺾어 유리잔에 꽂은 백합처럼, 평소보다 청초해 보이는 나세르를 물끄러미 바라보던 지엔은 그의 낯이 조금 우울해 보인다는 것을 깨달았다.

'설마, 방금 우리가 하는 대화를 들은 건가?'

새삼 의문을 떠올린 지엔에게 나세르가 손을 내밀었다.

"지엔, 괜찮다면 나와…… 아니."

"……."

"영애, 괜찮으시다면 저와 춤춰 주시겠습니까?"

지엔은 한쪽 가슴에 손을 올리고 공손하게 절하는 나세르를 굳어진 얼굴로 바라보았다. 자신이 그랜트 후작가에 양녀로 들어가기로 했다는 것은 소식이 빠른 자들이 아니라면 거의 모르는 사실. 원정의 최고 공훈자라고는 하지만 아직까지 평민인 자신에게 이런 식으로 대했다가는 비웃음을 살 뿐일 텐데.

그런 것은 알 바냐는 듯 나세르의 숙인 자세에는 흔들림이 없었다. 결국, 지엔은 한숨을 내쉬며 그가 내민 손을 잡았다.

그와 나란히 홀으로 걸음을 옮기며 지엔은 생각했다.

'나야 전생에 안하무인으로 산 경험이 있어서 이런다고는 하지만, 나세르 님은 왜 이러시나 몰라.'

백작가 삼남이란 위치란 귀족 사회에서는 결코 높다고 할 수 없었다. 그럼에도 그는 누구의 앞에서도 딱히 비굴해지거나 몸을 사리려 드는 기색이 없었다.

'아니, 그러고 보면 전생에도 그랬지.'

지엔은 문득 눈빛을 바꾸었다.

'전생에도 그는 손만 까딱하면 자신을 죽일 수 있는 내 앞에서도 한 번도 굶리는 기색이 없었어.'

그녀의 검은 눈에서 타오르는 선명한 분노의 불꽃은 단 한 번도 사그라진 적이 없었다.

그 기억을 떠올리자 또다시 심란해진 지엔의 손을 나세르가 이끌어 자기 어깨에 올려놓게 했다. 지엔이 흠칫 고개를 들자, 나세르는 회청색 눈을 조금 접어 웃고는 자신의 손을 그녀의 허리에 가져갔다.

그들은 이윽고 흘러나온 음악에 맞추어 춤추기 시작했다. 이번에도 아무도 나무랄 수 없을 만큼 완벽한 그들의 춤을 보며 원정대원 중 하나가 중얼거렸다.

"그러게 내가 뭐랬어. 황태자 전하의 비밀 수하가 맞다니까."

그렇게 원정대원들 사이에서 '지엔 그림자단 소속설'이 확산되어 가는 가운데, 두 사람은 단 한 마디 말도 나누지 않고 계속 춤을 추었다. 누구에게 부딪칠까 걱정조차 하지 않는 것처럼, 흔들림 없이 자신에게만 고정된 나세르의 시선이 부담스러워 지엔은 눈을 피했다.

그녀가 작은 목소리로 물었다.

"왜 그러세요, 공자님?"

그러자 나세르는 미소와 함께 선선히 대답했다.

"사실…… 언젠가 함께 춤추자고 약속하긴 했지만, 막상 북부 원정에 가게 되고 나니 그런 날이 다시는 오지 않을까 두려웠다."

"아."

지엔의 표정은 더욱 어두워졌다.

'역시 그때 그런 약속은 하는 게 아니었는데…….'

지엔 입장에서는 지켜지든 지켜지지 못하든 좋다는 생각으로, 그저 나세르의 노고를 위로하고자 가볍게 꺼낸 말이었다.

그런데 그는 그것을 아직까지 기억하고 있는 것은 물론, 그것이 지켜지지 못할까 염려했다니. 먼저 그 약속을 입에 담은 것은 그가 아니었으니, 깨진다고 해도 그에겐 아무런 책임도 없음에도 불구하고.

나세르가 다시 말했다.

"그래서 솔직히 말하자면 조금 후회했다. 그때, 너를 붙잡아서라도 어두운 정원에서 미약한 빛과 벌레 울음을 벗 삼아 춤추는 게 나았을까."

"……."

"하지만 결국 북부 원정은 무사히 끝났고, 우리는 지금 여기 이렇게 춤추고 있으니. 그때보다 화려한 연회장에서 더욱 밝은 빛과 함께. 그게 너무 기뻐서……."

드물게 말끝을 흐린 나세르가 눈을 접으며 웃었다. 백 마디 말보다도 그의 마음이 더욱 확실히 전해지는 미소였다.

검을 들고 위험한 적과 마물들과 대치할 때는 누구보다도 싸늘하게 굳어 있던 눈매가 부드럽게 풀리고, 긴 속눈썹 사이로 휘광이 강물에 비친 달빛처럼 은은히 흘렀다.

그 모습을 본 지엔은 처음에는 숨이 막혔고, 다음 순간에는 따라 웃고 싶어졌다.

결국, 가벼운 한숨을 내쉰 지엔은 나세르를 따라 웃었다.

"그러게요, 공자님…… 결국 약속대로 된 셈이네요."

'그때는 차라리 지켜지지 않는 게 더 나은 약속이라고 생각했지만 말이야.'

지엔은 믿을 수 없는 무언가라도 목도한 것처럼 얼떨떨한 표정을 짓고 있는 나세르를 보며 마주 웃었다.

한편, 어울리지 않게 구석에서 홀로 와인을 홀짝거리던 칼리스는 그 모습을 보고 중얼거렸다.

"혹시 될까 하고 던져 보긴 했지만, 역시 당해낼 수가 없네."

그의 옆에 있던 로아나가 어리둥절한 얼굴로 고개를 기울였다.

"예?"

"목석과 지엔 말이야."

그제야 마찬가지로 연회장을 돌아본 로아나의 입에서 가벼운 감탄사가 흘렀다.

"아아."

그것도 잠시, 그녀는 곧 심드렁한 얼굴을 했다.

아까까지만 해도 분명히 저런 두 사람의 모습 따위 신경도 안 쓰인다는 것처럼 고개도 안 돌리고 있었으면서, 갑자기 저런 말을 하면 자신이 알 게 뭔가.

그런 그녀에게 칼리스가 타박했다.

"'아아'가 아니지, '아아'가. 목석과 지엔의 저런 모습이라니, 둘을 처음 만났을 때는 상상도 못 했던 광경인데."

그리고 잔에서 입술을 뗀 그는 턱을 문지르며 쓰게 웃었다.

"설마 이 내가 목석에게 지다니, 자존심이 이루 말할 수 없이 상하는군."

그에 팔짱을 끼고 기둥에 기댄 로아나가 망설임 없이 답했다.

"상하는 게 다른 게 아니라 고작 자존심인 것을 부끄러워하십시오."

"너무해, 로이. 나 진짜 상처받는다고."

"칼 오라버니는 상처를 논할 자격도 없습니다."

여전히 냉정한 로아나의 말에 칼리스는 입을 뾰족하게 내밀더니 돌아섰다. 로아나가 잔뜩 당황한 얼굴로 물었다.

"갑자기 어딜 가십니까?"

"상처를 달랠 가장 빠른 길을 찾아서 떠난다."

"네?"

로아나의 황당한 듯한 말도 무시하고 칼리스는 방랑자처럼 한들한들 홀 밖으로 걸어 나갔다. 홀의 입구에 서서 그가 중얼거렸다.

"사랑은 다른 사랑으로 잊는 거지. 바깥에는 나와 같이 사랑을 다른 사랑으로 잊고자 하는 여인들이 수도 없이 많을 테고. 그러다가 또 진지해질 것 같으면 새로운 상대를 찾아 떠나고…… 다 그런 식으로 돌고 도는 법 아니겠어."

그러면서 칼리스가 막 계단에 발을 디딜 때쯤, 뒤에서 뻗어 나온 손이 그의 손목을 붙잡았다. 놀라서 돌아보니 그새 칼리스를 따라온 로아나가 얼굴을 잔뜩 찌푸린 채 씩씩대고 있었다.

무언가를 외치려던 그녀는 주위를 의식해 소리를 낮추었다.

"오라버니는 정말이지……! 아직 대답을 듣기도 전입니다. 그런데 벌써부터 이렇게 포기해 버리시다니, 진정 사랑이었다면 이러실 수 있습니까? 이럴 거라면 '진심'이란 단어를 입에 담지도 마셨어야지요!"

로아나가 일그러진 얼굴로 외쳤다.

"오라버니의 말을 지금쯤 진지하게 고민하고 있을 지엔은 대체 어쩌실 셈……."

잠시 얼어 있던 칼리스는 이윽고 어쩔 수 없다는 듯 고개를 절레절레 내저었다.

"로이…… 전부터 생각했던 거지만 넌 너무 진지해."

그리고 그는 팔을 휘둘러 손목을 붙잡고 있던 로아나의 손을 떨쳐 냈다. 그녀가 움찔하자, 칼리스는 놀랍도록 심드렁한 투로 다시 말했다.

"내가 뭐랬어? 내게 있어 사랑은 짧게나마 즐거운 감정을 느끼면 그만이고, 더는 즐겁게 느껴지지 않고 오히려 괴롭기만 하다면 내 쪽에서 그만둘 거라고. 분명히 그렇게 말했잖아."

그렇게 말하며 로아나가 붙잡아서 구깃구깃해진 소매를 정리하는 그의 모습을 로아나는 멍하니 지켜보았다.

"그리고, 내 제안에 진지하게 고민하는 지엔을 어쩔 셈이냐고 했어? 내 말을 들은 직후 지엔의 표정, 그리고 지금 목석과 춤추는 지엔의 표정만 봐도 답은 이미 나왔지 않아? 모르는 사람이 봐도 알 수 있을 정도라고. 그러니 더 구질구질해지기 전에 내 선에서 정리하겠다는 건데, 이게 어째서 반대당할 일인지 모르겠네."

나른하게 눈을 내리깐 그가 다시 지껄였다.

"어차피 사랑이란 감정 따위 전부 한철 놀음이라고. 수년간 어떤 시련에도 굴하지 않고 한 사람을 사랑하는 일 따위, 가능할 리가 없잖아. 대륙에 사람이 그 사람 하나도 아닌데."

상대방에게 말하기보다는 자기 자신에게 되뇌는 듯한 어조였다.

그때였다. 담담히 그의 말을 듣고 있던 로아나가 다시 입을 열었다.

"있습니다."

"뭐?"

"있습니다. 그런 사람."

어리둥절하게 고개를 든 칼리스는 로아나의 그 말을 듣고 한쪽 입꼬리를 올렸다. 그가 평소처럼 실실대며 말했다.

"아, 그래. 뭐, 목석이야 내가 십 년쯤 유람이니 연구니 뭐니 시간을 죽이다가 돌아와도 변치 않는 마음으로 지엔을 사랑하고 있겠지. 그런데 그런 사람은 정말이지 백에 하나, 아니지, 만에 하나 정도고……."

자신의 말을 단호하게 자라내는 목소리에 그는 다시 고개를 들었다.

"나세르 공자님이 아니더라도 칼 오라버니의 곁에 한 사람 더 있습니다. 그러니 두 명이나 되는 셈이군요. 이런데도 그렇게나 적다고 말씀하실 겁니까?"

팔짱을 낀 로아나가 뼈가 담긴 말을 날렸다.

"아는 척하는 사람만 많지 실제로 교우하는 사람은 손에 꼽도록 적은 칼 오라버니 주위에서 둘이라면 결코 적은 숫자가 아닐 텐데."

오늘도 뼈가 담긴 말로 두들겨 맞은 칼리스는 그에 전혀 개의치 않았다. 대신 방금까지 나른하게 내리깔고 있던 눈을 동그랗게 뜨며, 그가 한쪽 손을 들어 입을 가렸다.

즐거워 보이기까지 하는 얼굴로 어깨를 들썩거린 그가 외쳤다.

"뭐야, 로이. 너 설마 좋아하는 사람 있었어?! 그것도 수년 동안이나?! 넌 어떻게, 이 오라버니에게 말도 안 하고!"

호들갑스러운 친척처럼 어깨까지 붙잡는 칼리스의 태도에도 불구하고 로아나의 분위기는 여전히 언 강처럼 고요했다. 그녀가 차가운 목소리로 말했다.

"오라버니같이 가벼운 사람에게 제 마음을 말해 봐야 무엇하겠습니까?"

여전히 경멸 어린 어조에도 불구하고 칼리스는 유쾌하게 웃으며 그녀의 등을 두드려댔다.

"하하, 로이도 참! 내가 가벼운 건 마음이지 입이 아니잖니! 그러니 솔직히 말해 보렴, 이 오라버니는 남의 연애사엔 더러운 꼴 보기 싫어서 끼지 않는다는 주의지만, 우리 로이의 일이라면 못 할 것도 없지."

"싫습니다."

"왜!"

로아나는 숨도 쉬지 않는 것처럼 빠르게 대답했다.

"어렸을 적 제가 가장 초라하고 외롭던 시기에 제 곁에 있어 줘서, 그 때문에 여태껏 좋은 마음을 간직하고 있었습니다만, 아무리 생각해 봐도 지금의 그 사람에게선 도저히 좋아할 만한 구석이 보이지 않아서요. 진실한 사랑을 할 준비는커녕, 받아들일 준비조차 안 된 것 같고."

폭포수처럼 쏟아진 말들 속에서 칼리스는 용케도 제게 필요한 말만 쏙쏙 골라 들었다. 그가 여전히 명랑한 어조로 지껄였다.

"로이한테 그런 사람이 있었어? 어렸을 적 가장 초라하고 외롭던 시기에 곁에 있어 준 사람이라, 내가 알기론 그런 사람은 나 빼고 없었는걸!"

거기까지 말한 칼리스는 돌연 심각한 표정이 되어 턱을 짚었다.

"……잠깐."

"……."

"어라……?"

잠시 흐르는 침묵 속에서, 엉거주춤하게 고개를 든 그가 조심스럽게 물었다.

"음…… 저기 말이야, 로이."

"말씀해 보십시오."

"그게, 내가 생각해도 정말로 어이없는 물음이지만 말이야. 그래, 만약 틀렸다면 네가 당장 내 따귀를 날려도 할 말이 없는 물음이지만…… 혹시, 네가 좋아하는 사람이란 게."

여전히 얼음장처럼 싸늘한 로아나의 눈초리 앞에서, 그가 스스로를 가리켜 보였다.

"설마 나……."

"……."

"헉, 어떡해. 맞나 봐. 틀렸으면 이쯤에서 칼이 날아왔을 텐데."

제자리에서 오두방정을 떨어대는 칼리스를 싸늘하게 흘겨보던 로아나는 척척 걸음을 옮겼다. 이번에는 앞서서 계단을 걸어 내려가는 그녀를 칼리스가 황급히 뒤따르는 형국이 되었다.

그래도 아예 따돌릴 생각은 없는지 로아나의 걸음은 그리 빠르지 않았다. 어렵지 않게 그녀를 따라잡은 칼리스가 외쳤다.

"자, 잠깐, 로이!"

"뭡니까."

걸음을 멈춘 로아나를 마주하는 칼리스의 안색은 창백했다. 그도 그럴 게, 그는 방금 내내 동생처럼 생각하고 아끼던 아이에게서 고백받은 상황이었다. 아무리 뻔뻔한 그라도 상태가 온전하지는 못했다.

그가 당황이 가득한 목소리로 말했다.

"그, 그게 만약 진짜라면, 그러니까, 아, 내 입으로 말하려니까 미치겠네. 네가 정말 나를 좋아한다면 말이야."

다시금 스스로를 가리킨 그가 물었다.

"상황이 반대여야 하는 거 아니야? 너는 내가 지엔을 포기하지 않도록 할 게 아니라, 오히려 포기하도록 은근히 유도해야 하는 게 아니냐고. 그런데 어째서 그러긴커녕, 도리어 화를……."

"……."

"오히려 날 진심으로 사랑, 아니, 아, 좋아하지 않는 건 로이 너 같은데."

얼굴 전체가 새빨갛게 달아오른 칼리스가 말을 맺었다. 로아나는 평생 한 번도 본 적 없는 그의 모습을 어이없다는 듯이 쳐다보았다.

부끄러움 같은 감정은 애초에 가지지 않고 태어난 것 같던 그의 저런 모습이라니. '사랑'이라는 단어가 자신의 입에서 나오는 상황 자체가 몹시 낯선 듯했다.

'수도 제일의 바람둥이의 실체가 고작 저거라니.'

그렇게 생각하며 로아나는 입을 열었다. 밤공기에 실려 날아온 목소리에 칼리스가 퍼뜩 고개를 들었다.

"하기는, 진심이라곤 가져 본 적이 없는 칼 오라버니께서 제 심정에 대해 이해하실 리 없지요."

칼리스가 억울하다는 표정으로 물었다.

"그건 또 무슨 소리야?"

"제가 어째서 칼 오라버니가 지엔을 쉽게 포기하지 않길 바라냐고요?"

턱을 치켜든 로아나가 의연히 말을 이었다.

"그야 저는 제 사랑이 이루어지는 대신 제가 사랑하는 사람이 괴로워지는 것보다는, 차라리 제가 괴롭고 제가 사랑하는 사람은 행복해지길 바라니까요."

"……."

"바람 불면 날아갈 것 같은 누구와는 달리, 꽤 무거운 사랑을 하고 있는지라. 그 사람의 행복을 위해서라면 제 괴로움쯤은 기꺼이 감당할 수 있을 만큼."

꿀 먹은 벙어리가 된 칼리스에게 로아나가 마지막으로 쏘아붙였다.

"이제 답이 되었습니까?"

멍해진 칼리스의 손에서 붙들려 있던 옷깃을 빼낸 로아나는 다시 휙 돌아섰다. 빠르게 걸음을 옮겨 떠나는 그녀를 칼리스는 차마 막지 못했다.

혼이 빠져나간 것처럼 달빛을 받으며 망연자실하게 서 있는 칼리스를 두고 떠나며, 로아나는 입술을 깨물었다.

그녀가 읊조렸다.

'이걸로 됐어. 저 사람은 어차피 스스로 상처받는 게 두려워 아무도 평생 진심으로 사랑하지 못할 사람이었고.'

주먹을 꽉 움켜쥔 그녀가 다시 생각했다.

'그가 상처받을 것조차 생각지 못하고 걷잡을 수 없이 빠지는 상대가, 그의 인생에 하나 이상 나타날 것 같진 않아.'

마침내 계단을 다 내려오는 것과 동시에 로아나가 중얼거렸다.

"그러니 여기에서 그만두는 거야."

그리고 그녀는 한결 가벼워진 기분으로 밤하늘을 올려다보았다. 불어오는 바람에 붉은 머리카락을 휘날리는 그녀의 표정은 몹시 홀가분해 보였다.

* * *

지엔과 나세르는 연회장의 모두에게 시선을 받으며 벌써 세 곡째 연이어 춤추고 있었다. 보통 한 곡을 추면 파트너를 바꾸는 것이 관례였기에 그들을 향하는 의심의 눈길들은 심상치 않았지만, 둘 중 누구도 그 사실을 의식할 정신이 없는 것 같았다.

일단 나세르의 경우는 확실히 그래 보였다. 지엔이 최초로 나세르를 따라 그늘 없는 미소를 지어 보이던 그 순간부터, 그는 지엔에게서 도무지 눈을 떼지 못하고 있었다. 이 홀에 있는 것이 자신들뿐이라고 믿고 있는 듯, 곧 있으면 한쪽 무릎이라도 꿇을 것만 같았다.

그 모습을 보며 만일의 사태에 대비해 연회장 천장에 잠복하고 있던 그림자단은 속으로 푸념만 쏟았다.

'제기랄, 누구는 연애 못 해서 안 한 줄 아나. 두고 봐, 제기랄. 이제 북부 원정도 끝났고 수도로 돌아왔으니, 시간만 나면 당장…….'

'내가 지금까지 한 건 사랑이 아니었다. 나세르 공자의 저 눈빛을 보니 알겠다.'

그러던 그들은 갑자기 일제히 고개를 돌려 한 곳을 바라보았다. 졸지에 모두의 시선을 받게 되자, 얼굴이 사과처럼 붉어진 세실은 입을 벙긋거렸다.

'다, 다들 뭐예요!'

'괜찮아, 세실.'

'네 맘 이해해.'

다들 따뜻한 표정을 지으며 한쪽 엄지를 치켜들었다.

그러던 와중 한 단원이 갑자기 홀의 구석을 가리키며 말했다.

'세실, 걱정하지 마. 넌 혼자가 아니니까. 힘내야 하는 사람이 한 사람, 아니, 한 분 더 있거든.'

'그게 대체 무슨 말이에요?'

의아해하며 시선으로 단원의 손가락 끝을 따라간 세실은 곧바로 헉 소리를 내며 얼굴을 굳혔다. 고개 돌린 그가 버럭 화를 냈다.

'이런 걸로 농담하지 마세요! 정말이지, 농담하다가 목이 떨어진 최초의 그림자단 같은 건 되고 싶지 않아요.'

'농담 아닌데?'

서로를 보며 어깨를 으쓱한 그림자 단원들은 한 곳을 보았다.

그곳에는 다름 아닌 벨하르트가 지엔과 나세르를 응시하며 차가운 표정을 짓고 있었다.

물론 그는 사시사철 밤낮 가리지 않고 언제나 저런 표정이긴 했지만, 또한 지엔과 나세르가 춤추는 모습이 워낙 별스러워 그뿐만 아닌 이 연회장의 모두가 둘을 보고 있긴 했지만.

벨하르트가 가십에 신경 쓰는 날이 곧 이 대륙이 멸망하는 날이란 것을 그림자단 모두는 알고 있었다.

뒤늦게 그 사실을 깨닫고 새삼 충격에 빠지는 세실을 보며 한 단원이 말했다.

'아차, 그래도 세실을 놀리다가 목까지 날아가는 건 좀 아까우니 다들 입 다물도록 하자.'

'그래, 그래.'

'다들 너무하세요, 정말.'

세실은 입을 삐죽거리며 고개를 숙였다. 그것도 잠시, 그의 시선은 다시 춤을 추고 있는 지엔과 나세르에게로 옮겨 갔다.

그림자 단원들과 다른 모든 사람들의 시선 속에서 지엔은 그저 멍하니 생각했다.

'이상한 느낌이야.'

몸이 물속에 있는 것처럼 발이 동동 뜨는 것 같았다. 고작 나세르와 춤 두세 번을 추었을 뿐이다. 그러면서 지난 여정에서 맞닥트렸던 위기들에 대해 농담 같은 말들을 가볍게 주고받았다. 단지 그뿐인데.

'이게 도대체 무슨 느낌이지? 전생이 기억하고 있는 움직임이 나를 사로잡아 내 몸을 대신 움직이는 것과도 다른 느낌. 오히려 내가 새로운 사랑에 빠질 때와 비슷하지만…….'

지엔은 멍하니 뇌까렸다.

'하지만 그것과도 달라.'

그리고 그녀는 문득 정신을 차렸다. 몽롱한 상태에 휩싸여 있는 사이 어느새 그녀는 나세르와 함께 테라스로 나와 있었다. 춤이 끝난 것조차 자각하지 못하다니.

'내내 나세르 님의 눈만 바라보고 있었기 때문일까.'

그렇게 생각하며 지엔은 새삼 나세르를 바라보았다. 그의 회청색 눈은 여전히 자신에게서 한 시도 떨어지지 않고 있었다.

그때 나세르가 의아한 듯 물었다.

"지엔?"

"네? 아, 네."

"무슨 생각을 했기에 불러도 못 듣지? 내 얼굴만 계속 쳐다보고."

나세르가 고개를 기웃하며 꺼낸 말에 지엔의 뺨이 자기도 모르게 달아올랐다.

"아, 그건."

방금 자신이 느낀 감정이 사랑이었는지 아니었는지 고민하고 있었다는 말 따위를 할 수는 없었다. 평소와는 달리 소극적인, 하지만 상식적인 선에 속하는 지엔의 반응을 본 나세르가 의아한 듯 다시 고개를 기울였다.

그러다 말고 그가 불쑥 말했다.

"혹시."

"네?"

혹시라도 그가 자신의 마음을 눈치챈 걸까 싶어, 바짝 긴장하던 지엔은 그의 다음 말에 기침을 토해 냈다.

"내 얼굴이 네 취향에 아주 조금이라도 부합한가?"

"네?! 나세르 님, 설마……."

두 눈을 부릅뜬 지엔이 믿을 수 없다는 표정으로 외쳤다.

"설마, 칼리스 님과 잠시나마 영혼이 바뀌신 건……!"

그러자 나세르가 곧바로 정색하며 대답했다.

"그 말은 너무 심하다고 생각하지 않나, 지엔?"

그렇게 이 자리에 없는 사람에게 심한 말을 지껄인 두 남녀는 빠르게 다시 진정했다.

이윽고 왜인지 눈빛을 가라앉힌 나세르는 시무룩한 목소리로 말했다.

"당연히 농담이다, 지엔. 그래도 그런 식으로 반응하는 건 좀 너무하다고 생각되는데."

"네?"

'아니, 이번에는 또 무슨 생각 중이신 거야.'

속으로 생각하는 지엔에게 나세르가 다시 말했다.

"내 얼굴이 그렇게까지 네 취향에 부합하지 못하나?"

지엔은 그렇게 말하는 나세르의 얼굴을 빤히 쳐다보았다. 진심으로 서운해하는 듯한 그의 표정을 보며, 지엔은 입속으로 중얼거렸다.

'이 공자님 설마, 생김새로 자기를 싫어하는 사람이 있을 수 있으리라고 진심으로 믿고 계신 걸까…….'

물론 전생에 그로 인해 큰 죄를 저지른 지엔은 남의 생김새에 왈가왈부할 입장이 아니었으나, 그렇다고 해도 나세르가 자신의 외모에 대해 자각 못 하는 것은 좀 심했다.

그것도 잠시, 헤카테를 떠올린 지엔은 작게 한숨 쉬었다.

'뭐, 주위에 이런 사람들만 있는 것도 내 팔자이려니…… 지나치게 자각하고 있는 칼리스 님보다는 낫지.'

그리고 지엔은 애써 웃으며 입을 열었다.

"아, 아니에요. 물론 아닌데…… 하하, 그럴 리가 없지요! 그게 아니라…… 나세르 님이 외모에도 신경을 쓰셨었구나 싶어서. 몰랐던 사실을 알게 되어 놀란 것뿐인데."

"그래? 실은 평소에도 늘 신경 쓰고 있었다."

말문이 막힌 지엔의 손을 들어 올린 나세르가 그녀의 손등에 가볍게 입 맞추었다. 잘생겼다는 말 한마디에 얼굴이 붉어지는 게 언제냐는 듯, 이제는 이런 스킨십도 제법 자연스러웠다.

그리고 그가 작게 읊조렸다.

"내 얼굴이 네 마음에 들었더라면 좋았을 텐데."

짐짓 씁쓸한 듯 눈을 내리깐 그가 말을 이었다.

"내가 검을 잘 쓴다는 사실을 네가 조금이라도 좋아했더라면."

지엔은 그렇게 말하는 나세르를 넋을 잃고 바라보았다. 처연하게 내리깔린 긴 속눈썹 끝에 달빛이 아롱져 있었다.

그가 낮은 목소리로 말했다.

"내 마음이 네 마음을, 아주 조금이라도 움직였더라면."

그리고 지엔의 손을 놓아준 나세르는 다시 시선을 들며 애써 아무렇지 않은 듯 웃었다.

"그랬더라면 너와 춤추는 것이 지금이 처음이자 마지막이지 않았더라도 되었을 텐데 말이야."

"……."

나세르는 웃고 있었지만, 그가 지금까지 꺼낸 낯부끄러운 말 중에 진심이 아닌 것은 하나도 없다는 것을 아는 지엔은 마음이 무거워졌다. 그런 지엔에게 나세르가 여전히 웃는 얼굴로 말했다.

"미안하다, 지엔. 참으려고 해도, 마지막이라고 생각하니 자꾸만 쓸데없는 소리까지 하게 되는군."

"아, 아니에요."

황급히 고개를 내젓던 지엔은 깨달았다.

'나세르 님, 이미 눈치채셨구나. 내가 나세르 님을 결코 내 호위기사로 삼지 않을 거란 걸.'

그랜트 후작에게서 양녀가 되라는 제의를 받았던 그 날부터, 며칠 동안 지엔은 내내 고민했다. 과연 나세르와 여행을 다니며 이보다 더 많은 시간을 함께한다면, 그리고 그 시간 내내 그가 변치 않는 마음으로 자신에게 사랑을 속삭인다면……. 과연 자신이 흔들리지 않을 수 있을까?

대답은 '아니'였다.

지엔이 그랜트 후작의 양녀가 되어 말락타로 내려가기로 한 이유는 그 때문이었다.

여행을 하지 않고 정착한다면 나세르를 호위 기사로 받아들일 이유도, 황제에게 다른 호위 기사를 받을 이유도 없고, 설령 여행을 떠나게 된다고 하더라도 그랜트 후작가의 마차와 기사, 사병들이 함께할 터였다.

지엔이 이렇게 하면서까지 나세르가 자신의 여행에 끼어들 여지를 완전히 없앤 이유는 단 하나였다.

나세르가 싫어서가 아니라, 나세르가 행복하기를 바라므로 전생의 그를 그토록 괴롭게 한 자의 손안에 그가 제 발로 들어가는 꼴만은 봐 줄 수가 없었다. 전생의 자신에게 나세르는 물론 자신까지 완벽하게 놀아나는 듯한 기분이었다.

그렇게 며칠 동안 날밤 새우며 고민해서 어렵게 내린 결론이었으나, 막상 슬퍼하는 나세르의 모습을 보자 지엔은 그 모든 것을 당장 때려치우고 싶은 충동을 강하게 느꼈다.

애써 나세르의 얼굴에서 눈을 돌린 지엔이 중얼거렸다.

'나세르 님, 미인계 그만 쓰세요. 나세르 님 때문에 어렵게 봉인한 전생의 탐욕이 다시 깨어나려 하고 있으니까…….'

말끝마다 애처로움이 뚝뚝 떨어지는 나세르의 목소리가 다시 지엔의 귓가에 닿았다.

"너를 더 부담스럽게 해선, 안 되겠지……?"

'미치겠네.'

지엔은 머리를 부여잡으며 속으로 주문을 외웠다.

'안 된다, 잠들어라, 전생의 탐욕. 이 사악한 것아…… 감히 나세르 님을 탐내려 하지 마라. 그분은 이번 생에 결코 네 것이 되지 않을 것이다.'

지엔이 마물을 쫓는 빛의 사제처럼 엄숙하게 속으로 읊던 그때, 나세르의 마지막 말이 지엔의 남은 이성을 유리창처럼 깨부쉈다.

"미안하다."

더는 안 되겠다. 더는…… 결국 깊게 한숨을 내쉰 지엔이 심호흡을 하며 고개를 돌렸다.

나세르를 똑바로 올려다본 그녀가 말을 꺼냈다.

"공자님."

"왜 그러지?"

"이게, 저희가 추는 마지막 춤은 아닐지도…… 몰라요."

지엔은 최대한 담담하게 아무 일도 아니라는 듯 말하려 했지만, 동요를 숨기지 못해 실상은 형편없이 떨리는 목소리만 흘러나왔다.

그 목소리에도 불구하고, 나세르는 기적이라도 본 것처럼 간절한 눈으로 지엔을 빤히 보았다.

그 시선을 받으며 식은땀을 뻘뻘 흘리던 그녀가 다시 말했다.

"왜, 왜냐하면…… 아, 그래, 나세르 님께서 받으신 성기사란 작위는 아무런 의무도, 책임도 없다면서요? 그러니 나세르 님께서 전에 말씀하신 것처럼 자유롭게 여행을 다니시게 되면, 한 번쯤은 제가 있는 곳도 지나갈 수도 있는 거고……."

지엔의 말을 자른 나세르가 기다렸다는 듯 물었다.

"만나 줄 건가?"

그렇게 말하는 나세르의 눈 안에서 이제까지 본 것 중에 가장 환한 불꽃이 타오르고 있었다.

지엔은 자신의 안에서 뭔가가 쿵 하고 떨어져 내리는 소리를 들었다. 그것도 잠시, 한숨을 내뱉는 것처럼 웃은 그녀가 다시 입을 열려던 찰나였다.

갑자기 시야가 뒤집히며 찬란하던 금빛 조명과 테라스가 씻은 듯 사라지고, 광활한 어둠이 지엔을 반겼다.

그녀는 정신없이 사방으로 눈을 굴렸다.

'제라드의 마법인가?'

아니…… 아니었다.

'내 전생의 기억.'

어느새 '그'가 된 지엔은 홀의 한가운데 우두커니 서 있었다.

방금까지 나세르와 손을 잡고 누볐던 홀이 전혀 다른 장소처럼 보이는 것은 불이 전부 꺼졌기 때문인지, 시야가 한참 높아졌기 때문인지 알 수 없었다.

샹들리에는 물론 벽의 촛대에조차 불이 하나도 켜져 있지 않아 밤하늘처럼 광막하고 어두운 홀.

색색의 꽃잎 같은 드레스를 입은 영애도, 그들과 어울려 즐겁게 춤추는 신사도 없이 홀로 서 있던 그는 문득 걸음을 옮겼다.

창으로 쏟아진 달빛이 바닥에 그린 사각형의 모퉁이를 짓이기듯 밟은 그가 입을 열었다.

다음 순간 지엔은 흠칫했다. 사람이 아닌 것처럼 대부분의 순간 자기 감정을 잘 내보이지 않던 그가, 처음으로 감정이 실린 목소리를 냈기 때문이었다.

그러나 친밀감이 생기긴커녕, 오히려 사람 흉내를 내는 무언가를 본 것처럼 소름 끼치기만 했다.

[허무한 일이로군. 기껏 생애 첫 친우를 얻었는데, 그를 내 손으로 죽이게 되다니.]

그렇게 말한 그가 자신의 손을 내려다보았다.

[태고의 존재조차 결국에는 자신에게 결여된 것을 갈구하는군. 그렇다면…… 내게 없는 '조각'은 뭐지?]

그러나 사실 그는 답을 이미 알고 있었다.

어릴 적의 친우이자 지금은 자신의 비가 된 여인, 그녀가 어느 순간인가부터 자신을 볼 때면 어깨를 붙잡고 외쳐댔기 때문에. 처음에는 안타깝게, 그러나 점차 분노하고 피 토하는 듯한 목소리로.

'어째서 닿지 않는 건가요! 이토록 간절하게 원하는데도, 이토록 쉴 새 없이 말하고, 만지고, 전해 보려 해도……저의 말도, 손길도, 마음도 당신에게는 전혀 닿지 않는군요. 전혀…….'

마침내 두 손으로 제 얼굴을 가린 그녀가 흐느꼈다.

'저는 이제 지쳤어요. 제가 이 이상 뭘 어떻게 할 수 있겠어요.'

아직도 귓가에 남아 울리는 그녀의 목소리를 되새기며 그는 여전히 비어 있는 자신의 손을 내려다보았다.

그녀가 갖지 못하고 자신은 가지지 못한 것.
그것은 아마도 피가 흐르는 심장.
그 안에 담긴 사람의 마음.
그는 어쩌면 그것의 필요를 느끼게 된 지금이라면 그녀의 가르침을 이해할 수 있을지도 모른다고 생각했다. 그러나 때는 이미 늦어 있었고, 자신이 마침내 그녀를 완전히 '이해 못 할 생물'로 규명하고 그녀의 궁에 발길을 끊은 그 순간부터 그녀는 시름시름 앓다가 얼마 안 가 죽고 말았다.
첫 번째 여인과 두 번째 여인도 마찬가지였다. 첫 번째 여인은 관심받지 못한 새처럼, 두 번째 여인은 하늘을 갈구하는 새처럼 그렇게 죽었다. 그도 이제 청년이라고는 결코 부를 수 없는 나이었다.
그럼에도 그때와는 거의 달라지지 않은 잔혹하고 비정한 얼굴로, 그가 입술 끝을 말아 올렸다. 그가 빈손을 다시 쥐며 말했다.
'그리하면, 그것을 어떻게 얻을 수 있을까.'
이번에도 그는 원하는 것을 깨닫자마자 해답을 찾아냈다.
그의 친우의 행보가 그에게 단서를 주었다.

[누군가가 나를 사랑한다 말해도 내가 그것을 믿을 수도, 느낄 수도 없었던 이유는 내가 너무 많은 것을 가졌었기 때문이었겠지. 내가 이미 가진 것보다 그가 주겠다는 '사랑'이라는 것이 훨씬 좋을지, 내게 아무것도 없을 때도 그가 나를 과연 나를 사랑할지 알 수 없으니. 그래서 나는 그것을 경시하거나, 단지 허울 좋은 말로 치부하였다.]

그는 말을 이었다.

[하지만 '아무것도 갖지 못한' 상태가 되는 것은 가장 고귀한 핏줄을 타고 태어났을 때부터 불가능했고, 너무 많은 업적을 이룬 지금에 와서는 더더욱 불가능하지…… 그러니 내가 그것을 지금부터 찾으려 시도한다 해도 나는 결국 의심에 져서 실패하고 말 것이다. 그렇다면.]

그리고 그의 입가에 걸려 있던 미소가 더더욱 짙어졌다.

[내 친우는 인간을 동경하여 영생조차 버리고 인간으로 다시 태어나고자 하였지. 그렇다면, 이미 인간인 내가 다시 인간으로 태어나는 것은 당연히 그보다 더 쉬울 것이다.]

다시 시선을 든 그가 아무것도 없는 허공을 노려보며 사납게 미소 지었다.

[나 또한 다시 태어날 수 있을 것이다.]

그 순간, 지엔은 어째서인지 그와 정면으로 시선이 마주친 것만 같은 느낌을 받았다.

칼리스의 것과 완전히 같은 그의 선홍색 눈동자가 불길하게 번들거렸다.

[물론 다시 태어날 때는 내가 지금 가진 모든 것을 버려야지. 그러지 않으면 내가 다시 태어나는 수고를 하는 보람이 없어지니까. 아마도 방법이 있을 것이다…….]

입꼬리를 끌어올린 그가 말을 이었다.

[허나 그대들은 내게서 벗어나선 안 돼. 다시 태어난 내가 아무것도 없게 되더라도, 그대들은 나를 사랑해야만 해.]

남자가 달빛과 같이 들끓는 목소리로 말을 맺었다.

[그래서 내게 온전한 사랑을 가르치고, 또한 온전한 복종을 바치도록.]

명령과도 같은 광오한 말이 떨어진 그 순간, 거친 숨을 삼킨 지엔은 다시 현실로 되돌아왔다. 지엔은 식은땀을 흘리며 다시 고개를 들었다.

분명히 환상에 사로잡혀 있던 것은 아주 짧은 찰나였을 텐데도 불구하고, 눈앞에 보이는 나세르의 얼굴이 몇 년 만에 보는 것처럼 낯설었다.

그가 의아한 표정으로 물었다.

"괜찮나, 지엔?"

"아, 공자님, 저."

나세르가 당연한 듯 손을 들어 지엔의 이마에 갖다 대려 했다.

"안색이 나쁜데."

그런 그의 손길을 지엔은 탁 소리 나게 내쳤다. 심지어 자신이 그랬다는 사실조차 한참 뒤에야 깨달았다.

"아, 공자님. 죄송해요, 제가 그만……."

아차 한 지엔이 허둥지둥 말했지만, 나세르는 아무렇지 않다는 듯 고개를 내저었다. 그는 오히려 여전히 걱정스러운 얼굴로 말했다.

"아, 아니야. 난 정말로 괜찮다. 그보다 지엔, 너야말로 정말 괜찮은 게……."

적지 않은 힘으로 내쳐졌으니 손에 상처가 남았을지도 모르는데도 불구하고, 자기 몸은 살필 생각조차 하지 않는 나세르의 모습에 지엔의 미간은 차차 구겨져만 갔다.

결국, 그녀는 잔뜩 일그러진 얼굴로 말했다.

"공자님."

"그래, 지엔. 차라리 대공 저로 돌아가는 것이……."

대답하려던 나세르는 이어진 지엔의 말에 멍하니 굳어졌다.

"방금 제가 드린 말씀은 전부 잊어 주세요."

세상을 다 잃은 듯한 나세르의 표정을 보면서도, 지엔은 아까와는 비교도 안 될 정도로 흔들림 없는 태도로 말을 이었다.

"방금 제가 드린 말씀은 실언이었어요. 잊어 주세요, 전부."

그리고 입술을 지그시 깨문 그녀가 말했다.

"저는, 앞으로 나세르 님과…… 일평생 동안 다시는 만날 생각이 없어요. 다시는."

"뭐?"

나세르는 지엔의 선언을 여전히 믿지 못하겠다는 표정이었다. 그도 그럴 것이 지엔의 선언은 모르는 사람이 보기에도 너무나 갑작스러웠다.

그럼에도 불구하고 지엔은 그의 손목을 붙잡으며 다급하게 몰아세웠다.

"제가 하는 말 아시겠어요, 공자님? 앞으로 나세르 님이 무슨 일을 하고 어디를 간다고 해도, 백작령으로 돌아가 머무르시든 여행을 떠나시든, 설령 그 여행지 중 하나가 제가 있는 곳이든, 그래도 저는 나세르 님 앞에 다시는 모습을 드러내지 않을 거예요."

"하지만 지엔, 왜……."

"수도에 머무르실 생각이라고 하더라도 마주칠 걱정을 하실 필요는 없어요. 제가 황궁에서 열리는 연회에 오는 것도 이게 마지막일 테니까. 그러니 공자님께서 일부러 피하시지 않으셔도 돼요."

"지엔. 그런 말만 하지 말고 이유라도, 제발……."

자신의 손목을 더듬어 잡으며 나세르가 던지는 말들을 지엔은 애써 외면했다.

자신과 마주칠까 고집스레 바닥만 바라보는 그녀의 모습에, 나세르는 문득 떠오르는 기억이 있었다.

'그러고 보면 예전에도.'

예전에도 그녀가 단 한 번, 이런 적이 있었다.

다름 아닌, 자신이 담요 괴물의 정체가 그녀란 사실을 마침내 깨닫고 고백했을 때였다.

그때도 그녀는 마치 이미 불 꺼진 상점 주인이 뒤늦게 찾아온 손님의 등을 밀어내듯, 나세르를 향해 무작정 안 된다는 말만 쏟아 냈다. 지금과 마찬가지로 이유조차 가르쳐 주지 않으려 했다.

하지만 그때 그녀가 자신을 거절한 것이 설령 진짜로 싫어서, 자신이 마음에 차지 않아서였다고 해도 이번만큼은 다를 거라 믿었다.

그녀와 춤을 추는 내내 시선을 마주쳤을 때. 서로 오래도록 마주보다가 마침내 그녀 또한 웃음을 터트렸을 때.

테라스에서 얘기를 나눌 때. 그녀가 자신만큼이나 붉어진 얼굴과 떨리는 목소리로 '마지막은 아닐지도 모른다'고 여지를 남겼을 때.

'그 모든 게 내 착각이었던 건가?'

아니, 아니었다. 아니란 것만은 확신할 수 있었다.

하지만…….

"그렇군. 알겠다."

나세르는 결코 지엔이 원치 않는다고 말하는데도 강요할 수 있을 정도로 무도한 자가 못 되었다.

그것을 빤히 읽을 수 있었던 지엔의 표정이 일그러졌다.

'전생의 내 힘을 고스란히 가지고서도, 이 사람은 어떻게 마지막까지.'

지엔이 입속으로 뇌까렸다.

'어떻게 마지막까지…….'

그러는 지엔에게 나세르는 담담하게 물음을 던졌다.

"내가 네가 볼 수 없는 곳에서라도 너를 계속 기다린다고 해도?"

그에 어깨를 움찔했던 지엔은 곧 다시 마음을 다잡고 고개를 끄덕였다.

"네."

"그 기다림이 끝내는 평생이 된다고 해도?"

"……네."

나세르가 한숨 쉬듯 옅게 웃었다.

"그러면 정말로 이번이 마지막이로군."

그렇게 말한 나세르가 지엔에게 손을 뻗었다. 안 그래도 가깝게 서 있던 그녀를 더욱 가까이 당기며, 그가 말했다.

"작별의 키스를 해도…… 될까."

차라리 그녀가 그의 제안을 거절하기를 바라는 것처럼 들리는 목소리였다.

그러나 지엔은 망설임 없이 고개를 끄덕이고, 그가 자신의 손등에 손을 뻗는 것을 보았음에도 못 본 척 그의 얼굴 가까이에 고개를 가져가 댔다.

움찔한 나세르가 움직임을 멈추었다. 그것도 잠시, 그가 다분히 충동적인 기색으로 지엔의 뒷목을 붙잡아 입 맞추었다.

어지럽게 뒤섞이는 숨결 속에서 나세르가 생각했다.

'이러려던 게 아닌데.'

그는 본래 지엔의 뺨이나 입술 대신 손등에 입 맞추려 했다. 사실 제국에서도 특히 남부는 유달리 그런 접촉에 너그러웠다. 그러나 나세르가 그러지 않으려 한 까닭은 비단 그가 신전에서 자랐기 때문만은 아니었다.

'내가 정말로 평생 기다릴지도 모른다는 사실을 지엔이 알아챌까 봐.'

나세르가 눈을 내리깔았다.

'그러면 그녀는 죄책감을 느낄 텐데.'

입맞춤이 필요 이상으로 길어져도 지엔은 나세르를 밀어내지 않았다. 그러기는커녕 순순히 눈을 내리감으며, 그녀는 생각했다.

'이제야 알겠어.'

나세르에게 처음 이마에 입맞춤을 받았을 때처럼, 이번에도 생생한 기억이 지엔의 눈꺼풀 위를 빠르게 흘러갔다.

왕과 왕자들을 원형 경기장에서 펼친 싸움에서 무참히 박살 내고, 전생의 나세르와 함께 제국으로 돌아오던 기억.

무슨 말을 하고 무슨 물건을 주어도 웃지도, 대답을 하지도 않는 그녀를 보며 점차 심사가 뒤틀린 표정을 짓다가 마침내 식탁을 엎고 나가 버리던 기억.

그러다가도 한 계절이 바뀌기 전에 다시 그녀를 찾아가 눈싸움이라도 하듯 마주 보며 고집스레 버티던 기억.

한 나라의 지배자라기에는 너무 철이 없었고, 구애라기에는 지나치게 이기적이었지만, 그럼에도 불구하고 알 수 있었다.

'전생의 나는 이 사람을…… 사랑했구나.'

애초에 볼모였던 첫 번째 여인과 부인으로 맞아 달라고 청해서 받아들였던 세 번째 여인과는 달리, 자신이 원해서 비로 맞아들였던 사람은 두 번째 여인인 전생의 나세르뿐이었다.

겨울에 철 이르게 틔운 싹처럼 피어나지도 못하고 져 버려 자각조차 못 한 마음이라고는 해도, 분명 사랑은 사랑이었다.

'멍청한 놈, 너는 사랑을 배우기 위해 환생할 필요가 없었어.'

하지만 차라리 다행이었다.

전생의 자신이 가진 모든 것을 기꺼이 여인들에게 넘기기로 마음먹은 덕분에, 나세르는 지금 지엔이 어떻게 해 보려고 해도 할 수 없는 위치에 있었다.

'그러니 이게 맞는 거야.'

그렇게 뇌까리며 지엔은 나세르의 어깨를 떠밀었다. 세게 밀지 않았음에도 스스로 몇 걸음 물러난 그는 자괴감 어린 표정을 손을 들어 감추었다.

그가 죄책감이 깃든 목소리로 말했다.

"미안하다, 지엔. 작별 인사라기에는 너무…… 길었지."

지엔은 애써 태연히 웃으며 말했다.

"괜찮아요, 공자님."

그녀가 말을 이었다.

"어차피 마지막이었는데."

"마지막. 그런가……."

한숨처럼 읊조린 그가 간신히 입꼬리를 끌어올려 미소 지었다.

마지막에는 웃는 얼굴로 헤어지는 것이 지엔을 위한 일이라 생각한 것 같았으나, 결국 잘되지 않은 듯 그의 입꼬리는 다시 가라앉았다.

옅은 백금발을 머리카락을 연거푸 헝클어트린 나세르가 뒤돌아섰다.

마지막 인사의 말조차 남기지 않은 채, 그는 곧 해일이 밀려올 해안가를 피하듯 조급한 걸음으로 자리를 떴다.

한 손은 난간에 얹은 채 사람들 사이로 사라지는 그의 뒷모습을 보던 지엔은, 그가 충분히 멀어지고 나서야 읊조렸다.

"나세르 님과 약속한 것처럼, 수도에는 다시 올 일이 없겠지. 그러니 내가 참석하는 연회도 이번이 마지막."

그러나 저번 연회에서도 그랬던 것처럼, 이번에도 온갖 진귀하고 화려하고 아름다운 것만을 모아둔 연회에서 가장 빛나 보이는 것은 다름 아닌 나세르였다.

멍한 눈으로 그가 사라진 곳을 보던 지엔이 뇌까렸다.

"내가 여기에 두고 가는 것 중 가장 아름다운 것이 그이니……."

그녀가 다시 중얼거렸다.

"나는 이 중에 그를 가장 오래 기억하겠지."

어쩌면 영영, 잊지 못하겠지.

그렇게 뇌까리는 그녀의 눈빛이 무겁게 가라앉았다.

* * *

테라스에서 친밀하게 대화를 나누던 두 남녀의 그림자가 기어이 겹쳐지는 것을 본 그림자 단원들은 일제히 생각했다.

'이제 우린 죽었다.'

'입이 방정이야.'

'방금 우리가 입에 담았던 농담의 내용들을 벨하르트 전하가 아

시게 된다면, 우린 바로 죽어.'

그림자 단원들의 시선은 일제히 벨하르트에게 꽂혀 있었다. 이제는 대부분 지엔과 나세르에게서 시선을 뗀 상황임에도 홀로 테라스 쪽을 바라보고 있는 그의 눈빛은 여전히 싸늘했다. 좀 전까지는 초겨울 정도였다면 이제는 한겨울이었다.

어느 정도 시간이 지나도 겹쳐진 그림자가 떨어질 생각을 안 하자, 그림자 단원들은 다시 한 마음으로 복창했다.

'우린 정말 죽었다.'

그때 돌연 단원 중 하나의 얼굴이 확 폈다. 그가 옆 단원의 소매를 당기며 속삭였다.

'어이, 저기 봐! 어쩌면 우리는 살 수 있을지도 몰라.'

차기 황제와의 친분을 원하는 야심 찬 이들조차 감히 접근하지 못할 만큼의 북풍을 단신으로 뚫은 이가 있었으니, 다름 아닌 발리아였다. 마치 얼어붙은 대지 위를 사뿐히 밟는 봄의 신의 현현 같은 그 모습에 그림자 단원들은 속으로 눈물을 흘렸다.

'역시 미래의 황태자비 전하!'

'비전하, 믿습니다.'

그때 은은하게 휘어진 발리아의 입술에서 부드러운 목소리가 흘러나왔다.

그림자 단원들은 모두 그에 바짝 귀를 기울였다.

"전하. 연회가 즐겁지 않으신가요?"

친밀한 그녀의 태도에도 불구하고 벨하르트는 대답은커녕 입도 열지 않았다. 그림자 단원들이 조마조마한 심정으로 지켜보던 찰나, 다음으로 흘러나온 말에 그들의 얼굴이 일제히 굳어졌다.

"아니면, 전하를 불쾌하게 하는 요소가 따로 있으신가요."

그렇게 말한 발리아가 벨하르트가 아직도 응시하고 있는 테라스를 힐끗 보았다.

그림자 단원들이 한마음으로 복창했다.

'안 돼요, 비전하.'

그럼에도 불구하고, 그들의 마음의 소리가 전혀 들리지 않는다는 것처럼 오히려 천연덕스럽게 웃은 발리아가 다시 말했다.

"저번처럼요."

바로 그때였다. 그림자 단원들이 도대체 무슨 말로 벨하르트의 진노를 달랠 수 있을지 고뇌하던 찰나, 돌연 벨하르트의 얼굴에서 냉막함이 씻은 듯 사라지며 미소마저 걸렸다.

모두가 놀라는 가운데, 그가 흥미로운 눈으로 발리아를 보며 말했다.

"그대의 솔직함은 언제나 날 웃게 하는군."

발리아 또한 전혀 놀라지 않고 태연하게 응수했다.

"전하의 웃음 또한 언제나 저를 놀라게 한답니다. 처음 전하께서 웃는 모습을 보았던 기억이 아직도 생생하군요."

마치 기적이라도 일어난 것처럼 순식간에 둘을 둘러싸고 있던 무거운 공기가 사라지고, 태연히 대화를 나누는 두 사람의 모습을 그림자 단원들은 어안이 벙벙해서 쳐다보았다.

그 가운데 문득 두 손을 앞으로 모은 발리아가 짐짓 서운한 듯 말했다.

"하지만, 예전처럼 밝게는 웃어 주시지 않는군요?"

'예전? 예전에도 대장님이 발리아 님께 웃어 주신 적이 있으시단 말이야?'

다시금 놀라던 그림자 단원들의 귓가에 벨하르트의 태연한 목소리가 들려왔다.

"그때는 의외의 상황에 의외의 말을 들어서 놀란지라."

그 모습을 지켜보던 그림자 단원 중 하나가 다른 단원에게 수신호를 보냈다.

'저 모습은 분명히…… 대장님께서 발리아 영애를 마음에 들어 하고 계시는 게.'

수신호를 받은 그림자 단원이 황급히 고개를 내저었다.

'방금 대장님께서 그 하녀와 나세르 공자가 춤추는 모습을 어떤 눈빛으로 보았는지 보고도 그런 말이 나와?'

'하지만…….'

최초로 문제를 제기한 단원이 신음을 삼키던 그때, 발리아가 마치 그림자단의 존재를 눈치채기라도 한 것처럼 말했다.

"저희 잠시, 조용한 곳으로 자리를 옮길까요?"

벨하르트는 두말하지 않고 대답했다.

"그러지."

그러면서 그가 그림자 단원들에게 은밀히 수신호를 보냈다. 그가 다시 신호를 보낼 때까지는 아무도 곁에 오지도, 대화를 엿듣지도 말란 뜻이었다.

예기치 못한 사태에 더더욱 굳어진 단원들을 홀에 내버려 두고,

벨하르트와 발리아는 지엔과 나세르가 있는 곳과는 또 다른 테라스로 나왔다. 밤바람을 맞으며 서 있길 잠시, 발리아가 드디어 입을 열었다.

"지금도 지엔에 대한 전하의 마음에는 변함이 없나요?"

그녀의 시선은 한 점의 흔들림도 없이 벨하르트를 향하고 있었다. 호수를 연상시키는 맑은 하늘색 눈동자를 무심히 들여다보던 그가 대답했다.

"그래."

그러자 발리아의 눈빛이 어두워졌다.

밤의 어둠 속에서 석상처럼 굳어진 그를 물끄러미 보며, 그녀는 북부 원정 때 도망자들의 마을에서 나눴던 대화를 떠올렸다.

벨하르트와 지엔이 대화하는 모습을 목격하기 전부터 심증은 있었다. 굳이 자신에게 시녀가 필요하다는 핑계까지 대가며 마차에 불필요한 인선인 지엔을 태웠다는 점. 지엔의 맞은편에 앉아 가는 내내 뭔가를 자제하려는 듯 움찔움찔 떨리던 손. 무심한 척 바깥을 응시하던 금빛 눈에 한 번씩 타올랐다가 사그라지던 불꽃. 그러다가 기어이 이해할 수 없는 방법으로 마차를 뛰쳐나가기까지 했다.

지엔은 그가 칼리스의 숙소에 대한 어처구니없는 물음 때문에 그랬다고 생각하는 것 같았지만, 실상은 달랐다. 아마도 벨하르트는 스스로를 시험하기 위해 지엔을 자신과 같은 공간에 몰아넣었다가, 결국에는 참지 못할 것을 깨닫고 도망친 것이다.

처음에는 다른 방향의 감정 또한 의심했다. 남자가 여자에게 품게 되는 갑작스럽고 자제할 수 없는 감정은 대개 그쪽으로 보는 게 옳았으니까.

그러나, 도망자들의 마을에서 벨하르트와 지엔이 밤에 하는 대화를 엿듣고 확실해졌다.

지엔의 모습이 사라지고, 발리아는 대화를 엿들었다는 사실을 책잡힐지도 모른다는 것을 알면서도 굳이 스스로 모습을 드러냈다. 어차피 벨하르트 정도의 실력자가 자신의 존재를 모를 리 없다는 확신 또한 있었다.

아직도 불이 꺼지지 않은 금빛 눈동자를 보며, 발리아가 말했다.

— 전하, 전하께서는 지엔을…….

그렇게 말하며 발리아는 감히 손을 뻗어 벨하르트의 뺨에 가져다 댔다. 벨하르트가 지엔에게 가지는 감정이 사랑이 아니란 것이 기쁜 한편, 서글펐기도 했던 탓이었다.

그도 그럴 게 일평생 타인에게 감정을 갖지 못했기로 유명한 그가 처음으로 배운 감정이란 것이 고작.

발리아가 느리게 말을 맺었다.

— ……죽이고 싶어 하시는군요.

벨하르트는 아무 대답도 하지 않았다. 그러나 발리아는 확신을 실어 되물었다.

— 그렇지요?

그리고 다음 순간, 발리아는 마침내 그토록 염원해 마지않던 것을 볼 수 있었다.

벨하르트의 양 입꼬리가 느릿하게 올라가고, 발리아를 가득 담고 있던 눈이 휘어지는 모습을.

그것은 그가 그녀의 앞에서 처음으로 드러낸 온전한 감정이 담긴 미소였으나, 환희만이 아닌 얼마간의 살의를 포함하고 있는 탓에 피비린내 짙었다.

발리아는 조금 몽롱해진 채 생각했다.

'그럼에도 어쩌면 이토록 아름다울까.'

붉은 장미 꽃잎과 푸른 바다, 금빛 햇살이 그러하듯, 일평생을 무채색이던 남자의 살의 또한 검은 도화지 위에 떨어진 한 방울의 물감처럼 지독하게 선명했고, 그래서 아름다웠다.

그랬다.

언제나 이성적인 삶만을 살아오던 벨하르트를 처음으로 통제 못 할 충동에 휩쓸리게 한 감정의 이름은 다름 아닌.

'살의'였다.

그때의 아득하고 충격적인 감각을 떠올리던 발리아는 계속 뺨을 어루만지는 밤바람에 정신을 차렸다.

고개를 작게 내저은 그녀는 입속으로 중얼거렸다.

'전하가 처음 감정을 느낀 상대가 내가 아니라고 해서 실망하면 안 돼.'

눈을 내리깐 그녀가 읊조렸다.

'방법이 있을 거야.'

비록 그것에 어떤 희생이 따른다고 해도.

원하는 결과를 얻기 위해 어느 정도의 희생이 뒤따르는 것은 당연한 것이 아닌가?

그 희생이 감내할 만한 것만 된다면야 상관없다.

자신이 누구와 몹시 닮은 생각을 하고 있는지도 깨닫지 못한 채, 발리아는 다시 입을 열었다.

"전하."

그에 무표정하게 바깥을 보던 벨하르트가 다시 그녀를 보았다.

입술을 깨문 그녀는 애써 담담하게 말을 이었다.

"전하는 언제나 이성적인 분이셨지요."

"……."

"그런 전하로 하여금 이유 없이 시선을 쏟게 하고, 시간을 들여 뭔가를 해내고 싶게 하는 최초의 존재가 제가 아니란 건 아쉽지만, 저는 알아요. 어쩌면 전하의 삶에 있어서 그런 존재는 단 하나뿐일 수도 있고, 두 번째는 다시는 나타나지 않을지도 모른다는 걸."

벨하르트의 반응은 담담했다. 그또한 그 가능성을 염두에 두고 있는 것이 분명했다.

다만 고개를 작게 주억거린 그가 되물었다.

"그래서?"

"반대로 말하자면, 전하께서는 마땅한 이유만 있다면 그게 누구라고 해도 아끼실 수 있을 거예요. 그의 개인적인 성품이나 전하의 그에 대한 감정과는 상관없이. 저는 그것도 마음에 들어요."

발리아가 흔들림 없는 목소리로 말을 이었다.

"왜냐하면, 전하께서 선택할 수 있는 것 중 가장 쓸모 있는 것이 저라는 것을 증명하기만 한다면, 전하와 가장 가까운 자리는 틀림없이 제 것이 될 테니까요."

발리아를 빤히 바라보던 벨하르트가 이윽고 마음에 든다는 듯 한쪽 입꼬리를 끌어올렸다.

발리아가 다짐하듯 말했다.

"전하께 제 '가치'를 증명해 보이겠어요. 전하께서 직접 하실 수 없는, 하지만 간절히 바라시는 일을 해내 보임으로써."

말을 맺은 발리아의 표정이 더욱 결연해졌다.

* * *

새롭게 단장한 지 얼마 안 된 듯 작고 깨끗한 저택의 대문 앞, 한 여자가 마차에서 훌쩍 뛰어내렸다.

옅은 하늘색 머리카락을 한쪽으로 땋아 내린 그녀는 생기 있는 초록색 눈동자를 반짝반짝 빛내며 저택을 이리저리 살피다가 황급히 대문으로 달려갔다.

"발리아 님! 제가 왔어요, 발리아 님!"

대문에서 현관까지는 꽤 거리가 있는 편이라 들릴까 걱정한 것이 무색하게도 잠시 후, 현관문이 벌컥 열리며 외출복으로 갈아입지도 않은 발리아가 달려 나왔다.

"헤레이스!"

발리아가 밝게 외치며 헤레이스를 와락 끌어안자, 그녀 또한 감격한 얼굴로 발리아의 어깨에 코를 묻었다.

발리아의 두 팔을 세게 붙든 그녀가 반쯤 흐느끼는 목소리로 말했다.

"발리아 님, 발리아, 내가, 내가 널 얼마나 걱정한 줄 아니? 어떻게 날 두고 수도에 혼자 올라가 버릴 수가 있어?"

"미안, 헤레이스. 사춘기였나 봐."

그렇게 말하며 혀를 쏙 빼문 발리아가 웃었다.

"네가 내 약혼자에 대해 계속 나쁜 말만 하니까, 사실 좀 화가 났어."

그러자 헤레이스는 몹시 분개하며 외쳤다.

"하지만 그건 어쩔 수 없었잖아! 그 사람은 심장이 없기로 제국에서 가장 먼 우리 초승달 숲까지 소문이 퍼져 있으니까! 너 같은 애가 그런 냉혈한의 부인이 되다니, 난 반대야. 반대……."

발리아가 기겁하며 그녀의 입을 틀어막았다.

"쉿, 헤레이스, 목소리가 너무 커! 여기는 제국에서도 그분의 영향력이 가장 큰 수도란 말이야."

"발리아는 내 맘 몰라! 성년이 되자마자 그분과 결혼하겠다고 홀랑 수도로 가 버린 발리아는……."

울면서 계속 외치는 헤레이스의 입을 다급히 틀어막은 발리아가 그녀를 질질 끌고 저택 안으로 향했다. 비로소 저택의 문이 닫히자, 그제야 발리아는 헤레이스를 향해 햇살처럼 빙긋 웃었다.

"잘 왔어, 헤레이스!"

그러고도 한참을 훌쩍대던 헤레이스는 제게 배정된 방을 보고서야 겨우 진정했다.

발리아가 북부 원정에서 세운 공로로 하사받은 저택은 작기는 해도 몹시 아름다웠고, 세세한 부분에서 신경 쓴 티가 났다. 다른 크레센트 일족과 마찬가지로 초승달 숲에서 단 한 번도 나와 본 적이 없는 헤레이스에게는 이 저택만으로 큰 충격이었다.

'그런데 발리아가 결혼하면 이보다도 더 큰 궁에서 살게 된다고?'

침대 위에 멍하니 걸터앉아 생각하던 것도 잠시, 곧 고개를 내저은 헤레이스는 뭔가를 깨달았다.

그녀는 전보다 조금 더 우울해진 표정으로 생각에 잠겼다.

'발리아는 우리 일족에 있어 유일한 물의 상급 정령사야. 축복받은 일족인 우리가 이럴진대, 바깥세상에서 발리아 님의 가치는 알 만해…….'

크레센트 일족 중 물의 정령사는 고작 셋으로, 발리아를 제외한 나머지는 크레센트 일족의 장로, 다른 하나는 일족을 외부의 침입으로부터 보호하는 위치에 있는 수호 대장이었다. 그 두 사람은 각각 발리아와 헤레이스의 아버지이기도 했으므로, 자연스레 둘은 자매처럼 함께 자랐다.

사실 초승달 일족은 대부분 혈연관계이므로 그렇지 않더라도 그들은 가깝기도 했다.

헤레이스가 서로의 운명이 다르다는 것을 처음 깨달았을 때는 다름 아닌 발리아가 물의 정령사로서 두각을 드러냈을 때였다.

그때만 해도 자신의 아버지 또한 다루는 힘이었으니 크게 놀라진 않았지만, 얼마 안 가 제국에서 사절단을 보내왔을 때는 기겁했다. 당시만 해도 헤레이스는 바깥세상에 호기심이 많은 소녀였기 때문에 사절단을 보고는 꿈에 부풀었지만, 그들이 언젠가 발리아를 수도로 데려갈 것이란 사실을 듣고는 엄청 울었다.

'제국의 사절들도 모두 날 보며 당황했었지.'

그렇게 생각하며 새삼 민망한 표정을 짓던 헤레이스는 작게 중얼거렸다.

"그런데 이제는 정말로 그 일이 실현되어 버렸네."

바로 그때, 그녀의 뒤에서 대뜸 활기찬 물음이 날아왔다.

"헤레이스, 뭐해?"

헤레이스는 화들짝 놀라 앉은 자리에서 일어났다.

"발리아. 아니, 발리아 님."

발리아는 처음 보았을 때와 같이 쾌활한 얼굴로 대답했다.

"헤레이스는 내게 존대하지 않아도 괜찮아. 우리는 자매나 다름없는걸."

그리고 그녀는 문득 그리운 눈빛을 하며 덧붙였다.

"내가 물의 정령사가 되고 나서, 마을에서 나를 유일하게 편하게 대해 준 건 헤레이스뿐이었지."

자신을 향하는 그녀의 따뜻한 눈길을 느끼며 헤레이스 또한 웃었다.

'그래도 발리아는 여전히 발리아야.'

그렇게 생각하는 헤레이스에게 발리아가 다시금 몸을 숙이며 속삭였다. 몹시 친밀한 태도였다.

"아, 헤레이스. 네가 와서 얼마나 기쁜지 몰라. 초승달 숲에서 내 혼례를 도와주라고 보내 준 게 다름 아닌 너여서 얼마나 다행인지."

"나도 그래, 발리아."

발리아가 내민 손을 맞잡으며 그렇게 대답하던 헤레이스는 이어진 그녀의 말에 굳어졌다.

"너라면 내 부탁을 들어주기에 가장 적절한 상대니까. 수도에 온 지 얼마 되지 않아 안면을 익힌 이가 없고, 젊고 평범한 여자애니까. 아무도 의심하지 않을 테지."

"발리아?"

일순 웃음을 거두고 멍해진 헤레이스에게 발리아가 소리 없이 입술을 달싹여 몇 마디를 던졌다. 그리 길지 않은 말이었다.

이윽고, 얼굴이 일그러진 헤레이스가 발리아의 손을 놓고 한 걸음 물러났다. 그녀가 경악한 얼굴로 외쳤다.

"너, 너는, 아니, 당신은, 내가 알던 발리아 님이 아니야!"

"헤레이스."

"당신은 발리아 님이 아니지? 수도의 누군가가 나쁜, 나쁜 수를 써서 당신과 진짜 발리아 님을 맞바꾼 거지."

헤레이스가 울 것 같은 얼굴로 애걸했다.

"차라리 그렇다고 해, 발리아. 제발."

그런 그녀의 모습을 보면서도 발리아는 여전히 차분한 태도였다.

"헤레이스, 진정하고 내 말을 잘 들어 봐. 들으면 너도 이해하게 될 거야."

평온한 어조로 그렇게 말한 그녀는 문득 고개를 기울이더니 덧붙였다.

"그리고 조금 목소리를 낮춰 주겠어, 헤레이스?"

그녀가 여상하게 속삭인 말에 헤레이스의 얼굴이 다시 굳어졌다.

"내가 너를 쓸모 없다고 여겨서 내쫓기 전에."

메인챕터 2.
마지막 선택

3. 도주

헤카테는 응접실에 딸린 대기실에 앉아 초조한 듯 입술을 짓씹고 있었다. 그가 궁에 드나드는 모습이야 자주 보았지만, 그토록 감정을 표정에 드러내는 것은 처음 본 궁인들은 간혹 시선을 교환하며 알 수 없다는 표정만 지었다.

그 가운데, 마침내 응접실의 문이 열리며 들어오라는 시종의 말이 떨어졌다. 재빨리 자리에서 일어난 헤카테는 답지 않게 다급한 걸음으로 문 안쪽으로 향했다.

안에서는 아니나 다를까 벨하르트가 소파에 앉은 채 한 손에는 서류를 들고 있었다. 아직도 북부 원정의 여파가 가시지 않아 그는 여러모로 바빴다.

그의 맞은편 빈자리에 앉은 헤카테는 초조한 목소리로 말을 꺼냈다.

"전하, 도성 내에 이상한 소문이 돌고 있는 것을 알고 계십니까?"

그러자 벨하르트가 마침내 서류에서 눈을 떼고 헤카테를 보았다. 무심한 목소리가 뒤따랐다.

"무엇이지?"

"저희가 분명 막고자 하였던 마왕의 환생에 대한 소문이 어째서인지 수도에 퍼져 있습니다."

벨하르트가 전혀 처음 듣는다는 듯 눈을 찡그리자, 헤카테가 다시 말했다.

"관계자가 아니고서는 알 수 없을 정도로 구체적인 정보가 포함된 소문입니다. 지엔이 마왕의 환생이며, 마물들의 이상 행동의 배후는 그녀를 되찾아 마왕을 부활시키고자 하는 세력이라고."

거기까지 말한 헤카테는 입술을 으득 깨물었다.

"원정대원들에게 약조를 받아 두고 금제까지 걸어 두었지만, 그것만으로는 부족했나 봅니다. 확실히 원정대원들은 모두 뛰어난 검사이거나 마법사이니, 마음만 먹는다면 그런 금제쯤 어떠한 부작용도 없이 쉽게 풀어낼 수야 있었겠지요. 언젠가는 닥칠 일이었습니다."

그리고 그는 초조한 얼굴로 말을 이었다.

"허나 전하, 언젠가 닥칠 일이었다고 해도 이대로 방치해선 안 됩니다. 이대로라면 민심이 혼란해지는 것은 물론, 죄 없는 사람이 눈먼 분노에 의해 억울하게 살해당할 것입니다. 또 무엇보다, 만약 그렇게 된다면 앞뒤 잴 필요 없어진 제라드가 당장 마물들을 이끌고 지엔을 데리러 올 것입니다. 그렇게 되기 전에 부디 조치를…… 그 소문이 헛된 것임을 알리시고, 또한 소문 유포자의 뒤를 캐내어 처벌—"

"헤카테 대사제."

건조한 목소리가 헤카테의 말을 썩둑 잘랐다. 헤카테는 얼떨떨한 표정으로 고개를 들었다.

벨하르트가 무표정한 그대로 말을 이었다.

"그 전에 일단 확실히 해 두어야 할 것이 있는 듯한데."

"무엇입니까?"

"전에도 물었지만, 지엔은 정말 마왕의 환생이 아닌가?"

평정을 잃은 것은 아주 잠시였다. 빠르게 표정을 수습한 헤카테가 대답했다.

"그 부분은 전에 충분히 설명해 드린 줄로 압니다, 전하. 빛의 신께서 예언하신 내용이 제 말을 뒷받침하니, 의심의 여지는 없지 않습니까."

"나도 그대의 말을 듣고 그대가 말한 것과 동일한 내용의 예언을 찾도록 지시했네. 그런데, 없다더군."

벨하르트가 태연히 던진 말에 헤카테의 표정이 다시금 흐트러졌다.

"예?"

"내 명을 받은 빛의 사제들이 아무리 찾아도 그와 동일한 내용의 예언이 발견되지 않는 것은 어째서인가?"

잠시 입술을 깨물었던 헤카테가 대답했다.

"그건…… 제가 직접 가서 찾아보면 좋겠지만, 저도 믿고 맡겨 주신 일이 많은지라 서고를 직접 찾아볼 시간까지는 없군요."

헤카테가 눈을 내리깔며 말을 이었다.

"저는 빛의 신전에서 어려서부터 자라며 거의 대부분의 시간을 서고에 있던 몸. 당연히 남들보다 접한 예언의 내용이 많습니다. 그러니 그토록 방대한 양의 예언이 잘 정리되지 않고 쌓여 있는 서고에서는, 쉽게 발견할 수 없는 것도 당연합니다."

그리고 다시 고개를 든 그가 쏘아붙이듯 말했다.

"허나, 예언은 나중에라도 찾아볼 수 있지만 죽은 사람은 다시 되살리지 못합니다. 물론 그의 영혼도 되찾을 수 없기는 마찬가지지요."

"그런가? 하지만, 예언을 찾을 수 없다는 것을 듣고부터 내 머릿속을 떠나지 않는 의심이 있는데."

"그게 무엇입니까?"

벨하르트가 금빛 눈을 들어 헤카테를 꿰뚫듯 바라보았다.

"헤카테 대사제. 그대가 지엔을, 소꿉친구라고 해 봐야 하녀에 불과한 그녀를 지키고자 이 나를, 그리고 나아가 온 제국민을 기만하고 있다는 의심이다."

"……."

헤카테의 안색이 창백해졌다. 그런 헤카테를 물끄러미 보며 벨하르트가 말을 이었다.

"최초의 의심은 제라드가 지엔에게 경의를 보였을 때였지. 물론 그런 짓을 대놓고 하는 제라드도 수상하기는 수상했지만, '항마력'이라는 힘의 존재를 들어 지엔이 그자와 연관 있다는 의심을 적극

무마한 것은 그대였지. 그래도 여기까지는 그대의 학식이 뛰어나다고 여기면 될 일이다."

헤카테가 굳어진 목소리로 대답했다.

"그러면 무엇이 문제가 되는 것입니까."

"문제는 북부 원정 중에 일어난 일이었다."

벨하르트는 거침없이 말을 이었다.

"마왕성에서 직접 마왕, 아니, 마왕의 사념체를 목격해 진상을 들은 것은 나세르와 지엔, 그리고 세 명의 원정대원. 그때 그대는 제라드가 성안에 들어오지 못하도록 문을 막고 있느라 그들과 접할 시간이 없었지."

"그렇습니다."

"수도로 오자마자 쓰러졌기 때문에 보고를 들을 시간도 없었지."

"네."

"허나 그대는 수도에 들어오고 얼마 안 있어, 정신을 차리자마자 우리에게 달려왔다. 그리고 당연한 듯 끼어들어 지엔의 정체에 대해 해명했다. 그것은 곧, 그대가 우리가 진상을 알게 되면 지엔을 추궁할 거란 것을 알고 있었다는 뜻이 아닌가?"

"……."

그제야 자신의 실수를 깨달은 듯 헤카테의 안색이 창백해졌다. 그런 그에게 벨하르트는 더욱 거침없이 쏘아붙였다.

"나는 이런 의심까지 드는군. 그대가 과연 제라드의 목적에 대해 정말로 아무것도 몰랐을까? 북부 마물들의 이상 행동에 그대의 형이 관련되어 있다는 걸 몰랐기에 순순히 우리를 따라온 걸까?"

거기까지 말한 벨하르트의 눈이 날카로워졌다.

"그게 아니라면…… 우리로 하여금 직접 제라드의 위험성과 목적을 알게 하는 한편, 용의 선상에 지엔이 떠오르는 것을 배제하고자 한 걸까."

이내 찾아온 무거운 침묵 속에서 헤카테는 마른침만 삼킬 뿐 대답하지 못했다. 한참이 지나고서야 그는 겨우 입을 열었다.

"하지만…… 적어도 마왕이나 그에 준하는 영혼을 담기 위해서는 특별한 그릇이 필요하다는 것, 그것만은 마왕의 사념체도 확인시켜 준 일이 아닙니까."

"그렇지."

"그러나 지엔의 부모는 인간입니다."

"양쪽 다?"

헤카테가 커다래진 눈을 휙 들었다. 벨하르트가 아무렇지 않은 목소리로 말했다.

"아버지 쪽의 신원이 확실치 않다고 들었다."

"그런……! 천족들은 몇백 년 전 대변동 때 지상을 떠났음을 아시잖습니까."

"네 어머니는 그렇지 않았지."

"그건……."

창백한 얼굴이 되어 입을 다무는 헤카테에게 벨하르트가 다시 말했다.

"정체를 숨기고 남아 있던 천족이 더 있었을지 어떻게 아나."

"하지만, 마족과 천족도 아니고 천족과 인간의 혼혈이 존재할지는 둘째치고, 과연 그 몸에 마왕의 영혼이 들어갈지는…….”

헤카테의 다급한 말을 벨하르트가 잘랐다. 그는 이쯤 해 두라는 듯한 손을 들었다가 내리고 다시 말했다.

“혈통에 대한 얘기는 이쯤 해 두지. 그것은 적어도 지엔의 부친 쪽 핏줄이 제대로 밝혀지지 않는 한 해결되지 않는 문제이니.”

“허나…….”

“그리고 한 가지 더, 나는 그대가 나에게 거짓말하였다는 것을 알고 있어.”

그에 헤카테의 입이 다물렸다. 그가 이윽고 창백해진 입술을 다시금 열었다.

“그게 무슨 말씀이십니까.”

“그대는 지엔을 보호해야 하는 이유에 대해 분명 이렇게 말했었지. 제라드는 인간의 침공에 방해가 되는 지엔을 힘 안 들이고 제거하려 하고 있거나, 아니면 마왕의 환생인 지엔이 인간들에게 배신당하길 노리고 우리 앞에서 친분을 드러내 보인 거라고. 후자의 경우 지엔이 우리에게 배신당하거나 위협을 느끼는 바로 그 순간 제라드는 지엔을 회수하고 침공을 시작할 거라고.”

“아, 네. 그렇습니다.”

얼떨떨하게 대답하는 헤카테에게 벨하르트가 되물었다.

“그렇다면 우리가 지엔을 위협하는 것이 아니라 아예 죽인다면, 어떻게 될까?”

“물론, 제라드가 더 이상 마왕의 환생도 없는 인간들을 살려 둘 필요도 없으니…….”

머뭇머뭇 이어지던 헤카테의 말을 벨하르트가 잘랐다.

“아니, 제라드는 지엔이 인간들의 손에 죽는다 하여도 우리를 침공할 수 없다. 적어도 수십 년간은.”

그 순간 헤카테는 하마터면 인상을 쓸 뻔했다.

그런 속내를 애써 감추고 그는 침착하게 되물었다.

“그렇게 생각하신 연유는 무엇입니까?”

“왜냐하면, 마왕의 환생인 지엔이 죽어 버린 이상, 그 영혼은 또 다른 ‘인간’의 몸을 입고 태어날 테니까.”

‘……제길.’

속으로 사제 신분에 어울리지 않는 욕을 짓씹는 헤카테의 모습은 겉으로 보기에는 몹시 차분했다. 그야 동요를 드러내 보였다가는 이 자리에서 당장 그의 목은 물론, 지엔의 목마저 날아갈 테니 어쩔 수 없었다.

그런 헤카테를 탐색하듯 살피던 벨하르트가 무심히 말을 이었다.

“그렇다면 마왕의 환생은 분명히 앞으로 태어날 인간들 중에 있을 테니까. 더군다나 환생하면서 인간과 마찬가지로 짧은 수명을 갖게 된 그는 조급할 수밖에 없겠지. 그가 지켜볼 수 있는 것은 기껏해야 세 세대인데, 그 안에 마왕의 환생이 다시 태어나려면 인간의 개체 수가 많은 때를 노릴 수밖에 없어. 그리고 그것은 그가 곧 인간계를 온전히 보존해야 할 이유가 된다.”

‘제기랄.’

다시 한 번 속으로 욕을 짓씹는 헤카테에게 벨하르트의 마지막 말이 꽂혔다.

"그는 결코 우리를 죽이지 못해."

그리고 그는 한결 날카로워진 눈빛으로 헤카테를 향해 물음을 던졌다.

"그렇다면 지엔을 죽이지 않는 것이 정말로 제국과 인간들의 평화를 위한 길이 될지, 그대는 확신할 수 있나?"

벨하르트의 한쪽 입꼬리가 조소하듯 비틀려 올라갔다.

"생각하지 못한 건가, 일부러 철저하게 배제한 건가?"

그 물음과 함께 짓누르는 듯한 분위기가 헤카테를 덮쳤다. 보통 사람이라면 숨쉬기조차 어려울 압박감 속에서도 헤카테는 차분한 표정으로 두 손을 모은 채 눈을 내리깔았다.

이윽고, 시선을 들어 올린 그가 고개 숙이며 말했다.

"……전하의 총명함에는 그저 탄복할 따름입니다. 부족한 저의 충언이 도리어 전하의 총기를 해쳤군요."

"그렇군. 생각하지 못했다, 라."

그렇게 말하는 벨하르트의 목소리에 깔린 것은 우월감이 아닌 의심이었다.

헤카테는 더욱 깊게 고개를 숙였다.

"벌을 내리시겠다면 기꺼이 받겠습니다."

"아니다. 제국을 위해 최선을 다해 방도를 제시한 이를 벌할 수야 없지."

그리고 턱을 매만지던 벨하르트가 무심히 덧붙였다.

"어찌 되었건, 신탁의 존재가 밝혀질 때까지 무언가를 판단하는 것은 시기상조가 될 터. 소문의 배후에 대한 것은 내가 알아보지.

그대는 이만 물러가 보도록."

"감사합니다, 전하. 부족한 종복의 실언을 너그럽게 이해해 주시는 마음이 하해와 같으니, 전하께 늘 빛의 인도가 있기를."

공손히 인사를 올린 헤카테는 그대로 뒤돌아 응접실을 나왔다. 제3궁의 입구를 나설 때쯤, 평소와 다름없던 그의 걸음은 갑자기 다급해지기 시작했다. 궁인들이 의아해하며 그쪽을 돌아볼 정도였다.

그 가운데, 입술을 세게 깨문 헤카테가 입속으로 읊조렸다.

'지금 당장 지엔에게로 가야 해.'

그는 방금 벨하르트의 태도를 통해 확신할 수 있었다.

'황태자 전하께서는 이미 지엔을 살려 둘 생각이 없다. 그러니 그 전에, 내가 먼저 지엔을 도주시켜야 해.'

* * *

지엔은 루디나토 대공가의 한 손님방에서 짐을 싸고 떠날 채비를 하고 있었다. 그간 지엔에게 상당히 호의적이었던 대공가의 시녀들이 돕겠다고 나섰지만 모조리 거절했다.

서투른 솜씨로나마 짐가방에 꽉꽉 욱여넣은 옷들을 보며, 지엔은 중얼거렸다.

"사실 진작 이렇게 됐어야 하는 일이지⋯⋯ 그때는 가야 하는 목적지가 지금과는 달랐지만."

새로운 목적지를 떠올린 그녀의 눈빛이 문득 어두워졌다.

"그랜트 후작가, 그리고 '말락타'라."

새롭게 있을 장소를 찾아 떠나게 된다면 적어도 은퇴 후 새 삶에 대한 기대를 안고 떠나고 싶었다. 이렇게 무언가로부터 도망치듯 떠나는 것이 아니라. 새로운 가족을 맞아들일 기대에 부풀어 있을 그랜트 후작과 그의 따님인 헬렌 남작 부인에게도 이것은 예의가 아니었다.

그러나 지엔으로서도 별도리가 없었다. 복도 쪽을 힐끗 쳐다본 그녀가 작게 한숨 쉬었다.

"연회에서 그런 일이 있었는데, 앞으로 어떻게 나세르 님과 같은 건물에 며칠씩이나 머무르겠어."

아직 입양에 대한 문서가 정식으로 승인되지 않았음에도 지엔이 추문이 돌 위험을 감수하면서까지 거주지를 먼저 옮기는 이유는 이와 같았다.

"뭐, 어차피 내 공을 생각하면 승인 따위야 당연히 이루어질 일이기도 하고……."

제국 측에서도 없는 귀족을 만드는 것보다 있는 귀족의 가계도에 지엔을 밀어 넣는 게 훨씬 쉬울 테니, 거절당할 리가 없겠지.

마침내 짐가방을 덮고 기지개를 켠 지엔은 조심스레 바깥의 인기척을 살폈다. 혹시라도 나세르와 우연히라도 마주치는 일은 피하기 위해서였다.

그러는 한편, 지엔은 다시금 한숨을 깊게 내쉬었다.

'어휴, 정말.'

담요 괴물의 모습으로 나세르를 속이고, 이런저런 조언을 해서 그의 연애를 망쳤을 때조차(비록 일부러 그런 건 아니지만), 이토록 그의 눈치를 본 적은 없었는데.

그러나 마나도 사용할 수 없는 지엔이 문 너머의 복도의 기척 따위를 안 보고 맞출 수 있을 리 없었다. 목숨이 경각에 달한 위기 상황이라면 또 모를까.

투시력이 생기기라도 바라는 사람처럼 닫힌 문을 한참 노려보다가, 갑자기 이게 다 무슨 소용이냐 싶어진 지엔이 그냥 문을 박차고 나가려던 그때였다.

노크도 없이 벌컥 문이 열리며 누군가가 지엔이 있던 방에 들어왔다.

아무리 평민이라고는 해도 루디나토 대공가의 손님에게 이런 무례를 저지를 수 있나, 어리둥절해 하던 지엔이 이윽고 내뱉었다.

"헤카테?"

뜻밖의 방문에 눈이 휘둥그레진 지엔에게 헤카테는 눈이 더 휘둥그레질 말을 내뱉었다.

"지엔, 지금 당장 도망쳐야 합니다. 짐은…… 마침 싸고 계셨군요. 서둘러 나오세요."

"뭐, 뭐? 잠깐, 그게 무슨 소리야, 헤카테?"

어깨를 붙든 헤카테의 손을 떼어 낸 그녀가 당황한 얼굴로 말했다.

"네가 날 데리고 도망쳐 주는 날이 정말로 올 줄은 몰랐는데. 아니, 그보다, 이제는 그럴 필요 없어진 거 아니었어? 아무리 황태자라도 북부 원정대의 최고 공훈자를 죽일 수 있을 리는……."

그에 인상을 쓴 헤카테가 짧게 내뱉었다.

"하지만, 당신이 마왕의 환생으로 의심받고 있다면 얘기가 다르지요."

그 말에 지엔은 펄 듯이 놀랐다.

"뭐? 그 얘기는 전에 이미 끝난 거 아니었어? 있다며, 그, 예언인지 뭔지……."

"제가 말한 예언이 발견되지 않고 있습니다. 하지만 그보다 더 큰 문제는 따로 있습니다."

헤카테가 손을 들어 저택의 바깥, 시가지 쪽을 가리켰다.

"어째서인지 마왕 환생의 정체가 당신이란 소문이 온 수도에 파다해진 지 오래입니다. 이대로라면 설령 예언이 발견된다고 하더라도, 그전에 두려움에 휩쓸린 폭도들이 당신을 덮칠 거예요. 그렇게 된다면 그랜트 후작가도, 말락타도, 설령 루디나토 대공가라고 해도 당신을 온전히 보호해 주진 못합니다."

"그럼……."

어안이 벙벙해진 지엔의 눈에 문득 헤카테가 들어오며 열린 문 안으로 들어오는 두 사람의 모습이 보였다. 그들은 다름 아닌 칼리스와 나세르였다.

헤카테의 마지막 말이 하필 루디나토 대공가에 대한 것이었으므로, 면전에서 자기 가문을 모욕당했으니 화날 법도 한데 칼리스는 전혀 그런 기색이 없었다. 오히려 차분히 문을 닫고 주위에 방음 마법부터 둘러친 그가 그제야 다그쳤다.

"헤카테, 우리 집에 급하게 쳐들어온 사안이 그런 거였다면 직접 오기보다는 마탑에 들러 통신구는 뭐든 써서 나한테 연락을 했어야지. 그랬다면 내가 눈에 띄지 않게 지엔을 바깥까지 빼돌려 줬을 텐데."

칼리스가 선뜻 동조 의사를 표했음에도 헤카테는 눈 하나 깜빡하지 않았다. 그 정도는 예상했다는 태도였다.

"그래 봐야 소용없었을 겁니다. 이미 제국 곳곳에 전하의 사람들이 심어져 있을 테니, 제가 마탑에서 통신하기라도 했다면 그 내용이 죄다 황태자 전하께 넘어갔을 가능성이 큽니다. 그럼 저뿐만 아니라 당신들까지 엮여 들어가요."

스스로 팔짱을 낀 헤카테가 덧붙였다.

"혹시 모를 사태를 대비해 피해는 최소한이 좋습니다."

그때 잠자코 대화를 듣던 나세르가 한 손을 들며 말했다.

"잠깐, 어쨌든 지엔이 마왕의 환생이 아님을 뒷받침하는 예언이 아직 발견되지 않았을 뿐이지, 존재하지 않는다고 밝혀진 것도 아니지 않나. 그렇다면 기다려 달라고 하거나 시간을 달라고 하는 성명문을 군중들에게 발표하면 될 듯한데."

헤카테는 조금도 고민하지 않고 즉답했다.

"공자께서는 여론의 두려움에 대해 모르시는군요. 그렇게 된다면 오히려 물밑에서만 돌던 정보가 공론화되어 사태가 더욱 커질 가능성이 있습니다."

그리고 머리칼을 쓸어 넘긴 헤카테가 골치 아프다는 듯 말했다.

"그리고 또 한 가지 문제는, 황태자 전하께서는 이미 지엔이 마왕의 환생이라고 의심하고 계시거나 혹은 이 사태를 방관하려 하신다는 점입니다."

"뭐? 어째서?"

"글쎄요…… 짐작 가는 일이 없는 것은 아니나, 이 단계에서는 말씀드릴 수 없군요. 어차피 단시일에 해결할 수 있는 일도 아닙니다."

지엔의 전생에 대한 것을 염두에 두고 하는 말이 분명했다. 고개를 주억거린 지엔은 헤카테에게만 입 모양으로 말을 전했다.

'헤카테, 잘했어.'

그 모습을 못 본 척 태연히 무시한 헤카테가 다시 두 사람을 보며 말했다.

"아무튼, 그러니 적어도 예언이 발견되고, 지엔이 마왕의 환생이 아니란 것이 공공연해질 때까지만이라도 그녀를 안전한 곳에 숨겨두려고 합니다. 당신들은 안 됩니다. 제가 해야만 하는 일이에요."

"그건 왜지?"

나세르가 회청색 눈을 이글대며 물었다. 마치 그 일을 해야 할 이가 있다면 바로 자신이라는 듯한 태도에, 지엔은 속으로 한숨을 내쉬었다.

'공자님, 며칠 전에 자기한테 그런 말을 한 여자를 위해 모두 다 버리고 싶으세요…….'

저 호구 기질은 도대체 어떻게 해야 고쳐지려나 몰라. 심각하게 고민하던 지엔의 귓가에 헤카테의 목소리가 다시 들려왔다.

"크게 봐야 합니다. 만약 제가 아니라 공자님이 지엔을 데리고 도망친다면, 그것을 알게 된 수도 사람들이 어떻게 반응하겠습니까?"

"무슨 차이가……."

머뭇거리며 되묻는 나세르에게 헤카테가 대답했다.

"저는 지금 제 능력으로 고위 사제의 자리까지 올라왔다고는 하나 천애 고아 출신, 거기에 어려서부터 지엔과 교류했으니 지엔과 제가 도망쳐도 그럭저럭 상정 범위 안일 겁니다. 물론 빛의 신을 섬기는 사제가 마왕의 환생을 감싸니만큼 주목은 받겠지만, 제가 도망자들의 마을 출신이란 것이 밝혀지면 한층 사그라들겠죠."

어찌 보면 자신에게 치명적인 추문이 될 수 있는 얘기를 스스로 꺼내면서도 헤카테는 담담했다. 하긴, 애초에 세간의 시선 따위에 신경 썼다면 당장 지엔을 데리고 도주할 생각도 하지 않았을 것이다.

그가 말을 이었다.

"하지만 당신은 저처럼 대체할 수 있는 인력이 있지 않은 성물 '빛의 검'의 주인, 당신의 활약은 다가올 마물들과의 싸움에서 필수적입니다. 그런 당신이 수도에서 갑자기 모습을 감추었는데, 그 이유가 마왕의 환생을 지키기 위해서다? 여론은 제가 지엔을 데리고 도망쳤을 때보다 훨씬 들끓을 겁니다."

가만히 듣고 있던 칼리스가 끼어들었다.

"그럼 결국, 제국에서도 제국민들의 눈치가 보여 추격대를 보다 빠르게 편성할 수밖에 없다."

"이런 부분에서는 나세르 님보다 낫군요, 칼리스 님."

"잠깐, 다른 부분에서는 아니란 소리냐……."

금세 침울해져서 꿍얼대는 칼리스를 외면하고 헤카테가 다시 지엔을 돌아보았다.

"지엔, 당신의 출신 영지가 브리지트 백작령인 것이 다행입니다.

당신을 잡지 못한 사람들이 마구잡이로 화풀이할 상대를 고른다고 해도, 감히 북방 원정에서 가장 큰 공로자의 영지를 쑥대밭으로 만들진 못할 테니까요."

"아……."

그제야 지엔은 비로소 헤카테가 자신과 함께 제국 전체를 적으로 돌리려 하고 있다는 것을 깨달았다. 그렇지, 한 영지가 쑥대밭이 되긴커녕 거기서 끝나면 다행인 일이었다.

'헤카테는 정말로 괜찮은 걸까?'

지엔은 어두워진 눈빛으로 생각했지만, 결코 지금 상황에서 그가 내민 손을 내칠 수는 없었다. 나세르나 칼리스였다면 죄책감 때문에 고민해 봤겠지만, 헤카테라면 달랐다. 헤카테가 같은 처지에 처했더라면 지엔 또한 망설임 없이 손을 내밀었을 것이다.

비록 가진 것도 별로 없는 하녀일지언정, 지엔은 살고 싶었다.

전생의 존재를 알고 있으니 죽어도 다시 태어날 것 또한 알지만, 그렇다고 목숨을 쉽게 포기할 수 있게 되는 건 아니었다.

지엔은 주먹을 꽉 움켜쥐었다.

'전생의 나는 지금의 나와는 완전히 다른 사람 같았어.'

그렇다면 아무리 다시 태어난다고 해 봐야, 영혼이 같다고 한들 그것은 다른 사람으로서의 삶.

자신의 삶이 아니다.

'운이 좋으면 일이 잘 풀려서 다시 돌아올 수 있을 거야.'

그렇게 생각하며 나세르를 힐끗 보았던 지엔은 이내 자신이 무슨 생각을 하는지를 깨닫고 얼굴을 굳혔다.

'그런 생각을 하면서 하필 평생 다시는 안 보겠다고 선언한 사람을 볼 건 뭔데?'

이건 어디까지나 시선이 우연히 간 것뿐…… 그렇게 지엔이 마음속으로 공방을 벌이던 가운데, 불쑥 헤카테의 목소리가 다시 들려왔다.

지엔은 고개를 들었다.

"그러니 이렇게 합시다. 여러분은 제가 갑자기 들이닥치자 영문 모르고 지엔을 내준 것으로 하고, 제가 지엔을 도주시킬 계획인지 정말로 몰랐냐고 묻는다면 발뺌하세요. 아시겠지요?"

"하지만……."

끝내 머뭇거리는 나세르를 차가운 눈으로 훑어본 헤카테가 다시 말했다.

"사실 두 분을 더욱 안전하게 해 드리려면 제 계획조차 발설하면 안 되었지만, 이건 어디까지나 칼리스 님의 도움이 필요하기 때문이었습니다."

스스로를 손가락으로 가리킨 칼리스가 눈을 깜빡거렸다.

"엥? 나? 갑자기?"

"일단 저는 지엔이 떠나기 전 마지막으로 함께 수도를 구경한다는 핑계로 이곳에 왔고, 앞으로 함께 다른 지인들의 집을 돌며 두 분이 저희의 협력자이거나 적어도 묵인했다는 사실을 모르도록 할 겁니다."

거기까지 말한 칼리스가 구석에 놓인 지엔의 짐가방을 곁눈질했다.

"그러나 두 분이 지엔이 짐가방까지 가지고 나가는 것을 보았으면서도 도주할 거라고 눈치 못 챘다는 것은 말이 되지 않지요. 또, 산더미 같은 가방을 들고 수도 곳곳을 누빈다면 당연히 황태자 전하 수하들의 눈에도 띌 테고. 그러니 칼리스 님께서는 제가 지금부터 말씀드리는 좌표로 저 짐가방을 옮겨 주십시오. 역시 다른 방법은 떠오르지 않아서요."

"알았어, 제대로 처리해 놓을 테니 걱정 마."

칼리스가 망설이지도 않고 대답하는 것에 지엔은 의외라는 눈으로 그를 보았다.

'위험을 감수할 사람처럼은 보이지 않는데.'

그러다 말고 도망자 마을에서의 일을 떠올린 그녀의 얼굴이 다시 어두워졌다.

'아니, 그때도 이 사람은 그랬지.'

정말이지 모를 사람…… 지엔이 그렇게 중얼거리며 물끄러미 칼리스를 바라보던 그때, 헤카테가 불쑥 말했다.

"제가 말한 자리에 가방이 아닌 기사들이 잠복하고 있다고 해도 너무 원망하지 않겠습니다."

기겁한 지엔과 칼리스가 동시에 외쳤다.

"헤카테!"

"무슨 소리를 하는 거야!"

헤카테가 빙긋 웃으며 대답했다.

"농담입니다."

그러나 서늘한 눈빛을 보아하니, 그는 아무래도 최악의 경우까지 상정해 두고 있는 것이 분명했다. 아직도 어처구니가 없다는 듯 씨근대는 칼리스를 내버려 두고 헤카테가 지엔에게 손을 내밀었다.

"지엔, 가지요. 평소처럼 구실 수 있겠지요? 하긴, 언제 어느 때든 태평한 게 당신 장점이니까."

"헤카테, 이런 상황에서까지 그런 말을 할 필요는 없잖아."

볼멘소리를 하긴 했지만, 헤카테가 긴장을 풀어 주기 위해 이런 말을 하는 것을 알고 있는지라 지엔은 끝내 인상을 쓰진 못 했다.

그녀와 함께 돌아서다 말고 다시 뒤를 돌아본 헤카테가 나세르와 칼리스에게 마지막 인사를 건네었다.

"그럼, 일이 잘 해결되어 금방 다시 만난다면야 좋겠지만, 사태가 여기까지 온 이상 그러기는 힘들 겁니다. 그러니 저희는 최대한 오랫동안 다시 보지 않길 바라야겠지요."

"그래, 참 다정한 인사의 말 고맙다. 헤카테."

어처구니없다는 듯 투덜대던 것도 잠시, 지엔과 눈이 마주치자 칼리스는 금세 표정을 바꿨다. 부드럽게 미소 지은 그가 대수롭잖게 말을 건넸다.

"지엔아, 다시 볼 때까지 건강히 잘 지내."

가볍고 평범한 인사말과는 달리 눈빛만은 그렇지 않았다. 칼리스의 눈에서 처음으로 진지함이란 감정을 엿본 것 같다고 생각하며, 지엔이 대답했다.

"네, 고마워요. 칼리스 님."

그리고 지엔은 무심코 나세르를 보려다가, 얼굴을 굳히며 애써 시선을 피했다.

평생 다시는 보지 말자고 한 것은 자신임에도 불구하고, 수도로 돌아올 생각을 하자마자 가장 먼저 그부터 본 스스로에게 어이가 없었다.

'인사를 더 나눠 봐야 미련이 남을 뿐이야. 인사는 테라스에서 이미 충분히 했어.'

지엔이 자신에게 마지막까지 시선을 주지 않는다는 것에 나세르의 안색이 어두워졌다. 그에 전혀 아랑곳하지 않는 듯 고개를 돌린 지엔이 헤카테를 붙잡고 평소같이 밝게 물었다.

"헤카테, 그래서 우리 어디 어디 갈 건데?"

과연 평상시와 다름없는 그녀의 모습에 헤카테의 눈이 일순 이채를 띠었다.

'평소에는 다 못…… 이상하지만, 결정적일 때라도 잘하니 다행이군.'

그렇게 생각한 그가 지엔과 눈을 맞추며 짐짓 다정한 표정을 지었다.

"글쎄요, 지엔 당신이 가고 싶은 곳이면 어디든. 북부 원정에서 고생하신 데에 대한 보답입니다."

"정말?"

그렇게 사제와 하녀라기보다는, 수도에 함께 놀러 온 친남매 같은 모습으로 지엔과 헤카테는 대공 저에서 멀어져 갔다. 자리에 남아 그 모습을 우두커니 지켜보던 칼리스는 이내 나세르에게로 고개를 돌렸다.

칼리스의 눈에는 얼마간의 안쓰러움마저 묻어 있었다. 지엔이 방금 나세르를 의도적으로 무시했다는 것은 그 또한 어렵지 않게 눈치챌 수 있었다.

아직도 멍하니 있는 나세르의 어깨를 탁탁 두드린 칼리스가 주위를 둘러보고 작게 말했다.

"뭐, 그럼 난 할 일이 생겨서 먼저 가 보도록 하지. 헤카테 사제의 말이 맞아. 설령 일이 잘못되더라도, 자네는 최대한 개입하지 않은 거로 해 두는 편이 나아."

그러자 꿈에서라도 끌려 나온 사람처럼 정신을 차린 나세르는 고개를 작게 뒤흔들었다. 그리고 그가 굳은 표정으로 말했다.

"아니, 그런 건 상관없다. 후환은 두렵지 않으니, 내가 뭐라도 도울 일이 있다면 말해 줘."

"이봐, 나야 황족인 데다가 우리 어머니가 현 황제 폐하의 여동생이니 어떻게든 되겠지만, 넌 다르지."

칼리스가 어처구니없다는 투로 말을 이었다.

"아무리 네가 브리지트 백작령에서 자란 시간이 십 년 남짓밖에 안 된다고 해도, 네게 휘말려 피해를 입을 백작 부부와 두 형님을 생각해."

그러나 나세르는 여전히 흔들림 없는 태도로 대답했다.

"그들이 내게 동조하지 않았다는 증거가 될 만한 편지를 어떻게든 남겨 두면 돼. 지엔이 받든 받지 않든 간에, 나는 지엔을 위해 여생을 쓰겠다고 약속했고, 그 약속은 허투루 한 게 아니야."

"이봐, 진정하라고. 마음은 알겠는데."

그렇게 말하며 골치 아프다는 듯 이마를 짚는 칼리스에게 나세르가 문득 말했다.

"그러는 너야말로 괜찮은 건가? 황족이기에 오히려 더더욱 얘기가 나올지도 모른다. 그 누구보다도 자국민을 앞장서서 보호해야 할 황족이 도리어 마왕의 환생을 도운 셈이니."

"아아, 뭐. 나는 일단 마탑에 들어갈 때 내 세속적 지위를 버린 셈이지만, 그렇다고 해도 애초에 들킬 걱정은 없으니 접어 두라고."

그렇게 말한 칼리스가 눈을 찡긋했다.

"내가 괜히 천재라고 불리겠어?"

빠르게 표정이 식은 나세르는 더는 말 섞기 싫다는 듯 휙 고개를 돌렸다.

"아, 그래."

그런 나세르를 보던 칼리스가 문득 배시시 웃으며 대답했다.

"내가 내 생각보다는 지엔을 많이 좋아한 모양이야. 도망자들의 마을에서도 그렇고, 지금도 그 애를 살리기 위해서라면 어찌 되어도 괜찮다는 생각이 들 만큼은."

그리고 문득 고개를 든 칼리스는 대수롭잖은 표정으로 말했다.

"지금 내가 하는 말을 로이가 들었으면 자랑스러워했을 텐데. 그렇지?"

"그럼 우리는 바로 끝장이다."

"알아, 알아."

태평한 그의 대답을 들으며 나세르가 다시 한 번 깊게 한숨을 내쉬었다.

*　　*　　*

지엔과 헤카테는 부러 이곳저곳을 바쁘게 돌아다녔다.

헤카테 말마따나 나세르와 칼리스에게 쏠릴 의심을 분산시키기 위해서이기도 했고, 어쩌면 수도에 오는 것은 이번이 처음이자 마지막일지도 모른다는 생각에서였다. 하나 확실한 것은, 만약 일이 잘못된다면 지엔이 다음에 수도에 돌아오는 것은 처형당하기 위해서가 될 것이다.

그렇게 생각하자 지엔의 눈에는 넓은 광장과 분수대, 길가에 거니는 사람들 모두가 결코 곱게 보이지 않았다. 이미 자신이 마왕의 환생이라고 소문이 널리 퍼졌다는 얘기를 듣고 나니, 이 사람들이 언제 돌변하여 자신에게 달려들지도 모른다는 생각에 다소 두렵기까지 했다.

결국 불안감을 이기지 못한 지엔은 옆에서 걷는 헤카테의 팔을 당기며 속삭였다.

"헤카테, 내 신상 정보까지 지금쯤 소문이 났을까?"

그에 헤카테는 걱정하지 말라는 듯 대답했다.

"아마도 괜찮을 겁니다. 당신은 특징짓기 어려울 만큼 평범한 외모를 가졌으니까요."

"헤카테, 너 역시 스스로 예쁜 줄 모른다는 건 역시 거짓말이지?"

이런 시국이지만 차마 그냥 넘어가지 않을 수 없었다. 그러자 고개를 기울한 헤카테가 다시 말했다.

"무슨 말씀이신지 모르겠군요. 그보다, 빨리 저희의 다음 행선지를 정하는 것이 좋겠습니다. 방문에 누가 되는 때가 오기 전까지 시간이 얼마 없군요."

그렇게 말한 그가 수도의 시계탑을 가리켰다.

마법으로 작동하는 시계탑에는 열두 개의 구에 한 시간마다 각각 불이 밝혀지게 되어 있었는데, 지금 시각은 벌써 네 시였다. 겨울이라 해가 짧으니, 이제 정말로 한 사람 정도밖에 방문할 시간이 남아 있지 않았다. 수도를 떠날 채비를 하는 것은 해가 지고 나서였다.

그러자 지엔은 턱을 매만지며 생각에 잠겼다.

"람두스 경의 집에는 이미 방문했는데. 또 미리엄의 집에도. 아, 그리고 라소 경의 집에도……."

지엔이 일부러 자신과 대체로 사이가 안 좋았던 인물들의 집만 골라서 방문한 데에는 나름의 뜻이 있었다. 물론 엿 먹어 보란 뜻이었다.

아쉽게도 미리엄과 람두스의 경우 증거 불충분으로 제대로 된 처벌을 받지 못했다. 지엔이 북부에서 개고생하던 동안 잘 지낸 모양인지, 멀리서도 광이 보일 정도였던 미리엄은 먼발치에서 지엔을 보자마자 안색이 새하얗게 질렸다. 실수인 척 찻잔을 그녀에게 엎어 주었을 때는 정말이지 통쾌했다.

'북방 원정 최고 공로자인 나에게 감히 뭐라고 할 수 있을 리 없지! 업적 최고!'

갑자기 지엔은 그토록 많은 나라를 정벌하고 다녔던 전생의 자신을 아주 조금 이해할 수 있을 것만 같았다.

다음으로 방문한 람두스 경의 집에서는 장식된 무기를 살피는 척하다가 실수로 그를 찌를 뻔했다.

그렇다, 순전히 실수였다. 그렇게 무거운 도끼를 어떻게 일개 하녀인 지엔이 자유자재로 다룬단 말인가? 도끼가 람두스 경의 손목 바로 옆에 박힌 것은 절대로 지엔의 고의가 아니었다.

황궁에서 일하는 동안 친해진 임시 시녀들도 만나 볼까 했지만, 상대적으로 신분이 낮은 그녀들이 심문이라도 당할까 봐 결국 그만두었다.

마지막으로 들렀던 라소 경은 북부 원정에서 지엔에게 랜스를 빌려주었넌 기사였다. 이번에는 순수하게 감사 인사차 찾아간 것이었는데, 지엔을 보자마자 북부 마물이라도 만난 것처럼 덜덜 떨기에 하는 수 없이 바로 나와야 했다.

그 일을 떠올리며 지엔은 미간을 좁혔다.

'설마, 내가 마왕의 환생이란 소문이 벌써 거기까지 퍼진 건가?'

확실히, 라소 경은 북부 원정대의 중추 중 하나였으니 소문을 접하기는 어렵지 않았겠지. 거기까지 생각한 지엔은 문득 좋은 생각을 떠올리고 외쳤다.

"아, 그래! 헤카테."

"네?"

의아하게 돌아보는 헤카테에게 지엔이 밝은 얼굴로 말했다.

"발리아 님께 가자! 또, 로아나 님께도!"

'두 사람이라면 수도에서 마지막으로 만날 사람들로 손색이 없지.'

그렇게 생각한 지엔은 바깥에 나온 이래 처음으로 즐겁게 걸음을 옮겼다.

*　*　*

"로아나 님은 자택에 안 계십니다."

"그런가요."

지엔과 헤카테는 아쉽게 발레노르 공작가의 정문을 빠져나왔다. 그러면서 지엔은 언뜻, 사용인의 자신을 향한 시선이 그리 곱지 못하다고 느꼈다. 라소 경 때와 달리 두려움 섞인 시선이 아니라, 오히려 경멸에 가까웠다.

문득 지엔은 한 가지 생각을 떠올렸다.

'로아나 님께도 두 오라버니가 있다고 했지. 그건 나세르 님과 똑같네.'

그것도 잠시, 그녀는 다시 고개를 가로저었다.

'아니, 하지만 나세르 님의 경우에는 나이 차이가 제법 나는 데다 분야 또한 겹칠 일이 없는, 다시 말해 경쟁 상대가 결코 될 수 없는 가족에 불과했어. 하지만 로아나 님의 경우에는…….'

지엔은 작게 한숨을 내쉬었다. 어쩌면, 차기 가주 후보 자리를 둘러싼 발레노르가 내부의 신경전은 아직도 계속되고 있었는지도 몰랐다.

부디 지엔은 로아나가 자신이 없는 수도에서도 건강하게 지내길 빌었다. 아니, 사실 지엔이 수도에서 사라지는 편이 로아나의 몸 건강과 정신 건강에는 여러모로 더 나을 테지만.

그렇게 객관적인 자아 성찰까지 마친 지엔은 마침내 작고 아름다운 문 앞에 멈춰 섰다. 그 정체는 다름 아닌 발리아가 얼마 전 하사받은 저택의 대문이었다.

다행히 문을 두드리자, 발리아는 곧바로 모습을 드러냈다. 처음 보는 얼굴도 함께였다.

흔치 않은 하늘색 머리카락과 짙은 녹색 눈동자를 보며, '어쩌면.' 하는 생각을 떠올린 헤카테와 지엔의 앞에서 그녀는 안절부절못하는 듯하다가 고개를 대뜸 숙였다.

"아, 안녕하세요. 저는 크레센트 일족의 헤레이스. 수도에 올라온 지 얼마 되지 않아 예절은 잘 모릅니다. 발리아 님의 결혼 준비를 돕기 위해 크레센트 일족으로부터 보내졌어요."

지나치게 깍듯한 태도는 자신들을 귀족으로 오해해서인 것 같았다. 지엔은 황급히 손을 내젓고 외쳤다.

"저희 둘 다 귀족이 아니니 말씀 편하게 해 주셔도 괜찮아요. 그보다도, 헤레이스 님이라니!"

"저를 아세요?"

의아하게 되묻는 헤레이스에게 지엔은 밝게 웃으며 대답했다.

"네, 알다마다요! 발리아 님이 뭘 하실 때마다 귀에 딱지가 앉도록 '헤레이스가 있었다면 이런 건 못하게 했을 텐데…….', '헤레이스가 이걸 참 좋아하곤 했지.'하고 말씀하셔서 잘 알고 있어요."

"아, 정말이요?"

그 말에 헤레이스가 비로소 옅은 웃음을 내비쳤다. 그 모습을 본 지엔은 속으로 의아해했다.

'발리아 님께서는 헤레이스라는 사람과 거의 자매처럼 함께 자랐다고 하셨었는데.'

그렇다기에는 지금 헤레이스의 모습은 마치 적진에서 간신히 아군 병사를 만나 기뻐하는 듯했다. 만약 정말로 헤레이스와 발리아가 자매 같은 사이라면 그녀가 저런 모습을 보일 이유가 없다.

그것도 잠시, 지엔은 고민은 일단 접어 두기로 했다. 어차피 곧 수도를 떠날 것을 생각하면 다시 볼 사람도 아닐뿐더러, 발리아와 대화를 나누기에도 시간적인 여유가 없었다.

지엔은 다시 헤레이스를 향해 말했다.

"아, 참. 저는 지엔이에요. 아무런 작위 없는 평민이니 편하게 말씀하셔도 돼요."

"아, 지엔……."

그때였다. 갑자기 부드럽게 풀려 있던 헤레이스의 입매가 싹 굳어지고, 안색은 시체처럼 창백해졌다. 두 손을 모아 쥔 그녀가 급기야 비틀거리며 뒷걸음질 쳤다.

"다, 당신이 지엔이라고요……?"

예사롭지 않은 그 반응에 지엔과 헤카테가 눈이 휘둥그레질 무렵, 갑자기 발리아의 목소리가 그들 사이로 끼어들었다. 두 사람 다 처음 들어보는 싸늘하기까지 한 목소리였다.

"헤레이스, 안색이 좋지 않으니 쉬는 게 좋겠어."

"아, 그래. 그래야지, 발리아…… 그렇게 할게."

더듬거리며 대답한 헤레이스는 겨우 돌아서서 비틀거리며 계단을 올라갔다. 그녀의 뒷모습을 의아하게 쳐다보던 지엔과 헤카테는 발리아의 말에 다시 고개를 돌렸다.

발리아가 평소처럼 완벽하게 그림 같은 미소와 함께 말했다.

“그럼, 저희는 응접실로 올라갈까요? 제가 집에 모르는 사람을 들이는 것을 좋아하지 않아 사용인은 아직 한 명도 없지만…… 부족한 솜씨로 끓인 차라도 부디 맛있게 마셔 줬으면 좋겠어, 지엔.”

쾌활하게 말한 그녀가 요정처럼 사뿐사뿐한 걸음으로 응접실로 걸음을 옮겼다. 지엔과 헤카테는 말없이 그녀를 따라갈 수밖에 없었다.

얼마 안 가 두 사람의 앞에 김이 모락모락 오르는 찻잔이 놓였다. 맞은 편에 앉은 발리아가 지엔을 보며 말했다.

“아무런 말도 없이 갑자기 와서 깜짝 놀랐어. 아, 물론 싫다는 뜻은 아니야. 오히려 예기치 않은 일이라 더욱 기쁘다는 뜻이지.”

슬쩍 헤카테를 본 그녀가 말을 이었다.

“하지만 역시 의외라서. 다소 충동적인, 음, 지엔, 미안. 실례할게. 아무튼 충동적인 지엔은 그렇다 쳐도, 헤카테 사제님까지 오시다니.”

그리고 고개를 기울인 그녀는 뇌까리듯 말했다.

“흔치 않은 일에, 흔치 않은 조합이라…… 무슨 일이라도 있는 걸까 싶어서. 혹시, 내가 도울 수 있는 일이니?”

그녀의 물음에 지엔과 헤카테는 약속한 듯 서로를 마주 보았다.

헤카테가 눈빛으로 절대 안 된다는 뜻을 내비쳤지만, 지엔이야말로 발리아를 끌어들일 생각은 애초부터 없었다.

‘북부 원정 때, 나세르 님과 칼리스 님께만큼이나 발리아 님께도 신세를 졌어.’

사실, 지엔이 발리아를 끌어들일 결심을 하지 못하고 있는 것은 그 때문만은 아니었다.

북부 원정 때, 발리아가 간혹 보여 주던 예상치 못한 모습들은 아직도 지엔의 마음속에 꺼림칙하게 남아 있었다.

'의심하는 건 죄송한 일이지만…… 벨하르트 황태자와 직접 연락할 수 있을 만큼 가까운 사이인 건 발리아 님도 마찬가지니까.'

헤카테와 지엔 사이에 돌연 찾아온 침묵에, 그 의미를 모르는 발리아는 얼굴을 살짝 굳혔다.

그때 대로변에서 갑자기 소란이 일어났다. 뭔가가 부서지고 깨지는 소리, 여러 사람이 내지르는 비명이 커다란 창을 통해 실내에 있는 지엔과 발리아, 헤카테의 귀까지 닿았다.

세 사람은 누가 먼저랄 것 없이 일제히 몸을 벌떡 일으켰다.

발리아가 빠르게 창가로 다가서며 물었다.

"대체 무슨 일이지요? 여기에서는 잘 보이지가 않아……."

"굳이 무슨 일인지 확인하실 필요 없습니다. 그보다 저희는 어서 이곳을 벗어나는 편이 좋겠습니다."

발리아와는 달리 제자리에 가만히 서 있던 헤카테가 그렇게 말하자, 분개한 발리아가 고개를 획 돌리며 쏘아붙였다.

"그게 빛의 신의 사제로서 할 말인가요! 무엇보다 이들은 모두가 릭서만 제국의 소중한 시민들이에요."

그러자 헤카테는 낭패란 얼굴로 고개를 내저었다.

"아니요, 제 말은 그런 뜻이 아니라…… 이 소란을 일으킨 자의 정체를 확인할 필요가 없다는 뜻이었습니다."

발리아가 여전히 적개심을 지우지 못한 목소리로 물었다.

"어째서지요?"

"그건, 광장에서 느껴지는 저 기운이 무척 익숙하기 때문에……."

헤카테가 말을 채 마치기도 전에, 그가 하는 말을 이해한 발리아의 얼굴이 창백하게 굳었다.

바로 그 순간, 와지끈하는 소리와 함께 세 사람 바로 위에 있던 천장 일부가 뜯겨 나갔다.

맹수가 물어뜯은 것처럼 산산이 부서진 천장 사이로 한 남자가 검은 옷자락을 나부끼며 천천히 내려앉았다.

제라드였다.

그는 평소에 헤카테를 따라 입던 빛의 신의 사제복 차림이 아닌, 작심한 것처럼 온통 검은색과 붉은색으로 장식한 옷차림이었다.

빛의 신의 사제복과는 정확히 반대되는 배색의 그 옷은, 만약 어둠의 신이 존재한다면 말이지만 그의 사제들이 입는 옷 같았다. 또한, 그 옷은 지엔이 마왕성에서 보았던 마왕의 차림과도 얼마간 닮아 있었다.

그 모습을 통해 지엔은 확실히 알 수 있었다.

'이유는 모르겠지만, 제라드는 내가 마왕의 환생이라고 완전히 믿고 있어.'

그러지 않았다면 지엔을 데리러 오면서 굳이 저런 거창한 의복을 걸칠 필요는 없을 터였다. 그러니까, 말하자면 제라드에게 있어 이것은 일종의 신성한 '의식'인 셈이었다.

마침내 바닥에 발이 닿은 제라드가 지엔에게 공손히 몸을 숙였다.

"나의 주인이시여. 너무 오래 기다리시게 한 불충한 부하를 벌하소서."

다시 고개를 든 그는 기쁜 듯 웃으며 말을 이었다. 봄날처럼 화사한 표정에 비해 말의 내용은 영 그렇지 못했다.

"다만, 감히 당신을 해하고자 하는 버러지들이 모두 사라진 다음 그리하시길…… 당신의 진정한 모습을 되찾는다면 아무도 감히 그럴 생각을 하지 못할 것입니다. 그토록 아름답고, 강하며, 고독한 당신에게 어찌 감히."

제라드는 이제 거의 황홀하기까지 한 듯한 표정이었다.

"나의 주인, 나의 형제이자 하나뿐인 존재."

그의 입에서 연신 튀어나오는 거창한 호칭에 지엔은 식은땀을 흘리며 그를 바라보았다.

그때, 말을 하면서 천천히 지엔에게 다가가던 제라드의 앞을 눈부신 빛의 채찍이 가로막았다.

경고하듯 바닥을 때린 채찍이 방향을 바꾸어 곧장 제라드에게 날아들었지만 그는 심드렁한 태도로 그것을 피했다. 위험한 것이라기보다는 더러운 것을 피하는 듯한 태도에 가까웠다.

그 틈에 몇 걸음 물러난 지엔을 향해 헤카테가 외쳤다.

"지엔! 이리로 오십시오. 그곳은 위험합니다."

그러나 하필 천장과 부서진 벽에서 떨어진 돌무더기들이 둘 사이를 가로막고 있어, 제라드를 통하지 않고서는 가기가 여의치 않았다. 그 사실을 스스로도 알고 있는 듯 헤카테의 미간이 난처한 듯 구겨져 있었다.

그런 헤카테에게 제라드가 태연히 지껄였다.

"헤카테. 이제 그만 너도 이 형의 대의를 인정할 때가 되지 않았니."

눈을 내리깐 그는 오만한 어조로 말을 이었다.

"너도 비록 반쪽이라고는 하나 위대한 '그분'과 '나'의 피를 물려받은 존재. 네가 머지않아 정신을 차리고 나를 따를 거라 믿었거늘, 어째서 아직도 이 지경인 게냐. 한심하게도."

제라드의 말을 듣고서야 지엔은 비로소 실감할 수 있었다.

그녀는 굳어진 얼굴로 제라드를 보았다.

그는 환생하기에 적합한 몸을 찾지 못해 천족에게 마족인 자신의 아이를 낳게 하고자 하였고, 그렇게 해서 성공한 몸 중 하나를 차지했다.

즉, 제라드는 헤카테에게 있어 형님인 동시에……

제라드가 환하게 웃으며 지껄였다.

"원한다면 아버지라고 불러도 좋단다."

"형은 중대한 착각을 하고 있어."

헤카테는 눈 하나 깜짝하지 않고 말을 이었다.

"지엔은 형이 섬기는 '그자'의 환생이 아니야."

그러자 짐짓 인자한 빛을 띠고 있던 제라드의 눈에 불길이 확 일었다. 그가 분노에 찬 목소리로 외쳤다.

"네가 감히! 내가 섬기는 분을 존칭도 없이 '그자' 따위의 모욕적인 표현으로 칭하다니. 네가 내 피를 이어받은 이상, 그분은 네게도 주인이다."

씩씩대며 그렇게 외친 제라드가 대뜸 옷깃을 잡아당겼다. 헤카테만큼이나 가늘고 부러질 듯한 흰 목이 드러나 보였다.

그가 차갑게 들끓는 듯한 목소리로 말을 이었다.

"아무리 네가 내 혈육이라고 해도, 그것이 사실상 내게 아무런 의미도 없다는 것을 모르진 않겠지? 내게 있어 이 육신에 속한 것은 전부 가짜. 그분이 본래 모습을 되찾는 날, 나 역시 이 보잘것없는 육체를 벗어 버리고 본래의 몸으로 돌아갈 것이다."

그리고 비로소 여유를 되찾은 제라드가 다시 입꼬리를 비틀어 올렸다.

"그러니 본전도 못 찾게 되기 전에 어서 내게 복종의 맹세를 하도록 하여라. 아, 무릎이라도 꿇으면 더 좋겠지."

"꿈이 크구나, 형."

헤카테는 다만 피곤한 듯 눈을 내리감으며 대답했다. 변치 않는 그의 태도에 분개한 제라드가 마침내 특유의 기운을 일으켰다.

원정대가 북부에서 지겹도록 보았던 자줏빛 마기가 압박하듯 세 사람의 주위를 감쌌다.

안색이 흙빛이 된 발리아가 뒤늦게 물의 정령을 불러 마기를 정화했지만, 지엔은 그때까지도 이 사태가 자신과 무관하다는 양 멀쩡히 눈만 깜빡이고 있었다.

그 모습을 본 제라드는 감격에 겨운 얼굴로 중얼거렸다.

"역시, 고작 인간의 몸을 하고도 그럴 수 있는 건 당신뿐이지. 그래, 내가 잘못 볼 리 없어……."

그의 맞은편에서 헤카테가 심드렁히 중얼거렸다.

"잘못 보았다고 몇 번을 말했는데……."

"넌 좀 닥쳐!"

새된 소리를 뱉어 낸 제라드가 대뜸 헤카테에게 반월형의 마기를 날렸다. 반구형의 흰 방어막을 펼쳐 그것을 막아 낸 헤카테가 빛줄기를 채찍처럼 휘둘렀다.

그러는 사이 지엔과 발리아는 비교적 천장이 무너지지 않은 곳으로 대피했다. 헤카테와 제라드가 벌이는 접전을 보며 어떻게든 한 손 보태려고 했지만, 너무 치열한 탓에 그것도 쉽지 않았다.

그러나 초조하게 지켜보던 것이 무색하게도 곧, 승패가 갈리기 시작했다. 명백하게 우위를 차지한 이는 다름 아닌 헤카테였다.

그 모습을 보며 의아해진 지엔은 눈을 가늘게 떴다.

'그토록 강하던 제라드가 헤카테 단 한 사람에게 밀리다니, 어째서?'

그것도 잠시, 그녀는 곧 깨달았다.

제라드가 혼자 힘으로 로아나나 칼리스, 원정대원 전부를 곤경에 빠지게 했을 때는 언제나 짙은 마기 속에서였다.

그의 힘의 근원이 마기에 있다고 했으므로, 마기가 짙은 북부 땅에서 그는 마르지 않은 힘을 가진 것이나 다름없었다.

그러나 이곳은 빛의 신이 강세인 제국의 땅, 그중에서도 가장 큰 신전이 있는 수도.

이제 얼마 안 가 낌새를 알아챈 빛의 사제들이 우르르 몰아닥칠 테고, 그러기도 전에 헤카테가 제 손으로 끝을 낼지도 모른다.

그렇게 생각하던 찰나, 제라드의 몸이 아직 성하던 벽에 처박혔다.

"크흐윽."

작은 신음을 뱉어내며 돌가루 사이로 부스스 몸을 일으킨 그에게 헤카테가 다가갔다. 손안에는 작지만 눈부시도록 환한 빛의 구를 든 채였다.

가까이 다가오는 헤카테를 보면서도 제라드는 피할 생각을 하지 않았다. 오히려 도망칠 의지를 상실한 듯, 가만히 서 있기만 했다.

마침내 제라드의 바로 앞에 멈춰 선 헤카테가 의아한 듯 눈을 찡그렸다.

그가 말했다.

"아무리 형의 출생이 나와 같다지만, 형과 나는 너무나도 다른 길을 걸었지. 내가 계속해서 사용한 신성력이 나를 보다 천족에 기울어진 존재로 만들었듯, 형이 계속해서 사용한 마기가 형을 보다 마족에 가까운 존재로 만들었어."

그 말에 제라드는 여전히 도망갈 생각을 하지 않은 채 미소 지었다.

"네 말이 맞다, 동생아."

"그러면 어째서 도망치지 않고 이 자리에 남아 있는 거지? 이걸 맞는다면 아무리 형이라도 무사하지 못할 텐데."

"방금 네가 정답을 말하지 않았니, 헤카테."

대화를 나누는 두 사람의 모습을 여전히 지켜보던 지엔의 눈이 문득 가늘어졌다.

아까부터 헤카테의 등 뒤에서 간혹 보이는 자줏빛 티끌 같은 것이 거슬렸으나, 마기와 뒤섞인 돌가루 탓에 생긴 착시라고 믿었다.

그러다가 어느 순간, 그게 아니라는 것을 깨달은 지엔이 퍼뜩 외쳤다.

"헤카테! 그 자리에서 피해!"

"네?"

뒤를 돌아보고 아차 한 헤카테가 황급히 몸을 피하려 했지만 이미 늦어 있었다.

갑자기 허공에 나타나 맹렬하게 휘돌던 작은 자줏빛 바퀴 같은 것이 순식간에 몸집을 불리며, 그 안에서 수십 갈래의 팔이 뻗어 나왔다.

팔들의 모양은 다양했다. 털이 뒤숭숭하게 나 있는 녹색, 뱀처럼 매끈한 보라색, 비늘이 우둘투둘하게 돋아난 흰색…… 압도적인 광경 앞에 일순 굳어져 버린 지엔에게 제라드의 목소리가 들려왔다.

"헤카테, 내가 설마 고작 빛의 성물 소재를 파악하는 데 이토록 오랜 시간이 걸렸다고 생각하진 않았겠지? 나는 그렇게 무능하지 않단다."

어느새 입장이 뒤바뀌어 여러 개의 팔에 제압당한 헤카테를 내려다보며 제라드는 흡족하게 웃었다.

그가 노래하듯 읊조렸다.

"우매한 인간들의 시간 개념으로는 결코 이해할 수 없겠지만, 내가 생각하던 것은 늘 지금이 아닌 미래였다. 이 세상에서 인간들을 싹 쓸어 낸다고 해도, 그것들이 살던 더러운 땅에 주인을 그대로 모실 수는 없는 노릇……."

제라드의 입가에 걸린 미소가 더욱 짙어졌다.

"주인을 새로 모시기에는 물론 마족들이 이미 이주해 있는 마계만큼 적절한 곳이 없겠지. 천족의 피가 섞인 몸으로는 마계로 연결되는 문을 여는 것도 어려워, 오랜 시간 노력을 기울여야 했다. 허나 이렇듯, 나는 결국 성공하고 말았지."

그리고 아주 가까이에서 헤카테의 목을 틀어잡으며, 제라드가 속삭였다.

"천족과 한없이 가까워진 지금의 너를 이대로 마계에 던진다면, 과연 마족들은 어떻게 반응할까?"

"그걸 노리고……."

헤카테의 말에도 아랑곳하지 않고 제라드가 다시 말했다.

"지금 보다시피 그들은 너를 갈기갈기 찢고 싶어서 견디질 못하는 것 같구나. 몇백 년 만에 열린 문 앞에 서 있는 게 다른 무엇도 아닌 천족이라니, 당연할 수밖에…… 너무 걱정하지 말렴, 헤카테. 혼자 가게 하진 않겠다."

그가 말을 이었다.

"주인님을 맞이하려면 그들에게도 준비가 필요하겠지…… 나도 너와 함께 마계로 넘어가 나의 환생과 주인의 부활을 알리도록 하겠다. 그러고 나면 다시 인간계로 돌아오느라 바빠서, 네 마지막 모습까지 친히 봐 줄 수 있을지는 모르겠구나, 헤카테."

그때 날아온 외침에 제라드는 말을 멈추었다. 그가 옆을 돌아보자, 어디론가 사라졌다가 어느새 다시 나타난 지엔이 필사적으로 외치고 있었다.

"안 돼, 제라드! 그만둬요!"

그녀가 울 듯한 목소리로 덧붙였다.

"이렇게 부탁할게요."

말은 그렇게 했지만, 제라드는 지엔이 등 뒤에 어디선가 가져온 무기를 숨기고 있음을 어렵지 않게 꿰뚫어 보았다.

아마 어디론가 사라졌던 것은 저 무기를 가져오느라 그랬던 모양이었다. 힘의 차이가 압도적인 이상 도저히 맨몸으로 덤벼들어서는 안 된다는 판단이 섰을 테니.

그리고 그는 가볍게 감탄했다.

'인간의 몸으로도 어쩌면 저리 용감하실까.'

그렇듯, 제 주인이 제게 무기를 들이미는 상황에도 제라드는 전혀 상처받지 않았다.

다만 그는 지엔이 불필요한 힘을 들이지 않도록, 다시 말해 헛수고하지 않도록 어서 '이것'을 그녀의 눈앞에서 치워야겠다고 생각했다.

지엔을 향해 봄바람처럼 부드럽게 미소 지은 제라드가 말했다.

"걱정하지 마십시오, 주인이시여."

"제라드."

잠시나마 지엔의 눈에 떠올랐던 희망은 제라드의 이어진 말에 처참하게 무너졌다.

"오늘이 지나면 이제 저와 당신을 방해할 존재는 지상에 아무도 없을 겁니다. 제가 약속드리지요."

"안 돼! 안 돼……."

제라드가 여전히 팔들에 붙들려 저항하지 못하는 헤카테와 함께 마계 안으로 발을 내딛는 모습을 보며 지엔이 외쳤다.

마계는 검은 구 안과 마찬가지로 하늘은 핏빛이었고, 땅은 보랏빛이었다. 풀포기 하나 없는 황무지 위를 망령처럼 거닐던 기괴한 것들이 약속이라도 한 것처럼 헤카테와 제라드를 일제히 돌아보았다.

그 모습을 보며 지엔이 비명처럼 외쳤다.

"제라드!!"

"얼마 뒤에 뵙겠습니다."

그 외침에도 전혀 아랑곳하지 않은 제라드는 다만 미소 지으며 몸을 숙였다.

그때, 난장판이 된 장내를 뚫고 다시 터져 나오는 외침이 있었다. 이번에는 지엔이 아닌 헤카테였다. 웬만해선 소리 높이지 않는 그가 관례를 깨고 크게 외쳤다.

"발리아 님! 발리아 님, 제 말 들리십니까!"

헤카테는 더 가까이에 있는 지엔 대신 발리아에게 말을 걸었다.

발리아는 처음부터 지금까지 이 사태에 내내 적극적으로 개입하지 않았다. 심지어 그녀의 저택의 반이 이 공격으로 인해 무너졌음에도 그랬다.

그러나 지금 믿을 사람은 그녀밖에 없었기에, 헤카테는 애써 말을 이었다.

"제 형이 이렇게 마음먹고 사고를 쳤으니, 필시 지엔을 마왕의 환생이라고 오해한 무리들이 이곳으로 찾아올 겁니다. 그들은 아마도 지엔을 가두고, 죽이려 할 겁니다."

입술을 깨문 헤카테가 더욱 목소리를 키웠다.

"그들에게 말해 주세요. 저, 빛의 대사제 헤카테의 모든 것을 걸고 지엔은 절대로, 절대로 마왕의 환생이 아니라고! 그녀를 마왕의 환생으로 오해해 죽인다면 다시는 돌이킬 수 없습니다! 그러니 제발……."

말을 잇던 그의 앞에서 바퀴처럼 맹렬하게 휘돌며 자줏빛을 뿜어내던 마계의 입구가 점차 작아져 갔다. 그 틈으로 새어 나오던 목소리 또한 점차 작아졌다.

"제발, 지엔이 마왕의 환생이 아님을 주장해 주십시……."

지엔은 꼼짝없이 그 광경을 바라보았다.

하필이면 헤카테와 수도를 떠나려고 했던 바로 그날, 약속이라도 한 것처럼 제라드가 나타나 헤카테를 마계로 데려가다니.

마계. 지엔은 그 이름을 입속으로 읊어 보았다.

엄연히 이 세계에 속한 검은 구와는 달리, 마계는 완전히 다른 차원이었다. 평범한 인간이 그곳에서 살 수 있을지 없을지는 알 수도 없거니와, 넘어가기 위해서는 반드시 제라드의 도움이 필요했다.

그런데 그는 방금 헤카테와 함께 마계로 사라져 버린 뒤였다.

'뭘 위해서 간다고 했더라?'

굳어 있던 지엔의 머리가 삐거덕거리며 뒤늦게나마 대답을 토해냈다.

'헤카테를 찢어 죽이겠다고 했어.'

그리고 그녀는 돌연 덮쳐 오는 거대한 절망에 다시금 굳어 버렸다.

북부 원정에서 위기야 셀 수도 없이 겪었지만, 아예 다른 세계로 가는 것은 차원이 달랐다. 게다가 이번에는 생환할 가능성이 전혀 없었다.

그렇게 게이트가 사라지고, 반파된 저택 속에서 발리아와 지엔은 한참이나 말없이 우두커니 서 있기만 했다.

발리아가 머뭇거리다가 지엔의 어깨에 손을 얹으려던 그때, 헤레이스가 위층으로 이어진 계단을 타고 부리나케 내려왔다.

그녀가 거친 숨을 몰아쉬며 다그쳤다.

"발리아! 괜찮니, 발리아?! 방금은 대체…… 나도 어서 내려오려고 했지만 너무 흉포한 기운이 주위를 맴돌고 있어서……."

경비대원들이 들이닥친 것은 그때였다.

무례임을 알면서도 시국이 워낙 중대한지라, 문이 아닌 뚫린 벽으로 우르르 들어온 그들은 발리아와 지엔을 보고 다그쳤다.

"이게 도대체 어떻게 된 일입니까? 이곳으로 오는 내내 목격담을 들어 보았지만 영 알 수 없는 말들뿐이라…… 검은 천을 두른 남자가 하늘을 날아와 이곳의 지붕을 날려 버렸다는 것이 사실입니까?"

그들이 굳어진 얼굴로 말을 이었다.

"그의 목적은 대체……."

그러나 영 모르겠다는 말투와는 달리, 시선은 이미 지엔에게로 꽂혀 있었다. 그 순간, 지엔은 찬물에서 끌려 나오듯 번쩍 정신을 차렸다.

'그렇구나, 저 사람은 내가 마왕의 환생이란 소문에 대해 알고 있는 거야.'

그녀는 굳어진 얼굴로 생각을 계속했다.

'그리고 지금 사건으로 그 사실을 확정시키고 가두고 싶겠지…… 나로 인해 수도에 위험한 일이 일어나는 것이 달가울 리 없으니까.'

그들의 입장도 모를 것은 아니지만, 여기에서 순순히 잡혀가 줄 순 없었다. 그랬다간 헤카테의 살신성인이 물거품이 될뿐더러, 지엔을 미끼로 제라드를 잡으려 할 때가 가장 큰 문제였다.

평소라면 자신을 미끼로 제라드를 잡든 말든 별로 개의치 않았겠으나, 헤카테가 그에 의해 마계로 잡혀 들어간 지금은 사정이 달랐다. 고작 헤카테를 되찾기 위해 그가 본거지이자 힘의 근원으로 돌아가는 것을 이들이 허락해 줄 리 없지 않은가?

퍼뜩 고개를 든 지엔은 발리아를 바라보았다.

'내 입으로 내가 마왕의 환생이 아니라고 믿어 봐야 아무 소용 없겠지만, 발리아 님의 말이라면 다르겠지. 헤카테가 옳은 판단을 했어.'

예상치 못한 일이 일어난 것은 그때였다.

아무 표정 없이 두어 번 눈을 깜빡인 발리아가, 마침내 한 걸음 앞으로 나서더니 입을 열었다.

"네, 헤카테 대사제님의 형제라던 제라드라는 자가 방금 이곳에 다녀갔어요. 헤카테 님이 계속 그를 방해하자, 분개한 그는 헤카테 님을 데리고 마계로 떠났어요."

'발리아 님?'

지엔의 굳어진 모습에도 눈 하나 깜짝하지 않은 발리아가 말을 이었다.

"그의 손에 이끌려 마계로 떠나면서, 헤카테 님이 말씀하시더군요. 사실 지엔은 마왕의 환생이다, 그러니 저만이라도 그 사실이 밝혀지지 않도록 숨기면서 지엔을 제라드로부터 보호하라."

그리고 발리아는 조금 슬픈 듯한 표정을 지었다.

"하지만, 저뿐만이 아니라 제국민들, 나아가 온 사람의 목숨이 달렸을지도 모르는 일, 그 부탁을 들어줄 수는 없겠더군요. 그가 어떤 마음으로 그렇게 부탁했는지 모르지 않으면서도."

그러자 잠시 멍해져 있던 경비대원들은 이윽고 기합이 바짝 든 목소리로 외쳤다.

"바, 발리아 님. 아닙니다, 발리아 님! 헤카테 대사제, 그야말로 사사로운 친분에 눈이 멀어 대의를 간과한 자……."

"발리아 님의 지금 행동은 그야말로 정의 그 자체! 죄책감 가지실 필요 조금도 없습니다."

이윽고 지엔에게로 고개를 돌린 그들은 사납게 외쳤다.

"그자를 연행해라!"

우르르 몰려와 등 뒤에 숨기고 있던 쇠창을 빼앗고, 두 팔을 포박하는 손길들에 둘러싸여도 지엔은 정신을 차리지 못했다. 그녀의 멍한 시선은 여전히 발리아에게 꽂혀 있었다.

'발리아 님……? 어째서?'

멍하니 읊조리는 그녀에게 누군가 두건 같은 것을 덮어씌우자 사방이 어두워졌다. 이윽고 목덜미 부근에서 퍼지는 둔한 통증과 함께 의식마저 사라졌다.

*　*　*

황궁 지하의 가장 깊은 곳에는 위험한 대역죄인들을 가두는 지하 감옥이 있었다. 평범한 방법으로는 결코 갈 수 없고, 암호를 아는 이들만이 지나갈 수 있는 마법 통로를 몇 겹이나 지나야 했기에 제국에서 가장 폐쇄적이며 안전한 곳이었다.

단신으로 해냈다고는 도저히 믿을 수 없을 만큼 무서운 위용을 선보인 범죄자들이 힘줄이 끊기고 마력 구속구에 휘감긴 채 감방마다 처박혀 있었다. 그들 대부분은 계속된 고문과 감옥 생활 때문에 끔찍한 몰골이었다.

그러나 가장 최근에 들어온 죄인은 비교적 멀쩡한 외양을 유지하고 있었다. 갈색 머리카락을 길게 늘어트리고 잠들어 있는 그녀에게선 어떠한 고문의 흔적도 보이지 않았고, 의복조차 전혀 해지지 않았다. 심지어 잠들어 있는 그녀의 얼굴은 일견 평화로워 보이기까지 했다.

악명 높은 황성의 격리 감옥에 들어오고도 지나치게 태평한 죄인의 모습에 간수장은 내심 불만을 감추지 못했다.

그는 죄인 맞은편에 의자를 놓고 앉아 있는 벨하르트에게 은밀히 속삭였다.

"전하. 허락만 해 주신다면 제가 당장 저 죄인을 정신이 번쩍 들도록 하겠습니다. 전하께서 손가락만 까딱하셔도 아는 것을 다 털어놓도록……."

그러나 간수장은 벨하르트로부터 싸늘한 시선을 받고 어깨를 흠칫 했다.

벨하르트가 한심하다는 눈으로 그를 보며 말했다.

"그대는 저자의 대체 어디에 중요한 정보를 알고 있을 만한 구석이 보이지."

"……."

그 말을 들은 간수장은 잠든 죄인을 다시 자세히 살폈다. 간수장에게 죄인을 효과적으로 제압하기 위한 정보, 이를테면 그가 사용하는 무기라든가 마법의 종류 따위가 아닌 다른 정보들은 전해지지 않도록 되어 있었다. 간수장이 죄수에게 사감을 갖거나 설득되지 않기 위함이었다.

그러나 이 죄수의 경우에는 '흑마법을 쓸지도 모른다'가 간수장이 전해 들은 전부였다.

'쓰면 썼지, 쓸지도 모른다니? 그런 불명확한 이유로 이 감옥에 저런 자를 들였단 말인가? 이건 이 감옥에 대한 일종의 모욕이다.'

그렇게 생각하던 간수장은 바로 옆의 피 대신 쇳물이 흐를 것 같은 벨하르트를 힐끗 보고 한숨을 푹 내쉬었다.

'뭐, 하지만 전하와 황실에서 하는 일에 대해 따지지 않는 것이 나의 역할이기는 하지.'

그러던 그는 이윽고 날아온 말에 흠칫 놀라며 고개를 들었다.

"내가 저 죄인을 감시할 테니 나가 보아라."

"예, 예? 하지만 전하. 저 죄인, 분명히 흑마법을 쓴다고……."

벨하르트가 죄인을 향해 턱을 까딱했다.

"마력 구속구가 있지 않나."

그의 말에 간수장은 칙칙해진 얼굴로 다시 죄인을 보았다. 과연 죄인에게는 마력 구속구의 역할을 하는 사슬이 한 겹 감겨 있었다. 그러나 이 감옥의 다른 마법사들에 비하면 너무 미미한 제재였다.

'저 죄인이 혹시나 힘을 되찾아 황태자 전하에게 해를 입히기라도 한다면.'

이윽고 떠오른 가정에 턱을 굳힌 간수장은 무거워진 목소리로 말했다.

"허면 마력 구속구를 더 가져와 보강하도록 하겠습니다. 그때까지만 기다려 주신다면 그 후 독대를……."

벨하르트가 딱 잘라 말했다.

"아니. 필요 없다. 혼자 있고 싶으니 나가 봐라."

'어차피 죄인이 있으니 혼자가 아니라 둘이잖습니까.'

속으로 못내 투덜거리면서도 밖으로는 한마디 말도 못 한 간수장은 말없이 몸을 돌려 사라졌다. 차마 멀리 갈 생각은 못 하는 듯, 문 앞을 서성이는 간수장을 작은 창문 틈으로 보던 벨하르트는 다시 고개를 돌렸다.

발치에 구르는 죄인을 내려다보며 그가 중얼거렸다.

"지엔."

죄인의 이름을 입에 담은 그의 금빛 눈이 어둡게 가라앉았다.

"마침내 이렇게 되는군."

그는 의식이 없는 지금의 그녀로서는 결코 듣지 못할 말을 중얼거렸다.

"나는, 너를 처음 보았을 때부터 너를 죽이고 싶었다."

그와 함께 그의 의식은 오랜 기억 속으로 침잠했다.

* * *

벨하르트는 언제나 감정 자체의 필요성에 대해 회의적이었다. 그에게 필요한 것은 그런 자신의 가치관에 동조하거나 증명해 줄 사람이었지, 감정을 갖도록 변화시켜 주겠다거나 설득해 줄 사람이 아니었다. 그러나 그의 주변은 언제나 그런 사람들로 넘쳐났다.

애초에 자신의 지각 범위 바깥에 있는 것이 남들에겐 버젓이 존재한다는 것도 벨하르트에게는 유쾌한 일이 아니었으므로, 그는 마침내 기꺼이 감정을 배우고자 했다.

태어나서 강렬한 감정이라는 것을 느껴 본 적이 없으므로, 벨하르트는 감정을 그와 비슷한 것에 대입하여 이해할 수밖에 없었다. 도저히 거부할 수 없는 것, 이를테면 생존본능에서 우러나온 굶주림이나 아픔 같은.

그것을 위해 홀로 빈민촌으로 갔던 벨하르트는 과연 기대했던 대로 더럽고 굶주리고 당장 내일을 기약하지 못해 악착같이 오늘을 살아내는 이들과 마주치게 되었다.

그러나 오물 사이를 재빠르게 지나가는 작고 더러운 쥐를 보았을 때, 얼마 지나지 않아 뛰쳐나온 아이가 그 쥐를 손으로 우악스레 움켜쥐고 허겁지겁 입에 처넣다가 문득 기척을 느낀 듯 이쪽을 돌아보았을 때.

피로 범벅이 된 입가를 하고서 이쪽을 올려다보는 아이를 보며 벨하르트가 느낀 것은 역겨움뿐이었다. 그 후로 그는 감정을 갖겠다는 생각을 털끝만치도 하지 않게 되었다.

그러나 벨하르트는 지엔을 만났다.

만나고야 말았다.

지엔을 처음 만났던 날에 대해 벨하르트는 거의 모든 것을 기억하고 있었다.

정원에 떨어지던 햇살, 늘 그렇듯 해사하던 칼리스의 미소, 무인에는 어울리지 않는 얌전한 얼굴을 하고 부복하고 있는 나세르의 옆에 한 여자가 있었다.

갈색 머리카락에 갈색 눈, 수도의 대로변에 서서 지나가는 사람들을 살피다 보면 분명히 한 사람쯤은 더 찾아낼 수 있을 듯 평범한 외양.

그럼에도 벨하르트의 내부로부터 솟아오른 '어떤 것'이 지엔으로부터 눈을 떼지 못하게 했다.

그것을 느낀 순간, 그는 그것에 대해 '감정' 따위의 이름을 붙인 다른 이들을 향해 조소할 수밖에 없었다.

고작 '감정'이라고? 이런 것이?

진작부터 이 존재를 알고 있었던 이들은 이에 대해 보다 파괴적인 이름을 붙였어야 맞다.

거부할 수 없이 충동질하는 내면의 불길. 벨하르트는 당장 손을 뻗어 눈앞의 목을 움켜쥐고 싶은 마음을 억눌렀다. 머릿속에는 계속 언젠가 빈민가에서 보았던 광경이 스쳐 지나갔다.

작고 더러운 쥐를 잡아채어 허겁지겁 입 안에 처넣던 아이의 모습. 벨하르트는 그만 실소할 뻔했다.

'내가 지금 그 아이와 다를 바가 무언가.'

그 덕분에 그나마 화를 억누를 수 있었다. 그러지 않았다면 벨하르트는 지엔을 처음 보았던 그 날, 황태자가 광증을 일으킨다는 의심을 받았을지도 몰랐다.

제국의 유일무이한 지위가 위태로워지는 것은 달갑지 않았다. 그것도 고작 주인을 따라 갓 상경한 하녀 하나 때문에.

'최대한 은밀히 처리해야 한다.'

그다음부터 그는 그림자단을 동원하는 방법을 강구했다. 전에는 황제의 사람이 제법 있었던 그림자단은 벨하르트가 성인이 되고부터 점차 물갈이되어 이제는 대부분 그의 사람들로 채워져 있었다. 하녀 하나를 누명을 씌워 죽이거나 사고사 처리하는 것 따위는 눈 감고도 할 수 있었다.

그러나 벨하르트가 몇 번이나 흔들렸음에도 그런 방법을 쓰지 못한 이유는 간단했다.

어떻게든 지엔의 신병을 손에 넣고 싶었다. 그래서 그녀를 자기 손으로 죽이고 싶었다. 남의 손을 빌리지 않고.

지엔의 주인인 나세르는 지엔이 무슨 실수를 한다고 해도, 설령 그의 목숨을 위태롭게 한다고 해도 그녀를 책잡거나 그녀를 처분할 생각이 전혀 없는 것 같았다.

'고작 평범한 하녀에게 저렇게까지. 이해할 수 없는 일이군.'

자신 또한 평범한 하녀에게 이유 없이 그러하고 있다는 것은 생각지 못한 채, 그렇게 생각하던 벨하르트는 없는 시간이나마 쪼개어 지엔을 미행하고, 그림자단에게 지엔의 위치나 수상한 행동을 종종 알릴 것을 명했다. 단원 하나를 황궁 시녀로 잠입시키기까지 할 정도로 벨하르트는 집요했다.

마침내 지엔이 루디나토 공작가 바깥으로 공작가의 마차를 타지 않고 외출했을 때, 벨하르트는 이번에야말로 기회가 왔다고 생각했다.

그러나 아쉽게 끼어든 수상한 자가 일을 망쳤다. 벨하르트는 지나간 일에 대해 잘 후회하지 않는 성정이었으나, 그날만큼은 어린 날 치기 어린 마음에 그를 빛의 신전 지하에서 풀어 주었던 것을 후회했다.

그럼에도 기회는 다시 한 번 찾아왔다. 그 하녀는 사냥 대회 도중 마물들이 깔린 숲에 술에 취해 기어들어 오는 어처구니없는 짓을 저질렀고, 그 과정에서 그녀가 마물 토벌에 유리한 힘을 가졌다는 것이 밝혀졌다.

그녀를 아무런 반발 없이 사지에 데리고 갈 기회가 생겼음에도 벨하르트는 별로 기쁘지 않았다.

'그녀를 죽이는 건 나여야 한다.'

마물들에게 그 기회를 뺏긴다고 생각하면 기분이 몹시 좋지 않았다. 벨하르트는 몇 번이나 원정에서 틈을 타 지엔을 죽이려 하였다. 그러나 결국은 아무것도 하지 못하고 돌아오고 말았다.

심지어 나세르가 떠나고 지엔과 단둘이 남게 되었을 때조차.

그리고 지금 또한.

벨하르트는 마침내 온전히 자신의 수중에 떨어진 지엔을 내려다보았다. 마력 구속구에 묶여, 허가받지 않은 이는 누구도 찾아올 수 없는 감옥에 갇혀서도 찡그린 표정 한 번 짓지 않고 곤히 자는 그녀를 보던 벨하르트가 중얼거렸다.

"그런데 왜……."

죽일 수가 없을까.

벨하르트는 무릎 위에 팔꿈치를 올리고 턱을 괴었다.

손에 입을 묻은 그가 시선을 내리깔아 지엔을 물끄러미 보며 다시 중얼거렸다.

"도대체 왜."

누군가의 삶으로 인해 기뻐졌던 적도 별로 없건만, 누군가의 죽음을 상상하는 것이 이토록 불쾌했던 적은 더더욱 없었다.

심지어 지금 그녀를 죽이는 것은 자신의 잇속만을 채우기 위함이 아니라 이 제국을 위해, 나아가 온 대륙의 평화를 위해 필요한 일임에도 불구하고.

그녀가 마왕의 환생이 아닐 가능성은 여전히 있다. 그럼에도 불구하고, 그녀의 목숨은 그녀가 마왕일지도 '모른다'는 가정을 무시하고 지키기에는 너무나 하찮은 것이었다.

벨하르트는 언제나 세상의 모든 것을 그런 식으로 이해했다. 가치의 무게. 심지어 눈으로 볼 수 없는 것에도 언제나 그렇게 가치를 매기고 비교했다.

문득 손끝을 움찔한 벨하르트는 최면에라도 걸린 사람처럼 천천히 손을 움직여 검 손잡이 위에 얹었다. 시선은 여전히 지엔을 향한 채였다.

그러나 그는 여전히 그 상태로 조금도 움직이지 못했다.

그는 알지 못했다. 발리아를 자신의 목적을 위해 이용하기로 결심한 그 순간에야말로, 지엔을 향한 사랑이 그의 심장에 화인처럼 낙인찍혔다는 것을.

그때 갑자기, 지엔이 반짝 눈을 떴다.

"……."

어리둥절하게 주변을 둘러보던 지엔은 사방을 빼곡 메운 음침한 회색 벽돌과 벽에 붙어 타오르는 횃불, 육중한 쇠문과 쇠문에 달린 아주 작은 창을 보고 미간을 좁혔다.

기절하기 직전에 있었던 일을 생각해 보면 상황은 뻔했다. 자신은 발리아의 폭로로 인해 마왕의 환생이라 낙인찍혀 이곳 감옥까지 끌려온 것이다.

그렇다고 해도 도망자들의 마을에서 자신을 당장 죽이지 않고 가둬 두었던 것만큼이나 이 상황도 의외이긴 마찬가지였다. 지엔은 고개를 기울였다.

'제라드가 언제 돌아올지 모르니 당장 죽일 거라고 생각했는데, 그러지 않은 건 공개 처형을 하기 위해서인가? 모두가 보는 앞에서 나를 죽여서 사람들을 안심시키려고?'

하지만 그런 짓을 했다가는 자극받은 제라드가 당장 마수들을 이끌고 처형장을 덮칠 거란 건 황가 사람들도 잘 알고 있을 것이다. 그들은 바보가 아니니까.

'그럼 왜 날 아직까지 살려 둔 거지?'

다시 의아해하던 지엔은 문득 쇠문 앞을 지키듯 앉아 있는 한 인영을 보고 미간을 좁혔다.

처음에는 시야가 워낙 어두워 알아보지 못했지만, 천천히 살피자 바로 알 수 있었다. 저런 우월한 태를 두고 바로 알아보지 못하는 쪽이 이상했다.

'벨하르트 황태자.'

그는 여전히 눈을 내리깐 채 특유의 감정 없는 얼굴로 지엔을 내려다보고 있었다.

'저 사람은 왜 여기에 있대?'

횃불 그림자가 일렁이는 금속성의 눈을 보며 그렇게 생각하는 것도 잠시, 지엔의 몸이 곧 뻣뻣하게 굳어졌다.

그도 그럴 게, 현생에 미루어 보면 어서 사형시켜야 할 죄인을 황태자가 친히 방문까지 해야 할 필요는 어디에도 없었다. 그러나 전생을 두고 생각해 보면 답은 몹시 간단해졌다.

전생에 지엔이 직접 데리고 오고, 가장 신경 쓴 여인이 바로 두 번째 여인이라면, 제 입으로 지엔을 사랑한다고 말하고 실제로도 가장 오랜 기간 변치 않는 마음으로 대한 것은 세 번째 여인이었다. 바로 벨하르트의 전생.

보답받지 못한 사랑으로 끝끝내 지치고, 이어 미쳐 가기까지 하던 모습. 항상 따뜻하던 눈 안이 점차 증오로 잠식되어 가던 그녀의 모습을 지엔은 전생의 기억 속에서 똑똑히 보았다.

'어쩌면 세 여인 중 나를 가장 증오하는 건 두 번째 여인보다도 그녀였을 수도 있어. 그러니 그녀의 환생인 벨하르트의 나에 대한 악감정 또한 나세르 님에 못지않을 거야. 그나마 나세르 님은 본인 성격이 온건하기라도 하지, 벨하르트 님은 있던 심장마저 뽑은 상황…….'

지엔은 얼굴을 굳힌 채 생각을 계속했다.

'그렇다면 그가 나에게 찾아온 이유는 당연히 단 하나. 어떻게 하면 나를 더 고통스럽게 죽일 수 있을지 고민하고 있는 거야!'

마침내 그렇게 결론 내린 지엔은 각오한 눈빛으로 벨하르트를 바라보았다.

그것도 잠시, 점차 그녀의 얼굴에 당황이 번져 가기 시작했다. 그도 그럴 게, 이쪽을 내려다보는 벨하르트의 두 눈에는 초점이 없었다.

지엔이 알기로 벨하르트는 언제나 마음의 여유가 있기는커녕, 다소 강박적으로 보일 만큼 시간 관리에 철저했다. 그런데 난데없이 죄수를 앞에 두고 얼타는 모습이라니.

눈을 깜빡이던 지엔은 이윽고 용기 있게 말했다.

"저, 저기요."

"왜 부르지."

"헉, 깜짝이야. 진짜 살아 있잖아?"

마력 구속구에 두 손이 묶인 채로 애벌레처럼 주춤주춤 뒤로 물러나는 지엔을 보던 벨하르트의 눈빛이 어처구니없다는 듯 변했다.

그것도 잠시, 그는 다시금 가라앉은 눈빛으로 생각했다.

'나는 왜 이 한심한 자를 죽이는 것을 망설이고 있는 걸까.'

마치 단단하게 봉인된 상자를 든 채, 절벽에 서서 떨어뜨릴지 말지 고민하는 듯한 기분이었다.

이 상자 안에 자신이 지금까지 단 한 번도 본 적이 없는 어떤 특별한 것이 담겨 있다는 것은 알고 있지만, 상자는 평범한 방법으로는 도무지 열리지 않았다.

하여 그는 마침내 거추장스럽기만 한 그 상자를 절벽 아래 내던지기로 한 것이다.

까마득한 절벽 아래서야 비로소 상자가 열리며 안의 내용물이 쏟아져 나오든 말든, 그것은 그의 알 바가 아니었다. 어차피 지금까지 없이 살아왔으니 앞으로도 없이 살 수 있을 터였다.

분명 그러할 텐데.

새삼 절벽 앞에 선 지금, 어째서 다시 망설이게 되는 걸까? 지금 이 상자를 버려 버리면, 이 안에 있는 것을 알 기회가 영영 다시 찾아오지 않으리라는 아쉬움? 불안감? 그런 감정들이야말로 자신과는 하등 어울리지 않는 것일 텐데.

그런 생각에 휩싸인 벨하르트는 여전히 검 손잡이 위에 얹은 손을 움직이지 못했다. 지엔이 여전히 의아한 눈으로 그를 올려다보며 묻는 그때였다.

"저기요?"

그때, 갑자기 쾅 하는 소리와 함께 지축이 흔들렸다. 자리에서 벌떡 일어난 벨하르트가 지엔에게 손을 내밀어 그녀의 어깨를 감쌌다. 아주 짧은 순간, 당황이 담긴 둘의 시선이 교차했다.

이윽고 아무 일 없었다는 듯 다시 손을 떼어낸 그가 문밖의 간수장에게 외쳤다.

"이게 어찌 된 일이지? 내부에서 일어난 폭발인가, 외부에서 일어난 폭발인가?"

지엔은 여전히 믿을 수 없다는 표정으로 벨하르트를 보고 있었다. 밖에서 간수장의 말소리가 들려왔다.

"저도 아직 눈으로 확인하지 못해 확신할 수는 없으나, 이곳은 외부와는 격리된 공간이니만큼 내부에서 일어난 듯합니다! ……전하, 무슨 일이 일어날지 모르니 어서 나가셔야 합니다!"

그러자 벨하르트가 지엔을 차갑게 타오르는 눈으로 노려보며 말했다.

"이 자를 노리고 온 누군가의 소행일 수도 있으니 나는 여기에 남겠다. 만약 그럴 경우, 나는 이자를 죽이고 감옥 바깥으로 나가겠다."

"그런……! 그자가 그렇게 중요한 자란 말입니까?!"

믿을 수 없다는 듯이 말하며 허둥대던 간수장은 결국, 간수 몇몇을 불러 문 앞을 지키게 하고 떠났다. 날카로운 눈으로 문밖을 노려보던 벨하르트는 다시 문 앞에 기대어 섰다.

여전히 바닥에 주저앉아 있는 지엔과 시선이 마주치자, 그가 말했다.

"지금 폭발을 일으킨 것이 제라드이건 아니건 간에, 너는 죽을 것이다."

"아, 네."

그 정도야 이미 알고 있던 사실이었기에 지엔은 태연하게 답했다. 그런데 벨하르트는 무언가 마음에 안 드는 듯 미간을 찌푸리며 지엔을 빤히 노려보았다.

"너는 언제가 되든 곧 죽을 것이다."

"네, 알아요."

지엔은 되레 제 쪽에서 그런 벨하르트를 이해 안 된다는 눈빛으로 쳐다보았다. 두 번씩이나 같은 말을 할 필요는 없을 텐데, 불필요한 말은 하지도 않을 것 같은 사람이 저러니까 조금 이상했다.

'아까 나를 감싼 것도 그렇고…….'

그때, 지엔의 뒤에서 갑자기 불쑥 뻗어 나온 손이 그녀를 잡고 끌어당겼다. 뒤를 돌아본 그녀는 사람 그림자는커녕 아무것도 없는 벽에서 두 팔만 튀어나온 모습을 보고 기겁했다.

이대로 벽 안으로 끌려들어 가는가 싶었으나 다행히 그녀의 몸에 감긴 쇠사슬이 벽을 튕겨 냈다. 그때를 기다려 어느새 뽑힌 벨하르트의 검이 정체불명의 팔을 향해 쇄도했다. 자칫 잘못하면 이 감옥을 외부와 격리하는 마법이 우그러질 위험이 있어 마나를 사용하지는 못했지만, 검으로 공격하는 것은 얼마든지 가능했다.

그때 방정맞은 목소리가 벨하르트의 귓가에 날아왔다.

"와, 잠깐, 잠깐. 벨! 나야."

우뚝 검을 멈춘 벨하르트는 이내 마뜩잖은 기색으로 팔을 내렸다. 여전히 검을 집어넣지 않은 그가 벽을 노려보며 말했다.

"모습을 드러낼 거면 제대로 드러내라."

벽에 강하게 부딪힌 어깨를 문지르던 지엔 또한 얼떨떨한 표정으로 뒤를 보았다. 그런 그들 눈앞에 마침내 훤칠한 인영이 벽 속에서 쑥 튀어나왔다.

"나야, 지엔아! 그리고 벨."

도대체 무얼 하다가 온 건지, 흙투성이가 된 보라색 머리카락을 전혀 아랑곳하지 않고 쓸어 넘긴 칼리스가 평소와 같이 자신만만하게 말했다.

"벨, 이 감옥 설계한 마법사 바꿔야겠더라. 틀림없이 그 마법사보다는 내가 훨씬 머리 좋아. 그래서 말인데, 보수는 얼마가 좋을까?"

천연덕스러운 표정의 그를 보며 벨하르트는 미간을 찌푸렸다. 이 마법 감옥은 단 한 사람의 마법사가 설계한 것이 아니라, 제국의 내로라하는 마법사들 수 명이 머리를 맞대고 설계해 낸 것이었다. 그것을 지엔이 감옥에 갇힌 지 고작 3일 새에 뚫어 낸 칼리스의 재능은 확실히 놀라웠으나…….

그 대단한 재능을 나라에는 전혀 도움 안 되는 방향으로만 쓰고 있는 사촌 형제를 향해 벨하르트는 인상을 찌푸려 보였다. 그리고 그는 칼리스의 뒤를 향해 다시 말했다.

"그쪽도 모습을 드러내라."

칼리스가 이 시점에 나타난 상황에서, 바깥의 폭발이 무엇을 위한 것인지는 자명해졌다. 제라드의 침입 따위는 애초에 걱정할 필요가 없었다.

과연, 벽 속에서 나타난 또 한 사람이 가볍게 고개를 숙였다. 칼리스처럼 흙투성이가 되었음에도 빛을 잃지 않은 백금발이 감옥 속에서도 선연했다.

"황태자 전하를 뵙습니다."

그 모습을 넋 놓고 지켜보던 지엔이 마침내 외쳤다.

"나세르 님? 나세르 님이 여기는 왜……."

그러다 말고 정신을 차린 그녀는 황급히 입을 다물었다. 그녀가 낭패라는 표정을 지으며 생각했다.

'미치겠다. 칼리스 님이 날 구하러 오신 거야 그럴 수 있다고 생

각했는데, 나세르 님마저 오실 줄이야. 앞으로 다시는 말도 섞지 않겠다고 했는데도 너무 놀란 나머지.'

그런 지엔을 의미 모를 눈빛으로 물끄러미 바라보던 나세르는 다시 벨하르트를 보았다.

칼리스와 나세르, 두 사람을 번갈아 본 벨하르트가 얼굴을 찌푸리며 쏘아붙였다.

"황족과 북부 원정의 최고 공로자가 마왕의 환생을 구하겠다고 감옥에 침입하다니…… 이 사실을 제국민들이 알면 기함하겠군. 그대들이 정녕 제정신인가?"

"바로 그 때문에 내가 여기 온 거야, 벨. 이 일에서 내 역할은 단지 감옥의 마법을 파훼하는 것만이 아니야."

미안해하기는커녕, 달짝지근하기까지 한 칼리스의 목소리에 벨하르트가 미간을 좁히며 물었다.

"무슨 뜻이지?"

아무 생각 없어 보이는 얼굴로 씩 웃은 칼리스가 대꾸했다.

"황족인 내가 이런 짓을 했다는 것이 밝혀지면, 묶여서 지탄의 대상이 되는 건 황가 전체겠지?"

"하……."

"그러니 일을 키울 생각은 하지 않는 게 좋을 거야, 벨."

이 소란이 일어났는데도 아무것도 모르는 듯 바깥에 서 있는 경비원들을 눈짓한 칼리스가 말했다.

"지금은 내가 마법으로 저들을 차단하고 있지만, 내 마법이 사라진다면 곤란해지는 사람은 나뿐만이 아닐 테지?"

"……."

아무 말 없이 인상을 찌푸리던 그의 시선이 이번에는 나세르에게 닿았다. 잠시 침묵하던 그가 입을 열었다.

"그건…… 빛의 신전에서 하사한 '순백의 가호'와 '순백의 영광'이로군."

"그렇습니다."

어두운 와중에도 나세르의 검은 기이하리만치 흰빛을 뿜어내고 있었다. 뿐만 아니었다. 거적데기 같은 로브 안에 받쳐 입은 갑옷에도 흰빛이 감돌았다. 빛의 성물들만은 못하지만, 그 물건들 역시 어느 정도의 신성력을 가진 탓이었다.

벨하르트가 여전히 찌푸린 얼굴로 말했다.

"그 물건들을 가지고 마왕의 환생을 돕는 것이 정녕 부끄럽지도 않나."

나세르는 눈 하나 깜짝하지 않고 대답했다.

"저는 지엔이 마왕의 환생이 아니란 걸 믿습니다. 허나 마왕의 환생이더라도 상관은 없습니다."

그가 담담하게 말을 맺었다.

"저는 지엔이 저보다 먼저 죽지 않도록 지켜 주겠다고, 또 그녀가 다시는 저 없이 위험한 곳을 홀로 헤매지 않게 하겠다고 약속했습니다. 단지 그 약속들을 지키려는 것뿐입니다."

그 말에 지엔은 얼굴을 일그러뜨리며 생각했다.

'그 약속은 북부 원정 때만 유효했던 것이잖아요. 여기는 더 이상 북부가 아니고, 저를 위협하는 적은 마물이 아니라 제국이니, 나세

르 님이 그 약속을 지켜야 할 이유는 어디에도 없을 텐데.'

그러나 나세르는 지엔의 일그러진 얼굴을 결코 보려 하지 않았다. 다만 그녀가 실망하는 것이 두렵다는 듯, 자신을 향한 벨하르트의 시선을 피하지 않고 묵묵히 마주 보았다.

그를 물끄러미 보던 벨하르트가 다시 말했다.

"그대는 나나 같은 황족인 칼리스와는 상황이 달라. 게다가 그대가 지엔이 도망치는 내내 동행하겠다면, 그대는 물론 브리지트 백작가 전체를 대상으로 포고령이 내려질지도 모른다."

"그거라면 걱정하지 마십시오. 이미 조치를 취해 두었으니, 브리지트 백작가는 제가 아닌 당신들의 편에 설 것입니다."

지엔이 불쑥 끼어든 것은 그때였다. 지금까지는 잠자코 듣고 있던 그녀가 무척 흔들리는 목소리로 나세르에게 물었다.

"공자님, 그게 무슨 소리예요? 브리지트 백작가가 공자님을 적대한다니?"

"지엔, 아직도 쇠사슬에 묶여 있군. 풀어 주겠다."

아무렇지 않게 자신의 몸에 묶인 쇠사슬을 풀어내는 나세르를 보며 그녀가 다시 외쳤다.

"아니, 이게 중요한 게 아니잖아요! 공자님, 도대체 무슨 조치를 해 두었기에……."

"전보를 보내 두었다."

"전보라니요. 도대체 무슨 내용의……."

그들의 공방을 보고만 있던 칼리스가 불쑥 끼어들었다. 그가 지엔을 바라보며 말했다.

"못난아, 지금 그게 중요한 게 아니야. 이 틈에 여기에서 나가지 못하면 너는 죽어. 간수장이 이상한 낌새를 눈치채고 돌아오기 전에 서둘러야 해."

"하지만."

지엔은 차마 말을 맺지 못하고 거세게 흔들리는 눈으로 나세르만 올려다보았다.

'하지만, 나세르 님은 전생에도 나 때문에…… 가족들을 잃어야 했단 말이야.'

한편, 절망으로 까맣게 물든 지엔의 눈을 보고 그녀가 대화할 상태가 아니란 것을 알아차린 칼리스는 벨하르트를 돌아보았다. 그가 다시 말했다.

"이봐, 벨. 우리가 북부에서 쓰고 남은 텔레포트가 깃든 마석을 쓰면 혹시나 황궁이나 마탑에 동조자가 있다는 말이 나올까 봐, 창고에 들르긴 했지만 가져오진 않았어. 대신 쓸만한 것만 몇 개 챙겼지."

며칠 전 마지막으로 보았던 것과는 비교도 안 되게 두툼해진 지엔의 짐가방을 들었다 내린 칼리스가 다시 벨하르트를 향해 말했다.

"그러니 적통 황손만 알고 있는 비밀 통로를 알려 줘. 분명히 있지? 황궁에서 성 밖으로 한 번에 나갈 수 있는 비밀 통로. 마법으로 된 것이든 무엇이든 간에."

"이 감옥은 물론 또 다른 기밀 장소라고 할 수 있는 황궁의 마법 창고까지 침입한 주제에 참으로 당당하군."

"뭘, 빛의 신전에 침입해서 봉인 중인 빛의 검과 빛의 지팡이를 가져오지 않은 것을 감사히 여겨. 그러려다가 아무리 그래도 정도는 있다 싶어 참았으니까."

"……."

어처구니없다는 듯 얼굴을 찡그린 벨하르트가 무언가를 고민하는 표정을 지었다. 그에 바깥을 가리킨 칼리스가 재촉했다.

"빨리. 이 감옥에 갇힌 죄인들이 보통이 아닌 만큼 간수들 역시 하나같이 수준이 높은 게 느껴져. 내 마법을 알아채기까지 그리 오래 걸리진 않을 거야."

지엔은 당연히 벨하르트가 비밀 통로를 가르쳐 줄 리 없다고 생각했다. 그도 그럴 게, 방금까지만 해도 검 손잡이에 손가락을 얹고 지엔을 당장 베어 죽일지 말지 고민하는 눈빛으로 쳐다보던 그가 아닌가. 죽인다는 말도 두 번이나 했었다.

그런데, 한 손으로 이마를 감싸고 있던 그는 이윽고 손을 내리며 칼리스를 향해 물었다.

"……비밀 통로를 가르쳐 주고 나면, 나는 어떻게 되지?"

"걱정하지 마. 우리에게 협력했다는 혐의를 확실히 제거하기 위해 결코 적지 않은 폭발을 일으켜 줄 테니."

미간을 좁힌 벨하르트가 말도 안 된다는 듯 내뱉었다.

"미쳤군."

그러나 막상 말도 안 된다는 표정과는 달리 그는 결코 당장 죄인을 두고 꺼지란 말은 내뱉지 않았다. 대체 왜? 지엔의 눈이 크게 흔들렸다.

그 모습을 보며 어쩔 수 없다는 듯 가만히 눈을 내리감은 벨하르트가 중얼거렸다.

'결국…….'

그가 아래로 떨어뜨린 두 손을 세게 쥐었다.

'결국 이렇게 되는군.'

그녀를 처음 보았을 때부터 그녀가 자신에게 해를 끼치리란 것을 알았다. 지금은 아주 미약한 불씨와도 같아 보이는 그녀를 방치한다면 언젠가 온 산을 삼켜 버릴 큰불로 되돌아오리라는 것을 알았다. 그럼에도 다음에, 다음에를 말하며 끝내 유예한 결과가 이것이었다.

'단지 손을 뻗기만 하면 되도록 도와준 자까지 있었거늘.'

다가온 제국과 온 인간의 위기 앞에도 그는 결코 눈앞의 이자를 죽이지 못한다. 뼈 아픈 성찰이 그의 가슴을 꿰뚫었다.

옆에서 지엔이 불안한 것처럼 그를 불렀다.

"전하?"

그 말은 차라리 지금 자신을 죽여 달라고 애원하는 것처럼 들리기도 했다. 아니, 결과가 어떻게 되든 간에 자신을 제발 나세르와 함께 보내진 말라고.

그러나 벨하르트는 계속 눈을 감은 채 입을 열지 못했다. 그런 그의 마음을 읽은 것처럼 칼리스가 말했다.

"내 부탁 들어줄 거지? 그렇지, 벨?"

"……."

"네가 정말 네가 내린 결론에 따라 지엔을 죽이기로 했었더라면 우리가 오기도 전에 진작 죽였었겠지. 그리고 그 시체를 이용해 제라드를 도발했을 거야."

"……."

"벨, 나는 결코 네 생각처럼 너에 대해 모르지 않아."

칼리스가 짐짓 부드러운 말투로 말을 이었다.

"네가 지엔에 대해 이제까지는 한 번도 느껴 보지 못한 어떤 감정을 느꼈다는 건 예전부터 알고 있었어. 어쩌면 이 상황이 아니었다면, 조금 더 시간이 있었다면 다르게 변할 수도 있었던 감정이지. 하지만 상황이 이렇게 되어 버렸으니……."

그가 괴로운 듯 한쪽 눈을 찡그리며 다시 말했다.

"그래도 우리 셋이 원하는 건 같아. 우리가 원하는 건 지엔이 살아남는 거야. 모두가 그녀가 마왕의 환생라고 믿는 이런 상황에서도 말이야. 물론 그녀를 죽이는 것이 사람들의 두려움을 잠재울 가장 쉬운 방법이겠지만, 그 외에도 방법이 없는 건 아니야……."

그가 목소리를 낮추어 의미심장하게 덧붙였다.

"지엔이 달아나 있는 동안 제라드를 죽이면 되니까. 쉬운 일이지. 안 그래?"

"……."

"네 손으로 지엔을 죽이는 것보다는."

벨하르트는 여전히 고개를 숙인 채 아무런 말이 없었다. 그 모습에 지엔은 좌절하면서도 어떤 면에서는 내심 안도했다.

그 모습을 보던 칼리스가 초조한 듯이 말했다.

"벨, 너도 실은 지엔이 마왕의 환생이라고는 믿지 않는다는 걸 알

아. 하지만 바깥에서 겁에 질린 군중들은 지엔을 하루빨리 처형하기를 탄원하고 있어. 설령 나중에 가서 지엔의 결백이 밝혀진다고 하더라도 그때는 아무 의미 없어. 영혼마저 이미 사라져 버리고 난 뒤일 테니까."

"……."

"자, 그러니까 벨. 비밀 통로가 어디 있는지를 말해. 이제 정말 시간이 없어."

그때였다. 챙그랑, 소리와 함께 벨하르트의 손에서 검이 떨어졌다.

'혹시 무기를 버림으로써 방심을 사려는 의도인가?'

지엔은 믿을 수 없다는 듯이 벨하르트를 살폈지만 그는 고개를 떨어뜨린 채로 한참 말이 없었다.

그러더니 이윽고 그 아래에서 목소리가 흘러나왔다.

"……가르쳐 주고 나면 나는 어떻게 되지?"

잠시 멍하니 있던 칼리스의 얼굴이 이윽고 환해졌다. 그가 검지를 들며 명쾌하게 말했다.

"걱정 마, 벨! 우리에게 협력했다는 혐의를 확실히 없애기 위해 결코 적지 않은 폭발을 일으켜 줄 테니."

벨하르트가 눈살을 찌푸리며 답했다.

"미쳤군."

그러나 그는 여전히 안 된다는 말은 하지 않았다. 한숨을 내쉬며 무거운 청동빛 머리카락을 쓸어넘긴 그가 말했다.

"'배움의 방'에 딸린 서재의 책상 서랍 중 위에서 두 번째. 서랍을 완전히 빼냈다가 다시 넣으면 비밀 통로가 열린다. 비밀 통로가 열리는 곳은 벽난로 뒤다."

나세르와 지엔이 여전히 믿을 수 없다는 눈으로 그를 보았다. 그 가운데, 당장 둘의 팔을 잡으며 돌아선 칼리스가 크게 외쳤다.

"정말 고마워, 벨! 대가로 이 감옥을 터트려 줄게!"

"이 망할……."

벨하르트의 욕이 뒤이어 터진 폭음에 묻혔다. 설마 떠난 직후에 바로 그럴 거라고는 아무리 그라도 예상치 못한 모양이었다. 그가 입에 욕설을 담는 것을 난생처음 들은 지엔은 눈을 크게 떴다. 그러나 곧 나세르와 칼리스의 재촉에 못 이겨 걸음을 옮겼다.

지엔이 두 사람이 아까 나왔던 벽으로 걸음을 옮기자, 그녀의 몸이 자연스럽게 벽을 통과했다.

그 안에는 상상치도 못한 광경이 펼쳐져 있었다. 바닥도 보이지 않는 검은 공간 속에 안이 훤히 들여다보이는 갈색 상자들이 둥둥 떠다녔다.

그것들은 거리가 멀어서 갈색 상자처럼 보였을 뿐, 자세히 보니 하나하나가 죄수들이 들어 있는 감방이었다. 그제야 지엔은 칼리스와 나세르가 이 많은 감방 중에 어떻게 자신이 있는 감방을 정확히 찾아왔는지 알 수 있었다.

감방 외에는 아무것도 보이지 않는 어둠 속에서도 칼리스는 거침없이 걸음을 옮겼다. 간혹 제자리에 멈추어 서서 뭔가를 중얼대다가도, 또 휙 방향을 바꾸더니 다시 걸음을 옮겼다. 그러기를 한참, 마침내 그들의 앞에 빛나는 통로 하나가 나타났다.

"헉."

통로 바깥으로 나오자마자 풀숲 가득한 정원이 모습을 드러냈다. 어딘지 익숙한 정원이라고 지엔이 생각하기가 무섭게, 그들에게 소리를 낮추라고 지시한 칼리스가 몸을 낮추고 조심스럽게 걸음을 옮겼다.

걸음을 옮길수록 가까워지는 건물의 모습에 지엔은 생각했다.

'여기는 제3궁이잖아.'

기이하게도 궁의 안과 바깥에는 아무도 없었다. 마치 망조가 든 나라처럼, 근위병들은 모두 자리를 비웠고 간혹 시녀들만이 복도 곳곳에서 수군대었다. '마왕…….', '지엔이…….' 따위의 얘기가 툭 툭 솟아올라 지엔의 귀에 닿았다.

칼리스가 속삭였다.

"근위병이 있었으면 곤란할 뻔했는데, 잘 됐어. 투명 마법을 써도 기척을 들키지 않을 테니까."

"칼 님, 그보다도, 황궁에서 마법을 써도 괜찮으세요?"

문득 언젠가 그에게서 들었던 말을 떠올린 지엔이 묻자, 그는 아무렇지 않은 표정으로 어깨를 으쓱했다.

"당연하지. 내가 괜히 천재겠어?"

그러나 지엔은 그가 뒤집어쓴 로브 밑으로 하얗게 질린 그의 손이 파르르 떨리는 것을 보았다. 지엔의 얼굴이 조금 어두워진 사이, 그들은 마침내 벨하르트가 말한 '배움의 방'에 당도했다.

한때 지엔이 제3궁에 배정되어 쓸고 닦았던 바로 그 방이었다.

'여기에 대대로 적통 황손에게만 내려오는 비밀 통로 같은 게 숨겨져 있을 줄은 몰랐네.'

지엔이 그 안을 둘러보며 묘한 표정을 짓는 사이, 칼리스가 직접 서랍을 빼내었다가 다시 집어넣었다.

벽난로 뒤의 벽이 기다렸다는 듯 사라지는 모습을 보며 칼리스가 안도의 한숨을 내쉬었다.

"휴."

그리고 그는 나세르와 지엔을 차례로 그곳으로 들어가게 했다.

마지막으로 몸을 굽힌 그가 그들과 시선을 맞추며 말했다.

"지엔아, 목석. 마지막으로 말하는 거지만, 정말로 내 걱정 따위는 할 필요 없어. 내가 한 일이 들킬 리는 없거니와, 설령 들킨다고 해도 황실에서는 공개적으로 날 어쩌지 못해. 무엇보다도 날 걱정하는 건 벨과 로아나를 걱정하는 것 다음으로 쓸모없는 일인 거, 알지?"

"칼리스 님."

지엔은 떨리는 눈으로 그를 보다가 결국 참지 못하고 두 팔로 그의 목을 꽉 껴안았다. 그러자 그는 잠시 놀라는 듯하다가도, 이윽고 애틋한 표정을 지으며 그녀의 등을 떠밀었다.

"어서 가야지. 갈 길이 멀어. 추격대가 출발하기 전에 조금이라도 더 수도에서 멀어져야지."

"네, 칼리스 님. 그럴게요. 감사합니다……."

울 것 같은 얼굴로 입술을 꽉 깨무는 지엔을 부드러운 눈길으로 내려다보던 칼리스가 문득 소리를 낮추어 속삭였다.

"참, 네 짐가방에 있는 물건 중 하나, 왜 여기 있는지는 모르겠지만 그대로 넣어 두었어. 나중에 확인해 봐."

"네?"

의아한 표정을 짓는 지엔을 내버려 두고, 그가 이번에는 나세르를 돌아보았다. 애틋한 표정을 지었던 게 언제냐는 듯, 얄밉게 히죽 웃은 그가 말했다.

"네 걱정은 하지 않아도 되겠지? 널 걱정하는 건 벨과 로아나, 나를 걱정하는 것 다음으로 쓸모없는 일일 테니."

나세르 또한 눈 하나 깜짝하지 않고 대답했다.

"내 무사를 빌 몫까지 더해서 지엔의 무사를 빌어라."

그렇게 말한 그가 다시 지엔에게로 손을 내밀었다.

"지엔, 가자."

두말 않고 그 손을 잡아챈 지엔은 비로소 몸을 일으켰다. 두 사람은 빛 하나 없는 어둠 속을 참방거리며 헤쳐나갔다.

그들이 아무 말도 없이 두어 시간이나 걸은 끝에 도착한 곳은 수도 성벽의 바깥에 지어진 빈민가였다. 별다른 전조도 없었던 것 같은데, 그새 시작된 폭우가 거세게 쏟아져 내려 온갖 더러운 것들을 씻어내리고 있었다.

순백의 갑옷과 순백의 검을 가지고서도 나세르는 아무 거리낌 없이 흙탕물이 소용돌이치는 길 한복판에 뛰어들었다. 그가 지엔에게로 손을 내밀며 말했다.

"어서 가자."

"네."

지엔은 비가 자꾸만 들어가는 탓에 눈을 깜빡거리며 나세르를 바라보았다. 그가 여전히 뒤집어쓰고 있는, 비밀 통로에서 자신에게도 나눠 준 회색 로브는 흐린 하늘과 거의 구분되지 않았다. 한때 연회장에서 환한 빛에 휩싸여 누구보다도 빛나던 그를 떠올린 지엔은 입술을 꾹 깨물었다.

'당신은 어째서 이번 생에도.'

그녀가 중얼거렸다.

'어째서 이번 생에조차, 이번에는 아직 온전한 가족들마저 버리고 내게로 온 거야.'

그러다가 그녀는 문득 고개를 뒤흔들었다.

'아니, 아니야. 그가 온 것이 아니라, 내가 또 그를 끌어내린 거야.'

결국, 전생의 자신의 노림수는 성공한 것이다.

그와 평생 만나지 않으면서까지 막으려 했던 일이 결국 이루어진 지금, 지엔의 심정은 이루 말할 수 없이 참담했다.

그러나 감상에 오래 빠져 있을 시간조차 없었다. 감정을 추스른 지엔이 손을 내밀었고, 나세르는 다시 그 손을 잡았다.

두 사람은 비에 젖어 금방이라도 미끄러질 것 같은 손을 단단히 부여잡고, 좁고 더러운 길 한복판으로 뛰어들었다.

* * *

그 시각 브리지트 백작은 집무실 책상 위에 본 적이 없는 편지가 나타나 있음을 보고 의아해졌다. 귀신에라도 홀렸나 하며 편지를 뒤집어 본 그는, 발신인이 다른 누구도 아닌 자신의 막내아들임을 깨닫고 안도했다.

"그 애가 편지를 준 것은 처음이구나. 신전에서 지내던 때에도 초반을 제외하면 한 번도 주지 않던 것을."

이런 특별한 방식을 택한 것을 보면 마법사와도 친해진 모양이지? 그렇게 뇌까리며 편지를 읽어 내려가던 백작의 낯빛이 점차 창백해졌다. 이윽고 완전히 핏기를 잃어버린 그의 손에서 편지가 툭 떨어졌다.

바닥에 떨어진 편지지 위에는 단정한 필체로 다음과 같이 적혀 있었다.

아버지, 갖고 계신 중에 가장 좋은 말과 갑옷을 준비하세요.
저는 반역을 저지를 겁니다.
제가 지키고자 하는 사람은 온 대륙의 적입니다.
아버지가 저 때문에 화를 당하는 것은 원치 않습니다.
그러니 저와 절연한 다음, 최선을 다해 뒤쫓아 저를 죽이십시오.
제가 아들로서 드리는 마지막 충고입니다.

4. 희생과 대가

마왕의 부활을 둘러싼 여론은 점차 긴박해졌다. 제라드가 마물의 군단을 이끌고 수도에서 활개 친 지 며칠도 지나지 않았고, 발리아 폰 크레센트의 저택은 여전히 반파된 채 남아 있었다.

제국민들은 하루빨리 마왕의 환생이라는 자를 잡아 처형하길 요구했다. 그걸로도 모자라, 그의 영혼을 아예 완전히 소멸시켜 지상에서 영원히 추방하자고 외쳐댔다. 그에 빛의 신전에서 그런 비인도적인 방법은 빛의 신께서 허락하지 않는다는 입장문을 발표했으나, 반발은 거셌다.

황실은 추격대를 편성하였고, 제국민의 시선을 의식한 귀족들 또한 기꺼이 사병을 이끌고 그에 참여하였다. 그렇게 모인 귀족 중에는 이 사태의 주범이 된 나세르 폰 브리지트의 아버지, 브리지트 백작도 끼어 있었다.

영지에 기사들을 단 하나도 남겨 두지 않고 모조리 데리고 참가한 것으로 백작의 죄는 어느 정도 참작되었으나, 사람들은 그가 자리에 있건 없건 신경 쓰지 않고 수군대기 바빴다.

"자식이 성기사의 직위를 받던 게 엊그제 같은데……."

"신심이 깊어 매사에 근심이 없더니 말년에 큰일을 당하는군."

"저런 것을 보면 빛의 신께서도 결코 자비롭다고만은 볼 수 없겠어."

브리지트 백작은 말에 올라앉아 말고삐를 쥔 채 묵묵히 그런 말들을 흘려 넘겼다. 백작은 어떻게 그에게서 검의 천재인 나세르가 태어난 건지 알 수 없을 정도로 승마도, 무예도 딱 기본 소양 정도로밖에 하지 못했으나, 그럼에도 잠까지 줄여 가며 추격에 필사적으로 임했다. 그것을 보고 사람들은 자식의 죄가 아버지의 죄가 되었다며 수군거렸다.

그 외에도 무관이 아닌 귀족들은 사실상 거의 성과를 올리지 못했다. 기껏 사병들을 끌고 와 생색만 내고 있는 그들의 몫까지 메운 것은 물론, 황실 기사들과 대대로 무가로 이름난 가문의 이들이었다. 그중에서도 특히 발레노르가의 후계자, 로아나 폰 발레노르의 활약은 눈부셨다.

그녀는 늘 소수 정예로 움직였다. 다른 귀족들은 물론이고, 함께 비슷한 훈련을 받은 기사들조차 대부분 그녀의 움직임을 따라오지 못해 방해만 되었기 때문이었다.

가장 뛰어난 다섯 명의 기사들을 이끌고 빠르게 숲을 달리던 그녀는 문득 어느 지점에서 멈추었다. 말에서 훽 뛰어내린 그녀는 바닥에 남은 발자국을 유심히 눈여겨보고 중얼거렸다.

"지나간 지 얼마 안 되었군."

고개를 들어 흐르는 강 너머를 본 그녀가 다시 말했다.

"추적을 피하는 데에 대한 기본 지식은 있는 것 같지만 너무 서툴러. 우리 같은 기사들뿐만이 아니라, 사냥꾼이나 국경의 파수꾼들이 더 있었더라면 더 금방 꼬리를 잡을 수 있었겠지."

옆에서 존경 어린 눈으로 그녀를 바라보던 조금 어린 기사가 문득 입을 열었다. 그가 빈 주머니를 내밀어 보이며 말했다.

"로아나 님, 추적 마법이 담긴 마석이 떨어졌습니다. 어떻게 하시겠습니까? 한 사람을 돌려보내 다시 받아올까요, 아니면……."

"여기까지 몰아붙인 이상 숨 쉴 틈을 줄 필요는 없지. 그랬다가는 저쪽에 여유를 내줄 뿐이니. 이대로 직진한다."

그렇게 말하며 로아나가 말을 내버려 둔 채 강으로 성큼 향했다. 그 모습을 본 기사들이 당황하며 물었다.

"로아나 님, 말들은 어찌하고요?"

"두고 간다. 어차피 이 앞으로는 산세가 점점 더 험해질 테니. 게다가 저들도 말을 타고 있진 않으니 따라잡는 데는 무리가 없을 것이다."

"네, 알겠습니다!"

황급히 말에서 뛰어내린 기사들도 그녀를 따라 강을 건너기 시작했다.

*　　*　　*

“지엔, 조심해라.”

앞서 걷던 나세르가 문득 그렇게 말하며 지엔에게 손을 내밀었다. 지엔은 그의 과한 친절을 부담스러워하면서도 내밀어진 손을 맞잡았다.

그러던 그녀의 시선이 낮아졌다.

‘나보다는 공자님이 훨씬 더 힘들어 보이는데…… 체력적으로나, 또 심적으로나.’

수도를 떠나온 지도 어언 이 주가 지났다. 여행에 꼭 필요한 식량과 물을 직접 만들어 낼 순 없었기에, 지엔과 나세르는 사나흘에 한 번씩은 어쩔 수 없이 마을에 들러야 했다.

그때마다 지엔은 차라리 자신 혼자 다녀오겠다고 했으나, 나세르가 같이 가자고 고집을 부려서 어쩔 수 없었다.

사실, 지엔이 마왕의 환생임을 들켰을 때 일어날 소란의 규모를 생각하면 결코 나세르가 옆에 있다고 해서 더 나을 것도 없을 듯한데도, 그는 정말 같이 살 수 없으면 같이 죽겠다고 결심한 것 같았다.

그렇게 이틀 전에도 함께 마을로 내려갔던 그들은 우연찮게 브리지트 백작에 대한 소식을 듣게 되었다. 그가 한때 가문에 더없는 영광을 전해 주었던 그의 아들을 제 손으로 죽이고자 추격대에 참가했다는 얘기였다.

주점에서 술 취한 이들이 떠드는 얘기를 듣고서도 나세르는 조금도 표정의 변화가 없었다. 그런 그의 반응에 지엔이 도리어 안절부절못해질 정도였다. 그러나 나세르가 그에 대해 아무런 말도 꺼내지 않았기에, 지엔 또한 아무 말도 하지 못했다.

그날 이후로 그는 말수가 더 줄어들었다. 지엔은 오늘도 굳이 무리해서 앞장서서 길을 뚫는 그를 아득한 눈으로 쳐다보았다.

그를 볼 때마다 그가 전생의 계약에 따라 자신의 손안으로 굴러 떨어지는 것을 결국 막지 못했다는, 아니, 막지 않았다는 죄책감이 지엔의 가슴을 무겁게 짓눌렀다.

'우리가 다시 한 번 죽어서 신의 앞에 설 때, 당신은 어떤 눈으로 나를 볼까?'

그와 단둘이 도주하게 된 뒤로 몇 번이고 했던 생각을 다시 떠올린 순간, 마침내 지엔은 입을 열었다.

나세르는 갑자기 날아온 부름에 의아하게 뒤를 보았다. 온몸이 흙투성이인 주제에 묘하게 초연한 얼굴을 하고 있는 지엔의 모습이 그의 눈에 비쳤다.

"공자님."

"지엔?"

어리둥절해 하는 그에게 지엔은 담담하게 말했다.

"이제라도 늦지 않았어요. 돌아가세요."

전혀 예상치 못한 말이었기 때문에, 나세르는 한 박자 늦게 반응했다.

"……그게 무슨 소리지?"

답답하다는 표정을 지은 지엔이 단호하게 말했다.

"모르는 척은 그만두세요. 제가 무슨 말을 하는 건지, 이미 알고 계시잖아요. 이제 그만 돌아가세요. 돌아가셔서, 마왕의 환생이 당신에게 마법이라도 썼다고 둘러대세요. 빛의 검의 주인인 당신에게 흑마법이 어떻게 통했냐고 묻는다면 너무 오래전부터 걸려 있었기에 눈치 못 챘다고 하세요. 공자님이랑 저, 공자님이 빛의 검의 주인이 되기 전부터 함께 했잖아요. 그러니 어떻게든 넘어갈 수 있을 거예요."

오래전부터 생각해 왔던 일인 것처럼 술술 이어진 말에 나세르는 당황을 감추지 못했다.

그를 바라보던 지엔이 다시 말했다.

"그리고 저들은 결국 공자님을 버리지 못해요. 만에 하나 북부에서 마물들이 밀고 들어온다면, 누구보다도 가장 제국에 필요한 사람은 다름 아닌 공자님이 될 테니까요."

그렇게까지 말해도 나세르가 내내 멍한 표정을 짓고 있을 뿐 자기 말을 이해한 것 같지 않자, 결국 미간을 찌푸린 지엔은 하기 싫었던 말까지 꺼냈다. 이어진 그녀의 말에 나세르는 흠칫 놀라며 다른 손에 들고 있던 검 손잡이를 꽉 쥐었다.

"물론 공자님이 이제라도 제국에 받아들여지는 가장 손쉬운 방법은 제 목을 잘라 가는 거예요. 하지만 저는 그렇게까지 하고 싶진 않아요. 예, 공자님이 몇 번이나 살려 주신 목숨이기는 하지만 이기적이게도 공자님을 위해 쓰고 싶진 않아요. 그러니까 그냥 돌아가시거나, 아니면 차라리 제가 모르는 새—"

"지엔."

다른 사람처럼 차갑고 낮아진 목소리가 지엔의 말을 잘랐다. 흠칫한 지엔이 고개를 들자, 어느새 인상을 잔뜩 쓰고 있던 그가 굳은 표정을 조금 허물며 말했다.

"그런 말도 안 되는 말은…… 다시는 하지 마라."

그의 처참한 표정에도 아랑곳하지 않고 지엔은 다시 말했다.

"공자님만을 위해서 이런 말씀을 드리는 건 아니에요. 사실 저를 위해서도, 가장 나은 건 공자님이 저를 죽이고 그 목을 공자님이 가져가는 거예요."

지엔이 표정 하나 달라지지 않은 채로 계속 지껄였다.

"어차피 저희가 이대로 계속 도망 다닌다고 해도, 과연 평생 버틸 수 있을까요? 칼리스 님께서는 저희가 도망 다니는 틈에 제라드를 죽이면 된다고 말했지만, 글쎄요. 저는 그 일이 그렇게 쉽지 않을 것 같을뿐더러, 설령 제라드가 죽어서 마왕이 부활할 일이 사라진다고 해도 이미 마왕의 환생으로 낙인찍힌 저를 사람들이 살려 두려 할 것 같진 않아요."

"……."

"추격대에게 잡힌다면 나세르 님은 죽고, 저는 수도로 끌려가겠지요. 그러면 저는 영혼까지 소멸되어 아예 다시는 환생하지 못하게 될 거예요. 재수가 좋아 추격대를 피한다고 해도 결국 제라드에게 잡혀 마왕 부활 의식에 제물로 쓰일 뿐이고요. 그거야말로 더 비참한 데다가 아무런 의미도 없는 죽음이에요"

나세르는 여전히 입술을 꾹 깨문 채 아무 말도 하지 않았다. 그런 그에게 지엔이 마침내 말했다.

"그러니까 나세르 님, 여기서 헤어지거나 아니면 차라리 저를 죽이세요. 제가 생각하기에는 최악의 상황을 피하는 방법은 그 두 가지뿐이에요."

그렇게 말하면서도 지엔은 내심 다음을 계산하고 있는 스스로의 속내에 역겨움을 느꼈다. 사실 지금 자신이 하고 있는 짓은 전생의 그와 하등 다를 바가 없었다.

'이대로 나세르 님이 나를 대신해서 죽게 된다면, 나세르 님과 나의 악연은 끊어지겠지. 그럼 그는 다음 생에서라도 나와 완전히 무관한 삶을 살 수 있어. 물론, 내 영혼이 소멸하더라도 그건 마찬가지지만…….'

거기까지 생각한 지엔은 얼굴을 굳혔다.

'하지만 나세르 님이 나를 죽이게 된다면, 어떤 형태로든 우리의 사이에는 새로운 사슬이 생겨나겠지. 그것이 인연이든, 악연이든, 우리는 다음 생에도 결국 만나게 될 수밖에 없을 거야.'

그에게 잔혹한 선택을 강요하면서까지 그와 다음 생에서라도 만나기를 바라는 마음이라니.

'하지만 나에게 언제나 다음을 기약한 건 당신이잖아.'

지엔은 다시 나세르를 올려다보았다.

'고작 춤밖에는 당신에게 약속한 것이 없는 내게 평생을 약속한 건, 당신이었잖아…….'

그렇게 뇌까리며 지엔이 눈썹을 일그러뜨리던 바로 그때였다. 나세르가 갑자기 고개를 숙였다. 그간 한방에서 잠을 청하면서도 한 번도 자신에게 손대지 않은 그의 갑작스러운 행동에 지엔이 움찔 놀라는 사이, 그는 어느새 코앞까지 얼굴을 들이밀고 있었다.

서로의 숨마저 섞일 만큼 가까운 거리에서, 나세르가 말했다.

"지엔. 한 번만 더 그런 소리를 하면, 그때는 입 맞춰 달라는 뜻으로 받아들이겠다."

"……."

"그렇게 해서라도 네 입에서 나오는 말을 막을 수 있다면, 그렇게 할 거다."

아직도 분노가 남은 회청색 눈동자로 지엔을 쏘아보던 그가 휙 돌아섰다. 홀로 남은 지엔은 그저 알 수 없는 표정을 짓고 있다가 다시 그를 따라 산을 올랐다.

그때였다. 날카로운 파공음과 함께 빠르게 날아온 화살이 지엔을 노렸다. 지엔이 반응할 새도 없었던 것을 보니, 마나가 담긴 화살이었다. 화살이 틀어박히기 직전 나세르가 그것을 걷어 냈다.

그러나 그런 그에게 한 발의 화살이 더 날아왔다. 애초에 시간 차를 노린 공격인 듯, 나세르는 그것에 반응하지 못했다. 검이 없는 맨손으로나마 낚아챘으나 화살촉에 스친 순간 화끈한 통증이 느껴졌다.

작은 상처가 난 손바닥을 들여다보던 나세르가 담담하게 말했다.

"독인 것 같군."

"네?!"

"괜찮다, 지엔. 우리 둘 다 생포하는 걸 노리고 있을 테니, 당장 목숨에 지장 갈 독은 아니겠지. 아마도 마비류인가……."

그가 다른 손에 쥐고 있던 '순백의 영광'을 들어 보였다.

"이 검 또한 빛의 검만은 못하지만 신성력으로 어느 정도 독을 중화해 주는 효과가 있다."

"아……."

간신히 밝아지던 지엔의 얼굴이 이윽고 나타난 사람을 보고 다시 굳었다.

인기척을 숨길 생각도 없는 듯, 당당하게 이쪽으로 걸어오는 그녀는 다름 아닌 로아나였다.

지엔은 속으로 나직이 탄식했다.

'맙소사.'

로아나는 동료일 때는 그토록 든든할 수가 없지만, 적일 때는 그저 악몽이었다. 제라드가 그녀와 마주쳤을 때 그가 혼자이기만 했어도, 하필 그의 주변이 마기로 가득 차 있지만 않았더라도 승리를 점쳐 볼 수 있을지도 몰랐다. 그 정도로 지엔이 북부 원정에서 확인한 로아나의 힘은 압도적이었다.

그때의 기억을 떠올리며 눈앞이 캄캄해진 지엔과 나세르에게 로아나가 한 걸음씩 다가왔다. 어차피 등 돌려 달아나 봐야 등에 칼을 맞고 죽을 뿐이기에 두 사람은 묵묵히 기다렸다.

멀지 않은 곳에서 마침내 멈춰 선 로아나가 입을 열었다.

"나세르 공자, 아니, 이제는 성기사이니 경의 칭호를 붙여야겠군."

이제는 유명무실해진 직위를 입에 담은 그녀가 다시 말했다.

"북부 원정 때의 일을 생각해 문답무용식으로 대하진 않겠다."

그녀의 시선은 지엔의 존재를 의식조차 하고 있지 않은 것처럼 나세르만을 향했다. 무투 대회 우승자의 앞임에도 태연히 팔짱까지 낀 그녀가 말을 이었다.

"경은 내가 아는 중에 가장 기사다운 사람이다. 지금도 평생 누릴 수 있던 모든 영예와 지위를 마다하고, 가장 소중한 것 하나만을 지키고자 여기에 있는 것을 보면 알 수 있지. 그러니 기회를 주겠다."

다음으로 그녀가 내뱉은 말은 정확히 지엔이 아까 했던 것과 같았다.

"지엔을 데리고 나와 함께 가자. 그럴 수 없다면 차라리 그녀를 죽이고 수급만을 챙겨. 그렇다면 적어도 영혼은 남을 수 있을 테니, 그게 더 나은 방법이겠지."

잠자코 그녀의 말을 듣다 말고 조용히 이를 악문 나세르가 말했다.

"경, 경께서는 제 목숨을 내놓는 것보다 더 어려운 결단을 요구하고 계십니다."

처참한 나세르의 표정에도 불구하고 로아나는 더욱 목소리를 높였다.

"그러면 그대로 죽을 텐가? 정말로 북부의 마물들이 몰려오기라도 한다면, 제국을 지키기 위해 빛의 검의 주인인 경이 필요할 거란 걸 왜 모르지? 경은 스스로의 목숨의 가치를 너무 모르는군."

"그게 아닙니다. 다만, 지엔이 없는 제국은 지키고 싶지 않을 뿐입니다."

"경이 그토록 소중하게 여기는 그 자는 마왕의 환생이다. 제국과 양립할 수는 없어."

"지엔은 마왕의 환생이 아닙니다."

그렇게 말한 나세르가 비로소 눈을 들어 로아나를 똑바로 노려보았다. 일순 흠칫한 로아나는 이윽고 그에 스스로 자존심이 상한 듯, 얼굴을 더욱 구기며 말했다.

"나는 기사다. 내 주군은 릭서만 황실과 황태자 전하이시고, 그분들이 내게 지엔을 사로잡을 것을 명하셨으니 다른 것들은 중요치 않아."

나세르가 기다렸다는 듯 그 말을 받았다.

"명령이라면 무슨 짓을 저질러도 괜찮습니까? 경이 그저 명령을 수행했을 뿐이라고 해서, 죄 없는 사람을 죽이면 그 죄가 경이 아닌 황실의 것이 됩니까?"

시선을 든 그가 다시 로아나를 쏘아보며 말을 이었다.

"그렇다면 의지도 책임도 없는 경은 기사가 아니라 도구로 불려야 마땅하니, 그토록 중히 여기시는 다른 덕목마저 버리심이 마땅하겠군요."

"나세르 폰 브리지트 경."

그녀가 눈을 짧게 감았다가 떴다. 일순, 그녀의 몸에서 피어오른 살기가 일대를 장악했다.

새들이 푸드덕거리며 일제히 날아오르고, 숨쉬기가 힘들어졌다. 그대로 얼어붙은 지엔과 나세르를 노려보던 로아나가 말을 이었다.

"경이 북부 원정에서 함께 싸운 전우만 아니었어도, 아니, 그대가 빛의 검의 주인이지만 않았어도…… 방금 나는 경의 몸 한 군데를 베어 냈을 거야."

말없이 마른침만 삼키며 검 손잡이를 쥐는 그에게 로아나가 다시 말했다.

"경이 사랑하는 여자를 제국 모두가 적대하니 홀로 무거운 짐을 짊어진 만큼 사명감이 생기는 것은 이해하지만, 사명감이 있는 것은 우리도 마찬가지다. 아니, 우리야말로 누구보다도 제국을 지켜야 한다는 사명감으로 이 싸움에 임하고 있어. 이건 공격하는 자와 지키는 자가 아니라, 지키는 자와 지키는 자의 싸움이야."

그리고 그녀는 손을 들어 산 아래쪽을 가리켰다.

"이 제국 모두의 목숨과 그녀 하나의 목숨, 두 가지를 저울에 올린다면 어느 쪽으로 기울어질지는 명백하지 않나?"

그녀가 일그러진 얼굴로 말을 이었다.

"설령 경의 말대로 그녀가 마왕의 환생이 아닐지라도, 그 말만 믿고 그대들을 보내 주기에는 그 판단이 틀렸을 경우 우리가 감내해야 하는 희생이 너무 커."

"……그러나 목숨의 문제는."

나세르가 전보다 탁해진 목소리로 말을 이었다. 어쩌면 마비 독의 효과가 서서히 몸에 퍼지고 있었는지도 몰랐다.

지엔이 그를 걱정스럽게 바라보는 가운데, 나세르가 말을 이었다.

"수백 대 일, 수천 대 일, 그런 식으로 가치를 매길 수 있는 게 아니잖습니까."

"……."

"수만 명의 불안을 달래기 위해 죄 없는 한 사람이 희생되어야 합니까."

"……."

"그것은 물론, 다음 생에 다시 태어날 기회조차 박탈당해야 합니까."

나세르는 더욱 탁해진 목소리로 말을 맺었다.

"수백, 수천 명이 원했다고 해서 그 죄를 나눠 짊어질 수 있는 것이 아닐 텐데. 경이 단지 명령을 받고 수행했을 뿐이라고 해서 그 죄를 누군가에게 떠넘길 수 있는 것이 아닐 텐데."

"……."

"기사가 아닌 사람으로서 판단해 주십시오. 경이 생각하시기에는 정말로, 지엔이 마왕의 환생이라는 죄를 떠안고 영혼까지 소멸당해야 하겠습니까?"

무거운 침묵이 찾아왔다. 허나 그리 길지 않았다.

이윽고, 입술을 꾹 깨문 로아나가 한 손을 주먹 쥔 채 말을 꺼냈다.

"경은……."

그녀가 전과 달리 힘겨운 목소리로 말했다.

"경은 전쟁을 몰라. 나는 크고 작은 전장에 나서면서…… 사람의 가치는 결코 숫자로 헤아려질 수 없지만, 희생 없는 평화란 결코 없다는 것 또한 배웠다. 내가 전장에서 할 수 있는 일은 단지, 그 숫자를 줄이기 위해 최선을 다해야 하는 것뿐이었어."

"……."

"지엔을 죽이는 게 설령 내 책임이 된다고 해도, 나는, 그래. 그녀를 죽여야 한다고 생각한다."

그제야 지엔은 로아나가 자신을 바라보지 못하는 이유를 이해했다. 바로 죄책감 때문이었던 것이다.

입술을 깨문 그녀가 여전히 지엔 쪽은 고집스레 보지 않은 채 말했다.

"온 제국이 쑥대밭이 되는 것보다는 지엔 한 사람이 죽는 게 나으니, 나는 기사가 아니어도 마땅히 이쪽을 택했을 것이다."

그녀의 말을 들은 나세르의 얼굴이 체념으로 물들던 그때, 그녀가 다시 말했다.

비로소 그녀는 밝게 타오르는 듯한 눈동자로 지엔을 똑바로 보았다.

"하지만 지엔…… 너는 북부에서 내 목숨을 구해 준 적이 있지. 그뿐만 아니라, 발레노르가의 후계인 나에게 누군가의 도움을 받아도 된다고, 그렇게 말한 두 번째 사람이었어. 칼 오라버니 이래로."

지엔이 말문이 막힌 가운데, 다시 입술을 깨문 그녀가 이번에는 나세르를 바라보았다.

그녀가 비로소 한쪽 입가를 끌어올리며 말을 맺었다.

"제국의 안전보다도 나 자신의 명예와 은혜를 갚는 것이 더 중요하다니, 이런 나 역시 경과 다를 바가 없군. ……하지만 놓아주는 건 이번 한 번뿐이다."

지엔은 로아나가 자신들을 놓아주는 이유가 비단 명예나 은혜 갚기 때문만은 아닐 것이라고 생각했으나, 잠자코 고개를 숙였다. 그런 지엔의 팔을 다급히 붙잡으며 나세르가 말했다.

"감사합니다, 발레노르 경."

"어서 가라."

그 말을 듣고서야 지엔은 지금까지 자신이 두 사람의 공방을 보면서도 가만히 있었던 이유를 떠올렸다.

지엔은 설마 나세르가 말싸움으로든 칼싸움으로든 로아나를 이길 리는 없으니, 얼마 안 가 그녀의 뜻대로 나세르가 자신의 목과 함께 귀환하게 될 거라 믿었다. 그런데 이런 결과라니!

지엔은 어느새 돌아선 그녀를 향해 다급히 외쳤다.

"로아나 님! 제 목 좀…… 으읍."

강경한 태도로 지엔의 입을 틀어막은 나세르가 터벅터벅 걸음을 옮겼다. 한편, 목소리를 듣고 뒤를 돌아본 로아나는 고개를 기울였다.

'나세르 공자가 누군가의 입을 틀어막는 무도한 짓도 할 줄 알던가? ……뭐, 소음을 내서 위치를 들키는 것을 막고자 하는 것이겠지.'

대수롭잖게 그 장면을 넘긴 로아나는 이윽고 다가오는 기척들을 느끼고 검을 뽑았다.

그녀는 추적조에게 나세르가 위기를 통해 괄목할 만큼의 성장을 이루어, 이제는 감히 자신과 대등하게 맞설 정도라고 거짓말할 작정이었다.

"대등하게 맞서 싸웠는데 상처가 없다는 건 말이 안 되겠지."

스스로의 팔과 다리를 향하는 그녀의 검 끝에는 일말의 흔들림도 없었다.

*　　*　　*

과연 로아나의 말대로였다. 이건 공격하는 자와 지키는 자가 아니라, 지키는 자와 지키는 자의 싸움이었다. 필사적이면 필사적일수록 돈 때문이 아니라 대륙의 안전 때문에, 마왕의 부활을 막고자 지엔과 나세르의 앞길을 가로막는 이들이었다.

나세르는 무고한 지엔을 죽게 둘 수 없었던 것과 마찬가지로, 이들 또한 차마 죽일 수는 없었다. 추적망을 이루고 있는 수가 전혀 줄지 않으니 추적망은 갈수록 좁아졌다.

지엔과 나세르는 더 이상 생필품을 구하러 마을에 나갈 수도 없었다. 식량을 사냥으로밖에 구할 수 없게 되면서 그들의 체력 또한 급격히 떨어지기 시작했다.

그도 그럴 게 두 사람 다 야영에 능숙해질 만한 삶을 살아 본 적이 없었다. 그나마 북부 원정에서 용병들과 어울리며 몇 가지 귀동냥이나 어깨너머로 배운 것이 있었지만, 숙련도는 비교할 수가 없었다.

지엔은 눈을 내리감은 채 동굴 벽에 기대어 앉았다. 동굴 밖에는 처음 도주를 시작하던 그 날처럼 비가 추적추적 쏟아지고 있었다.

이런 날이면 그나마 발자국이 남을 것을 신경 쓰지 않아도 되어 마음은 좀 더 편했다. 추적자들 또한 비 오는 날은 좁아지는 시야 때문에 대부분 휴식하곤 했으므로, 지엔과 나세르에게는 귀중한 휴식의 기회였다.

그러나 물론 완전히 마음을 놓을 수는 없었다. 더군다나 식량을 구해야 한다는 것 때문에 사냥은 하루도 빼먹을 수 없었다.

나세르가 사냥 나간 틈을 타 지엔은 활과 화살촉을 손질했다. 활은 살상력이 크고 부상의 정도를 조절할 수 없는 무기인 탓에 사냥을 제외하고는 거의 쓰이지 않고 있었다. 화살 끝을 뚫어져라 바라보던 지엔의 눈빛이 문득 어두워졌다.

그때, 동굴 입구 쪽에서 인기척이 느껴졌다. 지엔은 재빨리 옆에 놓여 있던 활을 쥐고 쏠 태세를 취했다.

익숙한 목소리가 메아리쳐 들려왔다.

"지엔, 나다."

"아."

흠뻑 젖은 나세르가 동굴 안으로 들어왔다. 그는 한 손으로 젖은 머리카락을 털어 내며 다른 손으로는 토끼를 내밀어 보였다. 비가 오다 보니 사냥 또한 여의치 않았던 모양이었다.

지엔이 앉은 자리에서 일어나며 말했다.

"불을 피울게요. 비가 오니까 평소보다 연기에 덜 신경 써도 될 거예요."

"그래."

담담히 대답한 나세르는 단검을 들어 토끼 가죽을 벗겼다. 손질을 마친 화살과 화살을 자리에 내려놓으며 지엔이 생각했다.

'역시 죽지는 못하겠어.'

나세르가 잠들거나 없는 사이 도망쳐 봐야, 그는 고분고분 수도로 돌아가긴커녕 자신을 찾아 지금보다도 온갖 곳을 헤매고 다닐 것이 분명했다. 그렇다고 그가 제 발로 떠나거나 제 손으로 자신을 죽일 것 같지도 같으니, 남은 방법은 아예 그가 보는 곳에서 죽는 것뿐인데.

역시 20년 가까이 아등바등 붙잡고 살아온 삶을 제 손으로 놓아 버릴 수는 없었다.

'아니, 아등바등 살긴 살았던가?'

최근에는 좀 그랬던 것 같지만, 누군가 지엔의 백작가에서의 생활을 본다면 결코 그렇다고 말하진 못할 것이다.

마침내 부싯돌 사이에서 피어오른 불씨를 보며 지엔은 생각했다.

'하지만 나는 이 삶조차 놓지 못하는 거지.'

그녀는 눈을 내리깔았다.

'그 모든 것을 버리고 떠나온 공자님과는 달리.'

그리고 그녀는 마음속으로 결심을 굳혔다. 아니, 사실 결심한 지는 꽤 되었지만 늘 이런 쪽의 눈치는 귀신 같은 나세르에게 번번이 막혀 끝까지 하지 못한 말이었다. 그러나 이제는 정말로 끝을 볼 때가 왔다.

젖은 낙엽으로 간신히 약한 불을 피워 낸 지엔은 다시 나세르를 돌아보았다.

"공자님."

"왜 그러지?"

토끼 가죽을 벗기느라 여념이 없는 나세르는 이쪽을 돌아보지도 않고 물었다. 희고 고상한 손에 어울리지 않는 붉은 피가 잔뜩 묻어 있었다. 그 모습을 물끄러미 보던 지엔이 다시 말했다.

"저를 두고 가세요."

"말도 안 되는 소리."

나세르는 고민도 하지 않고 일축했다. 여전히 지엔 쪽은 쳐다보지도 않았다. 그러는 것을 보면 단순히 바빠서 이쪽을 쳐다보지 않은 게 아니라, 어떤 낌새를 느꼈기 때문에 그런 걸지도 몰랐다.

하지만 지엔도 이번에는 물러나지 않았다.

"공자님, 계속 이런 식으로 나오신다면 저도 생각해 둔 수가 있어요."

"뭐지?"

나세르의 반응이 기대했던 것보다도 심드렁해서 지엔은 조금 울컥했다. 그도 지엔이 스스로 목숨을 버리는 일 따위는 결코 하지 못한다고 확신하는 게 분명했다.

물론 그건 사실이었지만, 지엔에게는 그를 설득할 또 다른 방도가 아직 남아 있었다.

거기까지 생각한 지엔이 부루퉁한 어조로 말했다.

"저, 공자님이랑 이제부터 말 한 마디도 안 할 거예요. 또, 무슨 말씀을 하셔도 다 무시할 거고요."

"……."

나세르는 고개를 들어 잠시 알 수 없는 눈빛으로 지엔을 쳐다보다가, 지엔이 민망해질 즈음 다시 고개를 숙이며 대꾸했다. 심드렁한 목소리였다.

"마음대로 해라."

대수롭잖은 그 반응에 지엔의 얼굴이 구겨졌다.

'이게 아닌데.'

하여간 브리지트 백작령에서 나세르의 조력자로 활약하며 읽은 로맨스 소설들은 도움이 된 적이 없었다. 하긴, 어설프게 무시했다간 '밀고 당기기'의 '밀기'로 오해받을지도 모른다는 것도 예상은 했다.

보란 듯이 더욱 얼굴을 굳힌 지엔이 말했다.

"또, 이름도 안 부를 거예요."

"그건……."

처음으로 나세르가 뭔가를 고민하는 듯한 반응을 보이자 지엔은 희망을 가졌다. 그것도 잠시, 그가 다시 고개를 돌리며 말했다.

"어차피 평소에 공자님이라고만 부르지 않았나."

"……."

'젠장…….'

지엔의 표정이 더욱 처참해졌다. 그러고 보면 나세르가 지엔의 방금 행동을 '밀기'로 받아들이든 말든, 그것은 애초에 별로 중요치 않았다. 왜냐하면, 수도에서 도망쳐 나온 이래로 지엔이 나세르를 늘 밀기만 했음에도 그의 태도는 여태껏 단 한 번도 달라진 적이 없었으니까.

그렇다면 극약처방이 필요한 시점이었다. 갑자기 뭔가를 깨달은 표정으로 주위를 휘휘 둘러보는 지엔을 나세르는 흥미롭다는 눈빛으로 쳐다보았다.

그런 가운데, 다시 나세르를 돌아본 지엔이 툭 뱉었다.

"망토 괴물."

"뭐?"

"지금 공자님 모습이요."

그 말에 나세르의 표정이 일순 기묘해졌다.

과연, 그는 도망 나올 적 쓰고 있던 회색 망토를 한 번도 바꾸지 않고 여태껏 뒤집어쓰고 있었다. 도주 생활을 할 것을 고려해 꽤 튼튼한 것으로 가져왔음에도 불구하고 검과 화살을 하도 맞아 망토는 너덜너덜해져 있었다.

'하지만 이 때문에 괴물이라고 불려야 한다면 대륙의 여행자 반이 그렇게 불려야 할 텐데.'

황당하다는 표정을 감추지도 않는 나세르를 보고도 지엔은 숨넘어갈 듯 가쁘게 웃어댔다. 물론 지엔은 멀쩡한 사람에게 '담요 괴물'이라는 호칭을 붙이고도 모자라 그 사람을 좋아하게 된 누구누구와는 달리 몹시 정상적인 감각의 소유자였기에 결코 웃기지는 않았지만, 나세르를 짜증 나게 하고 제게 정떨어지게 하기 위해서라면 무슨 짓이든 할 용의가 있었다.

그런데 그때였다. 그런 지엔을 물끄러미 보던 나세르가 입꼬리를 끌어올렸다. 그의 입가에 떠오른 것은 조소가 아닌 분명한 미소였다.

전혀 예기치 못한 일에 굳어진 지엔은 그에게서 주춤 물러났다.

"왜, 왜 그러세요?"

그러자 나세르는 이루 말할 수 없이 부드러운 목소리로 답했다.

"네가 웃으니 좋아서."

그 순간, 지엔은 사방이 캄캄하고 밖에는 비까지 내리는 동굴 안인데도 일순 한 줄기 햇살이 비친 것을 본 것만 같았다.

그 정도로 나세르의 웃는 얼굴은 압도적이었다. 너무 짙은 꽃향기를 맡은 것처럼 갑자기 픽 하고 어지러워지는 정신 속에서 지엔은 생각했다.

'사람이 이럴 수가 있나?'

지엔은 멍하니 생각했다.

'어떻게 연회장에서보다 이곳에서 더 아름다울 수가 있지?'

금과 햇빛을 섞어 만든 것 같은 깨끗한 백금발도, 모두가 천사 같다 찬탄을 마지않던 도자기 인형 같은 얼굴도 지금은 어두운 동굴 속에서 넝마가 된 회색 로브 속에 감춰져 있었다. 그런데도 그런 몰골로 환하게 웃고 있는 나세르의 모습은 지엔이 태어나서 이제까지 본 것 중에 가장 아름다웠다.

지엔은 비로소 깨달을 수 있었다.

오래전, 함께 여행 다니자고 하는 나세르의 제안을 거절하고 그랜트 후작의 양녀가 되어 말락타로 내려가기로 한 것은 결코 잘못된 선택이 아니었다. 그와 함께 수도를 떠나온 지 채 한 달도 안 된 지금, 그녀는 벌써부터 마음이 흔들리기 시작했으니까.

'상황이 이렇지만 않았더라면 나는 벌써…….'

지엔이 그렇게 생각하던 그때, 그녀의 생각을 읽기라도 한 것처럼 나세르가 불현듯 손을 뻗었다. 정신을 차린 지엔은 어느새 아주 가까이에 다가와 있는 나세르의 얼굴을 보고 흠칫했다.

그가 환하게 웃는 얼굴 그대로 그녀의 뺨을 매만지며 말했다.

"지엔. 그냥 솔직하게 말해라."

그가 속삭였다.

"날, 사랑하지?"

그 어떤 추격자보다도 날카롭게 지엔의 심장을 찌르는 기습이었다. 이제까지 본 것 중에 가장 부드럽게 접힌 그의 눈을 마주하고 지엔은 어떤 말도 꺼낼 수가 없었다.

이번에야말로 자신의 손에 그를 묶을 쇠사슬이 온전히 쥐어졌는데. 이것을 내밀기만 하면 그도, 그리고 자신도 서로 원하는 것을 얻을 수 있을 텐데…….

"아니요."

뒤늦게 정신을 차린 지엔이 대답했다.

거기에서 그치지 않고 그녀가 잠에서 깬 듯 두어 번 고개를 내젓자, 그녀의 눈빛이 점차 또렷해졌다. 그런 그녀의 모습을 바라보는 나세르의 얼굴은 미약한 아쉬움으로 물들었다.

지엔은 차라리 그가 이대로 떠나 버리기를 바랐다. 입을 일자로 굳게 다물고, 돌연 결심한 눈으로 일어나서 동굴 밖으로 나가 버리기를, 그렇게 다시는 돌아오지 않기를 바랐다.

제 아버지를, 친족들을, 귀족과 왕족들을, 나아가 온 대륙의 사람들을 적으로 돌리면서까지 지킬 가치가 있는 사람이 결코 아니었다, 자신은.

'오히려 나는…….'

이윽고 고개를 든 지엔이 다시 입을 열었다. 아까와는 비교도 안 되게 단호하고 차분해진 목소리였다.

"공자님, 저는 공자님을 사랑하지 않아요."

"그건 알겠다."

"그리고 공자님도 저를 사랑하는 게 아니에요."

부담을 주지 않으려는 듯 담담하던 나세르의 목소리가 점차 불쾌해졌다.

"그건 북부 원정에서 돌아왔던 때 이미 증명했다고 생각하는데, 지엔."

"그런 게 아니에요, 공자님. 공자님께서 모르시는 게 있어요."

비밀이라도 고백하듯이 비장한 그 말투에 나세르가 의아한 듯 지엔을 쳐다보았다. 그때를 기다려 심호흡한 지엔이 다시 말했다.

"공자님이 절 사랑하시는 건, 사실은 전생에서 저와의 내기 때문이에요."

그러자 곧바로 나세르의 눈에서 의아함이 씻은 듯이 사라졌다. 대신 그는 조금 화난 기색으로 대꾸했다.

"지엔, 그런 말을 할 거라면……."

자리에서 일어나려는 그의 손목을 지엔이 붙들었다.

"아니에요, 공자님. 제 말을 끝까지 들어 보세요. 그럼 다 알게 되실 거예요. 어째서 공자님이 별다른 이유 없이도 절 사랑하게 되었는지. 어째서 아직까지도 마음이 바뀌지 않는지……."

"지엔, 네게 그걸 설명해야 할 사람이 있다면 네가 아니라 나다. 그리고 나는 이미 충분히 말한 것 같은데, 한 번도 믿으려고 하지 않더니 이번에는 네가 내 마음을 나에게 설명하겠다고."

그가 찡그린 얼굴 그대로 말을 이었다.

"내 마음을 믿지도 않으면서 설명하려고 드는 게 엘레노어와 별다를 바가 없다고는 생각하지 않나?"

오랜만에 튀어나온 익숙한 이름에 지엔의 손끝이 굳었다. 엘레노어의 얘기가 나올 정도라면 그가 상당히 화났음은 분명했다. 그러나 오늘이 아니면 더는 기회가 없을 것 같았다.

지엔은 아랑곳하지 않고 말했다.

"그러니까 이건 나세르 님의 전생으로부터 시작되는데……."

그때 나세르가 그대로 고개를 숙였다. 피할 새도 없이 그가 지엔에게 입 맞추었다.

코에 비 냄새와 흙냄새가 물씬 풍겼다. 지엔은 눈을 더 크게 뜰 수도 없을 만큼 크게 뜨고 앞을 보았다. 빗방울이 올올이 맺힌 나세르의 섬세한 속눈썹이 바로 앞에 있었다.

모닥불 타는 소리 외에는 정적이 흐르는 가운데, 마침내 나세르가 입술을 떼었다. 연회 때 했던 작별의 키스보다는 오히려 짧았던 것도 같았다.

여전히 멍하니 있는 지엔을 외면하듯 고개 돌린 나세르가 모닥불을 바라보며 말했다.

"내가 전에 분명 그렇게 말했지. 계속 그런 말을 한다면 입 맞춰서라도 입을 막겠다고…… 내 말을 기억하지 못한 네 잘못이다."

"……."

"더 떠들 체력이 있으면 눈이나 좀 붙이도록. 때가 되면 깨우겠다."

사실 가죽을 벗긴 토끼는 이제 굽기만 하면 되기에 요리랄 것도 없으면서 나세르는 굳이 그렇게 말했다. 사실은 그 또한 이 어색한 상황에서 대면하는 것만은 피하고 싶은 것이 분명했다.

멍한 눈을 깜빡이며 나세르를 바라보던 지엔은 그냥 그대로 눈을 감았다.

'저럴 때의 공자님은 내가 뭐라고 해도 아무 말도 안 들으시니까.'

평소에는 유순하다가도 어째서 저런 쪽의 고집은 대쪽 같은지 모를 일이었다. 지엔은 그대로 동굴 벽에 기대어 몸을 웅크렸다.

그러나, 그녀가 다시 눈을 뜬 것은 예상보다도 더 이른 시간이었다.

팔을 잡아 흔드는 조심스러운 손길에 눈을 뜨자, 나세르가 그녀의 얼굴을 내려다보고 있었다. 눈이 마주치자, 그는 비로소 안도한 표정으로 손을 내렸다.

그것이 언제였냐는 듯 그가 굳어진 표정으로 말했다.

"지엔, 준비해라."

그가 그렇게 말하기도 전에 지엔은 이미 활을 챙기고 있었다.

나세르가 말을 맺었다.

"이 날씨에도 불청객들이 왔으니."

* * *

추격자들이 동굴을 포위하기 전에 빠르게 알아차린 것이 다행이었다. 물론 설령 포위당했다 하더라도 제국에서는 지엔과 나세르, 둘 다 반드시 생포하기를 원했기에 생매장할 걱정 따위는 없었지만.

그러나 동굴 밖에 나가서 추적자들과 맞닥트린 직후, 지엔은 상대가 이제까지 중에 가장 나쁘다는 것을 깨달았다. 심지어 로아나보다도 더.

그것은 비단 강함의 문제만은 아니었다.

추격대는 쏟아지는 빗속에서도 한 치의 흐트러짐도 없이 동굴 앞에 도열해 있었다. 그 선봉에 선 사람을 본 순간, 나세르가 평정심을 잃은 얼굴로 말했다.

"아버지."

어두운 낯빛의 백작은 담담히 대꾸했다.

"오랜만이다, 아들아. 아니, 이렇게 불러서는 안 되겠구나……."

그는 소름이 끼칠 정도로 낮은 목소리로 말을 이었다.

"……네가 그 편지를 보낼 적에 분명 '아들로서의 마지막 충고'라고 하였으니, 여기에 있는 너는 내 아들이 아니로구나. 허면, 너는 이제 나세르 폰 브리지트조차 아닌 게야."

대답 없이 입술만 깨무는 나세르에게 그가 다시 물었다.

"내가 붙여 준 이름을 네 스스로 버렸으니, 다시 묻겠다. 내 앞에 있는 너는 대체 누구냐?"

그 대화를 모두 들은 지엔은 조마조마한 심정으로 나세르를 돌아보았다. 눈을 내리깔고 있던 것도 잠시, 다시 고개를 든 그는 어느새 담대해진 얼굴로 대답했다.

"아버지에게 해가 될까 두려워 그렇게 적었을 뿐, 저는 여전히 마음으로 아버지를 아버지라 여기고 있었습니다. 그러나 마음에 들지 않으신다면, 기꺼이 저를 버리십시오. 그러면 저도 기꺼이 받아들이겠습니다."

마침내 격분한 백작이 외쳤다.

"나세르! 믿을 수가 없구나, 어찌 네가……."

그러나 그는 차마 말을 맺지 못했다. 이윽고 말고삐마저 놓아 버린 그가 두 손으로 얼굴을 가리며 흐느꼈다. 지엔이 보기에도 백작의 손 틈 사이로 흘러내리는 것은 확실히 비가 아닌 눈물이었다.

문득 말 위에서 흐느끼고 있는 백작의 위로 나세르가 돌아오던 날, 잘 차려입고 기쁜 얼굴로 그를 맞이하던 그의 모습이 겹쳐 보였다.

지엔의 등줄기에 소름이 확 끼쳤다. 눈을 떼지 못하고 그 모습을 바라보던 그녀는 백작이 중얼대는 소리에 간신히 정신을 차렸다.

"어째서 하필 네가, 이 신심 깊은 브리지트 백작가에서 가장 오랜 시간 빛의 신을 접한 네가…… 게다가 빛의 검에게 선택받기까지 한 네가."

백작이 다시 소리를 높였다.

"빛의 검에게 부끄럽지도 않더냐! 감히 빛의 검의 주인이라는 자가 마왕 따위와 결탁하다니! 네가 수도로 돌아간다고 하여도 빛의 검이 너를 다시 받아 줄지도 의문이다."

나세르는 여전히 담담한 태도로 검을 들어 올리며 답했다.

"아버지, 지엔은 마왕의 환생이 아닙니다. 그러니 빛의 검이 저를 버릴 일은 없습니다. 그러나 설령 빛의 검이 저를 버린다고 하여도, 저는 개의치 않습니다."

"빛의 검과 빛의 신께서 너를 벌하지 않는다면 내가 대신 벌할 것이다."

그렇게 말한 백작이 비로소 말에서 뛰어내렸다. 그가 검을 들어 나세르를 겨누었다. 비록 자세는 형편없을지언정 눈에서 뿜어져 나오는 투기는 무시무시했다.

"빛의 신의 인도가 함께 하기를!"

빛의 신이 자신의 편이라 믿어 마지않는 듯, 처절하게 외친 백작이 나세르에게 격돌했다. 나세르는 못내 착잡한 표정을 하면서도 그와 검을 마주 댔다. 그러는 사이 지엔은 백작을 도와 나세르에게 달려드는 다른 기사들을 향해 활을 겨누었다.

그러다 말고 그녀는 활시위를 당기던 손을 멈칫했다. 어딘지 낯이 익다 했더니 브리지트 백작령에서 간혹 본 적이 있는 기사들이었다. 브리지트 백작가의 기사들임이 분명했다.

어쩔 수 없이 지엔은 화살을 쏘는 대신 활 자체를 무기로 삼아 그들의 검을 막아 내고, 또 쳐냈다. 도망쳐 나올 적 칼리스가 챙겨 준 활은 북부에서 쓰던 것만은 못해도 성능이 꽤 괜찮았다. 기사들은 분명히 자신들이 훈련하던 바로 그 저택을 쓸고 닦던 하녀가 이런 무력을 가졌다는 것에 당황해서 외쳐댔다.

"여, 역시 마왕의 환생이 분명해!"

"이런 괴물!"

'아니라니까.'

심드렁히 중얼거리며 지엔은 나세르 쪽을 돌아보았다. 브리지트 백작과 백작가 기사들의 실력은 이제까지 마주쳤던 추격자 중에서도 하위에 속했기에 별걱정은 하지 않았다. 그런데, 뜻밖에도 나세르의 몸에 상처가 여럿 생겨 있는 것을 보고 지엔의 표정이 변했다.

'뭐야? 어째서?'

답은 금세 알 수 있었다.

아무리 '순백의 영광'과 '순백의 가호'가 있다 한들 추격대가 사용한 독은 나세르의 몸에 겹겹이 축적되었다. 그뿐만 아니라 피로까지 쌓인 몸은 나세르의 본래 가진 힘을 반의반도 끌어내지 못하게 했다.

그렇다고 해도 약간 상처 입힐 각오만 하면 브리지트 백작을 제압하는 것쯤 얼마든지 가능했다. 그러나 나세르는 그 약간의 상처조차 허용하지 못해, 브리지트 백작이 자신에게 상처를 입히는 것을 용인하고 있었다.

그러다가 백작의 검이 나세르의 허벅지를 긋는 것을 본 지엔이 비명을 질렀다.

"공자님!"

충격에 흐트러진 틈을 타 다른 기사 하나도 나세르의 등을 찌르는 데 성공했다. 다행히 갑옷이 있어 상처는 그리 크지 않았다. 턱을 타고 연신 떨어져 내리는 빗방울을 훔친 나세르가 지엔을 향해 외쳤다.

"나는 괜찮다, 지엔."

"공자님, 어떻게 걱정을 안 해요! 어서 도망……."

말을 더할 틈도 없이 브리지트 백작과 기사가 그들에게로 쇄도했다. 고양이를 앞에 둔 쥐 떼처럼 필사적으로 덤벼드는 그들에게 나세르는 크진 않으나 지속해서 상처를 입었다. 그러다가 문득, 갑옷과 검이 내뿜는 흰빛이 사라지기 시작했다. 그 안에 비축된 신성력이 모두 사라졌다는 뜻이었다.

검과 갑옷이 내뿜던 은은한 빛마저 사라지자, 먹구름이 짙게 내리깔린 사방은 회색으로 두껍게 덧칠한 그림처럼 변했다. 그 가운데 지엔이 다시 외쳤다.

"공자님! 어서 도망치자니까요!"

"어딜!"

빠르게 치고 들어오는 기사의 칼을 지엔은 이번에야말로 자비없이 걷어차 버렸다. 그들이 상처 입은 손목을 붙잡고 비명을 지르건 말건 그런 건 하등 중요하지 않았다. 이제까지 그들이 브리지트 백작가의 기사들임을 감안하여 상처 하나 입히지 않은 자신이 너무 물렀다는 생각만 들었다. 애초에 사정 봐줄 생각만 하지 않았더라도 이들 따위에게 당할 일은 없었을 텐데.

그렇게 생각하며 지엔은 나세르를 둘러업었다. 발버둥 한 번 치지 않았다는 점이 그의 상태가 심각하다는 것을 의미했다.

뒤돌아 달아나는 그들을 소름 끼치는 파공음이 뒤쫓았다. 화살 몇 대는 맞을 각오를 했던 지엔은 어느새 정신을 차린 나세르가 화살 몇 개를 잡아채자 놀라서 뒤를 돌아보았다.

"공자님!"

그가 굳이 지엔을 막아서는 바람에 화살 몇 대가 그의 복부와 어깻죽지를 꿰뚫었다. 하나같이 치명상이 아닌 게 없었다. 회복은 고사하고 후유증이 남지나 않으면 다행이었다.

입술을 짓씹은 지엔은 다시 나세르를 둘러업고 빠르게 뛰었다. 다행히 더는 화살이 날아오지 않았다.

절벽을 따라 달리던 지엔은 마침내 적당한 숨을 만한 곳을 찾고 아래로 내려갔다. 비 때문에 몇 번 위험천만한 순간이 있었지만 어떻게든 미끄러져 떨어지지 않고 내려가는 데 성공했다.

마침내 자리를 잡은 지엔은 나세르의 몸을 눕히고 그 옆에 무릎 꿇었다. 너무 어두워서 상처를 제대로 살필 수 없다는 것이 안타까웠다. 체온이 계속 뚝뚝 떨어지고 있는 것도 문제였다. 불을 피우려면 피울 수야 있겠지만, 그랬다간 추격대에게 금방 발각당해 간신히 얻은 쉴 틈마저 날아가고 말 것이다.

지혈을 마친 지엔은 달리 자신이 할 수 있는 게 없다는 것을 깨닫고 다만 나세르를 불렀다.

"공자님."

나세르는 눈을 뜨지 않았다. 어느 상황에서조차, 심지어 싸우거나 잠들어 있을 때조차 그녀가 부르면 언제든 고개를 돌리던 그였기에 그 모습은 생소했다.

그리고 지엔은 깨달았다.

'드디어 끝이 다가온 거야.'

아니, 사실 끝은 이미 한참 전에 찾아왔었다. 그것을 무구에 깃든 신성력과 나세르 본인의 의지가 꾸역꾸역 늘려 온 것에 불과했다. 그러나 아무리 신성력으로 상처를 치유한다고 해도, 제대로 휴식을 취하긴커녕 식사도 제대로 하지 못함에야 한계는 명백했다.

그렇게 생각한 지엔은 손을 뻗어 나세르의 젖은 얼굴을 손등으로 느리게 쓸어내렸다. 그녀가 중얼거렸다.

"공자님, 제가……."

그녀가 말을 맺었다.

"저를 버리고 가라고 했었잖아요."

그 말에 비로소 반응하기라도 한 것처럼, 나세르가 떨리는 눈꺼풀을 열어 지엔을 보았다. 이것이 서로의 얼굴을 보는 마지막이 되리란 것을 둘 다 알았다.

그와 눈이 마주치자, 희미하게 웃은 지엔은 상황에 어울리지 않게 가벼운 목소리로 지껄였다.

"공자님. 다음에 공자님이 누군가를 사랑하게 되거든, 저보다 착하고, 말이 잘 통하는 사람이었으면 좋겠어요. 저희는 도저히 대화가 맞물리지 않는 건 고사하고, 사실 서로가 하는 말도 대부분 이해 못 했잖아요."

나세르는 정신이 혼미한 와중에도 지엔이 하는 말이 어딘가 이상하다는 것만은 알았다.

'왜 마치 내게 다음이 있을 것처럼 말하지.'

그의 손끝이 파르르 떨렸다.

'내게는 애당초 결심했던 것처럼 결국 네가 마지막이 될 텐데.'

그의 계속된 침묵에도 아랑곳하지 않고 지엔이 다시 말했다.

"저희가 서로가 하는 말을 이해하지 못했던 건 공자님은 너무 무거운 얘기만 하셨고, 저는 너무 가벼운 얘기만 해서였겠죠. 그래도 공자님께서 가끔, 제게 어이없다는 듯 웃어 주시는 건 좋았어요. 사실 그래서 더 그런 말들을 했는지도 몰라요."

"……."

여전히 대답이 없는 나세르의 손을 두 손으로 붙잡고 지엔이 말했다.

"또 바라는 게 있다면, 음, 그래요. 역시 엘레노어보다는 착한 사람을 만났으면 좋겠어요. 아니, 엘레노어는 너무 기준이 낮으니까 로아나 님 정도로 해요. 그 정도로 멋있는 사람이 아니면 공자님께는 안 어울려요."

"지엔."

나세르가 마침내 있는 힘을 전부 끌어모아 내뱉었다. 그러나 그녀는 그 말이 들리지 않는 것처럼 말을 이었다.

초점 없는 그녀의 갈색 눈은 여전히 그의 얼굴을 향해 있었다.

"그리고 마지막으로 하나 더 부탁드리고 싶은 게 있는데, 제발."

그녀가 어처구니없다는 웃음과 함께 다시 말했다.

"제발, 다음에는 공자님을 위험하지 않게 하는 사람을 사랑하세요. 늘 자기 목숨을 위험해지게 할 사람만 골라서 반하다니, 그런 건 그만둬요. 하하, 취향 참 이상해."

"지엔."

나세르가 전보다 힘이 빠진 목소리로 한숨처럼 부르던 그때, 그대로 몸을 굽힌 지엔이 나세르의 눈꺼풀 위에 가볍게 입 맞추었다. 나세르가 그녀의 입술이 떨리고 있음을 깨닫기가 무섭게, 그녀가 이번에는 나세르의 입에 입 맞추었다.

지엔이 먼저 나세르에게 입 맞춘 것은 이번이 처음이었다.

나세르가 숨조차 쉬지 못하고 굳어진 가운데, 그에게서 입술을 떼어 낸 지엔이 나지막이 속삭였다.

"공자님이 다시 깨어났을 때 저는 아마 이 세상에 없을 거예요. 그래도 공자님은 괜찮으실 거예요. 왜냐하면, 그때가 되면 공자님은 더 이상 절 사랑하고 계시지 않을 테니까…….”

“지엔, 나는 네가…… 무슨 말을, 하는지…….”

마지막 힘을 끌어모아 내뱉은 나세르의 말마저 지엔은 무시했다. 그의 어깨에 손을 얹은 그녀가 힘을 잃은 목소리로 속삭였다.

“그러니까, 공자님에게 사랑한다는 말은 하지 않을래요. 기억날지도 모르잖아요. 어차피 그때의 공자님은 저를 사랑하지도 않을 텐데.”

그 순간, 나세르는 지엔이 자신에게 고백하고 있음을 깨달았다. 왠지 모를 이유로 자신을 사랑한다고 말할 수도, 붙잡아 둘 수도 없는 그녀가 꺼낼 수 있는 최선의 고백.

그것은 나세르가 들어 본 가운데 가장 우회적인 사랑한다는 말이었다.

나세르는 마지막으로 지엔을 보고 싶었다. 그러나 이제 그의 시야에 맺히는 거라고는 칠흑 같은 어둠 속에서 온통 흐려진 상뿐이었다. 목전에 닥친 죽음이 기어이 그의 시각마저 앗아 간 것이었다.

이제 곧 차례로 오감이 하나둘씩 사라질 테고, 그러고 나면…….

그 전에 대답을 들어 두어야 한다는 생각에, 나세르는 힘겹게 입을 열었다.

그가 잠긴 목소리로 속삭였다.

“지엔.”

“네, 공자님.”

지엔은 이번에는 못 들은 척하지 않고 대답했다. 나세르가 한 손을 들어 올리자, 그녀는 그 손을 기도하듯 두 손으로 꽉 맞잡았다.

"날…… 사랑하지?"

"네."

조금의 주저도 없는 대답이 돌아왔다.

이때까지 자신의 마음을 부정하던 세월이 모두 거짓이라도 되는 것처럼.

나세르는 뜨거운 눈물이 자신의 손등 위로 후두둑 떨어져 내리는 것을 느꼈다. 그것이 그가 느낄 수 있었던 마지막 감각이었다.

촛불이 꺼지고 연기가 피어오르듯, 모든 것이 점차 희미해지고 흩어지는 느낌 속에서 나세르는 눈을 감았다. 그의 손이 지엔의 두 손에서 미끄러져 툭 떨어졌다.

그 손을 다시 붙잡아 세게 품 안에 안으며, 지엔이 뇌까렸다.

"네. 네, 네……."

귓가에서 울리는 무언가가 깨지는 소리를 통해 지엔은 굳이 확인하지 않아도 나세르가 숨을 거뒀음을 알았다. 그것은 곧 나세르와 지엔의 전생의 악연이 깨졌음을 의미하기에.

자신이 받은 힘을 누군가를 지키는 데 썼기에 나세르는 비로소 전생의 악연으로부터 자유로워졌다.

이제 그는 다음 생에서라도, 다다음 생에서라도 지엔을 사랑하게 되는 일은 결코 없을 것이다.

그제야 그녀는 비로소, 그토록 하고 싶었던 말을 입에 담을 수 있었다.

"사랑해요. 공자님. 사랑해요……."

그가 자신에게 묶이게 될까 봐 결코 내뱉지 못했던 말. 그러나 동시에, 그가 그토록 듣기를 원했던 말이었다.

이 와중에도 추격대들에게 혹시나 들릴까 봐 지엔은 울음소리마저 죽였다. 나세르의 옷깃을 쥐어뜯을 듯 붙잡고 소리 없는 울음을 토하기를 한참, 마침내 정신을 차린 그녀는 고개를 들었다.

소매로 눈썹에 엉겨 붙은 물기를 대강 닦아 낸 그녀가 주머니에 손을 넣어 뭔가를 꺼냈다.

황성의 비밀 통로를 통해 나오기 직전, 칼리스가 넘겨준 짐가방에 들어 있던 그것은 다름 아닌 '빛의 펜던트'였다.

— 참, 네 짐가방에 있는 물건 중 하나, 왜 여기 있는지는 모르겠지만 그대로 넣어 두었어. 나중에 확인해 봐.

그 말대로, 칼리스는 처음 그것을 발견했을 때 빛의 신전에 넘겨서 봉인해야 한다고 생각했을지도 모르나 그냥 지엔에게 건네주었다.

비로소 그의 안배가 빛을 볼 시점이었다.

빛의 펜던트를 손에 감싸 쥔 지엔의 얼굴에 방금까지와는 전혀 다른 빛이 떠올랐다. 차갑고 냉정하며, 오만하기까지 한 얼굴로 그녀가 말했다.

"자는 척하지 말고 이제 그만 깨어나."

— …….

"지금까지 있었던 일들, 사실은 전부 보고 있었잖아."

잠시 침묵만 흐르는가 싶더니 이윽고 머릿속에 목소리가 울렸다. 지엔은 예전과 같이 시건방진 그 목소리에 귀를 기울였다.

— 나 참, 고작 사람 하나 죽은 것을 갖고 질질 짜는 꼴이라니. 너도 강철 심장을 잃어버린 지금은 다른 인간들과 다를 바가 없군. 평범하다 못해 실망스럽기까지 해.

나세르의 말을 들으란 듯 평가절하하는 말에도 지엔은 전혀 동요하지 않았다. 다만 소매를 들어 남은 눈물을 닦아낸 그녀가 여전히 차분한 목소리로 말했다.

"그를 부탁해."

방금 눈물을 쏟아 낸 것이 언제였냐는 듯, 빛의 펜던트를 내려다보는 그녀의 눈은 형형하기만 했다. 잠자코 빛의 펜던트를 노려보던 그녀가 다시 말했다.

"해 줄 거지?"

— 지금의 네가 내게 명령할 자격이 있다 착각하지 마. 내가 왜?

"내가 사랑한 인간이니까."

— 그게 뭐.

"이 내가, 마지막으로 사랑한 인간이니까."

세상 모든 것이 자신의 발아래에 있고, 세상 모든 일이 자신의 뜻대로 되지 않을 리 없다 자신하는 폭군의 모습이었다.

그 말에 잠시 침묵하던 빛의 펜던트가 다시 말했다.

— ……죽을 생각이로군. 너를 쫓는 자들에게 네 발로 갈 생각이야.

지엔은 대번에 고개를 끄덕였다.

"그래. 나세르의…… 나세르 님의 시체로부터 눈을 돌려야 하니까. 나세르 님이 수도에서 달아나며 가져온 게 '빛의 검'도 아니고 '순백의 영광'과 '순백의 가호' 정도라면야, 그의 시체 수색에 큰 시간을 할애하진 않겠지. 무엇보다도 시급한 일은 내 영혼을 소멸하는 일, 나를 발견하면 한시라도 빨리 수도로 떠나고 싶어 할 거야."

지엔이 멍한 얼굴로 말을 이었다.

"그가 나를 죽이기를 바랐던 이유. 나는 그게 다음 생에서라도 그를 가지고자 하는 나의 욕심 때문인 줄 알았는데…… 아니었어. 나는 아마도 단지 그를 살리고 싶어서 그랬던 거야. 그 대가가 설령 내 목숨이라고 할지라도."

빛의 펜던트가 냉소적인 목소리로 맞받아쳤다.

— 그리고 지금은 영혼까지 갖다 바치겠다? 나 참, 정말 전생에 내가 알던 '그자'였던 게 맞나 싶을 정도로 멍청하기 짝이 없군.

그 말에도 불구하고 지엔은 은은한 미소마저 지어 보였다. 그 꼴을 보다 못한 펜던트가 참다 참다 다시 투덜댔다.

— 제길, 잘 생각해. 이런 인간, 죽고 다시 태어나면 그만이지만 넌 아니잖아. 영혼이 소멸당하는 거라고. 게다가…… 내가 인간이 아닌 것들을 인간으로 환생시키는 힘이 있다는 건 알지? 그건 곧, 내 힘으로 다시 태어나든 되살아나든 그 대상은 인과의 고리를 끊고 전생과는 아무 관련이 없어진다는 뜻이라고. 그것뿐이야? 기억까지 모두 잃어버릴지도 모르지. 나도 인간을 되살려 본 적은 없으니.

지엔은 여전히 대수롭잖은 목소리로 대답했다.

"그 정도는 다 각오했어. 그래도……."

불현듯 작게 웃은 그녀가 덧붙였다.

"과연 네 말대로야."

— 뭐?

"사랑이라는 게 사람을 꼼짝없이 약하게 만든단 말야. 평범하고 실망스러운 존재로. 이성 따위는 하나도 남아 있지 않게."

— …….

"그러니까 부탁해, 나의 피조물."

지엔이 웃는 얼굴 그대로 꺼낸 말에, 한동안 천둥 치는 소리 외에는 적막만이 흘렀다.

이윽고, 빛의 펜던트가 사나운 목소리로 내뱉었다.

— 젠장. 정말 마지막이로군.

"하하, 그렇게 됐네."

— 꼴사납게 인사 따위 하지 않을 거다. 너 같은 인간, 지금까지 존재했던 게 대륙의 재앙이었지.

"마지막 인사가 참 정겹구나."

여전히 차분하면서도 부드러운 어조로 말하던 지엔은 다음으로 들려온 말에 눈을 크게 떴다.

— 내 다음 주인에게는 사랑 따위 절대로 못 하게 할 거다. 네 이야기를 할 거야.

"……."

— 내가 아는 가장 위대한 존재, 또한 나의 가장 오래된 친구는 사랑 때문에 죽었노라고. 그러니 그에게는 절대로, 절대로 사랑 따위 하게 두지 않을 거라고 말이야.

비로소 작게 웃은 지엔이 다시 말했다.

"네가 솔직하지 못한 건, 어리석은 과거의 나를 닮았기 때문인지도 모르겠구나."

그리고 그녀는 내내 무릎 꿇고 있던 몸을 일으켰다.

다시 고개 숙여 잠든 듯 평온한 나세르의 얼굴을 한참이나 들여다보던 그녀가 옅은 미소와 함께 그의 가슴 위에 펜던트를 올려놓자, 펜던트로부터 솟아 나온 빛이 어둠을 쪼개며 사방을 하얗게 물들였다.

거세게 나부끼는 머리카락을 잠시 붙잡고 있던 지엔은 이윽고 몸을 휙 돌려 걸음을 옮겼다. 산책이라도 나가듯 아무런 망설임도 없는 걸음이었다.

얼마 걷지 않아 익숙한 얼굴들과 마주친 지엔은 환영하듯 두 팔을 벌렸다. 그들의 선두에 서 있던 로아나가 기막히다는 표정을 지으며 입을 삐끔거렸다.

아무 말도 못 하는 그녀에게 지엔은 태연한 얼굴로 말했다.

"와, 명실상부 제국 최고의 기사에게 잡힐 수 있게 돼서 정말로 기뻐요. 너무나 영광이에요."

"지엔, 너는 도대체가……."

어처구니없어하면서도 '나 잡아 잡쇼' 하고 튀어나온 그녀를 외면하지 못한 로아나는 일단 밧줄로 꽁꽁 묶었다. 마력 구속구로 한 번 더 묶고 나서야 로아나는 내내 궁금했던 것을 물었다.

"브리지트 공자는 어디에 있지?"

지엔이 해사하기까지 한 미소와 함께 대답했다.

"저도 몰라요."

그 대답이 말이 안 된다고 생각해서 얼굴을 찡그린 것도 잠시, 혀를 찬 로아나는 일단 뒤돌아섰다. 나세르를 뒤쫓는 것은 나중에 해도 될 일이고, 자신들이 이곳에 파견 나온 목적은 지엔의 생포였다. 더군다나 로아나는 나세르만은 결코 자신의 손으로 잡고 싶지 않았다. 이런 자신의 생각이 기사답지 못하다고 욕을 먹는다고 해도 하는 수 없었다.

고개를 돌린 로아나가 일행들을 향해 외쳤다.

"지금부터 우리는 마왕의 환생을 수도로 호송한다! 근처에 나와 있는 추격대를 전부 불러들여라."

지엔의 영혼을 소멸시키기 위한 여정이 시작되었다.

*　　*　　*

텔레포트라는 편리한 수단이 있음에도 이들은 굳이 육로로 이동하는 쪽을 택했다. 지엔은 그 이유를 어렴풋이 추측만 했다.

텔레포트로 이 많은 인원을 한꺼번에 이동시키는 것은 무리일 테고, 텔레포트로 지엔 혼자만을 보내 봐야 로아나를 포함한 핵심 병력 대부분이 바깥에 있는 마당에 제라드가 쳐들어오기라도 하면 말짱 도루묵이라는 거겠지. 실제로 지엔을 호송하는 이들은 적지 않은 인원이라 거의 불가능에 가까움에도 최대한 은밀히 이동하려고 노력했다.

지엔은 로아나를 통해 자신의 추측이 맞았는지 확인하고 싶었지만, 창문 틈 사이로 간간이 시선이 마주칠 때마다 그녀는 멀리서 죄책감 깃든 표정을 짓고 있다가도 시선이 마주치려고 하면 고개를 획 돌렸다. 어차피 말을 걸어 봐야 더 괴로워할 것이 뻔해서 지엔은 그냥 포기하기로 했다.

마력 구속용 쇠사슬로 꽁꽁 묶인 죄인 호송용 마차 안에서, 마찬가지로 꽁꽁 묶인 지엔은 작은 틈으로 새어 들어오는 빛이 밝고 어두워지는 것을 통해서만 날짜를 짐작했다.

수도에 도착하는 데 걸린 시간은 거의 일주일 남짓이었다. 말을 탄 일행들이 최대한 서둘렀음에도 지엔과 나세르가 함께 도망쳐 온 거리가 그만큼 멀었다는 뜻이었다.

실제로 지엔과 나세르는 브리지트 백작령에서 더 남쪽으로 내려왔었으니, 조금만 더 갔더라면 바다에 닿을 수 있었을지도 몰랐다.

그런 생각이 떠오를 때면 지엔은 아득한 눈빛을 했다. 나세르와 단둘이 손을 잡고 거친 산과 숲 속을 헤매고 다니던 날들이 어제의 일처럼 선명했다.

지엔은 아무것도 없는 바닥을 내려다보며 생각했다.

'나세르 님은 무사히 살아나신 게 맞겠지? 부디 그래야 할 텐데.'

지엔이 다시 한숨을 내쉬던 찰나, 마차 바깥에서 갑자기 로아나의 목소리가 들렸다.

"내려라."

물론 로아나가 바깥사람들을 다 죽이고 자신을 도망시켜 보내주는 상황 따위는 기대하지 않았다. 지엔이 마차에서 내리자, 기다렸다는 듯 수백, 수천 명의 적대적인 시선이 그녀에게로 쏟아졌다.

광장이 아니라 황성으로 통하는 길이었다. 광장만큼 넓은 곳이 아님에도 불구하고 발 디딜 틈도 없이 빽빽하게 모여든 군중들은 저마다 침을 뱉고, 돌을 던졌다. 일부는 두려워하는 듯 아무것도 하지 않았지만 대부분은 분노에 몸을 맡겼다.

그러고도 분을 이기지 못한 그들이 소리쳤다.

"마왕으로 태어났으면 북부 마물과 어울려 살란 말이야! 왜 우리 인간들의 땅에 발을 들여서."

"굳이 인간으로 다시 태어나? 그러니까 네 부하들이 마물을 끌고 쳐들어와 수도를 쑥대밭으로 만들었잖아."

"그러니까 우리로서는 어쩔 수 없어."

지엔이 여기에서 자신은 마왕의 환생이 아니라고 성토한다 해도 아무도 믿지 않을 분위기였다. 하긴. 지엔은 속으로 한숨을 내쉬었다.

'제라드조차 내 정체를 착각했는데, 한낱 인간인 당신들이 무슨 수로 진실을 알겠어?'

마지막 항변마저 포기한 지엔은 황성으로 통하는 다리로 걸음을 옮겼다. 로아나와 긴장한 기색이 역력한 병사들이 그녀를 포위하듯 감싸고 따라서 걸었다.

얼마 지나지 않아 익숙한 풍경이 눈앞에 나타났다. 지엔이 이 황성에 왔을 때 가장 먼저 보았던 것, '천 개의 계단'이었다.

'그때는 이 계단을 죽으려고 오르는 일이 있을 줄은 상상도 못 했는데.'

그렇게 생각하며 지엔이 다시 발을 떼었다. 계단 위에 한 발을 올려놓자 발에 묶인 쇠사슬이 절그럭 하는 불쾌한 소리를 냈다. 이제껏 한 번도 천 개의 계단을 오르내리며 힘들다고 생각해 본 적이 없었으나 이번에는 달랐다. 빠듯하게 묶인 쇠사슬이 보폭을 제한하는 바람에 평소보다 배는 넘는 힘이 필요한 탓에, 절반도 가지 않아 지엔의 온몸에서 땀이 비 오듯 쏟아졌다. 로아나는 그런 그녀의 모습을 안쓰러운 듯 보면서도, 내색하지 않고 독촉했다.

"죄인은 어서 계단을 올라라."

"네."

이를 악물고 대답한 지엔은 마저 계단을 올랐다.

얼마 안 가 처형대가 나타나기는커녕 자꾸만 황궁 깊은 곳으로 들어가는 로아나를 보며 지엔은 미간을 좁혔다.

'도대체 왜 이곳까지 온 거지? 처형을 할 거라면 광장에서 하는 게 제일 낫지 않나.'

지엔이 남의 사형이라도 되는 양 심드렁하게 생각하는 사이, 마침내 지엔의 앞에 두 문이 열리며 익숙한 공간이 드러났다. 그 모습을 상상도 못 한 지엔의 눈이 커졌다.

황제의 대전이었다. 황제가 정사를 보고, 죄인들의 심판이 이루어지는 곳.

또한 지엔이 한때 북방 원정의 최고 공로자로서 포상을 받았으며, 그녀가 전생의 기억 속에서 가장 많은 시간을 보내기도 했던 곳이었다.

'그런데 이곳에서 영혼을 소멸당할 위기에 처하다니. 아이러니가 따로 없군.'

이번에도 남의 일처럼 생각하며 지엔은 한쪽 입꼬리를 비죽 올렸다. 그 모습을 어떻게 생각한 것인지, 기사들이 하얗게 질린 얼굴로 그녀를 끌어다 마법진 가운데에 앉혔다.

복잡한 도형이 여러 개 겹쳐진 마법진은 새파란 빛으로 빛나고 있었다. 마법의 곳곳마다 마석이 놓여 마법진에 푸른 마나를 공급하고 있었다. 그 주위를 스무 명가량의 마법사들이 둘러싸고 있었다. 마냥 가벼워 보였던 칼리스와는 달리 일평생 한 분야에 몸을 바친 대가다운 무거운 분위기가 그들 사이에 흘렀다.

주위를 두리번거리던 지엔의 시선을 누군가의 목소리가 사로잡았다.

“죄인이 왔구나.”

지엔은 고개를 돌렸다. 멀지 않은 곳에서 황제가 옥좌에 앉아 그 모습을 지켜보고 있었다. 지엔에게 상을 내릴 때도 앉아 있던 바로 그 옥좌였다.

지엔이 마왕의 환생이라는 증거를 결국 찾지 못했기 때문인지, 아니면 다른 이유 때문인지, 그는 썩 편치 않은 표정이었다. 그리고 그의 옆에 벨하르트가 앉아 있었다. 무슨 이유에서인지 황후는 모습이 보이지 않았다.

지엔은 이 광경을 보는 벨하르트의 미간이 찌푸려진 것이 의외라고 생각했다. 아무리 마지막 순간에 자신을 놓아줬다고는 하지만, 바깥에서 그런 감정을 표하진 않을 거라고 생각했는데. 다른 이들도 그렇게 여긴 듯, 신기해하는 눈으로 간혹 벨하르트를 흘긋거리고 있었다.

지엔을 더욱 놀라게 한 것은, 다름 아닌 발리아가 황실 일가만이

앉을 수 있는 자리에 함께 앉아 자신의 모습을 지켜보고 있다는 것이었다. 그녀의 자리는 벨하르트의 바로 옆자리였다. 아마도 그녀는 지엔이 수도에 없는 사이 공식적으로 황태자비의 자리에 오른 모양이었다.

나라가 어지러우니 황가에서 임시방편으로 손을 썼을 수도 있고, 아니면 마왕의 환생을 밝혀낸 공을 인정받아 황태자비가 되었을지도 모른다. 어느 쪽이든 지엔으로서는 입맛이 썼다.

그러나 별로 원망스럽지는 않았다. 오히려 자신이 전생에 한 일들을 생각하면 이상할 정도로 좋은 사람만 만나 왔으니, 한 번쯤 뒤통수 맞는 것 따위야 당해 볼 만했다.

하지만.

'헤카테의 희생이 아무런 의미도 없었다는 게.'

헤카테는 지엔을 지키려 마지막까지 고군분투했는데, 그런 헤카테의 마지막 말조차 지켜지지 않았다는 것이 씁쓸할 뿐이었다. 그럼으로써 그의 죽음마저 아무런 의미도 없어진 것 같아서.

그때 황제의 목소리가 다시 날아왔다. 지엔은 고개를 들었다.

"죄인, 지엔은 마왕으로 태어났으나 인간으로 환생하여 고의적으로 인간계를 어지럽히고, 제국을 위험에 빠트리려 하였다."

황제는 지엔이 반론할 여지조차 주지 않으려는 것처럼 빠르게 말을 이었다.

"게다가 죄인의 부활을 원하는 자가 제국의 성물들을 틈틈이 노리며 마수들을 데리고 와 많은 피해를 주고 있는바, 이에 제국에서는 목숨을 빼앗는 것이 아닌 보다 특수한 벌을 내리고자 한다."

황제가 말을 맺었다.

"오늘, 죄인의 영혼은 지상에서 사라질 것이다."

"……."

"마법사, 마력을 주입하게."

황제의 말이 떨어짐과 동시에 마법진을 감싸고 있던 푸른 빛이 더더욱 환해지기 시작했다. 그러나 아직은 가시적인 것 외에 다른 변화는 느껴지지 않았다. 그 모습을 물끄러미 보던 지엔은, 마법진이 발현되자 모두 멀찍이 물러났는데도 아직 유일하게 곁을 떠나지 않은 로아나를 주시했다.

그녀와 눈이 마주치자 지엔이 말했다.

"로아나 님."

지엔은 이 홀에서 유일하게 보이지 않는 사람의 안부를 물었다.

"칼리스 님은……."

그에 마법진을 둘러싸고 주문을 외우고 있던 마법사들의 표정이 언짢은 듯 변했으나, 로아나는 아무런 동요도 없이 대답했다.

"지나친 실험 정신으로 위험한 마법을 썼다는 이유로 잠시 구금되었다. 하지만, 난 그런 이유가 아니란 걸 알아."

"……."

"그 이유는 아마도 너와 관련이 있겠지?"

날카로운 표정으로 그렇게 되묻는 로아나를 향해 지엔은 옅은 미소만 지어 보였다.

"고마워요."

"지엔, 나는……."

그녀를 바라보던 로아나의 얼굴이 기어이 일그러지던 그때, 갑자기 엄청난 고통이 지엔을 덮쳤다. 맨몸으로 마차가 수십 개 지나다니는 대로변에 깔린대도 이 정도의 고통은 느껴지지 않을 것 같았다.

상체를 수그린 지엔이 입술을 깨물며 쇠사슬에 묶인 손으로 바닥을 긁어댔다. 그 모습을 본 마법사들의 주문을 외는 속도가 더욱 빨라졌다. 주문을 외는 소리에 간혹 뒤섞여 구경꾼들의 말도 들려왔다.

"저길 봐, 드디어 본색을 드러내는군……!"

"어둠에서 태어난 것이 사악하지 않을 리 없지."

지엔은 차마 반박할 말조차 떠올리지 못했다. 압도적인 고통이 그녀의 이성을 좀먹고 있었다.

바로 그 순간이었다.

우르릉! 사납게 몰아친 바람이 마법진 위에 배치된 마석들을 한 차례 뒤집어 놓았다. 마석들이 제자리를 벗어나며 마법진의 빛이 사라지고, 의외의 사태에 놀란 마법사들의 주문도 끊겼다.

마법사는 물론 거리를 두고 물러나 있던 기사들마저 무기를 들고 한달음에 다가오는 가운데, 난장판 속에서 어울리지 않는 능청스러운 목소리가 흘러나왔다.

"휴, 거봐. 내가 뭐랬어?"

보라색 머리카락을 휙 쓸어 넘긴 그가 초췌한 얼굴 위로 미소를 띠었다.

"지하 감옥 설계자, 틀림없이 나보다는 머리 안 좋댔잖아."

그 말을 들은 마법사들의 표정이 떨떠름해지는 것보다도 황제의 반응이 한발 빨랐다. 자리에서 몸을 일으킨 그가 쾅 소리 나게 옥좌를 내리치며 외쳤다.

"칼리스! 네가 감히!"

그 가운데 지엔은 아직도 고통 때문에 멍한 머리를 뒤흔들다가 서서히 고개를 들었다. 보랏빛 머리카락이 망토처럼 그녀의 시야를 가리고 있었다.

"칼리스 님."

그녀가 작게 뇌까리자, 급박한 상황 속에서도 그녀에게 시선을 준 칼리스가 용케 웃어 보였다.

"지엔아, 나 방금 좀 멋있지 않았어?"

"네."

"목석, 아니, 나세르보다도?"

"……."

대답 없이 고개만 숙이는 지엔을 본 칼리스가 혀를 쯧 차며 다시 앞을 보았다.

이윽고 황제의 노호성이 쩌렁쩌렁하게 내리꽂혔다. 반응이 예사롭지 않은 것을 보아, 그는 지엔이 황성을 빠져나가는 데에도 칼리스가 도움을 줬다는 것까지도 알고 있음이 틀림없었다.

"칼리스, 네 이놈! 제국은 물론 전 대륙의 안전이 달린 일이다. 그런데 네가 감히, 자국의 황족이란 놈이 자국민과 내 앞에서 마왕의 환생을 옹호해?"

"글쎄요, 폐하. 저는 지엔이 마왕의 환생이라는 확실한 증거는 아직 나오지 않은 것으로 알고 있는데요."

어디에서 났는지 모를 스태프를 빙글빙글 돌리던 그가 콕 집어 사실을 말하자 황제가 입을 다물었다. 과연 그 증거는 아직 밝혀지지 않은 모양이었다.

지엔이 생각하는 사이, 그 모습을 보고 있던 귀족 하나가 벌벌 떨면서도 외쳤다.

"마, 마왕의 환생에 대한 예언은 발견하지 못했지만, 대신 저자에 대한 예언을 발견했잖나? 십몇 년 전부터 온 제국을 벌벌 떨게 한 '위대하고 사악한 자' !"

그렇게 말한 그가 손가락을 뻗어 지엔을 가리켰다.

"'위대하고 사악한 자'가 마왕이 아니라면 도대체 다른 누구에게 붙을 수 있는 수식어지? 나는 그것만으로 충분하다고 생각한다! 또 다른 증거가 필요한가?"

구금 중이라고는 하나 엄연히 황족인 칼리스에게 이성을 잃고 평대하는 데도 모두는 신경 쓰지 않았다. '옳소, 옳소!' 하는 외침만 터져 나오는 가운데 칼리스는 태연하게 어깨를 으쓱했다.

그가 여전히 한 손으로 곡예 하듯 스태프를 빙빙 돌리며 말했다.

"정말 그렇게 생각해? '위대하고 사악한 자'가 마왕을 가리키는 수식어라고? 과연 멍청한 사람들의 사고방식은 따라갈 수가 없네."

"뭐라고? 마왕의 옹호자 주제에 감히! 빛의 신께서 너를 용서하지 않을 것이다!"

다시금 버럭 외치는 귀족의 태도에도 불구하고 그는 심드렁한 태도로 말을 이었다.

"아, 그래. 바로 그 '빛의 신'의 입장에서 생각해 보자고. 그가 창세기에서 한 번이라도 마왕에 대해 말할 때, '위대하다' 혹은 '사악하다' 따위의 수식언을 쓴 적이 있는지."

그에 장내가 잠시 조용해졌다. 이윽고 말을 꺼낸 귀족이 더듬거리며 대답했다.

"그, 그건……."

"그렇지? 없지? 그에게 따라붙던 수식어는 언제나 '빛보다 먼저', '최초의 어둠에서 태어난', '오랫동안 홀로 있었던' 뿐…… 애초에 빛의 신께서 어둠에서 태어난 것들이 '악하다'고 말한 적이 있었나? 마왕이라는 것 또한 우리 인간들이 붙인 칭호가 아닌가?"

대번에 표정을 신경질적으로 바꾼 칼리스가 지팡이로 귀족을 척 가리키며 말을 이었다.

"그리고 '위대한'이란 수식어에 대해서도 말인데, 나는 그게 최초로 세상에 태어난 주제에 지금까지 어떠한 족적도 남기지 못하고 있는 듯 없는 듯 살다 간 존재에게 어울리는 수식어는 아니라고 생각하거든."

마왕이라는 존재의 격을 거리낌 없이 깎아내리는 칼리스의 행태에 홀 안이 술렁였다. 그 가운데 어깨를 으쓱한 그가 덧붙였다.

"차라리 마왕의 동생이라던 그 자야말로 인간을 네 번이나 침공했으니 마족과 마수의 입장에서나마 '위대하다'는 수식어를 받을 수 있지 않을까? 사악함이야 말할 것도 없지. 하지만 그는 이미 다른 인물로 환생해 있으니 넘어가자고."

그에 경악한 목소리가 곳곳에서 튀어나왔다.

"마물을 데리고 제국을 침공한 자를 감히 옹호하다니!"

"칼리스 님께서 미치신 게 분명해……."

그 가운데, 손을 내저어 그 말들을 물리친 칼리스가 다시 말했다.

"그러니까 내 결론은 이거야. 나는 '위대하고 사악한 자'가 결코 마왕이 아닌, 진취적이고 격렬한 생애를 살아간 어떤 인간일 거라고 생각해. 그리고 틀림없이 그의 이름은 우리 역사서에도 기록돼 있겠지."

"신…… 신성 모독이다!"

"하여간 말이 안 통하는군."

칼리스가 귀를 후비는 시늉을 하며 골치 아프다는 표정을 짓는 그때였다. 멀지 않은 곳에서 창을 들고 있던 누군가가 외쳤다. 그는 다름 아닌 황실 근위대장이었다.

"칼리스 공자! 어서 거기서 물러나시오!"

그 말에 칼리스는 다시금 어처구니없다는 표정을 지으며 대꾸했다.

"저기, 적어도 내 말을 조금 생각해 보는 척이라도 하는 게 어때? 지엔뿐만 아니라 당신들을 위해서도 하는 소리니까. 존재하지도 않는 죄 때문에 한 인간을 죽이는 것도 모자라 영혼까지 소멸시킨 걸 알면, 빛의 신께서 당신들을 보고 뭐라고 말씀하실 것 같아?"

그에 움찔했던 것도 잠시, 곧 침착함을 되찾은 근위대장이 다시 지엔을 가리켰다.

그가 외쳤다.

"저 또한 칼리스 님을 걱정해서 이런 말씀을 드리는 겁니다! 나세르 공자의 경우를 생각해 보십시오."

칼리스가 대번에 어리둥절한 표정이 되어 대꾸했다.

"걔가 왜?"

"나세르 공자도 그자의 결백을 믿었기에 그자를 데리고 도성을 탈출했을 겁니다! 하지만 그 결과 어떻게 되었습니까? 지금 그자는 멀쩡히 살아 있는데, 나세르 공자만이 온데간데없이 증발해 버리지 않았습니까."

근위대장은 침을 튀기며 열변을 토했다.

"이거야말로 그자가 마왕이라는 증거가 아니고 뭐겠습니까! 마왕이 자신과 반대되는 힘을 가진 빛의 검의 주인에게 우호적이었을까요? 틀림없이 틈을 노려 제거할 생각이었을 겁니다. 그리고 그 결과……."

가만히 듣고 있던 칼리스가 골치 아프다는 표정으로 그 말을 잘랐다.

"아니, 나세르 공자가 여기 없는 이유는 그가 이 하녀를 사……."

그러다 말고 그는 돌연 자괴감 어린 몸짓으로 머리카락을 쓸어 넘겼다. 지엔은 그의 심정을 알 수 있었기에 착잡한 눈빛으로 그를 응시했다.

그 가운데 입술을 우물거리던 칼리스가 결국 말을 꺼냈다.

"그건 나세르 공자가 이 하녀에게 연…… 심을 품었기 때문이라네. 그대들의 감성으로는 이해할 수 없겠지만, 그는 자기가 사랑하는 사람이 죽는 것을 보느니 자기가 먼저 죽는 편을 택할 사람이니까. 그런데…… 내가 나세르 공자가 어떤 사람이고 어떤 방식으로 사랑하는지에 대해서까지 구구절절 설명해야만 할까?"

과연 근위대장은 그 말을 조금도 믿지 않았다.

"그 말을 어떻게 믿소! 어서 비키기나 하시오!"

"아, 미치겠네."

작게 중얼거리며 머리카락을 쓸어 넘긴 그가 지엔을 돌아보며 물었다.

"못난아, 우리 이대로 도망갈까? 내가 있으니 다들 함부로 공격하지 못할 텐데."

"황제 폐하의 표정을 보면 아닐 것 같은데요."

지엔의 냉랭한 대꾸에 황제를 잠시 건너다본 칼리스가 중얼거렸다.

"흠, 그건 그렇군."

그의 태연한 표정이 진심인지, 가장인지 지엔이 슬슬 헷갈리기 시작하던 찰나였다.

지엔이 들어온 이래로 도주를 염려하듯, 굳게 닫혀 있던 대전 문이 갑자기 쾅 하고 열렸다. 쏟아지던 밝은 빛이 차차 잦아들면서, 마침내 드러나는 누군가의 형체에 모두는 눈을 크게 뜨며 탄식을 쏟아 냈다.

"맙소사……."

"대체 어떻게."

그들과 마찬가지로 의아하게 뒤를 돌아보았던 칼리스와 지엔 또한 놀라서 숨을 뱉었다.

눈부시도록 빛나는 햇살 속에서 흐드러진 백금색 머리카락은 그 어느 때보다도 밝게 빛났다. 의지로 가득 찬 회청색 눈동자가 대전 안을 샅샅이 살피다가 마침내 지엔에게 닿았다.

그의 검과 갑옷은 마지막 보았을 때와 마찬가지로 '순백의 가호'와 '순백의 영광'이었다. 그것을 알아본 이들 또한 그의 정체를 알아채고 신음을 토하던 그때, 망설임 없이 걸음을 옮긴 그가 칼리스와 지엔의 곁에 섰다.

품에 손을 넣은 그가 무언가를 꺼내며 말했다.

"지엔, 놓고 간 것이 있어서 돌려주러 왔다."

이 상황을 이해할 수 없어 굳어 있는 것도 잠시, 나세르의 손에 마침내 들려 나온 것에 모두의 표정이 변했다. 누군가가 그 물건을 가리키며 말했다.

"그건……."

"설마, 빛의 펜던트?"

그들의 의문을 뒷받침하듯, 나세르가 옅은 웃음기가 배어나는 목소리로 말했다.

"분명히 죽었다고 생각했는데 다시 눈을 떠 보니 멀쩡히 살아 있기에, 이상하다고 생각했지. 내 곁에 떨어져 있던 이것을 발견하기 전까지는."

그 말을 들은 사람들의 얼굴이 더 큰 혼란으로 물들었다. 그야 그럴 수밖에 없었다. 수백 년간 실종되었던 빛의 펜던트가 갑자기 이곳에 나타나다니.

북부 원정 때의 일을 기억해 낸 로아나만이 그 경위를 눈치챘다.

'헤카테의 어머니라던 그 천족의 시체를 찾으러 갔을 때…… 나는 시체를 확인할 겨를도 없이 붙잡혔지만, 내가 기절한 사이 나를 데리고 나오면서 펜던트도 같이 챙긴 모양이군.'

그녀는 속으로 혀를 내둘렀다. 하여간 대단한 수완과 배짱이었다.

'이럴 때 생각할 건 아니지만, 역시 나와 같이 기사가 되는 편이 좋았을 텐데.'

로아나가 그렇게 상황에 어울리지도 않는 생각을 떠올리는 사이, 다른 사람들은 여전히 정신을 되찾지 못했다.

그도 그럴 게 어디에서 빛의 펜던트를 발견했는지는 둘째 치더라도, 그 펜던트로 인해 죽었었던 나세르가 살아났다니. 그런 기적을 일으킬 수 있는 것은 분명히…….

'빛의 펜던트의 주인뿐일 텐데.'

바로 그때, 혼란스러운 와중임에도 불구하고 사람들 사이를 거리낌 없이 헤치고 나온 빛의 사제 하나가 지엔 일행에게로 돌진했다. 움찔한 나세르와 칼리스가 지엔 앞을 가로막는데도, 아랑곳하지 않고 나세르에게 다가온 그는 곧장 빛의 펜던트를 뺏더니 자세히 살폈다.

이윽고, 고개를 든 그가 놀랍다는 듯 외쳤다.

"이럴 수가! 정말 빛의 펜던트가 맞군요…… 신전에 가져가서 조금 더 제대로 확인을 해야겠지만, 제가 아는 바에 따르면 이건 분명히 빛의 펜던트가 맞습니다. 무엇보다 큰 기적을 일으킨 지 얼마 되지 않은 듯, 아직도 은은히 주변을 둘러싸고 있는 이 막대한 신성력이라니……."

그리고 그는 혼란스러운 눈으로 칼리스의 몸에 거의 가려진 지엔을 힐끗 보았다.

"하지만…… 빛의 신과 마왕은 정반대의 힘으로부터 태어났는데, 마왕의 환생이 빛의 성물의 주인으로 인정받아 그를 이용해 사람을 살리다니요? 이건 도저히 말이 안 되지 않습니까?"

그렇게 말한 그가 조심스러운 눈으로 주위를 둘러보며 동의를 구했다. 비로소 그가 무슨 말을 하고 있는지를 깨달은 군중들은 하나둘 탄식하며 말했다.

"그럼 설마……."

"정말로, 저자가 마왕의 환생이……."

어이없을 정도로 쉽게 뒤집히는 분위기에 지엔은 내심 어이없어하며 생각했다.

'이럴 줄 알았으면 그냥 빛의 펜던트의 주인이 나인 걸 밝힐 걸 그랬네.'

그것도 잠시, 그녀는 고개를 내저었다.

'아니, 하지만 나에게 밖에 들리지 않는 빛의 펜던트의 목소리가 들린다고 주장해 봤자, 실제로 기적을 일으키기 전까지는 아무런 증명도 되지 않았을 테니…….'

지엔은 옆에 서 있는 나세르를 힐끗 보았다.

'이건 나세르 님이 나로 인해 되살아난 지금에야 의미가 있는 거겠지.'

그때, 지엔과 눈이 마주친 나세르가 안심하라는 듯 빙긋 웃었다. 그런 그의 모습을 보며 지엔은 다시금 기묘한 감상에 사로잡혔다.

지엔은 턱을 매만지며 고민했다.

'분명히 나세르 님이 죽을 때 나는 우리 사이를 잇는 악연의 사슬이 끊어지는 소리를 들었어. 그렇다면…… 지금의 그는 역시 나를 사랑하지 않는 거겠지?'

그런 것치고는 놀라울 정도로 태도의 변화가 없었다. 하긴, 나세르는 원래 칼리스 같은 밥맛 없는 일부 인간들을 제외하고는 대체로 누구에게나 친절했다.

그때, 점차 소란스러워지던 장내를 가르고 황제의 말이 날아왔다. 지엔과 나세르, 칼리스, 세 사람은 흠칫하며 고개를 들었다.

주먹을 말아쥔 황제가 무거운 목소리로 말했다.

"그렇다면 그것이 정말로 빛의 펜던트일 경우, 거기 있는 죄인은 마왕의 환생이라는 혐의가 완전히 벗겨지는 건가? 그게 그대의 주장인가?"

그의 시선은 다름 아닌 빛의 사제를 향해 있었다. 사제는 송구하다는 듯 고개를 조아리면서도 결코 흔들리지 않는 목소리로 말했다.

"네, 실은, 그뿐만이 아니라…… 빛의 펜던트는 다른 어떤 성물보다도 많은 신성력이 담겨 있는 성물입니다. 게다가 오랫동안 소실되어 있기까지 했는데, 그게 마침내 나타난 것도 모자라 주인까지 찾다니…… 본교에 있어 이 일의 의미를 생각했을 때 그녀를 성인으로 추대해도 모자람이 없다고 봅니다."

거침없는 사제의 말에 지엔의 안색이 푸르죽죽해졌다. 그녀가 속으로 읊조렸다.

'맙소사, 헤카테.'

이대로라면 헤카테가 옛날에 말했던 '성녀 추대'인지 뭔지가 실제로 일어나 버릴 판국이었다.

은퇴한 뒤의 평화로운 삶만 그리고 있던 지엔은 그런 일만은 죽어도 피하고 싶었다. 물론, 이 자리에서 영혼을 소멸당하는 것에 비하면 그런 대가 정도야 약소하게 느껴지지만.

그때, 한참을 제자리에서 사제의 말만 곱씹던 황제가 갑자기 털썩 소리 나게 주저앉았다. 옥좌에 등을 깊이 기댄 그가 한 손으로 새파래진 얼굴을 쓸어내리며 말했다.

"맙소사…… 그러면 누가 대체…… 누가 대체 마왕의 환생이란 말인가?"

고뇌로 가득한 그의 목소리에 대전의 모두는 잠시 침묵했다.

사실, 다들 지엔이 마왕의 환생이란 확실한 증거가 없다는 것쯤은 알고 있었다. 다만 그녀를 사형시켜 일단 수도의 민심을 잠재워 보고자 했을 뿐이었다. 그러니 그녀에게서 혐의가 벗겨진다고 해서 문제가 끝나는 것이 아니라, 오히려 시작이었다. 도대체 누가 마왕의 환생이냐는 원점으로 돌아온 것이다.

앞으로 몇 달, 길게는 몇 년간 제국은 마왕의 환생을 찾는 문제에 시달릴 것이다. 서로가 서로의 정체를 의심하여 마녀사냥보다도 더 큰 사태가 일어날지도 몰랐다. 이 와중에 누군가는 지엔을 원망하기도 했다.

'그냥 순순히 마왕의 환생으로써 죽어 주었으면 좋았을 것을.'

그러나 빛의 사제의 입에서 이런 말까지 나왔는데 덮어 놓고 사건을 종결할 수도 없는 노릇이었다. 결국, 시름에 잠겨 있던 황제가 다시 입을 열었다.

"지엔."

"네, 폐하."

지엔이 고개를 숙이며 대답했다. 황제가 여전히 어두운 얼굴로 물었다.

"그대가 정말 빛의 펜던트를 이용해 나세르를 되살렸는가."

"그렇습니다, 폐하."

"그렇다면 그대가 정말로 마왕의 환생이……."

돌연 황제의 말이 뚝 끊겼다. 그는 불안한 눈으로 허공을 올려다보았다. 다른 사람들도 그곳을 보자, 불길한 자줏빛 기운이 소용돌이치다가 점차 사람만 한 크기로 커지는 것이 보였다.

원 안에서 제라드가 홀연히 나타났다. 예전에 마계로 사라지던 것과도 흡사한 그의 모습에, 지엔은 흠칫하며 그를 바라보았다.

그 가운데 매혹적이고도 불길한 목소리가 울렸다.

"우스운 고민을 하고 있구나. 너희의 하찮은 머리로 내 주인의 위대함을 헤아릴 수 있을 리 없으니, 그것은 애초에 너희가 판단할 수는 없는 문제다. 능력은 물론, 자격조차 없지."

제라드는 전과 같이 헤카테의 행세를 집어치운 검은 천 옷차림이었다. 그 때문인지 더욱 악마적으로 보이는 미소를 짙게 띤 그가 한쪽 손을 가슴에 얹었다.

"그 문제를 판단할 수 있는 것은 나뿐이다. 네놈들의 저급한 이름으로 불러야만 알아듣겠다면 할 수 없구나. 내 입으로 말하건대……."

화사한 미소를 걸친 그가 지엔을 가리켰다.

"저분이 바로 마왕이시다."

그의 말에 대전의 모두의 숨이 멎었다. 그것도 잠시, 가장 먼저 정신을 차린 귀족 중 하나가 칼리스에게 소리 질렀다.

"거봐! 내가 뭐랬어! 어서 저자를 죽여야 한다고……."

칼리스가 지엔이 마왕의 환생이 아님을 피력했을 때 가장 적극적으로 반박하던 그 자였다. 그러나 기세 좋게 외치던 것도 잠시, 갑자기 땅에서 솟아오른 검은 줄기가 그를 삼켰다.

"으아악!"

제대로 된 단말마도 못 내뱉고 줄기에 삼켜져 사라지는 그를 주변 사람들이 겁에 질린 눈으로 쳐다보았다. 그것을 시작으로 폭동이 시작되었다.

제라드로부터 뻗어 나온 자주색 빛줄기가 한때 지엔의 영혼을 소멸시키기 위해 만들어졌던 마법진 위를 덮쳤다. 그가 자신을 공격하는 줄 알고 황급히 실드를 쳐 자신의 몸부터 보호했던 마법사들의 안색이 이윽고 창백해졌다.

제라드가 노리던 것은 마법사들의 목숨 따위가 아니었다. 마법사들의 마나가 가득 차 푸르게 물들어 있던 마석들이 순식간에 자줏빛으로 물들기 시작했다.

이윽고 그 안에서 피어오르는 짙은 보랏빛 안개를 보며 마법사들이 비명을 질렀다.

"마석에 깃든 마법을 이토록 쉽게 바꾸어 버리다니……!"

"저자는 정녕 인간의 탈을 쓴 마족인가!"

허공에 떠서 그 모습을 바라보던 제라드가 즐거운 듯 지껄였다.

"버러지 같은 인간들은 언제나 발상 하나만은 칭찬할 만하더군…… 하긴, 가지고 태어난 힘이 약하니 어떻게든 살아남을 방법을 찾을 수밖에 없겠지. 마석으로 북부와 같은 환경을 조성한다는 생각은 아주 좋았지만, 너희 왕궁과 신전에는 이 같은 물건들을 함부로 반입할 수 없어 몹시 골치 아프게 여기던 차였는데."

제라드의 한쪽 입꼬리가 위로 치솟았다.

"이렇게 많은 마석들을 자발적으로 준비해 줄 줄이야. 정말로 고마울 따름이로군."

그리고 그는 문득 날아온 금빛 검기를 가볍게 피했다.

한편, 대전 안은 이미 돌이킬 수 없이 소란스러웠다.

자욱한 보랏빛 안개 사이로 몸을 일으킨 검은 형체들이 사람들에게 달려들자, 태어나서 마족은 물론 마수조차 제대로 본 적이 없는 이들은 그저 겁에 질려 외쳐댔다.

"비켜! 나가야 해!"

"어찌 마물 따위가 대전에 발을 들인단 말인가! 릭서만 제국의 역사상 이런 일은 없었다."

"다들 저희 곁으로 오십시오! 저희 사제들이 여러분을 신성력으로 보호……."

그러나 마수와 마족들은 본능적인 거부감을 느끼고 가장 먼저 사제들을 공격했다. 검은 줄기에 의해 그나마 있던 사제들마저 거꾸로 매달리는 광경을 보고 소란은 더욱 거세졌다.

황제는 그 모습을 보며 대경실색을 했다.

"믿을 수가 없구나, 어찌 이리도 속수무책이란 말이냐!"

"달아나십시오, 폐하!"

그렇게 외친 것은 이미 싸울 태세가 만반인 로아나였다.

"북방 원정에 다녀온 저는 저자와 여러 번 부딪혀서 그가 가진 힘을 압니다. 저자, 제라드는 결코 사람의 힘으로 당해낼 수 있는 이가 아닙니다. 더군다나 이곳은 마석 때문에 북부의 환경과 비슷해진 상태, 저자는 힘을 최고치까지 낼 수 있을 겁니다. 어서 도망치시는 게 현명한 일입니다."

입술을 으득 깨문 그녀가 다시 말을 이었다.

"그때 저희에게는 빛의 성물이 두 개라도 있었으나, 지금은 모조리 봉인하고 빛의 펜던트밖에 남지 않은 상태. 그나마도 빛의 펜던트는 싸우기 위해 만들어진 성물이 아닙니다. 어서 물러나시어 옥체를 보전하심이 옳습니다. 그러니 전하, 부디."

"허나……."

"북방 원정에서 함께 싸운 칼리스 대공자와 나세르 공자가 있으니 도움이 될 것입니다."

그 말에 황제는 염치없다는 표정으로 두 사람을 바라보았다. 그야 그들은 방금까지만 해도 지엔을 감싼 죄로 역적 취급당하고 있었으니 당연했다.

그가 낮은 목소리로 말했다.

"칼리스, 나세르 공자. 부탁해도 되겠는가."

지목당한 두 사람은 망설임 없이 대답했다.

"걱정 마십시오, 전하."

"황궁의 마법 감옥도 며칠 만에 무력화한 저의 실력을 믿어 주십시오, 전하."

진지한 나세르의 말에 이어진 칼리스의 가벼운 말에 황제의 미간이 잠시 찌푸려졌다. 그것도 잠시, 못내 고개를 끄덕인 황제가 근위병들과 함께 돌아섰다.

로아나가 그때까지도 황제의 뒤에 우두커니 서 있던 벨하르트를 향해 외쳤다.

"전하! 전하께서도 어서 빠져나가십시오! 호위 기사로써 면목이 없으나, 지금 저는 전하를 호위할 여력이 되지 못합니다."

그러나 그는 물러나기는커녕 검을 들고 한 걸음 다가왔다.

"나도 돕겠다."

"전하, 위험합니다!"

그렇게 외친 것은 다름 아닌 발리아였다. 그녀는 조금 화난 얼굴로 벨하르트의 팔을 당기며 외쳤다.

"전하, 어서 가지 않으면 안 됩니다. 여기에서 절대로 목숨을 잃어선 안 되는 두 분이 전하와 황제 폐하란 것은 알고 계시지 않습니까!"

갓 상경하던 것이 언제냐는 듯 이제는 완연히 제국민처럼 말하는 발리아의 모습에 로아나의 눈이 휘둥그레졌다. 그것도 잠시, 그녀가 돌아서서 제라드에게 검기를 날리는 것과 동시에 벨하르트가 말했다.

"하지만……."

그가 초점 없는 금빛 눈을 지엔에게로 던졌다.

"……살아 있는 모습을 설마 볼 거라고는 생각하지 못해서, 조금이라도 더 봐 둬야겠다고 생각했다."

"뭐라고요, 전하?"

"설령 이번이 마지막이 될지언정……."

여전히 제가 무슨 말을 하는지도 모르는 것처럼 초점 없는 눈으로 지껄이는 벨하르트를 보던 발리아의 표정이 돌연 싸늘해졌다. 갑자기 고개를 돌린 그녀가 지엔이 있는 곳을 바라보며 말했다.

"전하께서 지엔이 죽기를 바라시든, 살기를 바라시든, 지금 그녀가 살아 있는 것이 전하에게 방해가 되는 것은 분명하군요."

그제야 흠칫 정신을 차린 벨하르트에게 그녀가 말했다.

"그렇다면 제가 여기에서 전하를 데리고 나가기 위해 해야 하는 일은 하나지요."

그리고 그가 반응할 새도 없이 허공에서 물로 만든 창이 솟아났다. 상황을 파악한 그가 금빛 검기를 일으켰지만 이미 상황은 일어나 있었다.

공간을 날카롭게 찢고 날아간 물의 창이 지엔에게로 쇄도했다.

"안―"

벨하르트가 그렇게 말하며 손을 뻗던 찰나, 그는 보았다.

또 한 번 제라드가 나왔을 때처럼 자줏빛 원이 허공에 생겨나고 있었다. 바퀴처럼 빠르게 회전하던 자줏빛 원은 점차 커지더니, 마침내 사람 하나만 한 크기가 되며 누군가를 툭 내뱉었다.

자줏빛 원 안으로 얼핏 보이는 붉은 하늘과는 전혀 어울리지 않는, 이질적이기까지 한 흰색 옷자락이 나붓하게 흔들리는 모습을 보며 그는 눈을 크게 떴다.

*　*　*

지엔은 제라드와 칼리스, 나세르, 로아나, 네 사람이 맞붙는 모습을 보며 생각했다.

'헤카테가 아니란 걸 알고 있는데도, 아니, 오히려 헤카테를 죽게 한 원흉인데도 똑같은 얼굴을 하고 있는 걸 보니까 마음이 흔들리네.'

솔직히 말하자면 제라드가 처음 나타났던 그 순간, 지엔은 이 모든 사태의 원흉이 그임에도 불구하고 뭐든 그가 하자는 대로 따르고 싶은 마음이었다. 그만큼 지엔에게 있어 헤카테가 가지는 의미는 컸다.

'이대로라면 세 분이 제라드를 죽이려고 할 때 끼어들어서 안 된다고 외칠 것 같으니까, 고개라도 돌리고 있자. 뭐, 어차피 내가 도움이 될 싸움도 아니고.'

그렇게 생각하며 애써 네 사람이 싸우는 장면으로부터 시선을 떼어 낸 지엔은 멀지 않은 곳에서 자신을 바라보며 뭔가를 말하고 있는 벨하르트와 발리아를 보고 고개를 기울였다.

마나가 없는 지엔에게는 저들이 희미하게 보일 만큼의 거리였지만, 발리아와 벨하르트는 지엔을 똑바로 보고 있는 것 같았다.

'도대체 날 가지고 무슨 얘기들을 하기에?'

그런 고민에 빠져 심각한 표정을 짓는 찰나, 갑자기 발리아의 옆에 물의 창이 떠올랐다. 그리고 물의 창은 어찌할 새도 없이 지엔에게로 쇄도하기 시작했다.

'달아나야 해.'

그렇게 생각은 했지만 주변은 제라드와 세 사람이 뒤섞여서 벌이는 격전 때문에 엉망이었다.

'어디로 가야 하지?'

그렇게 생각하는 사이 이미 물의 창은 지척까지 다가왔다. 결국 마땅한 방법을 찾지 못한 지엔이 눈을 찡그리며 엎드리던 찰나, 갑자기 자줏빛 원이 지엔의 앞에 나타났다.

반대편에서 보면 다른 모습일지도 모르나, 지엔에게 보이는 것은 그저 자줏빛 원이 맹렬하게 회전하는 모습뿐이었다. 다만 지엔으로서는 그저 그것이 물의 창을 막았다는 것만 알 수 있었다.

'제라드의 힘인가?'

그러다가 원 아래로 갑자기 샌들을 신은 발이 나타나고, 흰 법복 자락이 모습을 드러냈을 때, 그 모습을 보던 지엔은 무심코 내뱉었다.

"거짓…… 거짓말이지."

나세르가 다시 나타났을 때조차 이만큼 놀라지는 않았다.

그때, 이번에는 지엔의 뒤쪽에서 큰 굉음이 들려왔다. 아차 하며 뒤를 돌아본 그녀의 눈에 벽에 처박힌 나세르와 칼리스, 거기에 로아나의 모습까지 들어왔다. 역시나 북부에서와 같이 마기가 짙게 깔린 땅에서 그들은 제라드에게 꼭도 못 썼다.

"공자님!"

경악하며 외치는 지엔을 돌아본 제라드가 미소 지었다. 그가 꽃 같은 미소를 지으며 산뜻하게 말했다.

"주인이시여, 괜찮습니다. 이제야말로 누구도 저희를 방해하지 못할 것입니다. 제가 당신이 원래 몸을 되찾도록……."

그러다 말고, 그는 지엔의 뒤에 서 있는 한 사람의 모습에 눈을 크게 떴다. 이윽고, 미간이 잔뜩 일그러진 그가 믿을 수 없다는 듯 물었다.

"네가 왜 여기 있지?"

그렇게 말하며 그가 가리킨 자는 옷차림만 다를 뿐, 그와 똑같은 생김새를 하고 있는 이였다.

다름 아닌 헤카테였다. 그는 방금 마계에서 빠져나온 것이 맞나 싶게 상처는 물론, 흐트러짐 하나 없는 법복 차림이었다.

여느 때와 같은 표정으로 차분하게 웃고 있던 헤카테가 말했다.

"형님."

한편, 그 말을 들은 나세르와 칼리스, 로아나 또한 의아하게 몸을 일으켰다. 그들도 헤카테가 제라드에 의해 마계에 끌려갔다는 것 정도는 소식을 들어 알고 있었다. 이 중 누구도 살아 있는 그를 다시 볼 수 있을 거라고는 생각하지 않았다.

"헤카테라고? 정말로?"

"사제이면서 저 얄미운 표정을 보니 진짜인 듯한데."

나세르에 이어 칼리스가 그렇게 말하자, 잠시 칼리스를 향했던 헤카테의 눈이 이번에는 지엔을 향했다. 그 모습을 멀거니 보던 지엔 또한 믿을 수 없다는 듯 뇌까렸다.

"헤카테."

헤카테는 지엔을 향해 옅은 미소를 보냈다. 바로 그때, 제라드가 감동의 해후를 기어이 방해했다. 입술을 잘근잘근 깨물던 그가 믿을 수 없다는 말투로 다시 물었다.

"헤카테, 어째서 죽지 않은 거지?"

"형, 지엔과 빛의 세 성물을 통해 마왕을 부활시키려는 계획은 접어 두는 게 좋을 거야."

헤카테는 마치 제라드의 물음이 들리지도 않는다는 것처럼 느릿느릿 말했다. 그에 미간을 찌푸린 제라드가 대꾸했다.

"닥쳐라, 헤카테! 내 숙원을 방해하지 마라. 나와 같은 피를 타고나 빛의 신을 따르는 것만으로도 부끄러운데, 감히 그분의 부활을 방해하다니. 너는 그럴 수 없다."

피곤하다는 듯 눈을 감은 헤카테가 대답했다.

"형, 나는 형을 방해하려는 게 아니라 형을 도우려는 거야."

"도대체 그게 무슨 소리……!"

"지엔은 마왕의 환생이 아니니까."

제라드의 외침을 자르고 헤카테의 차분한 목소리가 울렸다.

다음 순간, 이를 부득부득 갈던 제라드는 기어이 손을 들어 올려 다시금 허공에 자줏빛 원을 그렸다. 그러면서 그가 외쳤다.

"이익, 네가 뭘 안다고! 감히 그분을 가장 오랫동안 곁에서 지켜봐 온 나에게, 네가 뭘 안다고 그런 소리를……."

그가 쓰려는 마법이 예전에 헤카테를 마계로 보내 버렸던 바로 그 마법임을 알아본 지엔은 다급하게 외쳤다.

"헤카테! 어서 도망쳐!"

그러나 헤카테는 발걸음을 떼기는커녕, 되려 더욱 차분해진 목소리로 말했다.

"형. 다시 말하는 거지만, 지엔은 마왕의 환생이 아니야."

"닥쳐라! 수천 갈래로 몸이 찢겨 마물들에게 잡아먹혔는데 어떻게 되살아난 건지는 모르겠지만, 이번에야말로 확실히 죽여 주마! 네 죽음을 똑똑히 지켜보고 나면, 다시 돌아와서 부활의 의식을……."

"이제는 소용없어, 형. 내 몸을 수천 갈래가 아니라 수만 갈래로 찢는 데도 나는 죽지 않을 거야. 이제 다시는 그럴 수 없게 됐거든."

"무슨 소리냐!"

바로 그 순간, 지엔은 마침내 헤카테의 뒤에 열린 문 뒤에서 마물들이 모두 고개를 조아리고 있는 것을 보았다. 그것은 일전에 문이 열리자마자 개떼처럼 달려들어 온갖 모양의 팔로 그를 붙잡아 당기던 모습과는 전혀 달랐다.

압도적인 고요.

이해할 수 없는 광경에 소름마저 돋아난 사람들은 그 모습을 멍하니 바라보았다. 이해할 수 없는 그 광경에 넋을 잃은 것은 제라드 또한 마찬가지였다.

이윽고 한 걸음 물러난 그가 다시 외쳤다.

"말도 안 돼. 왜 마물들과 마족들이 고작 빛의 신의 졸개에게 고개를……."

그러던 그는 갑자기 마음속에 떠오른 가정을 부정하려는 것처럼 연신 고개를 내저었다.

"아니, 아니야. 그럴 리 없어. 그럴 리가……."

그런 그를 안타깝다는 듯 바라보던 헤카테가 마침내 입을 열었다.

“지엔은 결코 마왕의 환생이 될 수 없어. 왜냐하면.”

그의 입에서 건조한 목소리가 흘러나왔다.

“마왕의 환생은 지엔이 아니라…… 나니까.”

그 믿을 수 없는 선언에 장내는 일순 침묵에 빠져들었다.

나세르와 칼리스, 로아나, 아직 대전을 빠져나가지 못하고 벽에 붙어 울먹이던 사람조차 멍하니 헤카테를 쳐다보는 가운데, 그가 빙긋 웃었다.

그가 가볍기까지 한 어조로 다시금 선언했다.

“그래, 마왕의 환생은 나야.”

“도대체 무슨…….”

우두커니 앉아 있던 지엔을 건조한 시선으로 일별한 헤카테가 다시 제라드를 바라보았다.

“그러니 애꿎은 지엔을 붙잡고 부활의 의식을 치를 생각은 말고, 이만 놔주도록 해.”

몹시 담담한 말투에 잠시 넋을 놓고 있던 제라드가 다시금 외쳤다.

“말도 안 돼! 너는 지금 죽다 살아나서 헛소리를 하는 게 분명해.”

그러더니 그는 더듬거리며 말을 이었다.

“아, 그, 그래! 너는 아직 네가 어떻게 되살아난 건지도 증명하지 못했어. 네가 헤카테와 동일인인지 아닌지도…….”

“형, 그건 말이야…….”

제라드를 안타깝다는 듯한 눈으로 바라보던 헤카테가 입을 열었다.

"형은 내가 죽을 당시 흩어진 마기의 일부가 빛의 성물에 담겨 있다는 데 착안하여, 빛의 성물들을 깨트려 봉인된 마기를 되찾고 거기에 내 영혼을 넣으면 그걸로 내 부활이 이루어질 거라 생각한 것 같지만……."

생각을 모조리 읽힌 듯, 사색이 된 제라드의 표정을 보며 그가 느긋하게 말을 이었다.

"형이 착각한 게 있어. 빛의 성물이 마기의 일부를 품은 건 내 육체의 일부를 봉인했기 때문이 아니라, 단지 빛의 성물의 사용자를 너무 짙은 마기로부터 보호하기 위함이었어. 주변 마기의 농도를 낮추기 위해서였지."

지엔을 힐끗 본 그가 덧붙였다.

"그래, 나를 직접 죽여 준 나의 친우 말이야. ……내가 아무리 그의 영혼에 항마력을 심어 주었다 한들, 버티는 데는 한계가 있으니까."

그제야 지엔은 자신이 항마력을 가지고 있는 이유를 똑똑히 알게 되었다.

그 가운데, 헤카테가 아직도 아직도 열려 있는 마계의 통로를 눈짓하며 말했다.

"그리고 마기 따위야 북부 어디라도 널린 것이지. 마계에는 더욱 그렇고."

"서, 설마. 그렇다면……."

짐짓 웃은 헤카테가 다정한 목소리로 대꾸했다.

"그래. 주변에 마기만 있다면, 나는 어디에서건 영혼만으로 원래의 육체를 되찾고 부활할 수 있다. 애초에 내가 어떻게 최초의 어둠으로부터 스스로 태어날 수 있었던 것 같으냐."

금방이라도 울 것 같이 얼굴이 하얗게 질린 제라드의 앞에서 헤카테가 홀연히 날개를 펼쳤다.

그의 그림자가 몇 갈래로 갈라지더니 점차 길어져 벽은 물론, 천장까지 뒤덮었다.

천장에 닿을 듯 펼쳐지는 거대한 자줏빛 날개를 보며 대전 안의 모두는 금방이라도 숨이 멎을 듯한 표정을 지었다. 실로 그 모습은 성스러움과 사악함을 떠나 그저 압도적이고 장엄했다.

그 가운데, 헤카테의 모습마저 바뀌었다. 남색 머리카락은 길게 자라나 발치까지 흘러내리고, 흰색 법복은 순식간에 칠흑 같은 검은 천으로 변했다.

정확히 나세르와 지엔이 마왕성에서 마주쳤던 마왕과 같은 모습으로, 그가 비로소 선언했다.

"너로 인해 나는 비로소 내 원래 육체로 부활하였다. 그러니 너는 기어이 네가 원하는 바를 이룬 셈이 되는구나. 축하한다."

"주, 주인이시여……."

보는 사람이 다 처량해질 정도로 몸을 벌벌 떨며 절을 하는 제라드를 지그시 내려다보던 헤카테, 아니, 마왕이 말을 이었다.

"하지만…… 너 때문에 내가 몇백 년 만에 누리던 즐거움이 깨졌으니, 그에 대해서는 벌을 받아야겠지."

제라드가 다시 사색이 된 가운데, 마왕이 마계 안의 마족들과 마수들에게 손짓해 보였다.

그러면서 그는 여전히 나긋하게 말을 이었다.

"오랜만에 고향에 가 보니…… 내심 지긋지긋하게 여겼던 곳임에도 꽤 좋더구나."

"주, 주인님."

"그러니 우리 마계에 가서, 마계의 방식대로 할까?"

그렇게 말하며 성큼성큼 걸어간 마왕이 마침내 제라드의 멱살을 휙 하고 들어 올렸다. 어떤 마법적인 방법조차 동원되지 않은 투박한 방법임에도 제라드는 감히 몸부림칠 엄두조차 내지 못했다. 그는 다만 창백해진 얼굴로 외쳤다.

"이럴 순, 이럴 순 없습니다! 주인이시여!"

"너도 마계에서 즐겁길 바란다. 내가 즐거웠던 만큼이나."

그 말을 듣지 못한 것처럼 대꾸하는 마왕의 팔을 제라드가 다시금 붙잡았다. 그가 눈물까지 뚝뚝 흘리며 외쳐댔다.

"억울합니다! 다만 저는, 주인께서 생전 가져 본 적도 없는 연약한 인간의 육체로 다시 태어나 얼마나 답답하실까…… 그저 염려하는 마음에."

그가 다시금 억울하다는 표정을 지으며 외쳤다.

"그런데 인간의 몸으로 태어난 것도 모자라 빛의 사제라니! 어둠으로부터 태어난 가장 위대한 존재께서 빛의 신 따위를 섬기시다니, 제가 어떻게 주인을 알아볼 수 있었겠습니까…… 심지어 당신이 어려서부터 늘 저와 함께하셨다고 해도요."

기묘해진 얼굴로 잠시 침묵하는 헤카테에게 제라드가 다시 물었다.

"저야말로 묻고 싶습니다! 어째서 빛의 신 따위를 섬기기로 하신 겁니까? 설마 주인께서도 모르는 자들이 지껄이듯이, 어둠이 빛보다 하찮다고…… 빛이 나타나기 전까지만 세상의 주인이었다고, 그리 여기시는 겁니까?"

"제라드."

여러 감정이 뒤섞여 복잡한 눈으로 제라드를 물끄러미 보던 마왕이 마침내 입을 열었다. 그가 마왕의 모습으로 변하고 나서 그런 인간적인 표정을 보여 준 것은 처음이었기에, 지엔은 놀라는 마음으로 그의 대답을 기다렸다.

그리고 마왕의 대답이 이어졌다.

"내가 애초에 인간으로 다시 태어나길 원했던 것은……."

"예, 주인이시여."

"내가 경험해 보지 못한 삶을 경험하고 싶어서였다."

"예……."

그때까지는 크게 이상할 것 없다는 듯 고개를 끄덕이던 제라드는 문득, 다시 고개를 들고 창백해진 얼굴로 물었다.

"주인이시여, 그럼 설마. 빛의 사제가 되신 이유가……."

마왕이 다시금 스스로 빛날 것 같은 미소와 함께 대답했다.

"내가 마왕으로서 하지 못할 일이, 그 외에 뭐가 있지?"

잠시 대전에 침묵이 찾아왔다. 이윽고 전보다도 더 처절한 목소리로 제라드가 외쳤다.

"이건 말도 안 됩니다, 주인이시여! 주인께서는 절 벌하시면 안 됩니다. 정말로 억울합니다……."

구구절절 말하며 울부짖는 목소리는 그들이 마계 안으로 넘어가자 점차 작아졌다. 마계의 입구가 닫히기 직전, 이쪽을 돌아본 헤카테가 자신에게 입 모양으로 뭔가 말하는 것을 지엔은 똑똑히 보았다.

"기다려'라니.'

아무튼, 헤카테는 마왕의 육신을 찾았다고 해서 마계에서 평생 살 생각은 없는 모양이었다. 그가 다시 자신을 만나러 와 준다면 그것으로 족하다고 생각하며 지엔은 한시름 덜었다.

그때, 지엔의 곁에 누군가 다가왔다. 인기척을 느끼고 그쪽을 돌아본 지엔은 밝아진 얼굴을 하다 말고 멈칫했다.

"아, 칼리스 님…… 이랑, 나세르 공자님."

나세르는 반가워하던 게 언제냐는 듯 조금 차가워진 눈으로 지엔을 내려다보고 있었다. 어쩌면, 그가 방금 자신을 만나 기뻐하던 건 단지 자신이 빛의 펜던트로 그를 살렸음을 알기 때문이었을까? 그렇게 생각하며 지엔은 그에게 뻗었던 손끝을 멈칫했다.

그때, 두 사람 사이에 이상한 분위기가 흐르는 것을 발견한 칼리스가 의아하게 물었다.

"뭐야, 목석의 상태가 좀 이상한데? 일이 잘 해결되었으니 기뻐해도 모자랄 판에 갑자기 이런 분위기라니. 지엔, 너 목석한테 뭐 잘못한 거 있어?"

"아, 아니요. 아마도."

필사적으로 기억을 떠올려 보고자 했으나, 동굴에서라면 모를까 그가 죽던 마지막 순간에는 딱히 마음에 걸리는 말은 한 것이 없었다.

'아니, 오히려…….'

그에게 내뱉었던 낯부끄러운 고백의 말들을 떠올린 지엔의 얼굴이 붉어졌다. 그것도 잠시, 얼굴을 한 손으로 가린 그녀가 푹 한숨을 내쉬었다.

그녀가 입속으로 중얼거렸다.

'그래, 결국 그렇게 된 거야.'

그녀는 납득했다.

'나와 그런 고백을 주고받았을 때의 나세르 님은 나를 사랑하던 상태. 그러니까 내 말들에 아무런 반발심이 없었지만, 지금은 아닐 테니…… 내가 부담스러워서건 싫어서건 피하실 수밖에 없겠지.'

그런 둘의 모습을 여전히 의아하게 보던 칼리스가 문득 짓궂은 미소를 지으며 나세르를 보았다. 그가 이죽대며 물었다.

"뭐야, 죽었다 살아나니 마음이 식기라도 했어? 그럼 내가 확 채 간다?"

본의 아니게 비수를 찌르는 그의 말에 지엔 혼자만 씁쓸한 미소를 떠올렸다. 한편, 진작 달려들어 멱살을 잡아채고도 남아야 하는 평소와는 달리 나세르는 아무 반응이 없었다.

다시금 의아한 표정을 짓는 칼리스의 팔을 지엔이 붙들었다.

"그만하세요, 칼리스 님, 그 말이 맞아요."

"응? 뭐?"

"우리 사이의 저주는 풀렸어요."

"저주라고?"

칼리스가 금시초문이라는 얼굴을 했다.

'이 사람은 그렇게나 똑똑하면서 자기 마음에 전생의 악연이 작용하는 건 느끼지 못했던 걸까?'

한 가지 의문을 떠올리며, 지엔은 천천히 말을 이었다.

"네, 일종의 저주라고 할 수 있죠. 전생의 악연……."

이제는 당사자이자 피해자인 칼리스 또한 이 사건을 알아야 할 필요가 있다. 그렇게 생각하며, 지엔은 오랫동안 속에 담아 두었던 얘기를 꺼냈다.

"칼리스 님이 저를 처음 만났을 때, 분명히 저에게 '못난이'라고 굴며 못되게 굴었죠? 그런 스스로의 태도가 이질적으로 느껴지진 않으셨나요?"

비로소 그때를 떠올리고 천천히 얼굴을 굳히는 칼리스에게 지엔이 다시 말했다.

"칼리스 님이 처음 보는 제게 악의를 가지고 대했던 건, 나세르 님과 칼리스 님, 마지막으로 벨하르트 님과 제가 전생의 악연으로 묶여 있기 때문이에요."

"뭐?"

난데없이 자신의 이름이 끌려 나오자 놀란 것은 벨하르트도 마찬가지였다. 그가 드물게 눈에 놀라움이라는 감정을 담고 지엔을 바라보는 가운데, 그녀가 말을 이었다.

"신께서 저 때문에 고통받은 세 분을 가엽게 여겼기 때문에, 저희는 다시 태어나기 전에 한 가지 계약을 했죠. 그게 바로…… 세 분이 전생의 제가 가지고 있던 걸 각각 한 가지씩 빼앗아 다시 태어나는 대신, 전생의 저와 같은 죄를 저지르면 저를 사랑하게 되는 거였어요."

말을 마친 지엔이 충격에 빠진 칼리스의 창백한 뺨에 새겨진 흉터를 힐끗 보았다.

그녀가 덧붙였다.

"하지만 칼리스 님께서는 시험을 이미 훌륭하게 이겨 내셨어요. 그러니 칼리스 님은 이제 저를 사랑하게 되실 일이 없고."

"아, 아닌데…… 지엔, 내가 저번에 한 말은—"

오묘한 표정으로 말끝을 가로채는 칼리스를 무심히 넘긴 지엔이 다음으로 벨하르트를 보았다.

지엔은 아무 말도 하지 않았지만, 그는 그녀가 하지 못한 말까지 모두 읽었다.

'나는 시험에 실패했다.'

그는 고개를 내려 자신의 가슴께를 굳어진 얼굴로 바라보았다.

'그러니 나는 아마도…….'

그때, 마침내 벨하르트를 떠난 지엔의 시선이 나세르를 향했다. 화난 듯이 굳어진 그의 회청색 눈동자를 물끄러미 바라보며, 지엔은 도리어 작게 웃어 보였다.

그녀가 허심탄회하게 말했다.

"나세르 님도 저와 같은 죄를 짓지 않는 데 성공하셨으니, 이제는 저를."

눈을 내리깐 그녀가 말을 맺었다.

"사랑하지, 않겠지요."

그 말을 끝으로 장내에는 다시 침묵이 찾아왔다.

마치 헤카테가 마왕임을 밝혀졌을 때와 비슷한 침묵이었다.

나세르의 눈치를 살피던 칼리스는 슬그머니 걸음을 옮겨 지엔의 옆에 섰다. 나세르가 어떤 짓을 저지른대도 조치를 취하기 위해서였다.

벨하르트는 여전히 제자리에 선 채 긴장 어린 눈으로 나세르를 응시했다. 그는 아직 그들의 일에 대해서는 물론이고, 자기 자신의 일에 대해서도 마땅히 어떤 결론을 내리지 못했다.

그 가운데, 지엔을 뚫어져라 보던 나세르가 천천히 입을 열었다.

"지엔."

무거운 부름에 지엔의 얼굴이 덩달아 어두워졌다. 그것도 잠시, 갑자기 나세르의 눈이 휘어지며 그 위로 환한 미소가 번지자, 지엔은 기적이라도 목도한 듯이 굳어졌다.

말없이 가만히 그를 바라보는 지엔의 앞에서, 나세르가 여전히 눈을 휜 채로 물었다.

"날, 사랑하지?"

더없이 익숙한 물음에 지엔의 얼굴이 울 듯이 일그러졌다. 결국 울음을 터트리기 직전이 된 그녀가 달려가 그를 꽉 껴안았다.

그런 지엔의 허리에 팔을 둘러 더욱 가까이 품으로 끌어당기며, 나세르가 그녀의 귀에 속삭였다.

"시치미 떼도 소용없어. 대답은 이미 한 번 들었으니까. 설마, 그 새 마음이 바뀌진 않았겠지?"

그의 짓궂은 물음에 지엔은 말없이 한 손을 들어 그를 때리는 것으로 답을 대신했다. 그녀의 손목을 한 손으로 가볍게 쥐며, 나세르가 독촉했다.

"어서 대답해, 지엔. 이미 한 번 말해 봤으니 이번엔 더 쉬울 것 아닌가."

이미 대답은 알고 있다는 듯, 그의 입가에는 만족스러운 미소가 걸려 있었다. 거기서 그치지 않고 장난스러운 눈빛을 띠며 지엔의 귓가에 입술을 붙인 그가 속삭였다.

"거봐, 지엔. 내가 말했지. 나는 너를 사랑한다고. 전생과도, 무엇과도 상관없이. 이건 절대 헷갈릴 수 없는 거라고, 내가 분명 그렇게 말하지 않았나."

그제야 나세르의 어깨에 파묻고 있던 고개를 든 지엔이 흙먼지가 뒤섞인 눈물을 손등으로 훔쳐내며 대답했다.

"죽었, 다 살아나자마자, 구박 좀, 하지 말아요, 공자님. 흑, 으헝……."

이 와중에도 너무도 그녀다운 대답에 나세르는 실소를 터트리며 그녀의 뒤통수를 한 손으로 감싸 안았다.

그가 대답했다.

"알았다. 누구 덕에 죽었다 살아나는 진귀한 경험도 해 봤으니, 원하는 대로 말해 주지. 어떻게 해 줄까?"

그 말을 기다렸다는 듯이 얼굴을 찡그린 지엔이 외쳤다.

"그 재수 없는 날 사랑하지 좀 그만둬요!"

"그럼?"

"공자님이야말로 그게, 그 말이 그렇게 어려우세요?"

결국 분에 못 견딘 지엔의 말에, 나세르의 얼굴에 봄꽃 같은 미소가 환히 피어올랐다. 이윽고 고개 숙인 그가 지엔의 귀에 몇 마디 속삭이자, 지엔의 얼굴이 순식간에 목부터 이마 끝까지 붉게 달아올랐다.

보기 좋은 두 남녀의 모습을 보며 장내의 사람들은 여전히 혼란스러워했다. 상상도 못 한 마왕의 정체가 밝혀지고, 마왕의 손에 악의 무리가 퇴치된 다음에도 여전히 한 가지 의문은 남아 있었다.

그래서 저 하녀의 정체는 뭐란 말인가? 마왕의 친구이고, 세 남자의 전생에서부터 이어진 악연이자 빛의 펜던트를 다룰 수 있는 저 하녀는.

고개를 기울인 칼리스가 중얼거렸다.

"'위대하고 사악한 자'라……."

눈앞의 장면에 마음 뺏기지 않기 위한 그 나름의 노력의 일환이었다. 중얼거림을 들은 벨하르트가 그를 돌아보았다.

칼리스는 아랑곳하지 않고 말을 이어 나갔다.

"그런 수식어가 붙을 만한 사람이 제국 역사상 그리 많진 않을 텐데. 게다가 우리가 그에게서 각각 하나씩을 뺏어 왔다니…… 도대체 뭘?"

그때였다. 나세르와 얘기를 나누던 도중에도 용케 그의 목소리를 들은 지엔이 고개를 들며 대답했다.

"예? 제가 세 분께 빼앗겼던 거요? 각각 나세르 님의 검 실력, 칼리스 님의 얼굴…… 마지막으로 벨하르트 황태자님의 강철 심장이요."

"검 실력?"

"강철 심장?"

나세르와 벨하르트가 각각 믿을 수 없다는 듯이 중얼거렸다. 그 가운데, 칼리스 또한 멍하니 중얼거렸다.

"잠깐, 내 얼굴이라고?"

그리고 그의 시선이 제라드와의 난전 도중에 찢긴 붉은 천 너머로 향했다. 천 너머에는 역대 황제들의 초상화가 시대순으로 나열되어 있었다.

최근의 황제들로부터 옛 시절의 황제들로 천천히 거슬러 올라가던 그의 시선이 마침내 자신과 같은 얼굴을 발견했다.

엉망으로 긁히고 패인 벽 속, 자신은 이런 촌극과 전혀 무관하다는 듯이 냉엄하고 차가운 눈으로 이쪽을 내려다보던 핏빛 눈이 있었다.

이윽고, 모두가 경악에 차서 외쳤다.

"설마, 초대 황제 폐하?!"

마침내 밝혀진 폭군의 행방이었다.

에필로그

가장 먼저 두 사람에게 푸리에 얘기를 꺼낸 것은 칼리스였다.

"둘 다 한동안 수도 일에는 신경 끄고 있는 편이 좋을 거야."

제자리에 서서 눈만 깜빡이는 지엔과 나세르의 어깨에 각각 한 쪽 손을 올려놓은 그가 말을 이었다.

"푸리에, 얼마나 좋아? 사시사철 해가 쨍쨍하고 날씨가 온화해서, 옷가지도 거의 필요치 않지. 게다가 푸리에에는 어부뿐만 아니라 각국의 상단들과 여행자들까지 잔뜩 드나들어서, 볼거리까지 풍성하다고. 그뿐이야? 해산물로 만든 각종 진미들은 또 어떻고……."

"아, 아뇨, 잠깐만요. 칼리스 님."

지엔이 당황하며 그의 말을 끊었다.

"저희 때문에 개판이 된 이 황궁은 어쩌고요?"

지엔이 쓴 '개판'이라는 표현은 현재 이 황궁의 상태를 나타내기에 가장 적절했다. 발리아의 음모, 진짜 마왕의 정체, 거기에 지엔의 정체가 초대 황제의 환생이라는 것까지 밝혀지면서 황궁은 혼돈 속에 갇혀 있었다.

사태가 마무리된 지 3일이나 지났지만 아직 반파된 황궁 보수 작업에는 손도 못 댄 지경이었다. 관료들은 서류 뭉치를 안고 무너진 대리석 잔해 위를 펄쩍펄쩍 뛰어다녔다.

그러자 몹시 복잡한 얼굴이 된 칼리스가 회의실 문을 한 손으로 살짝 열어젖히며 물었다.

"음, 볼래?"

육중한 나무문이 끼이이 열리는 즉시 그 안을 꽁꽁 싸매고 있던 차음 마법이 풀리고, 날것 그대로의 소음이 복도로 쏟아져 나왔다.

"궁이 무너진 것을 마물에 의한 피해로 보아야 하는지 인간에 의한 피해로 보아야 좋은지 어서 결론 내려 주십시오. 재정 심사가 빨리 처리돼야 복구 또한 빨라집니다……."

초조한 관료의 말에 이어 한눈에 봐도 무골로 보이는 남자가 버럭 소리쳤다.

"안개같이 짙은 마기와 함께 대전을 가득 뒤덮었던 마물들의 그림자를 보고서도 그런 소리가 나오시오? 당연히 마물에 의한 피해로 쳐야 하지 않소!"

그에 깡마른 학자풍의 사내가 안경을 치켜올리며 반박했다.

"하지만 제라드 그놈이 쳐들어온 이유는 마왕의 환생인 인간을 찾기 위해서가 아니었나? 그리고 평범한 인간을 마왕의 환생으로 속인 것은 다름 아닌 황태자비, 아니, 전 황태자비인 발리아였지! 나는 이것을 크레센트 일족의 우리 제국에 대한 선전포고로 보아야 한다고 생각하네……."

"크세르크 후작, 거 듣자 듣자 하니 말씀이 심하시오. 크레센트 일족이 우리의 속방이 된 지 삼백 년이오! 그런 말을 할 거면 적어도 크레센트 일족에게 의사를 묻는 것이 우선 아니오!"

"그대야말로 말이 되는 소리를 하게, 세니아 백작! 우리 제국의 심장부인 황궁에서 그런 꿍꿍이를 꾸민 놈들이 '그럴 속셈이었나?' 하고 물으면 잘도 그렇다고 대답하겠네!"

"그보다는 발리아 폰 크레센트의 처우를 결정하는 게 먼저 아니오?"

그때 그들의 토론을 잠자코 듣고 있던 사제 차림의 남자가 슬쩍 끼어들었다.

"저, 더불어 헤카테 대사제님의 처우를 어떻게 할 것인지도 좀 알려 주시면……."

그러자마자 방만한 자세로 의자에 앉아 있던 높은 신분으로 보이는 노인이 빽 소리를 질렀다.

"헤카테는 아무 잘못 없어! 그놈도 마왕으로 태어나고 싶어서 마왕으로 태어났겠나……."

듣고 있던 관료 차림의 남자가 끼어들었다.

"저, 베르니오 추기경님. 그것은 너무 일의 앞뒤를 무시한 발언이 아니신지…… 게다가 어쨌건 헤카테 대사제님께서 본인이 마왕의 환생임을 숨기셨기 때문에 이런 사달이 난 것 아닙니까."

"에라이, 이 천벌 받을 놈들! 헤카테가 네놈 같은 놈들 때문에 본인이 마왕의 환생임을 밝히지 못한 것이다! 제국의 모든 악재가 제 탓이 될까 봐서! 불쌍한 헤카테……."

"저, 추기경님…… 여전히 일의 앞뒤를 무시한 발언이 아니신지."

"시끄럽다!"

"크세르크 후작, 그대는 지금 초대 황제 폐하께서 우방으로 삼은 크레센트 일족과 우리 제국 간의 신의를 무시하고 계시오! 이것이 우리 초대 황제 폐하에 대한 모욕이 아니고 뭐겠소! 초대 황제 폐하께서 크세르크 후작이 지금 하는 말을 들었다면 무덤에서도 벌떡 일어나셨을 것이오!"

"에라, 세니아 백작 이놈아! 무슨 답답한 소리냐! 초대 황제 폐하의 영혼은 지금 문밖에 계시다……."

"아무튼 우리 헤카테는 아무 잘못 없다니까……."

다들 벌 떼처럼 들고일어나 장내가 시끄러워질 무렵, 칼리스가 회의실 문을 다시 닫아 버렸다. 말소리가 문에 가로막히며 순식간에 사위는 물속 같은 정적에 잠겼다.

그 속에서 지엔은 혼자 허허롭게 웃었다.

'헤카테, 너 그 성격으로 용케 오웬 대사제님에 이어 추기경님께도 무척 예쁨받았구나.'

아무튼 헤카테의 처우에 대해서는 걱정하지 않아도 될 듯싶었다. 인간이 되고 싶어 환생까지 했던 그에겐 무척 다행인 일이었다. 애초에 그가 인간이 되길 소망하지 않았다면 이 모든 일이 일어나지 않았겠지 싶으면서도…….

'그랬다면 우리도 결코 다시 만날 수 없었을 테니까.'

그런 생각을 하며 두 손을 꽉 쥐는 지엔에게 헛기침하며 목을 가다듬은 칼리스가 다시 말했다.

"뭐, 보다시피 상황이 이렇다 보니…… 너희가 이 일의 처리에 끼어들 권한이 없다는 건 아니야. 아니, 오히려 이 일에 대해서 너희보다 권한이 많은 사람은 없겠지."

그 말에 지난 일을 상기한 지엔과 나세르의 얼굴이 어두워졌다.

과연 그랬다. 이 일로 지엔은 아예 영혼이 통째로 소멸당할 뻔했고, 나세르는 그런 지엔을 지키다가 죽음에 이를 뻔했다. 아니, 사실 그의 경우에는 한 번 죽었다 성물의 힘으로 되살아난 것이니, 어쨌건 이미 죽었었다고 봐야 옳았다.

흙투성이가 되고, 곳곳이 찢기고 피 흘리는 채로 굳어져 더는 움직이지 않던 나세르의 모습을 떠올리면 지엔은 아직도 숨이 턱 막혔다.

영원히 다시는 열리지 않을 것만 같은 눈꺼풀을 보며, 들을 이 없는 고백을 반복하던 자신의 모습도.

빛의 펜던트가 있기는 했으나, 그것이 정말 자신의 명에 따라 나세르를 살려 줄지는 장담하지 못했다.

더군다나 죽고 다시 환생한 자신을 여전히 자신이라 여겨도 좋은지 알 수 없는 것처럼, 그런 식으로 전생의 모든 악연을 끊고 새롭게 태어난 나세르를 이전의 그와 같다고 보아도 좋을지 또한 알 수 없었다.

실제로 지엔은 나세르를 거의 포기했었고…….

그때 갑자기 누군가 옆에서 그녀의 손을 움켜쥐었다. 어리둥절해하던 지엔은 어느새 나세르가 눈에 걱정을 한가득 담은 채 자신을 보고 있다는 것을 깨닫고, 그만 웃고 말았다.

팔짱을 끼고 두 사람을 번갈아 보던 칼리스가 다시 말했다.

"아무튼 개국 이래로 한 번도 없었던 총체적 난국인 데다가, 정치적인 상황까지 끼어 있어서 더 골치 아플 거야. 그러니 저기 끼기보다는 사건이 잠잠해질 때까지 잠시 어딘가로 휴양이나 다녀오는 게 좋지 않을까 하는데. 머리도 식힐 겸 말이야."

"네, 뭐. 좋아요."

지엔은 선뜻 대답했다. 나쁜 기억들만 상기시키는 이 황궁에 더 머무르는 건 지엔도 사양이었다.

다만 좋은 일이라고는, 헤카테가 확실히 살아 있으며 언젠가 자신의 곁으로 돌아오리라는 약속을 한 것뿐.

"그래, 그럼 푹 쉬다 오라고, 둘 다. 푸리에의 최고급 호텔을 수배하는 건 그리 어려운 일이 아니니까 말이야."

반색하며 말하는 칼리스에게 지엔이 문득 물었다.

"저, 칼리스 님."

"응?"

"발리아 님은, 아니, 발리아는 어떻게 되나요?"

그렇게 묻는 지엔의 얼굴은 어두웠다. 그야 그런 일을 당하게 한 당사자의 이름인데, 입에 담는 심경이 가벼울 수는 없었다. 그러나 그와는 다른 이유로 지엔은 마음이 훨씬 복잡했다.

'나와 벨하르트 사이의 전생의 악연. 어찌 보면 발리아 님은 그에 휘말린 것뿐이야.'

어느 누군가는 이 모두가 발리아의 선택의 결과라고 할지도 몰랐다. 그러니 거기에는 질타와 자기반성의 여지는 있을지언정, 동정의 여지는 없다고.

하지만 그 모든 사건을 겪고 난 지엔은 이제 필연이라는 것을 믿었다.

가령 전생의 자신의 눈에 소국의 공주일 뿐이었던 나세르가 눈에 띄고, 자신이 그를 사랑하게 되지 않았더라면 이 모든 일은 일어나지 않았을 것이다.

지엔이 가졌던 사랑은 태울 것을 찾지 못한 불씨처럼, 아무것에도 영향 미치지 않고 그 스스로 사그라들었을 수도 있다.

발리아의 사랑 또한 그랬다.

만약 발리아가 사랑하게 된 게 벨하르트가 아니었다면. 벨하르트가 지엔과 전생에 악연으로 얽혀 있지 않았더라면. 그랬다면 그녀의 사랑 역시 최악의 결말로 치닫지 않았을지도 모른다.

어쩌면 둘은 서로를 사랑하진 않지만, 평범하게 서로를 존중하는 부부가 되어 제국을 다스려 나갔을 수도 있었을 것이다.

하지만 그때 하필 벨하르트의 앞에 전생의 악연인 지엔이 나타났고, 전생의 마왕인 헤카테가 나타났고, 그를 좇던 제라드가 나타났다. 이건 그런 문제였다.

지엔의 물음에 칼리스는 더없이 민감한 표정을 지었다.

그가 천천히 대답했다.

"발리아는…… 황궁에서는 전후처리에 있어 너희의 의사를 최대한 존중할 거라고 생각하지만, 발리아의 처우만은 그럴지 모르겠어."

그가 시선을 들어 닫혀있는 회의장 문을 다시 보았다.

"방금 들었다시피, 발리아는 크레센트 일족과 선대 황제의 오랜 계약의 증거로 이 황궁에 있었던 거야. 당연히 그녀의 의사가 일족 전체의 의사를 대표한다고도 볼 수 있지. 이건 고도로 정치적인 문제야."

"그 말은……."

지엔이 굳은 얼굴로 말을 받았다.

칼리스는 고개를 끄덕였다.

"어쩌면 제국뿐만 아니라 초승달 일족에서도, 발리아 한 사람을 떠넘기는 것으로 모든 걸 해결하고 싶어 할지도 몰라."

"……."

"설령 그렇지 않더라도 마왕에 대한 거짓 정보가 수도에 일으킨 민심의 혼란, 그걸 다스리기 위해 차출된 병력과 물자…… 무엇보다 이 모든 게 제국의 심장인 황궁에서 이루어졌다는 점에서 이미 사형을 피할 수는 없어."

"그렇군요."

지엔은 눈을 내리깔았다.

칼리스의 말은 구구절절 틀린 데가 없었다. 이 상황에서 발리아를 사형시키지 않는다면, 황실과 제국 전체를 농단하고도 살아 나갈 수 있다는 안 좋은 전례만 남기게 될 것이다.

조금 망설이던 칼리스가 조심스레 물었다.

"어쩌면 너희가 돌아올 즈음에는 이미 모든 게 끝나 있을지도 몰라. 어떻게 할래? 마지막으로 얼굴을 보고 얘기하고 싶다면, 기회는 지금뿐이야."

잠시 고민한 지엔은 고개를 내저었다. 발리아를 만나서 묻고 싶은 것은 많았다. 왜 그랬는지부터 시작해서, 정말 그게 그녀 혼자만의 결정으로 이루어진 점인지, 다른 누군가의 의지가 개입하지는 않았는지…….

하지만 이미 어떻게 해도 그녀를 살릴 수 없다는 데서 그 모든 물음은 의미를 잃었다.

무엇보다도, 감옥에 갇혀 있는 발리아의 모습을 자신이 보러 간다는 것 자체가 거대한 기만 같았다.

전생의 죄를 갚고자 다시 태어난 자신은 지금 죄의 굴레를 집어던지고 유유히 빛으로 걸어 들어가는 반면, 남의 죄의 굴레에 발이 걸려 넘어진 발리아는 그 때문에 감옥에서 처분만 기다리는 신세가 되다니.

지엔이 고개를 내젓자, 칼리스는 이해한다는 표정으로 고개를 끄덕였다.

그것으로 대화가 일단락되고, 나세르와 지엔은 인사한 뒤 황궁을 빠져나왔다.

황궁에서 루디나토 대공 저에 이르기까지, 두 사람은 잡은 손을 한 번도 놓지 않았다.

*　　*　　*

사건에 관련된 모두가 지엔과 나세르의 여행 소식을 적극적으로 반기고 나섰다.

칼리스의 말에 따르면 굳이 그가 돕지 않아도 마차며 호위병, 숙소의 수배가 빠르게 해결되고 있다는 모양이었다. 지은 죄가 있는 황가의 제 발 저리기였다.

다만 호위병만은 지엔과 나세르 모두가 거절했다.

그 소식을 들은 로아나는 직접 두 사람이 머무르고 있는 루디나토 대공 저로 방문했다.

"지엔! 왜 호위병을 받지 않겠다는 거지? 네가 마왕의 환생이 아니라는 소식을 제국에서 공식 발표하긴 했어도, 소문이 늦은 산간벽지까지는 아직 닿지 않았을 수도 있다. 혹시나 그런 자들이 뒤늦게 덤벼들기라도 하면 어쩌려고……."

"음, 하지만 로아나 님."

빙긋 웃은 지엔이 말을 이었다.

"제국에서 저희에게 내릴 호위 중에, 저희의 추격에 참여하지 않은 사람이 한 사람이라도 있을까요?"

"……."

"그 사람들을 원망한다는 게 아니에요. 다만……."

지엔은 나세르가 서성이고 있을 방 밖을 힐끗거렸다.

"공자님께서 불편해하실 것 같아서요."

"……."

로아나의 표정이 처참하게 물든 것을 본 지엔이 아차 한 얼굴로 덧붙였다.

"저, 로아나 님을 염두에 두고 드린 말씀은 아니에요. 물론 그렇게 들렸기야 하시겠지만……."

'이거 미치겠네.'

지엔은 머리를 부여잡았다.

엄밀히 말하자면 로아나는 지엔과 나세르의 죄를 거의 확신하고 있었으면서도 그들을 눈감아 준, 즉 명령 불복종에 해당하는 죄를 저지른 셈이었다. 그런데도 불구하고 저렇게까지 미안해하는 표정이라니.

그때 로아나가 대뜸 고개 숙이며 말했다.

"그렇군. 이 말이 먼저였군. 지엔……."

그녀가 여전히 처참하기 그지없는 표정으로 말을 이었다.

"미안하다."

지엔은 그 말을 듣고 한참 전 북방 원정이 시작될 때, 발리아에게 사과받았던 것과 동일한 기분을 느꼈다.

'아오, 진짜 미치겠네. 왜 내 주변에는 양심적인 사람들만 넘쳐서 내가 상대적으로 더욱더 쓰레기가 되어야만 하는 거야?'

로아나가 눈가가 붉어진 채로 말을 이었다.

"어쨌건 나는 제 발로 내게 온 널 놓아주지 않았다. 손수 포박하여 황제 폐하의 앞으로 데려갔지. 그러면 네게 어떤 일이 일어날지 알고 있었는데도…… 나세르 경의 말이 사실일지도 모른다는 걸, 너는 정말로 마왕의 환생이 아닐지도 모른다는 걸 끝끝내 의심하면서도."

입술이 하얗게 질릴 정도로 세게 깨문 그녀가 말을 맺었다.

"'몰랐다'거나 '속았을 뿐'이라는 말로 용서받을 수 없다는 것을 안다. 하지만 그래도 사과하고 싶다. 미안하다…… 지엔."

로아나가 거기에서 그치지 않고 갑자기 대뜸 자신의 허리춤에 차고 있던 검을 뽑는 바람에 지엔은 당황했다.

'엥?'

그녀가 감히 손대기 무서울 정도로 반짝반짝하고 길이 잘 들어 보이는 보검을 지엔에게로 내밀며 말했다.

"너만 원한다면 내게 화풀이해도 좋다. 물론 네가 나에게 무슨 짓을 해도 영혼까지 소멸당할 뻔한 네게는 미치지 못할 것임을 안다. 허나 이것이 내가 잘못된 판단을 한 대가라면, 나는 원망하지 않고 받아들이겠다."

"아니, 잠깐만요! 로아나 님!"

"네가 설령 나를 다시는 검을 못 쓰게 한다고 해도…… 나는 기사로서 옳지 못한 일을 한 것에 대해 책임을 져야 해."

입술을 깨물며 고개를 돌린 로아나가 다시 말했다.

"내가 발레노르가의 후계자가 된 것은 나의 선택이 아니었을지언정…… 기사가 된 것도, 기사로서 행한 것들도 모두 나의 선택이었으니까."

"로아나 님!"

지엔은 마음만 같아서는 로아나의 소매를 붙잡고 통곡이라도 하고 싶었다.

이럴 수가…… 이 세상 어딘가에 호구의 전당이라는 것이 존재한다면 그곳에 들어갈 수 있는 사람은 나세르와 로아나 둘뿐일 것이다.

'전생의 나에게 강철 심장이 있었던 이유를 알겠어. 아무리 강한 검술이 있다고 해도 강철 심장이 없었던들 나는 제 명에 못 살았을 거야.'

지엔이 이런 생각이나 하고 있는 줄은 모른 채, 그녀의 표정이 처참해진 것을 보고 지레짐작한 로아나는 다시 검을 돌려받았다. 그녀가 단추를 풀고 소매를 걷으며 말했다.

"그렇지, 너에게 나의 단죄를 맡기는 것도 결국 너에게 새로운 죄를 짓게 하는 일…… 그렇다면 스스로 결단을 내리는 수밖에 없겠어."

"아니, 이보세요, 로아나 님! 일단 좀 진정해요!"

정신을 차린 지엔은 황급히 로아나의 팔뚝에 매달렸다. 그러다 지엔은 소매 사이로 드러난 검흔을 보고 문득 놀라는 표정을 지었다.

"어?"

검흔을 본 로아나 또한 아차 하는 얼굴로 황급히 소매를 다시 내렸다. 그러나 지엔은 이미 봐야 하는 것은 모두 봐 버린 뒤였다.

로아나를 빤히 올려다보던 그녀가 말을 꺼냈다.

"저기요, 로아나 님."

로아나는 고집스럽게 지엔의 시선을 피했다.

지엔이 히죽 웃었다.

"'빛의 검의 주인이 되고 실력이 더욱 일취월장한' 나세르 님께 추격 도중에 당한 상처는 좀 괜찮으세요?"

"윽…… 너……!"

로아나가 잔뜩 붉어진 얼굴로 두어 걸음 물러섰다.

그랬다, 지엔은 로아나가 추격 도중 나세르와 지엔을 거의 잡았음에도 놓친 것에 대해 로아나가 어떤 핑계를 댔는지 소문으로 들어서 알고 있었다. 다만 사람들이 그 말도 안 되는 핑계를 과연 진심으로 믿었을까 의아해했는데, 이런 내막이 숨겨져 있을 줄은 몰랐다.

로아나가 내렸던 소매를 다시 걷어 올려 상처가 잘 보이게 한 지엔이 말을 이었다.

"스스로 팔을 그으신 거군요. 저희에게 당한 것처럼 보이게 하기 위해서."

"……."

말이 없는 로아나의 상처를 가만히 쳐다보다, 지엔이 덧붙였다.

"많이 아프셨겠어요."

"……별로 그렇진 않았다."

"익숙하기 때문인가요?"

로아나는 묵묵히 고개를 내저었다. 그녀가 이제는 거의 아물어 흉터밖에 남지 않은 상처를 손끝으로 따라가며 말했다.

"내게 상처 입는 건 그리 익숙한 일은 아니다. 왜냐하면, 마나를 사용할 줄 아니 웬만한 공격에는 부상 당할 일이 없고…… 내 실력이 워낙 뛰어나기도 해서."

"아, 네."

'이 사람, 역시 칼리스 님과 오래 알고 지내긴 했구나.'

지엔이 속으로만 생각하던 그때, 로아나가 다시 말했다.

"하지만 이보다 훨씬 어렸을 때, 막 발레노르 공작가에 입적되었을 때…… 그때는 속수무책으로 당하기만 해서 괴로웠어. 당시 나는 마나를 다루는 법을 아직 배우지 못한 상태였고 '그들'은 배운 상태였기에 어쩔 수 없었지."

"아."

지엔의 표정이 어두워졌다.

'그들이라면…… 공작가에 있다던 다른 두 명의 아들들 말이구나.'

로아나가 말을 이었다.

"순수한 검술로는 나보다 약한 것이 빤히 보이는 상대에게 다치는 것과, 나보다 약한 이들에게 졌다고 변명하기 위해 스스로를 상처 입히는 것…… 결과적으로는 그리 다르지 않은 일일지도 모르는데도 기분은 상당히 괜찮구나."

"왜인가요?"

지엔의 물음에 로아나가 고개를 들었다.

자신을 동글동글한 눈으로 올려다보는 지엔과 눈이 마주친 그녀가 설핏 웃었다.

"내 생애 첫 친구를 위해 한 번쯤은 노력했다는 마음의 위안 때문이겠지."

로아나와 알고 지낸 이래로 처음 보는, 조소나 냉소가 아닌 미소에 어안이 벙벙해진 지엔이 입을 벌리는 찰나였다.

정신을 차린 로아나가 당황스럽기 짝이 없다는 얼굴로 주위를 둘러보다가 퍼뜩 물러났다. 그녀가 자신의 입가를 매만지며 중얼거렸다.

"바, 방금 내가 대체 무슨 말을……."

그에 활짝 웃은 지엔이 말했다.

"로아나 님, 역시 속죄 같은 건 필요 없어요. 오히려 이쪽에서 감사하다고 해야 할 판인걸요. 그보다는 방금 했던 말씀 다시 해 주세요."

"뭐라고?"

"왜 있잖아요, 그……."

"그런 말, 난 한 적 없다!"

"'그런 말'이 뭔데요?"

한편 소란이 커진다 싶어 문을 열고 뛰어 들어왔던 나세르와 칼리스는 얼굴이 붉어진 채 왁왁대고 있는 로아나와 히죽대며 웃고 있는 지엔을 발견하고 어리둥절한 표정을 했다. 그러는 한편으로 그들은 생각하지 않을 수 없었다.

'마나 하나 쓸 수 없는 몸으로 제국 최고의 기사 앞에서 저런 여유라니, 역시 초대 황제는 뭐가 달라도 다르군…….'

하여간 그들이 다시 나간 뒤에, 연신 히죽거리고 있던 지엔은 다시 뒷짐을 지며 물었다.

"저기, 로아나 님."

"뭐지?"

"이번 질문은 로아나 님께 민감한 질문이 될지도 모르지만, 그래도 되도록 대답해 주셨으면 좋겠어요."

로아나는 의아한 듯 지엔을 바라보았다.

지엔이 로아나를 똑바로 보며 입을 열었다.

"로아나 님, 칼리스 님을 좋아하시죠?"

일순 등 뒤로 늘어져 있던 붉은 머리카락이 흔들릴 정도로 그녀의 몸이 움찔 떨렸다. 그것도 잠시, 그녀는 곧 순순히 고개를 끄덕였다. 그런 그녀에게 지엔이 말을 이었다.

"칼리스 님이 저를 좋아하신다는 것도 알고 계셨죠?"

"……그래."

"그러면 저를 뒤쫓으면서, 단 한 순간이라도 저를 없애면 칼리스 님이 자기 것이 된다는 그런 생각, 해 보지 않으셨어요? 그러긴커녕, 자신의 팔다리를 상처입히면서까지 저를 도망치도록 도와주려 하시고……."

그러자 로아나는 의아해진 얼굴로 물었다.

"지엔, 너는 용케 그런 무서운 생각을 하는군. 남녀 간의 감정에 대해서는 도통 아무런 이해도 하지 못할 것처럼 생겨서는……."

"하하, 맹해 보인다는 말은 자주 들어요."

그리고 지엔은 뒷머리를 긁적이며 생각했다.

'나세르 님께서 날 사랑하신다고 하셨을 때는 거절해야 한다고만 생각했지만, 막상 나세르 님이 내가 아닌 다른 사람을 사랑하게 되었다고 하셨을 때 내가 어떻게 반응했을지는 나도 알 수가 없군……'

단 하나 확실한 것은 전생에서부터 현생으로까지 이어진 자신의 대한 집착이 보통이 아니란 것뿐이다.

그때 한동안 생각에 잠긴 표정을 짓고 있던 로아나가 입을 열었다.

"글쎄, 내가 만약 네가 누명을 뒤집어쓴 김에 옳다구나 하고 죽였더라면…… 다른 사람들이 어떻게 생각할지언정 그 일은 내게 죄책감으로 남았겠지. 다른 모두는 내 의도를 모른다고 하더라도 나만은 아니까."

"아."

놀란 듯 낮은 탄성을 흘리는 지엔에게 로아나가 말을 이었다.

"그런 식으로 얻은 마음이 무슨 쓸모가 있지? 내가 원하는 건 그 사람의 온전한 마음이지, 나 외의 모든 후보를 죽이고서 얻은 마음이 아니다. 그런 건 필요 없어. 그렇게 해서 얻은 것이 진심인지 아닌지도 알 수 없거니와, 무엇보다도 칼 오라버니도 나도 결코 행복해질 수 없을 테니."

"아……."

"이 정도면 대답이 되었나?"

"네."

지엔은 빙긋 웃으며 고개를 끄덕였다. 그리고 그녀는 다시 생각했다.

'세상 사람들이 모두 로아나 님 같다면, 환생 같은 건 필요치 않을 거야. 왜냐하면, 로아나 님은 자신의 판단에 따라 행동하시고, 그 행동에 따른 책임도, 죄도 모두 한정된 삶 속에서나마 온전히 짊어지고자 하시니까…… 로아나 님은 결코 다음 생에 남은 죄를 갚을 필요조차 없겠지. 나나, 발리아 님처럼.'

발리아의 죽음 뒤에 새로 펼쳐질 삶을 상상하자 지엔은 다시금 아득한 기분이 되었다. 그녀가 만약 이대로 사형당한다면, 이번 생에서 갚지 못한 은혜와 죄업은 다음 생에 갚게 될 것이다. 자신이 그랬던 것처럼.

그러다 문득 지엔은 또 한 가지 의문을 떠올리지 않을 수 없었다.

'그렇다면 나는 어떨까?'

과연 나는 전생의 죄를 모두 갚은 것이 맞을까?

* * *

로아나와 사태를 평화적으로 해결하긴 했으나, 호위가 따로 필요하지 않다는 데는 지엔과 나세르 모두 생각이 같았다.

답답하다는 듯 로아나가 가슴을 치며 그럼 자신만이라도 같이 가게 해 달라고 간청하자, 지엔과 나세르는 잠시 서로를 빤히 보더니 답했다.

— 로아나 님, 저희는 제국민 모두를 적으로 돌리고도 한 달 가까이 잘만 도망 다닌 사람들이에요. 그런데 하물며 모든 오해가 밝혀진 마당에 일주일간의 여행이 무슨 문제가 되겠어요?

— 크흑……

너무 맞는 말이라 할 말도 없어진 로아나는 그저 무릎을 꿇고 안타까운 신음만 흘렸다.

어쨌거나 그런 일이 있고 난 후, 그들은 황가에서 빌려준 마차를 타고 팔자도 좋게 푸리에로 향하게 되었다. 다만 사람들의 시선이 너무 쏠리는 것 또한 원치 않았기에 그들의 마차에는 황가의 문양이 없었다. 그런데 그것이 설마 사달을 불러일으킬 줄은 몰랐다.

사달이 있기 불과 한 시간 전, 지엔과 나세르는 마차에 마주 보고 앉아…… 감자를 깎고 있었다. 그것은 귀족들의 여행은 물론이고 평민들의 여행에서도 일반적인 일은 결코 아니었기에, 마부는 말을 모는 내내 작은 창으로 힐끔힐끔 안쪽을 건너다보았다.

'도망 중에 너무 고생을 했더니 이상한 취미가 생긴 건가?'

마부로서는 그렇게 오해할 수밖에 없는 상황이었다.

한편, 이 상황에 대해 유감스럽게 생각하는 건 마부뿐만이 아니었다.

말없이 감자를 스무 개째 깎던 나세르가 마침내 참지 못하고 불만 어린 눈빛으로 지엔을 보며 말했다.

"지엔, 정말로 이게 네가 하고 싶은 일인가?"

"네, 그럼요. 옛날 여행 생각도 나고 얼마나 좋아요."

지엔은 선뜻 웃으며 대답했다.

그녀는 바로 옆의 바구니에 손을 뻗어 제가 방금 깎은 감자들을 비교해 보았다.

언제나 다 깎아 놓고 나면 대추 알만 한 크기만 남는 것이 보통이었는데, 어째서인지 이번에는 나세르가 깎은 감자들과 모양이 별로 다르지 않았다. 지엔은 고개를 기울였다.

'흠, 그러고 보면 예전처럼 칼을 잡는 데 별로 힘이 들지 않는 것

같기도 한데.'

자신이 무엇을 놓치고 있는지 잡힐 듯하면서도 좀처럼 잡히지 않아 아쉬웠다.

그때, 결국 초조함을 참지 못한 나세르가 입을 열었다.

"지엔. 나는 우리가 단둘이 있게 된 마당에 좀 더 앞날에 대한 얘기를 했으면 좋겠—"

그러나 지엔을 향한 나세르의 모처럼 진지한 말은 끝맺어지지 못했다. 갑자기 어디선가 날아온 화살이 그들의 마차 앞에 틀어박혔기 때문이었다.

잘 훈련받은 말들조차 투레질을 하며 자신들을 묶은 고삐를 풀려고 난동을 부렸다. 이러니 마부가 말들을 제대로 다룰 수 있을 리 만무했다. 마부석에서 튕겨 나가지 않으려고 마차를 끌어안다시피 한 마부가 뒤를 보며 소리 질렀다.

"브리지트 공자님! 초대 황제…… 아니, 하녀님! 좀 도와주십쇼!"

마부의 애처로운 애원이 다 튀어나오기도 전에 지엔과 나세르는 이미 마차 문을 박차고 나오고 있었다. 나세르가 굳이 마차 밖으로 나오려는 지엔의 앞을 가로막았다.

"지엔, 이건 내가 처리하겠다. 너는 마차 안에 들어가 있어라."

"아뇨, 음, 그럼…… 전 겁에 질린 마부 아저씨와 말들이나 달래주고 있죠, 뭐."

'지엔, 네가 누군가를 달래겠다고?'

거참 안 어울린다고 생각했던 나세르는 척척 걸음을 옮긴 지엔이 땅에 깊숙이 박힌 화살을 뽑아내고, 마부와 말들에게 '이거 보세요, 별거 아니죠?' 같은 시늉을 해 보인 뒤 숲 깊숙이 던져 넣는 것을 보고 한숨을 내쉬었다. 그래, 뭐, 사고라도 안 쳐 준다니 다행이었다.

그리고 그는 앞에서 날아오는 외침에 고개를 바로 했다.

"킬킬, 이봐, 형씨. 연인과 여행하면서 호위 하나도 데리고 다니지 않을 정도라면 주머니 사정이 얼마나 궁핍한지는 알겠지만, 그래도 그나마 있는 것마저 다 내놓으셔야겠어…… 으악!"

나세르는 검조차 뽑지 않은 채 검집째로 도적들을 두들겨 패기 시작했다. 그들이 말했던 것처럼 나세르가 가난한 도련님이었다면, 하다못해 세상 물정에 어둡기라도 했다면 모르겠으나 안타깝게도 나세르는 국경 너머 숲에서 마을을 이루고 살던 도망자에게 납치되어 보기까지 한 진짜배기였다.

짧다면 짧았다고 할 수 있는 북부에서의 경험이 그를 도적들의 위협에도 눈 하나 깜짝 안 하는 사람으로 만들었다.

물론 그전에도 별로 겁이 없는 성격이긴 했다.

'그리고 겁 없기로는 내 뒤의 하녀를 따라갈 자가 없지.'

그랬기에 그는 이번에는 지엔을 달랠 생각조차 하지 않았다.

아직도 그날, 사냥 대회 때 황실 숲에서 자신을 마주쳤던 지엔이 왜 울음을 터트렸는가는 그의 머릿속에서 풀리지 않는 의문으로 남아 있었다.

그러다 말고 나세르는 그가 간과하고 있던 점을 깨달았다. 그는 안일했던 자신을 자책하며 뒤를 돌아보았다.

'아차……!'

나세르가 기억하기로 마차에서 뛰쳐나오던 지엔은 한쪽 손에 여전히 과도를 들고 있던 채였다. 검은 물론이고, 검 비슷한 것이라도 들었을 때 그녀의 몸놀림이 얼마나 형편없어지는지는 그간 지켜봐서 잘 알고 있던 그였다.

두 눈을 부릅뜨고 뒤를 돌아봤던 그의 얼굴이 이내 황당함으로 물들었다.

그가 중얼거렸다.

"지엔, 이게 무슨……."

"앗, 보셨어요, 공자님?"

그의 부름에 이쪽을 휙 돌아본 지엔이 여행을 떠나온 이래로 가장 밝게 웃는 바람에, 나세르는 순간 그녀 뒤의 장면이 눈에 들어오지 않았다. 그러니까, 뒤통수에 혹 하나씩을 매달고 기절한 듯 엎어져 미동도 하지 않는 도적들의 모습 따위는.

지엔이 여전히 환한 얼굴로 외쳤다.

"공자님, 저 저주가 풀렸나 봐요!"

"저주라고?"

지엔이 여전히 활기차게 고개를 끄덕였다.

"네! 공자님과 저 사이에 엮여 있던 저주요! 공자님이 제 검술을 가져가고, 저는 아무에게도 해 끼치지 못할 힘만 가지고 다시 태어나는……."

"해 끼치지 못할 힘이라고……."

나세르가 자신도 모르게 중얼거리자 지엔은 뒤통수를 긁적이며 머쓱하게 웃었다. '어쩐지 좀 어설프게 적용이 된 모양이지만…….'

하고 중얼거리는 것을 보니, 그녀 역시도 방금 자신의 말에 문제가 있다는 것을 알기는 아는 모양이었다.

그리고 나세르는 비로소 검집을 털어 내었다. 아무리 진검을 쓰지 않았을지언정 사람을 때렸다는 것이 찝찝해, 폭력을 행사하고 날 때면 그 스스로 하는 의식이었다. 물론 이런다고 해서 자신의 죄가 지워지지 않는다는 건 잘 알고 있었지만.

그는 어두워진 눈으로 다시 지엔을 흘깃거렸다. 그녀는 쓰러진 도적들을 길 바깥쪽으로 끌어내고 있었다.

그와 눈이 마주치자 지엔이 말했다.

"흠, 공자님. 이놈들 어쩌죠? 그냥 두면 상처를 회복하자마자 다시 사람들을 털 텐데. 나무에 밧줄로 묶어 두고 나중에 들리는 마을에 신고할까요?"

"그게 좋겠지. 밧줄을 찾아보겠다."

"네!"

산적들을 나무에 밧줄로 묶는 일은 나세르와 마부가 도맡아 했다.

모든 일을 마치고 마차로 돌아오며, 나세르는 내심 일꾼들을 데려오지 않은 것이 아쉽다는 생각을 했다. 마부만 없으면 지엔과 단둘이 여행하는 것이 되는 것은 기분 좋지만, 그래 봤자 지엔은 단둘이 있을 때만 할 수 있는 일이라고는 아무것도 허락해 주지 않는데…… 그러다 말고 나세르는 스스로 손을 들어 붉어진 이마와 귀를 가렸다.

'아니, 내가 지금 무슨 생각을.'

붉어진 얼굴을 식히려고 한동안 마차 밖에서 찬 바람을 맞은 나세르는 겨우 진정하고 다시 마차에 올라탔다. 그때, 지엔이 종이에 뭔가를 적다 말고 후다닥 감자 바구니 밑에 밀어 넣는 모습이 그의 눈에 띄었다.

나세르는 눈을 크게 떴다.

'종이?'

종이에 글자를 적고 있다면, 일반적으로 상상되는 종이의 정체는 편지뿐이었다. 그리고 나세르가 아는 한, 수도에 지엔이 편지를 보낼 만한 인물은 단 한 명뿐이었다.

'칼리스.'

그랜트 후작과는 사이가 아직 그렇게까지 친밀하지 않았고, 헤카테는 아직 마계에 있으니 합당한 추측이었다.

'갑자기 웬 바람이지, 망나니에게 편지라니…….'

나세르의 눈살이 저도 모르게 찌푸려졌다. 그때, 눈에 띄게 부산스러운 태도로 치마를 탁탁 털어 낸 지엔이 그를 올려다보며 빙긋 웃었다.

"다녀오셨어요, 공자님?"

"……그래."

사람 할 말 없어지게 만드는 미소였다. 잠시 망설이긴 했지만, 결국 아무것도 묻지 않은 나세르는 조용히 좌석에 앉았다.

턱을 괸 그가 다시 생각에 잠겼다.

불과 한 달 전, 북방 원정의 성공을 축하하는 연회에서 있었던 일을 그는 아직 잊지 않고 있었다.

'그날 밤…… 망나니가 지엔에게 고백했었지.'

하필이면 연회장의 문을 뒤늦게 밀고 들어간 그 순간, 칼리스와 춤을 추는 지엔의 모습을 맞닥트릴 거라고는 상상치 못했다.

더욱 상상치 못한 것은 단지 그녀와의 첫 춤을 놓쳤다는 것만으로 까맣게 타들어 가던 자신의 마음과…….

— 그게 굳이 너일 필요는 없겠지만, 난 너였으면 좋겠어. 지엔.

지엔을 향한 칼리스의 마음이 상상 이상으로 무거웠다는 것.

그 순간 나세르는 그때까지 칼리스의 경박함을 경멸해 왔음에도 불구하고, 차라리 그가 그 경박함을 되찾았으면 하고 바라게 되었다.

적어도 그 경박함을 무너트리고 진심으로 대하게 하는 상대가 지엔만은 아니었으면 했다.

다행히 지엔은 갑자기 무거워진 칼리스의 태도에 잠시 놀란 기색이었을 뿐, 그 뒤에는 별로 신경 쓰지 않는 것 같았다.

그 뒤에는 지엔이 마왕의 환생이라는 것이 세간에 밝혀지면서 어찌어찌 단둘이 도주하게 되었고, 그 과정에서 서로의 마음을 확인했기에 그동안 칼리스라는 화제가 둘 사이에 오를 일은 없었지만…….

나세르는 턱을 매만지며 새로운 의문을 떠올렸다.

'그러고 보면 나는 지엔이 도주 직전, 왜 내게 이별을 말했는지도 아직 알지 못한다.'

그때는 아직 지엔이 마왕의 환생이라는 것이 사람들에게 소문나기도 훨씬 전이었다. 혹시 그것은 그녀와 자신 사이의 전생이라는 것과 관련 있는 것일까?

'하지만 그게 아니라면?'

어쩌면 그것이 그녀와 자신 사이의 전생의 악연이 아니라, 칼리스와 관련 있기라도 하다면? 생각하기도 싫은 가정에 나세르의 마음이 까맣게 타들어 갔다.

그런 줄도 모르고 지엔은 그저 되찾은 검술로 감자를 완벽하게 깎으며 신나 하고 있었다.

문양이 부착되지 않았을지언정 황족들만 사용할 수 있는 최고급 마차는 과연 기가 막힌 승차감을 자랑했다. 바깥을 보지 않으면 달리고 있는 줄도 모를 지경인 마차에서 며칠간 숙면하다가 눈을 떠 보니 어느새 창밖 한가득 보석처럼 새파란 바다가 반짝이고 있었다.

그 모습을 본 지엔이 튕겨 나오듯 몸을 벌떡 일으켰다.

그녀는 맞은편 좌석에서 곤히 잠들어 있던 나세르를 흔들어 깨웠다.

"공자님! 일어나 보세요! 바다예요!"

그러나 한참을 흔들어대도 나세르가 아무런 반응이 없자, 그녀의 표정이 점차 의아해졌다.

그녀가 아는 한, 나세르는 오랜 사제 생활 때문에 아침만 되면 거의 즉각 눈을 뜨는 사람이었다. 게다가 본인이 검의 달인이다 보니 기척에 예민하기도 했다.

그런데 왜? 지엔은 잠든 나세르의 얼굴을 빤히 들여다보았다.

'최근 무슨 고민거리라도 있으신 건가?'

한참 감자를 깎다가 시선을 느끼고 맞은편을 보면 왠지 퀭해진 얼굴의 나세르가 창밖으로 고개를 돌리는 모습을 여러 번 보았다. 할 말 있으시냐고 물어도 고개만 내젓기에, 원체 무심한 성격인 지엔은 그냥 그런가 보다 하고 말았다.

'그런데 그게 아니었던 건가?'

지엔은 돌연 심각해진 얼굴로 나세르를 빤히 내려다보았다. 그러나 그녀의 성격상 그것도 그리 오래 가진 못했다.

창문으로 쏟아진 강한 햇빛 아래 연한 백금색 머리카락과 마찬가지로 연한 빛깔의 긴 속눈썹, 섬세한 이목구비가 백사장의 모래들처럼 반짝거렸다.

지엔은 나세르의 앞에 쪼그려 앉아 턱을 괴고 그의 수려한 얼굴을 한참이나 훔쳐보았다.

그토록 많이 갖고도 만족할 줄을 모르고 더 갖고 싶어 하는 사치스러운 보석 수집가들의 심정을 어쩐지 알 것만 같았다.

아니면 전생의 자신을 이해할 수 있을 것 같기도…….

'잠깐.'

지엔은 스스로의 뺨을 철썩 때렸다.

그녀는 고개를 푹 숙이며 자책하기 시작했다.

'그걸 이해해서 어쩌겠다는 건데. 전생을 제대로 밝히고 속죄를 해도 모자랄 판에.'

그리고 눈을 내리감은 그녀는 끙하고 작게 신음을 흘렸다.

사실 그녀가 나세르를 살리기 위해 영혼의 소멸도 감수하고 황궁에 끌려갔다는 데서 어느 정도 전생의 죄는 참작될지도 모르나, 어쨌건 나세르는 전생에 그녀가 얼마나 큰 죄를 지었는지 구체적으로는 알지 못했다. 애초에 죄를 알지 못하는데 비교가 성립될 리 없었다.

그러니 자신의 전생에서의 죄를 모두 밝히고, 그래도 현생의 자신을 사랑할 수 있겠냐고 그에게 묻는 것이 마땅했다.

'그걸 알긴 알지만…….'

지엔은 다시금 머리를 감싸며 끙끙거렸다.

'그러면 갑자기 분위기가 싸해질 텐데.'

지금 지엔과 나세르는 어디까지나 단둘이 휴양을 온 상태였다.

'신혼 같잖아. 이 기분을 좀 더 즐기고 싶단 말이야.'

그랬다. 나세르의 생각과는 달리, 지엔에게도 최소한의 눈치라는 것은 존재했다.

다만 자신의 전생에서의 탐욕적인 면모가 갑자기 튀어나올까 봐 너무 두려웠던 나머지, 애써 감자 깎기에 몰두하는 척했을 뿐. 물론 십수 년 만에 되찾게 된 검술의 존재에 감자 깎기가 너무 즐거웠다는 것도 한몫하긴 했다.

지엔이 이런저런 고뇌에 잠겨 끙끙거리던 그때, 나세르가 눈을 반짝 떴다.

그는 바로 가까이에 다가와 있는 지엔의 얼굴을 보고 눈을 크게 떴다.

여행 도중 그녀가 자신의 곁에 이토록 가까이 온 것은 처음이었기에 나세르는 놀라서 물었다.

"지엔……? 무슨 일 있나?"

'헉, 세상에.'

지엔은 기겁하며 재빨리 그에게서 떨어졌다. 햇빛 속에서 맑은 하늘빛 같은 푸른색과 먹구름 같은 회색이 이지러지며 섞이는 나세르의 눈동자는 몹시 아름답게 빛났다.

'눈을 감고 있는 것보다 눈을 뜬 게 배는 심장에 해롭다니.'

심장을 움켜잡고 숨을 고르는 지엔의 모습을 보며 나세르 또한 미미하게 눈을 찡그렸다.

방금까지만 해도 닿을 듯이 가까웠던 그녀가 순식간에 마차 끝까지 멀어지자, 그는 불만스럽게 자신의 손을 쥐었다 폈다. 그가 중얼거렸다.

'여전히 내게는 여지를 주지 않는군.'

그는 더더욱 심각해진 표정으로 생각했다.

'어쩌면…… 지엔은 내 얼굴을 마음에 들어 하지 않는 건가? 하긴, 지엔 본인이 전생에 그렇게나 수려한 미남자였으니…….'

나세르는 칼리스를 밥맛 없어 했으나, 어쨌건 그가 출신과 능력을 다 떼어 놓고 외모만으로도 사람들의 찬탄을 받는 것은 사실이었다.

다시 말하지만 나세르에게는 사람들의 얼굴을 알아보는 능력과 더불어 미적 감각이 무척 결여되어 있었다.

그때 지엔이 조심스럽게 그를 불렀다.

"저기, 나세르 님……."

"왜 그러지, 지엔?"

"창밖을 보세요."

"창밖? 아."

무심코 고개를 돌린 나세르 또한 창 한가득 들어오는 풍경을 보고 탄성을 흘렸다.

제국 최대의 항구 도시, 푸리에였다.

*　　*　　*

나세르 또한 몇 년 전 단 한 번, 그것도 신전 차원에서의 견학 때문에 잠깐 들린 것이 다였다. 그렇기에 그도 초행이 아니라고 해서 누군가를 안내해 줄 수준은 되지 못했다.

그나마 마부가 그들을 숙소로 데려다주어서 다행이었다.

숙소 역시 마차와 마찬가지로 제 발 저린 황실의 성의가 엿보이는 최고급이었다. 넓은 방과 벽 한 면을 가득 채운 테라스, 방에 딸린 서재와 각종 개인 공간, 욕실을 가득 채운 대리석 욕조까지.

침실이 두 개라는 데에는 지엔과 나세르, 둘 다 안도의 한숨을 내쉬었다. 그들이 아직 결혼은커녕 약혼조차 하지 않은 사이라는 것을 황실에서는 잊지 않은 모양이었다.

'아니면 다른 누군가의 숨은 의도일 수도 있겠지만…….'

나세르는 지엔을 흘끔 보았다. 그는 벨하르트 황태자가 때때로 생애 처음 발견한 무언가를 보는 듯한 표정으로 지엔을 보던 것을 잊지 않고 있었다. 또, 그가 의외로 순순히 황성의 비밀 통로를 가르쳐 주었던 것도.

나세르가 생각에 잠겨 있거나 말거나, 지엔은 침대를 둘러싼 금빛 커튼이나 화려한 장식품들, 테라스 바깥의 풍경을 구경하기에 여념이 없었다.

그때 그녀가 그를 소리쳐 불렀다.

"공자님! 여기 좀 와 보세요!"

"아, 그래, 가지."

허둥지둥 지엔이 있던 테라스로 나간 나세르는 지엔이 보고 있던 풍경을 보고 따라서 탄성을 흘렸다. 지엔이 이제까지 본 것 중에 제일 밝은 표정, 아니, 과도로 도적들을 해치웠을 때 다음으로 밝은 표정으로 말했다.

"시냇물이나 강가에 나뭇조각으로 만든 배를 띄워 본 적은 있지만, 저렇게 큰 배도 물에 뜨는 걸까요? 게다가 저 배에는 나무가 아닌 것들도 많이 타고 있잖아요. 물건이나 사람도 그렇고."

"그렇군. 나도 이제까지 큰 배를 본 적이 거의 없어서 생각해 본 적이 없는 문제다."

"네? 공자님은 배를 타고 저 섬 중 하나에 가 보셨다면서요."

"그건 그렇지만…… 글쎄, 그때는 어렸을 때니까, 아마도 같이 탄 사제들이 모종의 힘을 쓰는 거라고 생각했지."

"정말요?"

나세르는 숨을 일순 멈추었다. 소금기를 머금고 불어온 바람이 지엔의 머리카락을 거세게 휘날렸다. 머리카락 사이로 보이는 갈색 눈동자는 반짝이며 웃음기를 한가득 머금고 있었다.

웃고 있는 그녀의 모습이 언젠가 북부의 나무 아래에서 보았던 그때와 겹쳐 보였다.

나뭇잎 사이로 쏟아져 내리던 황혼, 허리께까지 자라 흔들리던 풀들과 멀리에서 이쪽을 보고 서 있던 외로운 방벽.

연극 무대에서 뛰어내려 마을 밖까지 도망친 그녀를 기어이 끝까지 쫓아가 붙잡았을 때였다.

나세르는 지금이야말로 지엔에게 다시 자신의 마음을 고백하고 싶었다. 다시는 자신을 떠나지 않겠다는 약속의 말을 듣고 싶었다.

'하지만, 그랬다가 다시 거절당하기라도 하면?'

그때 나세르는 지엔에게 자신의 마음을 고백했고, 숨 돌릴 새도 없이 바로 거절당했다.

지금은 분명히 그때와는 상황도, 서로의 마음도 달랐다. 그럼에도 나세르는 아직 그때의 기억에서 벗어나지 못하고 있었다.

'만약 이번에도 그녀에게서 마음을 거절당한다면, 난 견딜 수 있을까?'

아니, 분명 귀중한 기회인 이 여행을 형편없이 망치고 말 테지.

난간 위를 움켜쥔 그의 두 손에 저도 모르게 힘이 들어갔다.

그런 그의 모습을 발견한 지엔이 걱정스럽게 그의 팔을 붙잡았다. 그녀가 작게 속삭였다.

"공자님. 어디 편찮으세요?"

나세르는 파도로 뺨을 맞은 것처럼 느닷없이 정신을 차렸다.

"저희 나가지 말고 그냥 숙소에서 쉴까요?"

걱정스러운 그녀의 얼굴을 물끄러미 쳐다보던 나세르는 문득 숙소 안에 흘낏 시선을 주었다. 숙소에 들어오자마자 그녀가 책상 위에 두고 눈에 띄는 것으로 눌러 둔 서신 한 장이 눈에 띄었다.

나세르의 미간이 잠시 고통스럽게 일그러졌다. 이윽고, 간신히 표정을 푼 그가 웃으며 말했다.

"나가도록 하지."

"예? 하지만……."

지엔은 여전히 걱정스러운 표정이었지만, 나세르는 단호하게 그녀를 잡아끌었다.

둘만의 여행인데, 지엔이 자신 몰래 저 서신을 들여다보는 모습 따위 더는 보고 싶지 않았다.

그러자 지엔은 그의 속내 따위는 꿈에도 모르는 표정으로 고개를 끄덕였다.

"알았어요, 그럼."

그러더니 그녀가 갑자기 자신의 팔을 껴안는 바람에 나세르는 당황했다. 지엔은 몸이 좋지 않은 나세르가 비틀거리다 쓰러져 버리는 것을 막기 위한 나름의 조치였지만, 나세르는 일순 얼굴을 붉히며 멍하니 서 있었다.

그런 그에게 그녀가 당당한 표정으로 말했다.

"어서 가죠."

"그, 그래……."

여전히 하고 싶은 말은 많았지만, 그랬다가 지엔이 자신과의 팔짱을 푸는 불상사가 일어나선 안 되겠기에 나세르는 얌전히 그녀를 따라 걸었다. 그러고 보면 그들은 벌써 수차례의 입맞춤을 했지만, 그 외에 연인들이 해야 할 것은 그다지 해 본 적이 없는 상태였다.

나세르가 순순히 자신을 따라오는 것을 보며 지엔은 안도의 한숨을 내쉬었다.

그리고 그녀는 속으로 은밀한 결심을 했다.

'일단 일주일 동안 여행을 충분히 즐긴 뒤에, 여행 마지막 날에 전생의 죄에 대해 모두 말씀드리는 거야. 그러니 그전까지는 아무것도 신경 쓰지 말자.'

그녀의 어두워진 눈빛이 힐긋 등 뒤의 서신을 향했다.

'또, 칼리스 님께 보낼 편지에 대해서도.'

그녀의 시선의 움직임을 놓치지 않은 나세르의 안색 또한 어두워졌다.

그리고 끼익 소리와 함께 문이 닫혔다.

밖으로 나가기로 한 것은 정답이었다. 나세르와 지엔은 걱정한 것이 무색하리만치 손쉽게 인파에 섞였다.

타국과의 교역 거점답게 다양한 머리카락 색과 피부색이 보이는 이곳에서 나세르의 백금발은 색이 흐린 금발일 뿐이었고, 원래부터 흔한 편이었던 지엔의 갈색 머리카락은 논할 대상도 되지 못했다. 두 사람은 인파에 껴서 배에 물건들을 싣고 나르는 것을 구경하고, 선원들과 선원들 가족의 헤어짐을 보았으며, 장을 구경했고, 물건을 샀다.

나세르와 지엔에게는 황궁에서 지급해 준 거액의 돈이 있었으나, 지엔이 고른 것은 다리가 열 개 달린 기괴한 생김새의 생물을 본뜬 인형뿐이었다.

그 인형을 품에 안고 용케도 즐거워하는 지엔의 모습을 보며 나세르는 '전에 지엔에게 그런 인형을 사다 안긴 칼리스의 안목만 욕할 게 아니었는지도…….' 하고 생각하게 되었다.

지엔이 그런 흉한 생김새의 인형을 품에 안고 잔 데는 그러한 내막이 있었다고 짐작하였다. 지엔이 알았더라면 '미적 감각이 없는 게 누구인데요?' 하며 매우 억울해할 일이었다.

어쨌거나 저녁 시간이 가까워지자, 둘은 바다에 면해 있는 식당 중 한 곳으로 들어갔다. 둘은 풍부한 재정 상황에 힘입어 바다가 제일 잘 보이는 자리를 배정받고, 식사를 하며 붉은 해가 푸른 바닷속으로 뉘엿뉘엿 잠겨 가는 모습을 구경했다.

마침내 해수면 위에 나와 있던 해의 끄트머리마저 잠기자 온 세상이 어두워지고, 하늘과 바다는 분간되지 않을 만큼 어두운 보랏빛으로 물들었다.

솔직히 말하자면 두 사람 다 식사는 제대로 즐기지 못했다. 그들이 브리지트 백작령을 떠나오고부터 그들의 곁에는 헤카테와 칼리스, 그 외에도 두세 사람 정도의 방해꾼이 더 있었고, 도망 생활을 했을 때 어떠했는지는 말할 필요도 없다. 심지어 그때는 마음 놓고 식사를 할 수 있는 상황도 아니었고, 한 사람이 식사를 할 때 다른 한 사람은 망을 봤다.

그래서인지 나세르와 지엔, 둘 다 이곳에서의 풍경이 꿈속인 것처럼 낯설었다. 분명히 몸은 여기에 있는데도 마음은 다른 곳에 있는 것처럼 대화는 과거를 더듬었다.

그러나 그것조차 오래 가지 못했다.

“백작님이랑은.”

지엔이 조용히 꺼낸 말에 의미 없이 포크로 접시 테두리를 따라가던 나세르가 고개를 들었다.

지엔이 잠긴 듯한 목소리로 말을 이었다.

“말씀, 해 보셨어요?”

“……너는 어땠지, 지엔? 그랜트 후작과 말이다.”

굳이 대답하고 싶지 않아 나세르는 화제를 돌렸다. 그 시도가 무색할 정도로 순순한 대답이 돌아왔다.

“그랜트 후작님께서는 출병을 하지 않은 얼마 안 되는 귀족이라고 들었어요. 저는 후작님을 찾아가서 그게 사실이냐고, 사실이라면 도대체 왜 그러신 거냐고 물었죠. 온 제국민을 적으로 돌릴 각오를 하면서까지.”

“그　더니?”

“거기에서 출병하면 자기 손녀와 닮은 사람이 마왕의 환생이라는 걸 인정하는 게 돼 버리잖아요. 그걸 견딜 수 없으셨대요.”

짧은 침묵이 흘렀다. 그 뒤에 나세르가 고개를 돌리며 작게 웃음을 터트렸다. 지엔 또한 어깨를 움츠리며 키득키득 웃었다.

그리고 테이블 옆으로 잔을 밀어 놓은 그녀가 말을 이었다.

“뭐, 어쨌든…… 그러다 보니 다시 마주쳐도 껄끄러운 부분은 전혀 없어서, 예전 약속은 그대로 지킬 수 있게 됐어요. 그랜트 후작님의 양녀로 들어가는 것 말이에요.”

“그래.”

“공자님은요?”

나세르의 숨이 일순 멎었다. 테이블 가장자리의 촛불이 그의 숨결을 따라 불안하게 흔들렸다.

지엔이 촛불을 받아 주황색으로 빛나는 눈동자로 나세르를 똑바로 올려다보며 물었다.

"공자님께서는 앞으로 어쩌실 셈인가요? 백작님과……."

엄지와 검지 사이에 끼고 있던 잔의 손잡이를 매만지던 나세르가 갑자기 몸을 일으켰다. 그가 창밖을 돌아보며 말했다.

"지엔, 식사를 마쳤으면 좀 걸을까."

지엔은 그가 화제를 돌리려 한다는 것을 알면서도 순순히 대답했다.

"네, 그래요."

식당을 나오는 길에는 나세르가 지엔을 에스코트했다. 이제 누구도 돌아다닐 때 서로의 팔짱을 끼는 것을 어색하다고 생각하지 않았다.

한동안 말없이 어두운 길을 걷다 보니 갑자기 어둠이 걷히며 밝은 길이 나타났다. 해처럼 동그랗고 밝은 마석을 튼튼해 보이는 줄에 여러 개 꿰어 높이가 비슷한 건물들 사이마다 매단 것이었다.

'누가 이런 돈 낭비를?'

그렇게 생각하며 눈을 깜빡이던 나세르의 팔을 지엔이 잡아채었다.

"맞아, 공자님! 저 이거 낮에 상인에게 설명을 들었어요. 이 인형 살 때요."

지엔이 여태껏 나세르가 존재도 잊고 있었던 다리 열 개 달린 인형을 흔들어 보였다.

“이 생물은 빛을 보면 따라오는 습성이 있는데, 그래서 밤에 바다로 나가 저 마석들을 바다 위에 둥둥 띄운다고 해요. 그리고 빛을 보고 몰려든 녀석들을 그물을 놓아 모조리 잡는 거죠.”

“그…… 렇군…….”

“네! 그리고 이 시기는 저 생물이 이 바다에는 없을 시기라서, 쓰이지 않는 마석들을 저렇게 허공에 매달고 매일같이 야시장을 연다고 했어요. 저기 봐요!”

지엔이 밝은 빛무리 아래에 깔린 좌판들을 가리켰다. 과연 마석들 덕분에 낮 못지않게 밝아서인지, 발 디딜 틈도 없을 만큼 사람이 많았다. 같은 야시장이 있었던 페릴과도 비교가 되지 않았다.

나세르는 작게 한숨을 내쉬었다.

“하지만…… 장 구경은 낮에도 하지 않았나?”

그때 이미 지엔은 신나서 인파 안으로 숨어들고 있었다. 결국 나세르도 더 머뭇거리다가는 지엔을 놓치게 될지도 모른다는 생각에 인파 안으로 한 발을 들였다.

두 사람은 단도 투척 대회에서 상금을 좀 땄고, 그 상금으로 이상하게 생긴 인형 몇 개를 더 샀고, 좌판대에서 알 수 없는 과일 주스와 음식 몇 개를 샀다.

평생 본 적이 없을 만큼 많은 인파에 치여 다소 너덜너덜해진 나세르가 인적 드문 곳에서 바다를 보고 있을 때 지엔이 다가왔다.

“공자님, 자요.”

그녀는 양손에 꼬치를 하나씩 들고 있었다. 각각 촉수가 달린 생물의 다리가 꼬치를 휘감고 있는 희한한 생김새의 음식이었다. 나세르의 묘한 시선을 받자 지엔은 히죽 웃었다.

"아까 제가 말씀드린 바로 그 생물이에요. 정확히는 그 생물은 이미 이 바다에서 철수하고 없으니, 아쉬운 대로 비슷하다는 애로 데려와 봤어요. 얘는 다리가 여덟 개인데, 식감은 거의 비슷하고 이래 봬도 맛은 좋대요."

"음……."

저 인파들 사이에서도 무사히 꼬치를 사수해 온 정성이 보여 차마 거절하지 못하고 받아 들면서도, 나세르는 꺼림칙한 눈으로 자신의 손에 들린 꼬치와 지엔의 옆구리에 끼인 인형을 번갈아 보았다.

저 인형을 몹시 귀엽게 여기면서도 또한 먹고 싶다고 생각하다니. 좀 이상하지 않나? 아니, 사실은 이게 보편적인 건가? 늘 그렇듯 지엔은 나세르의 상식 체계를 착실히 뒤흔들고 있었다.

그리고 꼬치를 한 입 베어 문 나세르는 금세 미간을 찡그렸다. 옆에서 그 모습을 지켜보던 지엔이 까르르 웃었다.

"공자님, 표정이 그게 뭐예요."

결국, 지엔의 성의에 대한 보답과 자신의 식성 사이에서 고뇌하던 나세르는 한 입밖에 먹지 않은 꼬치를 내려놓았다. 그 꼬치를 대신 낚아채 가며 지엔이 말했다.

"그러고 보면 공자님, 은근히 식성 까다로우시네요. 아까 식당에서도 그렇게나 많이 나온 음식의 반 정도는 한 입 드신 다음에는 손도 대지 않으셨잖아요. 도주할 때는 한 번도 그러신 적 없으시니까,

설마 그러실 거라고는 생각도 못 했어요."

턱을 훔친 나세르가 대답했다.

"음…… 딱히 식성에 대해 생각해 본 적은 없다."

"신전에서는요?"

"신전에서는 그날 나온 식사는 신이 주신 식량이라 하여 남겨서는 안 됐으니까."

"아."

지엔은 나지막이 탄성을 터트렸다. 그러고 보면 그 비슷한 얘기를 헤카테에게서 들어 본 적이 있는 것 같기도 했다.

'헤카테…….'

지엔은 마지막으로 보았던 그의 모습을 떠올렸다. 완전히 성에서 보았던 마왕과 같은 모습으로 변해, 반항하는 제라드의 팔을 잡아끌고 마계로 향하던 모습이 눈에 선했다. 그러다 말고 나세르가 자신을 빤히 보는 것에 정신을 차린 지엔은 황급히 웃었다.

그녀가 말을 꺼냈다.

"그럼 백작가에서는요? 신전에서는 남기지 않고 전부 먹어야 했고 원정이나 도주 생활 때야 말할 것도 없으니, 공자님의 식성에 대해 알 수 있다면 그때뿐이겠네요."

고개를 기울인 지엔이 말을 이었다.

"편식 때문에 혼나신 적 없어요? 백작님에게서나, 가정교사에게서나……."

"그런 말은 들어 본 적 없다."

나세르가 일견 건조해 보이기까지 하는 얼굴로 대답했다.

"그분들에게 나는 어차피 신전으로 보낼 아들이었기 때문인지도 모르지."

"……."

순간 야시장의 불빛과 활기를 잊게 하는 침묵이 그들 사이에 찾아왔다.

지엔은 속으로 눈물을 흘리며 생각했다.

'아, 이 분위기를 어떡하면 좋아, 진짜…….'

그리고 잠시 시선을 떨어뜨린 채 입술을 우물거리던 지엔은 다시 말을 꺼냈다.

"공자님, 아무래도 아까 하던 얘기를 마저 해야겠어요."

그녀의 말에 나세르가 고개를 돌려 지엔을 보았다. 지엔이 말을 이었다.

"공자님께서는 아직 대답해 주지 않으셨어요. 공자님과 백작님의 사이에 대해서…… 앞으로 어떻게 하실 것인지를."

"그건 너와는 상관없는 일이다, 지엔. 그 문제에 대해서만은 신경 쓰지 마라."

언제나 대체로 조심스러운 어조로 말하던 그가 이 문제에 있어서만은 단호했다. 그러자 입술을 깨문 지엔이 획 고개를 들었다.

그녀가 주먹을 움켜쥐며 말을 이었다.

"그게 어떻게 저와 상관없는 일일 수가 있겠어요? 제가 마왕 후보로 지목당하지 않았다면……그리고 하필이면 공자님이 저를 사랑하지 않았다면 일어나지 않았을 일이잖아요."

나세르는 여전히 건조한 말투로 대답했다.

"그 일들 중에 하나라도 지엔, 네 의사로 일어난 게 있나?"

"하지만……."

"그것 중에 지엔 네가 막거나 거부할 수 있는 일은 없었다. 하지만 내 아버지, 백작은 그렇지 않았지. 그에게는 빛의 신의 이름으로 나와 너를 뒤쫓아 죽이거나 그러지 않는다는 선택지가 있었고, 그는 전자를 택했을 뿐이다."

"……."

"나를 빛의 신에게 바칠 것인가, 자신의 아들로 키울 것인가 하는 문제에서 빛의 신을 택했듯이. 이건 우리 사이에 늘 있어 왔던 일이고, 이번에도 그 연장 선상일 뿐이다. 그러니 지엔, 너와는 관련이 없어."

납득할 수 없다는 듯 입술을 우물거리던 지엔이 다시 고개를 들었다. 그녀가 말했다.

"좋아요, 공자님. 그 일이 제 잘못이 아니라는 공자님의 말씀은 인정하겠어요. 하지만…… 백작님이 공자님과 빛의 신 사이에서 늘 빛의 신을 택했다는 말씀은 받아들이기 힘들어요."

"왜지?"

"공자님께서는 백작님께서 얼마나 신실한 빛의 신의 신도이신지 아시잖아요. 설령 저택에서 지내신 시간이 얼마 되지 않아 잘 모르신다고 해도, 제가 장담해 드릴 수 있어요."

"……."

잠시 입을 다무는 나세르 앞에서 지엔이 말을 이었다.

"그런데 자신의 아들과 자신이 모시는 신, 이 둘이 어떻게 그분에게 있어 대립하는 가치일 수 있겠어요? 공자님께서는 인정하기 힘드실 수도 있지만 전…… 백작님께서 공자님을 내치기 위해서가 아니라, 공자님을 사랑하기 때문에 본인이 가장 옳다고 생각하는 가치를 가르치고자 빛의 신께 보내신 걸 수도 있다고 생각해요."

"지엔, 나는……."

"그리고."

지엔이 단호하게 나세르의 말을 끊었다.

"그리고, 브리지트 백작님께서 저와 공자님을 필사적으로 쫓으신 것도 마찬가지예요."

"……."

"생전 한 번도 검을 들어 보지 않으신 분이세요. 그것도 모자라 토끼 같은 작은 동물에게서 자신의 유희를 위해 피를 보는 것조차 꺼리셔서 사냥조차 전혀 하지 않으셨잖아요. 그런 분이 토끼도 아니고, 사람을 쫓기 위해 검을 들었다고요. 그게 공적을 세우기 위함이겠어요?"

나세르는 한순간 초점 없이 흐릿해진 회청색 눈으로 지엔을 바라보았다. 입술을 깨문 그녀가 결연히 말을 이었다.

"당연히 백작님께서는 공자님을 버리고자 하신 게 아니에요. 그게 아니라, 공자님을 책임지고자 하신 거잖아요. 공자님을 자신의 아들이라고 생각하시니까, 아들의 죄를 자신이 대신 갚기 위해서. 비록 진실을 모르고 거짓에 휘둘리셨다고 하더라도……."

"……."

"그분의 각오까지 거짓이 되어야 할 필요는 없어요."

한동안 침묵만이 흘렀다. 두 사람이 서 있는 곳은 인적이 드문 편이었지만 여전히 오가는 사람은 있었다. 지엔이나 나세르처럼 손에 먹을 것을 든 연인들, 가족들이 떠드는 소리가 그들 사이로 파고들었다. 몇몇인가는 마주 보는 채로 아무 말이 없는 두 사람을 수상하게 여기며 힐끔 훔쳐보기도 했다.

그런 가운데, 나세르가 마침내 입을 열었다. 고개를 숙인 그가 한숨 섞인 목소리로 말했다.

"자기를 죽이려고 한 사람을 그렇게까지 변호해야 하나?"

"한때 제 고용주이기도 하셨죠."

담담하게 대답하는 지엔을 보던 나세르의 눈빛이 문득 가라앉았다. 어둠 속에 서 있는 지엔을 물끄러미 보던 그가 마침내 입을 열었다.

"지엔, 너에게는…… 네 목숨을 잃을 뻔한 일이 그렇게까지 아무런 일도 아닌가?"

전과는 비교도 안 되게 가라앉은 그의 목소리에 지엔은 눈을 동그랗게 떴다.

다시 나세르의 목소리가 이어졌다.

"나에게는, 그렇지 않아."

"……."

"그가 나를 버리고자 했던 책임지고자 했던 그런 건 내게 중요치 않다. 내게 중요한 건 그가 한때 널 죽이려고 했다는 바로 그 점이야."

"공자님……."

감동과는 거리가 먼 표정으로, 그저 초조하게 입술을 깨무는 지엔을 보며 나세르의 눈빛은 더욱 가라앉았다.

그가 다시 말했다.

"애초에 내게는 백작의 존재 자체가 그리 중요치 않았어. 어렸을 때 헤어져서 거의 최근까지 남으로 지내 온 사람에게 대체 무슨 정이 있겠나. 연좌제만 아니었더라면 애초에 그에게 서신을 보내지도 않았을 거다."

"……."

"그러니 지엔, 더는 백작에 대해서 내게 말하지 마라. 가족의 정이나 필요성 같은 건 내게는 전혀 와닿지 않는 얘기니까."

그러자 지엔은 입술을 굳게 다물더니, 곧 눈매를 일그러뜨렸다.

그래도 백작은 지엔에게도 남이 아닐 텐데, 너무 단호하게 말했나 싶어 나세르가 조금 아차 싶어지던 그때였다.

입술을 앙다물고 있던 지엔이 다시 말을 꺼냈다.

"공자님. 저는 가족의 정이나 필요성 같은 것 때문에 공자님께 그런 얘기를 드린 게 아니에요."

"아……."

흠칫한 나세르가 막 사냥 대회 직후 그녀의 입으로 직접 들었던 가족사에 대해 떠올리던 그때, 지엔이 다시 말했다.

"전에 들으셔서 알겠지만, 저는 태어나서부터 아버지가 안 계셨고 어머니마저 제가 백작 저에 들어오기 전에 돌아가셨어요. 그런데 제가 무슨 가족의 정이니 필요성이니 하는 것들을 알겠어요?"

과연 그녀의 말대로였다. 그녀 역시 자신만큼이나 가족의 존재에 익숙하다고 할 사람이 못 됐다. 그럼 도대체 저런 맹목적인 화해, 또는 용서의 청은 어디에서 나온 것일까?

"저는 그저……."

입술을 달싹이던 지엔이 끝내 말을 잇지 않고 돌아서는 바람에, 나세르는 더는 생각을 이어나갈 수 없었다. 숙소 쪽으로 빠르게 걸음을 옮기는 그녀를 보며 나세르가 외쳤다.

"지엔!"

나세르가 쫓아가며 몇 번이고 불렀지만, 지엔은 대답은커녕 뒤도 돌아보지 않았다.

결국, 둘은 끝내 숙소에 들어갈 때까지 한 마디도 나누지 않았다.

나세르는 침대에 바로 누워 눈만 깜빡였다. 한참 동안 잠들지 못하고 천장만 바라보던 그는 문득 천장에 새어 든 달빛을 보고 고개를 돌렸다.

벽 한 면을 가득 채운 테라스 위로 둥근 달이 크게 떠올라 있었다. 이제 곧 아침이 오면 달은 자취를 감추고, 해수면 아래에 잠들어 있던 해가 떠올라 온 세상을 환히 밝힐 것이다.

'그때쯤이면 지엔의 마음이나 우리 사이의 갈등도 알아서 풀려 있으면 좋으련만.'

그러나 그럴 일은 결코 없을 것이다. 나세르는 다시금 작은 한숨을 토해 냈다.

'어쩌다 이렇게 된 걸까.'

어차피 수도에 있어 봐야 지엔에게도, 자신에게도 좋을 것 없다고 생각해서 한 선택이었다.

지엔이 자신을 죽이려 했던 사람들과 지속적으로 맞닥트려야 하는 나세르의 기분을 신경 썼던 것처럼, 나세르 역시 그런 지엔의 기분을 충분히 신경 쓰고 있었다. 그런데 사람들에게서 도망쳐 나온 것이 서로 간의 문제를 되돌아보게 하는 계기가 될 줄이야.

나세르가 다시금 한숨을 토해 내던 그때였다. 갑자기 문밖에서 인기척이 느껴졌다. 암습인가 싶어 벌떡 몸을 일으키며 침대 옆에 내려두었던 '순백의 영광'을 움켜쥔 나세르는, 노크 소리가 있고 얼마 안 있어 들려오는 목소리에 온몸의 긴장을 뺐다.

"나세르 님, 주무세요?"

"아니."

짧은 침묵 끝에 끼이익 소리와 함께 문이 열렸다.

"도주할 때처럼 타지에 둘만 와 있는데, 나세르 님이 옆에 안 계시니까 안심이 안 돼서요."

'이튿날 내가 칼 맞아 죽은 시체로 발견될까 봐 걱정된다는 말이군.'

별로 낭만적인 걱정은 아니었으나, 유감스럽게도 그 걱정은 나세르 역시 내내 하고 있었다. 그가 잠들지 못하고 내내 신경을 곤두세우고 있던 것은 낮에 오간 대화 외에도 그러한 이유도 있었다.

쭈뼛쭈뼛 방을 가로질러 온 지엔이 나세르의 침대 모서리에 털썩 걸터앉았다.

같은 방 안에 있는 잠옷 차림의 남녀, 더군다나 실질적인 약혼 사이. 그럼에도 불구하고 그들 사이에는 어떠한 기류도 느껴지지 않았다. 그도 그럴 게 지엔과 나세르는 서로의 볼꼴 못 볼 꼴을 너무 많이 보았다. 잠옷 차림 정도는 이제 그들 사이에 긴장감을 촉발할 요소조차 안 되었다.

침대 헤드에 등을 대고 앉아 있던 나세르가 이윽고 옆의 이불을 걷었다.

"지엔, 여기에 눕겠나? 나는 소파로 가겠다."

"아니요, 공자님. 그냥 거기 계세요."

"그럼……."

"저는 그냥 나세르 님이 눈 닿는 곳에 계시기만 하면 그걸로 족해요."

거울같이 반질반질한 갈색 눈동자로 나세르를 쳐다보던 지엔이 이윽고 시선을 스르륵 미끄러트리며 덧붙였다.

"그리고, 지금 기분으로는 도저히 잠이 오지 않을 것 같기도 하고요."

"……그건 나도 마찬가지다."

머뭇거리던 나세르가 무릎걸음으로 그녀에게 다가가려 하자, 화들짝 놀란 그녀가 되레 몸을 피했다. 순식간에 침대 끝까지 물러난 그녀가 황급히 말했다.

"아뇨, 공자님! 그냥 거기 계세요. 더는 다가오지 마세요."

"왜……."

"저는 이제부터 공자님 얼굴을 마주하고서는 도저히 할 수 없는 얘기를 할 작정이니까."

나세르는 결국 입술을 옅게 깨물고 있다가 침대의 중앙 즈음에 어정쩡한 자세로 다시 걸터앉았다. 침대 끝에 걸터앉은 채 반쯤 뒤돌아 그 모습을 물끄러미 바라보던 지엔이 말을 꺼냈다.

"……공자님."

"왜 그러지?"

"공자님께서는 백작님을 사랑하지 않으시지만, 그리 원망하지도 않으신다고 말씀하셨지요. 애초에 공자님께는 그만한 무게를 갖지 않으시는 분이라고."

나세르가 망설임 끝에 고개를 작게 끄덕이자, 지엔이 다시 말했다.

"그럼 그냥 용서해 드리면 안 되나요? 백작님을. 그리고 그 일에 가담한 집안의 다른 기사들도."

"……."

"아까 공자님께서 분명히 말씀하셨었죠. 제가 신경 쓸 일이 아니라고. 저도 그렇게 생각해요. 하지만 그것이 공자님께 대수롭지 않은 일이라면, 그래 주셨으면 좋겠어요. 저를 위해서라도."

한참이나 감정을 가다듬던 나세르가 마침내 입을 열었다.

"지엔. 나는 네가 왜 너를 죽이려 한 사람들을 위해 이렇게까지 하는지 이해가 가지 않는……."

그때였다. 부욱 하고 뭔가 찢기는 소리에 깜짝 놀라 고개를 들었던 나세르는 지엔이 어느새 침대 가장자리에서 뜯어낸 휘장으로 자신의 머리카락과 얼굴 반을 감싸고 있자 황당하다는 표정을 지었다. 그가 다시 말했다.

"지엔?"

"잠시만요, 공자님!"

지엔이 황급히 손을 뻗으며 외쳤다.

"제가 이러는 이유는…… 제가 지금부터 공자님께 일생일대의 비밀을 털어놓을 참이기 때문이에요. 그러려면 상당한 각오가 필요한데…… 왠지 이러고 있으면 마음의 평화가 온달까, 솔직해질 수 있을 것만 같은 기분이 들어서요."

아무리 보아도 정원에서 처음 마주쳤던 때와 그리 다르지 않은 모습을 하고 있는 지엔을 보던 나세르가 황당하게 중얼거렸다. 아니, 그건 어딜 보아도 네가 사랑의 요정 행세에 맛들인 게 아닌가 싶은데…… 그때 그녀가 다시 외쳤다.

"공자님, 제가 공자님이 가족을 비롯한 누구도 저 때문에 잃지 않길 바라는 이유는……!"

그녀의 외침에 나세르는 흠칫하며 뻗고 있던 손을 다시 내렸다. 그리고 지엔의 답이 돌아왔다.

"공자님께서 이미 전생에 저 때문에 모든 것을 잃은 적이 있기 때문이에요. 가족을 포함한 모든 것을……."

"뭐?"

"그래요, 공자님. 제가 그랬어요."

서서히 침대 위로 팔을 내려놓는 지엔의 손끝이 파르르 떨렸다.

지엔은 감정을 일부러 없앤 듯 차가운 눈동자로 아래를 내려다보았다.

"공자님께서 어디까지 기억하고 계실지는 모르겠지만, 사실대로 말씀드릴게요. 저는 사람들이 말하던 것처럼 이 제국의 초대 황제였어요. 그리고 공자님께는…… 공자님의 나라를 박살 내고 공자님을 취한, 용서 못 할 쓰레기였어요. 예, 그래요. 상종 못 할 개자식이었어요."

"그게 무슨……."

"정확히는 공자님의 가족들은 국민들을 위해서 끝까지 제국, 그러니까 저의 침략에 저항하고자 하였고, 비열한 자들은 힘을 보태기는커녕 그동안 비리를 저질러 비축한 식량과 군대들을 가지고 자기 영지에 틀어박혔어요. 그리하여 공자님의 가족들이 참패하고 공자님이 타국으로 끌려가자 그 비열한 자들이 공자님의 가족들을 처형하고 나라를 집어삼킨 거예요. '공자님의 가족들은 나라를 제대로 수호하지 못했다'는 명목으로."

말을 마친 지엔은 고개를 툭 떨구었다. 믿을 수 없다는 듯한 눈으로 그녀를 보던 나세르의 눈앞에 문득 강물처럼 흐르는 풍경이 있었다. 원형 경기장, 관중석 곳곳에 솟은 깃발들, 경기장 중앙에서서 검을 든 남자, 흩날리는 보랏빛 머리카락…….

"윽."

나세르는 한 손을 들어 눈가를 움켜쥐며 신음하였다. 비로소 이 순간, 그는 빛의 검이 처음 만났을 적에 떠들던 장광설이 무엇을 의미했는지 정확히 알 수 있었다.

그런 그의 모습을 보면서도 차마 가까이 다가가지 못하고 손끝만 덜덜 떨던 지엔은 다시 고개를 숙였다. 그녀가 중얼거리듯 말했다.

"그 모든 걸 알고 있던 저는 차마 공자님이 전생의 내기에 따라 저를 사랑하게 되는 걸 두고 볼 수 없었어요. 그, 그래서…… 공자님의 유일한 연인이 제가 될 수 없으면 차라리."

입술을 하얗게 질릴 정도로 깨문 그녀가 말을 맺었다.

"공자님께서 짓는 유일한 죄가…… 저이길 바랐어요."

그녀의 말에 나세르가 다시 멍하니 시선을 들었다.

울상을 한 지엔이 잔뜩 더듬거리며 말했다.

"어, 어차피 상황이 여기까지 이른 이상…… 저도, 공자님도, 좋은 결말을 맺을 수는 없다고 생각했어요. 그러니 차라리 공자님의 목숨을 보전하면서도 저 역시 다음 생을 기약할 방법을 찾고자 했어요. 그게 바로…… 공자님이 저를 죽이는 방법이었어요."

"……."

"공자님께서 저를 죽이면…… 제가 공자님의 가족들을 죽였듯이, 그것 역시 하나의 인연으로 취급될 테니까. 비록 인연보다는 악연에 가깝겠지만, 그래도 그것으로 제게 공자님과 다음 생에서라도 만날 기회가 한 번 더 주어질 테니 족하다고……. 하지만 사실, 지금 와서 생각해 보면 잘 모르겠어요. 제가 공자님과 다음 생에 다시 만난다고 해서 대체 뭘 할 수 있을까요? 그저, 그때라도 죄는 짓지 말자고만……."

결국 말을 끝맺지 못한 지엔이 고개를 떨구었다. 그녀는 머리카락과 얼굴의 반을 가리고 있던 천 자락을 추슬러 그것으로 자신의 얼굴을 가렸다. 그때였다. 누군가 그녀의 손목을 붙잡아 더는 얼굴을 가리지 못하게 했다.

무심코 고개를 든 지엔은 바로 지척에 다가온 회청색 눈동자를 보고 숨을 멈추었다.

지엔이 다가오지 말라고 말한 이래로 내내 침대 정중앙에 머물러 있던 나세르가 어느새 그녀의 바로 앞까지 다가와 있었다. 그가 지엔의 덜덜 떨리는 두 손목을 붙잡아 내리며 말했다.

"……지엔."

"네, 공자님."

"나는 우리가 이 사태를 서로 잘못 이해하고 있었다는 생각이 드는군."

나세르가 생각에 잠긴 얼굴로 말을 이었다.

"나는 우리의 전생에 대해 잘 알지 못하고, 너는…… 내가 내 가족들에 대해 어떻게 생각하는지, 또 너에 대해 어떻게 생각하는지도 잘 알지 못하지, 지엔."

그리고 그는 지엔의 손등을 얼굴 가까이 끌고 와 입술을 눌렀다. 이제는 슬슬 익숙해질 법한 애정의 표현에도 여전히 처음인 듯 넋을 놓는 그녀에게, 그가 다시 말했다.

"지엔. 전생에서 너와 나 사이에 그런 일이 있었다면…… 네가 내가 가족들과 사이가 나빠지지 않도록 신경 쓰는 건 이해가 간다. 너는 그 일이 너만 없었다면 벌어지지 않을 일이라고 생각하니, 당연히 그 일이 있고 난 뒤에도 내가 가족들을 쉽게 용서하는 것을 바라겠지."

나세르의 순순한 말에 지엔의 얼굴이 조금 환해졌다. 그녀가 고개를 작게 끄덕이며 말했다.

"네, 그래요."

"하지만 지엔."

나세르가 담담히 말을 이었다.

"네?"

"내가 가장 화나는 건 바로 그 지점이다."

내내 붙잡고 있던 지엔의 손을 놓아준 그가 그녀를 똑바로 보며 말했다.

"너는 내가 다른 모든 것을 잃는 것은 결코 용납 못 할 일인 것처럼 말하면서."

"……."

"왜 너만은 잃어도 될 것처럼 말하지?"

할 말을 잃은 지엔을 바라보며 그는 다시금 대수롭지 않은 태도로 그녀의 손등에 입을 맞추었다.

"내가 다른 모든 것을 잃어도 잃지 못할 단 하나의 것이 무엇인지, 내가 제국의 최북단에서 최남단인 이곳에 이르기까지 놓지 못한 단 하나가 무엇이었는지를 보면 명확해지지 않나?"

"……."

"그렇지 않나, 지엔."

할 말을 잃어버린 지엔에게 나세르가 다시 못박았다.

"언제쯤 내가 네 쪽으로 가겠다고 했을 때 '오지 마세요.' 외에 다른 말을 할 거지?"

"고, 공자님. 저는."

거기까지 들은 지엔이 울상을 한 채 입을 열었다. 나세르는 그런 지엔을 빤히 쳐다보았다.

"저는…… 공자님께 제 전생의 죄를 고백하고, 그리고 공자님께서 그것에 대해 용서해 주실 때까지는 아무 말도 할 자격이 없다고 생각했어요. 심지어 공자님의 마음을 받아들일 자격조차도."

"전생은 전생일 뿐이다, 지엔. 내 앞에 있는 너는 지금의 너일 뿐이야. 내가 알아 오며 사랑하게 된 이 역시도."

"으윽."

연이은 고백에 지엔은 더는 견디지 못하고 고개를 푹 떨구었다. 그 바람에 드러난 그녀의 정수리를 빤히 보던 나세르가 문득 생각난 것처럼 말했다.

"그러고 보니, 나도 너에게 고백해야 할 게 있군."

"네?"

지엔은 화들짝 놀라 고개를 들었다.

"네가 내게 '전생의 저주가 풀린 덕에 검술을 되찾았다'고 말했을 때."

나세르는 허심탄회한 어조로 말을 이었다.

"더 이상 내가 네 곁에 없다거나, 네가 검을 들고 있다고 해서 내가 널 걱정하지 않아도 될 텐데도, 나는 그 일이 '아쉽다'고 느꼈어. 그러는 걸 보면 결국 나 역시도, 네게 필요 없어지는 순간을 두려워하고 있었는지도 모르겠군. 아니면 너와 나 사이에 모든 연결고리가 사라지느니 '악연'이라도 남아 있는 편이 낫다고 생각했는지도 모르지. 결국 너와 나는 같은 생각을 한 거다."

"아, 아니요. 공자님, 그건……!"

지엔은 저도 모르게 분한 얼굴로 외쳤다.

'누가 로아나 님과 나세르 님, 이 사람들한테 양심 좀 적당히 챙기라고 말 좀 해 줘! 두 사람 때문에 세상의 다른 사람들 모두가 쓰레기가 돼 버리는 상황이 종종 생기잖아!'

지엔이 그렇게 생각하며 그 말에 반박하려던 찰나, 나세르가 지엔의 코 위에 묶여 있던 천의 매듭을 풀었다. 손가락 사이로 스르륵 흘러내리는 금빛 천을 한 손에 말아 쥔 채, 그가 말했다.

"지엔, 나와 결혼해 줘."

지엔은 눈을 크게 떴다.

일순 시간이 멈추었다. 바깥에서 불어오는 바람에 부산스럽게 흔들리던 커튼이 멈추었고, 달빛 또한 쏟아져 내리던 그대로 정지했다. 그 속에서 지엔은 나세르와 가깝게 붙어 앉은 채 그의 눈만 올려다보았다.

그녀의 어깨에 두 손을 올려놓은 나세르가 속삭였다.

"더는 불안해서 견딜 수 없다. 이제 그만 확답을 받고 싶다. 너와 내 사이는 다른 사람들과 다르다는…… 우리 사이에 전생의 악연이 사라졌더라도 또 하나의 연결고리가 있다는 약속을 받고 싶어."

"……."

"네가 신경 쓰이는 부분은 뭐든 고치겠다. 어차피 백작 부부와 나 사이는 시간이 흐르면 자연스럽게 해결될 거다. 왜냐하면…… 우리는 가족이니까. 내가 너 때문에 뭔가를 잃어버렸다고 생각되는 일은 다시는 없게 하겠다. 너의 전생이 아직까지도 우리에게 영향을 미치거나, 어떠한 비극이 되풀이될지도 모른다는 생각 역시도."

지엔은 처음으로 할 말을 잃고 나세르의 눈만을 올려다보았다.

"인연도, 악연도 모두 다음 생으로 넘기는 일 없이 이번 생 안에서 끝내겠다. 대가를 치를 일에는 대가를 치르고 용서를 구할 일에는 용서를 구하며. 그래서 너 외에는 아무것도 남지 않도록 하겠다. 다시 죽어서 신 앞에 섰을 때…… 내 옆에 서 있는 사람이 너 외에는 없도록 하겠다. 그리고 네 옆에도 또한."

"공자님."

"비록 나는 네게 구애하는 남자들 중에 제일 신분이 한미한 백작가 삼남이고, 물려받을 수 있는 영지도 없다. 마왕이 죽고 환생한 것이 밝혀졌고, 빛의 검은 봉인당했으니 다시는 쓰일 일이 없을 테고, 따라서 성기사의 작위도 유명무실하다. 앞으로의 일 같은 건 어떻게 될지 모른다. 어쩌면 엘레노어에게 청혼할 때보다도 더, 앞날을 장담할 수 없는 처지지만……."

나세르가 울 것 같은 얼굴로 지엔을 바라보았다.

"심지어 반지도 준비하지 못했지만, 그래도 받아 주겠나? 내 청혼을."

지엔은 나세르가 손에 감아쥐고 있던 금빛 천을 돌려받았다. 그것으로 머리카락을 덮은 지엔이 환히 웃으며 말했다.

"이 천이 그대로 베일이 된대도 좋아요, 공자님."

그리고 그녀는 고개를 내밀어 나세르에게 입 맞추었다. 눈을 깜빡거리던 나세르가 이윽고 두 팔로 그녀의 등을 감싸며 환히 웃었다.

그리하여 바야흐로 전생의 악연은 현생의 인연으로 이어진다.

*　　*　　*

이튿날 아침, 지엔은 모처럼 아무도 깨우지 않았지만 스스로 눈을 뜨고 책상 앞에 앉았다. 빈 종이를 보며 홀로 미간을 좁혔다 폈다 하던 그녀는 뒤에서 다가오는 인기척을 느끼고 흠칫 놀랐다.

"공자님, 일어나셨어요?"

나세르는 지엔의 앞에 있는 서신을 분명히 보았을 텐데도 시선 한 번 주지 않았다. 대신 한쪽 어깨를 붙잡고 뺨에 가볍게 입맞춤한 그가 사라진 뒤, 홀로 남은 지엔은 온기가 남은 뺨을 문지르며 다시 펜을 잡았다.

그녀의 편지는 다음과 같이 시작되었다.

칼리스 님, 말씀해 주신 바를 듣고 곰곰이 생각해 본 결과, 저는 죄인 발리아 폰 크레센트의 사면을 청하고자 합니다.

애초에 이 사건은 본래는 현생에 영향을 미치지 않아야 했던 전생이 표면적으로 영향을 미쳤던 전대미문의 사건이었지요.

그러니 이 사건에 대해 무자비하게 처벌한다면 안 좋은 전례가 남을 수 있다고 생각합니다.

무엇보다 이런 식으로는 발리아 님과 저, 벨하르트 전하 사이에 새로운 악연이 생겨날 뿐이니까요…….

이번 생에서 다 해소되지 못한 감정 또는 대가들을 다음 생에서 치르게 하는 것은 신께서 하실 일이겠지요.

그러나 신이 그렇게 안배하였다고 해도, 우리 인간이 행동하지 않으면 결국에는 아무것도 해결되지 않을 것입니다.

칼리스 님이 제 앞을 가로막았고, 나세르 님이 저를 위해 죽음을 맞이하였으며, 제가 나세르 님을 구하기 위해 영혼을 바치고자 했던 그때처럼요.

그러니 칼리스 님, 가능하다면 부디 발리아 님을 크레센트 일족의 숲에 돌려보내는 것으로…….

*　　*　　*

햇빛이 잘 드는 집무실 안, 창가에 앉아 새 지저귀는 소리를 들으며 벨하르트는 서신을 확인했다. 글자를 따라 내려가는 시선은 무미건조했다. 그러나 오랫동안 그와 더불어 지내온 칼리스는 그 안에 숨은 동요를 느꼈다.

편지를 다 읽은 벨하르트가 가차 없이 말했다.

"재고의 가치도 없군."

칼리스는 쓴웃음을 지으며 물었다.

"역시 그런가?"

"발리아에게 주어져 마땅한 처분은 사형뿐이다. 설령 황제라고 해도 제국법을 무시하고 멋대로 판결을 내릴 수는 없어."

"하지만 이건 그 사건에서 가장 큰 피해를 입을 뻔했던 당사자의 의견이야. 죄를 아예 없던 걸로 할 수는 없더라도, 참작의 여지는 있지 않겠어? 방법을 잘 생각해 봐."

칼리스가 유들유들 웃으며 말했지만, 벨하르트의 새파랗게 날 선 시선은 여전히 서신 위에 꽂혀 있었다.

정확히는 '나세르 님이 다시 신 앞에 설 때 그 곁에 저밖에 없도록 하겠다고 말씀하신 것처럼, 저 역시 신 앞에 다시 서게 될 때 나세르 님 외의 사람은 제 곁에 없었으면 해요.'라고 적힌 문장 위였다.

벨하르트는 편지를 쥔 손에 힘을 주었다.

'이제는 애를 써도 인연은커녕, 악연조차 되지 못하나.'

지엔이 신 앞에서 나세르 외의 사람은 만나지 않겠다고 했을 때, 그녀가 치워야 할 사람에는 발리아는 물론이고 자신도 포함될 것이다.

문득 벨하르트는 더없이 흉포한 충동을 느꼈다. 이번 생에서 그녀의 옆에 있지 못한다면, 차라리 그녀와 자신 모두를 없애고 다음 생을 도모한다면 어떨까 하는 충동.

하지만 그래서는 꼬인 악연의 실을 더욱 꼬는 결과를 부를 뿐이란 것을 알기에, 그는 업화와 같은 충동을 애써 삼켰다.

집무실을 나온 벨하르트는 편지를 한 손에 쥔 채 계단을 내려갔다. 벽에 걸린 주황색 횃불이 둥근 벽 위로 긴 그림자를 던지고, 어둠은 그가 아래로 내려가면 내려갈수록 함께 깊어졌다. 간수들의 경례를 받고 문을 통과한 그는 마침내 감옥 맨 아래층에 도달했다.

누군가 그의 인기척을 느낀 듯, 감방 안에서 쇠사슬이 절그럭거리는 소리가 났다.

"발리아."

쇠창살 너머에 고인 어둠을 보며 벨하르트가 말했다. 그러자 이윽고, 어둠 속에서 튀어나온 가느다란 손가락이 쇠창살을 쥐었다.

흐릿한 빛을 받은 분홍색 입술이 호를 그리며 말려 올라갔다.

"전하."

감옥 속에서 발리아가 속삭였다.

꽤 오랫동안 감옥에 갇혀 있던 것 치고는 놀랍도록 맑고 또렷한 목소리였다.

그녀가 가볍고 들뜬 어조로 물었다.

"저를 만나러 오신 건가요?"

"……."

"기뻐요, 전하께서 저를 잊지 않고 만나러 와 주셔서. 너무 오랫동안 오지 않으셔서, 저 같은 건 까맣게 잊으신 줄 알았어요."

"발리아, 한 가지 물으러 왔다."

그 어조에 담긴 묘한 빈정거림을 무시한 벨하르트가 물었다.

"살고 싶나?"

그러자 정적이 흘렀다. 이윽고, 그녀가 재밌는 농담이라도 들은 것처럼 웃었다.

"살고 싶냐고요? 지금 저를 도망시켜 주시겠단 건가요?"

벨하르트는 대답하지 않았다. 또 한 번 웃은 그녀가 대답했다.

"물론 죽고 싶진 않아요. 하지만 그게 당신이 베푸는 자비라면, 아니요. 저는 받아들이지 않겠어요."

발리아가 어둠 속에서 허리를 꼿꼿이 폈다. 허공에서 두 사람의 시선이 맞부딪혔다. 세상 모든 것을 비웃고 조롱하듯 싸늘하던 하늘색 눈동자가 돌연 맑게 변했다. 마치 얼어있던 강물이 녹아 흐르듯이.

그녀가 놀라울 만큼 또렷한 목소리로 말을 이었다.

"이렇게 어두운 곳에 홀로 갇혀 머리를 식히고 나서야, 전엔 보이지 않던 것들이 보이더군요. 만약 자기 의지로 선택하여 행동하고, 그 선택에 스스로 책임을 지는 자만이 사람으로 불릴 자격이 있다면, 전하를 만나고 나서의 저는 그럴 자격이 없었다는 것을."

발리아가 눈을 내리깔았다.

"지엔은 저를 만난 이래로 언제까지나 저를 사람으로 대해 주었는데도. 부끄러운 일이에요."

"……."

벨하르트는 대답하지 않았다. 다시 시선을 든 발리아가 단호하게 말을 이었다.

"그러니 저는 밖에 나가지 않고, 제가 저지른 죄의 대가를 치르겠어요. 설령 제게 내려질 처분이 사형이라고 해도."

말을 마친 그녀가 후련한 듯 웃었다.

"그러면 그때에야 저도 비로소 지엔처럼 사람이 될 수 있겠죠."

그녀가 어둠 아래로 벨하르트에게 보이지 않는 두 손을 그러쥐었다.

"그래요, 그때에야 저도 비로소, 그녀처럼 사람이 되는 거예요……."

그 말의 여운이 지하 감옥을 유령처럼 뒤덮었다.

그때, 철컹 소리와 함께 갑자기 무릎으로 바닥을 딛고 일어난 발리아가 두 손으로 창살을 쥐었다. 창살 사이로 타는 듯한 두 눈동자가 벨하르트를 노려보았다.

그녀가 말했다.

"하지만 제가 이해할 수 없는 건, 이거예요. 어째서 당신은 나처럼 이 감옥 안이 아니라 밖에 있는 거죠?"

눈빛뿐만 아니라 목소리도 격노로 활활 타고 있었다. 터져 나오는 감정을 주체하지 못한 것처럼, 그녀가 빠르게 말했다.

"내게 도구로서의 쓸모를 요구한 건 당신, 전생에서의 감정을 잊지 못해 지엔을 그토록 죽이고자 했던 것도 당신이었어. 내가 당신의 소망을 이루어 주겠다고 했을 때, 당신은 말리지 않았잖아! 내가 지엔에게 무슨 짓을 하려는지, 그게 어떤 결과로 이어질지 알면서도."

창살을 쥔 하얀 손에는 파란 핏줄이 도드라질 만큼 힘이 들어가 있었다.

"당신은 당신 손에 지엔이 고스란히 떨어질 때까지 그저 사태를 방관했어. 당신이 원하던 일이 기어이 이루어지던 그 순간까지. 그러더니 갑자기 느닷없이 정신을 차린 것처럼 지엔을 도망시키고는, 한순간의 격정에 휩쓸린 무고한 피해자처럼 굴다니……."

마지막으로 발리아가 씹어뱉듯 말했다.

"그런다고 해도, 그 사건이 당신의 소망으로부터 비롯되었다는 건 결코 변하지 않아. 그런데 왜 당신은 아무런 벌도 받지 않지? 나는 여기에 있는데, 왜 당신만이 혼자 아무런 죄 없다는 듯이 밝은 빛 속에 서 있는 거야? 이건 공평하지 않아. 안 그래?"

분노에 찬 목소리로 열변을 토하는 것도 잠시, 벨하르트가 아무런 대답이 없자 발리아는 일순 자괴감 어린 표정을 지었다. 이윽고, 그녀가 한풀 꺾였지만 여전히 원망 어린 목소리로 말했다.

"나는 당신에게만은 화낼 권리가 있어."

"그래."

표정 없이 그녀를 내려다보던 벨하르트가 마침내 대꾸했다.

"그대는, 나에게만은 화낼 권리가 있다."

다시 고개를 든 발리아가 그를 매섭게 노려보며 다그쳤다.

"그 일의 대가로, 당신이 치러야 할 대가는 뭐지? 내가 여기 감옥에 갇혀 처분을 기다려야 한다면, 당신이 받게 될 벌은 대체 뭐냐 말이야?"

그 물음에 벨하르트는 대답하지 않았다. 다만 어떤 말에도 여태껏 흔들리지 않던 그의 눈빛이 처음으로 흔들렸다. 그의 눈썹부터 시작해서 눈매가, 다음에는 입술이 괴롭게 일그러졌다.

발리아는 처음에는 놀랐다. 다음에는 기뻐했다.

그 표정이 남들처럼 상황에 어울리는 어떤 감정을 표현하기 위한 것이 아니라, 강한 감정에 휩쓸려 완전히 무너진 마음에서 나온 것임을 알았기에.

벨하르트가 도저히 어찌할 수 없는 감정 앞에서 무력함을 느끼고, 절망하고 있었다. 그 절망 어린 얼굴이 자신의 것과 완전히 같았기에 발리아는 비로소 진심으로 웃을 수 있었다.

그녀가 눈을 나붓이 휘며 말했다.

"그렇군요, 당신은."

발리아가 즐거운 듯이 속삭였다.

"당신은 이제 영영 '그 저주'에서 헤어날 수 없는 거로군요."

"……."

"다시 태어나기 전에 신의 앞에서 그녀와 나누었던 약속. 당신이 이번 생에 그녀와 같은 잘못을 저지른다면, 이번 생에도 당신의 마음은 그녀의 것이라는……."

비로소 결론을 얻은 그녀가 홀가분하게 웃었다.

"평생 계속될 이루어지지 못할 사랑, 그것이 이번 생의 죄의 대가로 당신에게 주어진 벌이로군요."

여전히 대답이 없는 그를 보며 발리아가 우습다는 듯이 말했다.

"아, 이 얼마나 근사한 저주인가요. 당신은 이제야 비로소 남들처럼 사랑을 알게 되었는데, 그러자마자 그 상대를 평생 가질 수 없다는 걸 알게 되다니."

"……."

"그렇다면 기뻐요, 저는. 당신이 저와 같은 이유로, 이 삶이 끝날 때까지 고통받는다는 게……."

그러나 말한 것과 달리 그녀는 도리어 금방이라도 터질 듯한 울음을 참는 듯한 표정이었다.

벨하르트가 묵묵히 바라는 가운데, 발리아가 천천히 두 손을 들어 일그러진 얼굴을 감췄다.

그녀가 다시 말했다.

"제가 이번 생에서 당신에게서 영영 사랑받을 수 없듯이, 당신 역시도 그녀에게 영영 사랑받을 수 없다는 게……."

"……."

끝내 두 손 사이로 한 줄기 눈물을 흘리고야 마는 발리아를 내려다보다가, 벨하르트는 묵묵히 돌아섰다.

창살 안으로 편지의 필사본을 밀어 넣고, 말없이 계단을 오르는 그의 등 뒤로 발리아의 나직한 속삭임이 들려왔다.

"우리의 죄의 무게는 다음 생에 겨루어 봐요. 우리가 죽어서, 신의 앞에서 다시 만나게 되는 그날에."

벨하르트는 그 속삭임에 대답하지 않았다.

다만 그 역시 온몸으로 느꼈다. 그 순간 그와 그녀 사이를 잇고 결코 서로에게서 자유로워지지 못하도록 붙드는, 얇고도 끈질긴 사슬을.

그리하여 누군가가 전생의 악연을 현생의 인연으로 바꿀 때, 누군가는 새로운 악연으로 얽히게 된다.

* * *

몇 년 뒤, 훈풍 부는 어느 봄날. 그랜트 후작의 저택과 얼마 떨어지지 않은 한 저택.

대외적으로 아무런 일도 하지 않는다고 알려진 아네즈 백작 부부의 저택이 오늘만큼은 아침부터 분주했다.

사연인즉슨 이랬다.

마왕의 환생으로 선동당해 영혼까지 소멸당할 뻔한 피해자와 그 피해자를 목숨 걸고 지킨 대륙 유일무이 성기사, 뭐 이런저런 명목으로 황실에게서 보상금을 산더미같이 뜯어내고, 덤으로 백작 위도 하나 얻어 '아네즈'라는 그럴듯한 가문명까지 붙인 지엔과 나세르는 풍광 좋은 지방에 영지를 얻고 거기에 정착했다. 그랜트 후작의 딸인 남작 부인이 사는 곳, 말락타와 가까운 영지였다.

그러나 3년째 되는 해, 그들은 한가한 전원생활이 마침내 지루해지고 말았다. 애초에 한평생 한 곳에(나세르는 신전에, 지엔은 브리지트 백작령에) 처박혀 살던 인간들을 뭐가 이렇게 바꿨을까? 하고 묻는다면, 아무래도 북방 원정을 의심해 볼 수밖에 없겠지만…….

하여간 그리하여 동경하던 전원생활보다도 스펙터클한 모험이 그리워진 이들은, 마침 그때쯤 퇴직한 나세르의 둘째 형에게 영지를 맡기고 빠르게 수도로 올라왔다. 그때 이미 그들의 품에는 두 살 난 딸, 토리가 안겨 있었다.

올라온 데는 토리의 교육 환경이나 또래 친구 역시 중요한 이유를 차지했지만, 막상 수도에 올라와 보니 마땅한 또래 친구를 찾기 어려웠다.

그도 그럴 게 토리의 부모는 둘 다 명성은 전설에 가깝고 무력은 영웅에 가깝지만 작위는 비교적 한미한 뭐 그런 사람들이었고, 그런 어정쩡한 이들을 받아 줄 이라고는 과거의 인연, 즉 로아나(현 발레노르 공작)나, 칼리스(현 루디나토 대공) 정도밖에 없었다. 그리고 둘 다 현재까진 독신이었다.

그렇게 토리는 또래 친구 따위는 찾지 못한 채로, 무려 릭서만 제국의 대공과 공작을 이모 삼촌 삼아 자랐다. 뭐, 본인이 행복한 듯하니 그걸로 됐다.

그러던 어느 날, 토리가 물었다.

— 이모랑 삼촌은 항상 바쁜데, 엄마랑 아빠는 왜 일을 안 해?

느닷없이 날아온 뼈 때리는 공격에 지엔과 나세르는 할 말을 잃었다.

물론 '빌어먹을 황궁이 우리가 열여덟 열아홉이던 시절에 개처럼 고생시켜서 그렇단다!' 하고 사실대로 대답해 줄 수는 있을 것이다.

그러나 그랬다간 토리에게 '그럼 나도 잠깐 고생하고 평생 일 안 할래!' 따위의 가치관이 형성될 수도 있는 것 아닌가?

곰곰이 생각해 본 결과, 지엔과 나세르는 부모가 직업 활동을 하지 않는 이 환경이야말로 아이의 가치관 형성에 좋지 않을 수 있다는 결론을 내렸다.

무엇보다 토리는 지엔의 특징 중 하나인 게으름을 무섭도록 빼다 박았기 때문에, 아무래도 조치가 필요한 시점이었다.

그 결과, 로아나의 승진으로 비어 있던 황궁 제1 기사단장 자리에 나세르가 취임하기로 합의가 되었다.

사실, 전생의 제약이 풀린 이후로 지엔의 검 실력은 무섭도록 성장하여 가끔 로아나와 대련할 정도가 되었다.

그렇다고 해서 나세르의 검 실력이 떨어진 것은 결코 아닌데, 이를 통해 나세르의 검 실력은 전생에서 비롯된 게 아니라 원래 타고난 것이란 사실을 알 수 있었다.

그런데 왜 굳이 지엔 대신 나세르가 직업 일선에 나서냐고 하면, 거기엔 나세르 본인이 적극적으로 나선 탓이 컸다.

'벨하르트가 두 눈 시퍼렇게 뜨고 있는 황궁에 어떻게 지엔을 혼자 보낸단 말인가?'

그 이유는 아마도 그 혼자만이 알 것이다.

어쨌거나, 그렇게 하여 오늘이 나세르가 황궁에 출근하는 첫날. 아네즈 백작 저의 고용인들로서는 당연히 바쁠 수밖에 없었다.

지엔과 나머지 고용인들이 응접실에서 기다리고, 얼마 안 가 나세르가 모습을 드러냈다.

중요 급소를 백금색 판으로 덧댄 짙은 남색 상의와 하의, 진홍색 망토로 이루어진 기사단 제복은 나세르의 백금 발과 몹시 잘 어울렸다.

왜 로아나는 이 제복을 한 번도 안 입고 다녔냐 하면, 그녀는 언제 어디서 누가 기습해 올지 모른다며 자기 가문의 갑옷만 주야장천 입고 다녔다. 어떤 의미에서 지엔보다도 진정한 규율 파괴범이라 할 수 있었다.

민망한 얼굴로 망토 옷깃을 매만지던 나세르에게 한달음에 달려간 지엔이 탄성을 토해냈다.

"공자님! 정말 잘생겼어요!"

지엔의 입에서 튀어나온 익숙한 호칭에 나세르는 기시감을 느꼈다. '공자님'이라니, 저게 도대체 언제 적 호칭이지?

그러다 문득 자기 입을 가린 지엔이 배시시 웃었다.

"앗, 미안해요, 여보. 오늘따라 자꾸만 옛날 생각이 나서."

그제야 나세르의 시선이 꼭두새벽부터 집합해 있는 고용인들을 향했다. 확실히 몇 년 전에 본 것 같은 광경이긴 했다. 이를테면, 그가 처음 무투 대회에서 우승하여 브리지트 백작 저로 금의환향했을 때.

지엔이 웃으며 다시 말했다.

"저희가 처음 황성에 갔던 그 날. 기사들이 입은 옷을 보면서 저 옷차림에 누구보다도 잘 어울리는 건 사실은 당신일지도 모른다고 생각했거든요. 색 조합이나, 음, 성격 면을 봐서도."

"지엔……."

"음, 그때도 잠시 기분이 불쾌해졌었지만 왜인진 몰랐는데, 어쩌면 그때도 이미 당신을 보내기 싫다고 생각했었나 봐요. 그래서 그렇게……."

말을 잇던 지엔의 손이 슬그머니 나세르의 등을 휘감았다. 이미 허공에서 놀고 있던 나세르의 손이야 말할 것도 없었다.

오늘도 여전한 백작 부부의 진풍경에 고용인들은 그저 해탈한 얼굴로 웃었다.

'백작 부부가 금슬이 아주 좋으니 토리 님은 좋으시겠어.'

때마침, 오늘따라 유난히 떠들썩한 분위기를 감지하고 자리에서 일어난 토리가 응접실 문 앞에서 눈을 비비며 그들을 불렀다.

"엄마? 아빠?"

"토리!"

"아빠 어디 가? 아…… 기사단 출근."

나이에 비해 유난히 영특한 토리는 저 혼자 결론을 내리고는 고개를 끄덕끄덕했다.

나세르가 이런저런 준비를 하러 다시 사라진 동안, 지엔은 토리의 닦달에 하는 수 없이 그녀를 무릎 위에 앉히고 책을 읽어 주었다.

토리가 제일 좋아하는, 동화책처럼 쉽게 풀어 쓴 역사책이었다. 책의 제목은 '마왕의 은밀한 소원'이었다.

'음, 마왕의 소원이 인간으로 환생하는 거였다니, 충분히 은밀할 만하지. 음.'

아무도 묻지 않았는데 혼자 납득하던 지엔은 책의 마지막 장을 덮고, 도로 첫 장으로 돌아왔다. 그녀가 책 맨 앞에 딸린 삽화를 가리키며 물었다.

"토리, 지금까지 나온 인물들 중에 누가 가장 좋니?"

엄연히 자기 엄마 아빠도 등장하는 얘기였건마는, 토리가 고민하는 시늉도 하지 않고 대답했다.

"웅, 나는…… 마왕님."

"왜?!"

지엔이 눈을 부릅뜨며 물었다.

아니, 대체 방금 들려준 이야기의 어디에 마왕에게 반할 구석이 있었단 말인가?

그는 인간들의 입장에서는 정체를 숨기기 위해 번거로운 일까지 벌이며 인간들 사이에 숨어들었던 못 믿을 자였으며(그에게 심심풀이 외에 별다른 의도가 없었다는 걸 지엔은 알지만), 그걸 떼놓고 인간 시절만 본다고 해도 능력은 좋지만 성격이 나쁜 예쁜 사제님에 불과했다.

그러자 토리는 마왕이 마음에 드는 이유를 한 마디로 일축했다.

"예쁘다며."

"그, 그치만 마왕인데?"

"그렇게 치자면 엄마는 전생의 폭군이자나?"

폭군, 모두가 알지만 아무도 입에 올리지 않는 그 사실 앞에 지엔은 차마 아무 말도 못 했다.

한참을 입만 벙긋거린 끝에 지엔이 대답이랍시고 내놓은 말은 기껏해야 이랬다.

"어, 얼굴은…… 보는 거 아니야."

"그건 칼 삼촌을 태어나서부터 봐 왔다면 누구나 알 수 이써."

"……."

이번에도 지나치게 논리정연한 말에 지엔은 반박하지 못했다. 한참을 얼어 있던 그녀가 이윽고 한 손을 내저으며 외쳤다.

"그, 그래도 나이를 생각해 봐, 토리! 헤카테 삼촌은 말이야, 이 행성이 태어나기도 전부터 있었던 존재라니까?!"

토리의 말투는 여전히 느긋했다.

"우웅, 그분한테는 어차피 인간은 전부 갓 태어난 거나 다름없으니까 괜찮지 않을까? 내가 좀 차지해도?"

"안 괜찮아!!"

마왕에게 구애하는 걸 무슨 예쁜 유리구슬 수집하는 것마냥 말하는 딸의 태도에 지엔은 기가 차서 말도 잘 나오지 않았다. 다만, '커서 너 같은 자식 키워 봐라'라는 어른들의 말이 어째서 무서운지 온몸으로 체감 중이었다.

그때 허리에 검까지 찬 나세르가 다시 돌아왔다. 그가 다정한 얼굴로 토리를 품에 안아 올리며 말했다.

"지엔, 역시 네 딸이로군."

얼굴과 달리 내용은 전혀 다정하지 않았다. 어조만 들어선 놀리는 것에 가까웠다.

지엔이 억울해하며 반박했다.

"저 혼자 낳은 것처럼 말하지 마세요! 애 가치관이 이렇게 되는 데는 분명 당신도 한 몫……."

토리가 그새를 못 참고 끼어들었다.

"난 엄마처럼 사는 게 꿈이야."

"그렇다는데."

거보라고 뻐기는 듯한 나세르의 표정에 뒷목을 잡은 지엔이 다급하게 말했다.

"토리! 아무튼 헤카테는 안 돼. 엄마가 지난 우정을 봐서 이런 말 안 하려고 했는데, 헤카테는 얼굴뿐만 아니라 성격도 위험한 남자란 말이야!"

그러니까 헤카테는 좀 더 생각을…… 다급한 지엔의 말을 누군가가 끊었다.

이번에는 나세르도, 토리도 아닌 다른 사람이었다.

"당신들은 여전하네요."

그 말에 응접실 문 쪽을 돌아본 세 사람의 얼굴이 일제히 멍해졌다.

테두리에서 보랏빛 불티가 날리는 둥근 원 앞에, 언제 나타났는지 모를 한 남자가 뒷짐 지고 서 있었다.

흰 법복 자락이 바람에 흔들리고, 그 아래로 한 쌍의 샌들이 보였다.

남색 머리카락은 여전히 차분하고 단정했다. 마치 그들이 처음 만났던 때처럼.

그가 그리운 남색 눈을 가득 휘며 말했다.

"조금, 아니, 많이 늦었습니다."

지엔과 나세르는 그를 멍청히 쳐다보았다. 오직 토리만이 나세르의 품에 안긴 채 손을 뻗어 보랏빛 재가 휘날리는 원을 신기한 듯이 만지려 했다. 그 손짓에 퍼뜩 정신을 차린 지엔이 한 걸음 앞으로 내디디며 외쳤다.

"헤카테!!"

그녀를 마주한 헤카테가 봄볕처럼 은은한 미소를 지었다.

마침내 약속했던 재회의 순간이었다.

〈폭군의 행방 완결〉